DIE MÖRDERMITZI UND DER SENSENMANN

AF177199

Isabella Archan wurde 1965 in Graz geboren. Nach Abitur und Schauspieldiplom folgten Theaterengagements in Österreich, der Schweiz und in Deutschland. Seit 2002 lebt sie in Köln, wo sie eine zweite Karriere als Autorin begann. Neben dem Schreiben ist Isabella Archan immer wieder in Rollen in TV und Film zu sehen.
www.isabella-archan.de

Dieses Buch ist ein Roman. Handlungen und Personen sind frei erfunden. Ähnlichkeiten mit lebenden oder toten Personen sind nicht gewollt und rein zufällig. Im Anhang finden sich ein Glossar, ein Rezept und eine Übersicht über die Schauplätze.

ISABELLA ARCHAN

DIE MÖRDERMITZI UND DER SENSENMANN

Alpenkrimi

emons:

Bibliografische Information der Deutschen Nationalbibliothek
Die Deutsche Nationalbibliothek verzeichnet diese Publikation
in der Deutschen Nationalbibliografie; detaillierte bibliografische
Daten sind im Internet über http://dnb.d-nb.de abrufbar.

© Emons Verlag GmbH
Alle Rechte vorbehalten
Umschlagmotiv: Montage aus mauritius images/Thomas Reicher/
Alamy, Manfred Richter/Pixabay.com
Umschlaggestaltung: Nina Schäfer, nach einem Konzept
von Leonardo Magrelli und Nina Schäfer
Umsetzung: Tobias Doetsch
Karte S. 333: shutterstock.com/Nook Hok
Gestaltung Innenteil: DÜDE Satz und Grafik, Odenthal
Lektorat: Hilla Czinczoll
Druck und Bindung: CPI – Clausen & Bosse, Leck
Printed in Germany 2022
ISBN 978-3-7408-1397-0
Alpenkrimi
Originalausgabe

Unser Newsletter informiert Sie
regelmäßig über Neues von emons:
Kostenlos bestellen unter
www.emons-verlag.de

Dieser Roman wurde vermittelt durch die Autoren- und
Verlagsagentur Peter Molden, Köln.

Menschen, die Schlimmes erlitten haben, sind gefährlich,
denn sie wissen, dass sie überleben können.

Josephine Hart

Man kann keinem Menschen ins Herz schaun;
viel weniger in die Seel',
denn die steckt noch hinter dem Herzen.

Johann Nepomuk Nestroy

I.

GugelhupfSterben

Maria Konstanze Schlager, Mitzi genannt, träumt. Sie fliegt über das Schloss Schönbrunn, den Tiergarten und dann weiter die Lainzer Straße hoch. Wien an einem lauschigen Abend ist wahrlich traumhaft, und die Menschen unter ihr sehen allesamt zufrieden aus – was einem kleinen Wunder gleicht.

Sie weiß sogar im Schlaf, dass es sich beim Fliegen um eine Illusion handelt, aber sie genießt das Gefühl der Schwerelosigkeit.

Einmal noch dreht sie sich um die eigene Achse und sieht in der Ferne die Spitze des Stephansdoms. Wenn Mitzi wüsste, wie sie ihren Körper steuern könnte, wäre das ihr nächstes Flugziel.

Doch das Traumsightseeing verändert sich, und Mitzi kann spüren, wie sie nach unten gezogen wird. Tiefer und immer tiefer, bis sie auf dem Gehsteig landet. All die Menschen sind verschwunden, sie ist allein. Die Straßenbeleuchtung ist ausgefallen, aber vor ihr ist ein Geschäft hell erleuchtet. Fast wie zu Weihnachten, wobei es jetzt Sommer ist. Auch diese Tatsache ist ihr bewusst.

Der Laden ist eine Trafik. In der Auslage türmen sich Zeitschriften, Zigarettenpäckchen, Ansichtskarten und jede Menge Kramuri wie Wienaufkleber, Schlüsselanhänger und vieles mehr. Die Gegenstände erscheinen allerdings wie zweidimensionale Scherenschnitte.

»Trafik Miki«, steht über dem Eingang.

Wie magisch wird Mitzi angezogen. Sie geht durch den Eingang, ein Glöckchen klingelt. Ein Name huscht durch ihren Kopf: Mike Altwicker. Der Besitzer heißt so. Besser: hieß so.

Hier kippt der Traum in einen Alp.

Das Innere ist leer bis auf einen Tisch, an dem sitzt ein Mann in einer völlig unnatürlichen Haltung. Mitzi kommt näher, obwohl sie lieber wieder davonlaufen möchte. Der Oberkörper des Mannes ist nach vorn gebeugt. Es muss der Miki selbst sein, dem sie in der Realität nie persönlich begegnet ist. Sein Kopf liegt auf der Tischplatte. Nein, nicht richtig. Sein Gesicht ist in einem Dessert versunken, einer Sachertorte mit Schlagobers, genau gesagt. Links und rechts quellen an seinen Ohren die Schokoglasur und die Sahne hervor.

Mitzi muss fast lachen, obwohl ihr vor Schreck das Herz stehen bleibt. Selbst im Schlaf erinnert sich ihr Hirn, dass dieser Miki im realen Leben genauso gestorben ist.

»Hier bleib ich nicht«, ruft sie in den Traum hinein.

1

Vor zwölf Jahren

Gestern ist das Mädel fünfzehn geworden. Heute ist der Morgen nach seinem Geburtstag. Einen Festtag hat sich das Mädel gewünscht, aber natürlich war alles traurig und schrecklich, wie immer.

Vielleicht entschließt sich das Mädel deshalb, mit dem Mann zu reden und nicht sofort die Flucht zu ergreifen.

Oder weil es regnet. In Strömen. Ein Wolkenbruch. Vollkommen durchnässt hat das Mädel Schutz auf dieser Baustelle gesucht. Kalt ist es nicht, aber mit durchnässter Kleidung wollte es nicht den Daumen in die Höhe recken und in ein fremdes Auto steigen. Wenn der Regen nachlässt, will es sich wieder an den Straßenrand stellen. So ein Guss geht meistens rasch vorbei.

Hoffentlich hält dann endlich jemand.

Das Mädel hat die falsche Zeit gewählt, an einem Sonntag in aller Herrgottsfrühe zum Trampen aufzubrechen war doch keine gute Entscheidung. Wobei sich Trampen nach Urlaub anhört, doch so kann man diese Flucht, dieses Wegrennen nicht bezeichnen. Nicht das erste Mal, dass das Mädel abhaut, aber vielleicht das letzte Mal. Ankommen will es. Wo genau, darüber denkt es nicht nach.

Gern hätte es den Zug nach Innsbruck genommen, aber das Mädel hat vorhin kein Bargeld in der Wohnung gefunden. Bleibt also nur der Daumen. Mit einer Mitfahrgelegenheit hat es bei den anderen Weglaufversuchen immer geklappt, da war es freilich nie so früh oder so schlechtes Wetter.

Das Mädel hat sich unter das Gerüst gestellt und beim Warten die Brücke und den Fluss Richtung Innenstadt beobachtet. Die Festung über dem Inn ist in der beginnenden Morgendämmerung neblig verhüllt. Die Berge um Kufstein auch. Sau-Suppenwetter nennt die Mama so einen Nebel immer. Der Magen des Mädels knurrt. Natürlich war auch der Kühlschrank zu Hause leer.

Die dumme Kuh, denkt das Mädel über ihre Mutter. Die Wut, der Groll, der Frust – all diese schmerzlichen Emotionen kommen hoch, die das Mädel, schon seit es denken kann, in sich trägt.

Elendiglich, das Wort beschreibt das Leben bisher am besten. Einfach beschissen passt genauso.

Heute früh ist es auch nicht besser. Die Schultern schmerzen von dem prall gefüllten Rucksack. Die Füße brennen vom Laufen. Die Strecke von Kiefersfelden bis nach Kufstein ist das Mädel mit Tempo gewandert, eine gute Stunde Fußmarsch. Im Dunkeln noch dazu. Es hat sich gehetzt gefühlt, obwohl keiner es verfolgt hat.

Weil sich ohnehin keiner kümmert oder sorgt oder überhaupt wahrnimmt, dass das Mädel existiert. Schon gar nicht die Mama. Die schläft ihren Rausch von gestern aus. Dass die Tochter Geburtstag hatte, war ihr wurscht, vollkommen egal. Wie alles andere auch.

Und sonst? Freundinnen hat das Mädel keine, denn die Schule war schlimm, ist die zweite Hölle nach dem Zuhause gewesen. Das Mädel ist pummelig und hat schlechte Haut, es schämt sich andauernd. Trotzdem braucht es die Chips und die Schokolade, die Trost spenden.

Nix wie weg aus dem Dreck, lautet die Antwort auf die Frage nach Zukunftsperspektiven.

»Hey du«, hat der Bauarbeiter das Mädel eben angesprochen.

Zumindest geht das Mädel davon aus, dass der Mann in seinem Blaumann und mit dem gelben Helm auf dem Kopf zur Baustelle gehört. Einer, der Nachtwache gehalten hat. Oder einer, der die Baustelle frühmorgens kontrolliert.

»Bin gleich wieder weg«, antwortet das Mädel jetzt. Es bleibt an Ort und Stelle, läuft nicht davon. Stattdessen hebt es entschuldigend die Hände. »Wollt nur dem Sauwetter entkommen und mich kurz unterstellen. Die Bretter halten ein bisserl dicht.«

»Is schon gut.« Der Bauarbeiter im Blaumann lächelt freundlich. »Du kannst dich im Büro aufwärmen, wenn du magst. Und kurz warten. So ein Schauer geht immer flott vorbei.«

Daran hat das Mädel vorhin auch gedacht. Aber bei dem Angebot zögert es etwas. Obwohl der Bauarbeiter nicht so aussieht, als könnte er gefährlich werden.

Er winkt. Das Mädel folgt ihm. Das Trommeln der Tropfen auf den Holzbrettern über ihr hört sich wie Applaus an, was das Mädel lustig findet. Fast ist es froh, nach dem langen Marsch im Dunkeln endlich einem Menschen zu begegnen. Nach dem Überqueren einer Zufahrt erreichen der Mann und das Mädel einen Innenhof. Dort in der Mitte ist ein Containerbüro aufgebaut. Das Wellblechgebäude hat nur ein Fenster und eine Tür.

»Husch, husch«, ruft der Bauarbeiter und hält dem Mädel diese Tür auf.

Bedenken oder gar Angst hat das Mädel nicht. Wenn es unerwartet komisch mit dem Mann werden sollte, wird es sich wehren. Treten und spucken und um sich schlagen. Angriffe hat es schon früher erlebt, von dem einen oder anderen Mitschüler. Sich zur Wehr zu setzen hat eigentlich immer ganz gut funktioniert. »Deppertes Hendl« war der böse Spitzname für das Mädel, doch der ist schon längst Geschichte. Die Hauptschule ist ohnehin seit Sommerbeginn beendet, was weiter werden soll, darüber haben sich weder das Mädel noch die Mama Gedanken gemacht.

»Herein in die gute Stube.« Der Bauarbeiter lächelt wieder. »Nimm den Rucksack ab und stell ihn in die Ecke. Da, setz dich.«

Das Mädel ist erleichtert, im Trockenen zu sein. Das Containerbüro hält Regen und Feuchtigkeit fern. Der Klappstuhl, auf den der Mann zeigt, ist blau und eindeutig von Ikea. Drei weitere sind weiß lackiert. Einen ebenfalls weißen Tisch gibt es hier drinnen noch, gegenüber vom einzigen Fenster, vor dem ein schmaler Schreibtisch mit einem Telefon und einem Bildschirm darauf steht.

Den Rucksack abzunehmen tut den Schultern gut. Das Mädel lehnt ihn gegen eines der Tischbeine. Jetzt erst fällt ihm auf, wie erschöpft es ist. Das frühe Aufstehen, der Fußmarsch. Am liebsten würde sich das Mädel in der Ecke einrollen.

»Magst eine Limonade?«, fragt der Bauarbeiter. »Die macht munter. Kaffee hab ich leider keinen mehr.«

Dass der Mann etwas anbietet wie in einem Gasthaus, findet das Mädel ebenfalls lustig. Es nickt, und er holt zwei Flaschen aus einer Kiste neben der Tür.

»Ich nehm mir auch eine. Leider kein Almdudler.«

»Schon gut.«

Er hebt die Limonadenflaschen in die Höhe. »Wenn die hier kan Almdudler hab'n, geh i wieder ham.«

Mit dem Werbespruch bringt der Mann das Mädel zum Kichern. Obwohl es niemals zurück in sein Zuhause will. Niemals mehr »ham«. Soll die furchtbare und ständig besoffene Mama doch schauen, wie sie ohne ihre Tochter zurechtkommt.

Das Mädel schenkt dem Bauarbeiter nun auch ein Lächeln. »Danke!«

Er geht zum Schreibtisch und stellt die Flaschen kurz ab. Dann beginnt er in einer der Schubladen zu kramen. Das Mädel vermutet, dass er nach einem Flaschenöffner sucht. Er hantiert eine Weile, und seine Schultern bewegen sich unruhig unter dem blauen Stoff seines Overalls.

Draußen klatscht der Regen heftig gegen die Scheibe. Das Mädel registriert, dass das Fenster aus Plexiglas ist. Es überlegt, ob das Sauwetter wohl den ganzen Tag über bleiben wird. Plötzlich ist sich das Mädel nicht mehr sicher, ob das Abhauen wirklich eine gute Idee war. Vielleicht wird es umkehren, zurückgehen und an einem anderen Tag einen neuen Anlauf starten. Mit mehr Planung, wohin die Reise gehen soll.

»Schaust traurig aus«, stellt der Bauarbeiter fest. Er hat sich dem Mädel zugewendet und streckt ihm eine offene Flasche entgegen. »Prost.«

Das Mädel nimmt das Getränk. Der Mann stößt mit seiner Flasche an die des Mädels. Das dicke Flaschenglas gibt einen Laut von sich, der sich mehr wie eine Glocke anhört als ein Klirren. Der erste Schluck ist Erfrischung pur.

»Wo willst denn hin? In aller Herrgottsfrüh und bei dem Sauwetter.«

Der Bauarbeiter legt den Kopf schief. Sieht dem Mädel in die Augen. So freundlich ist sein Gesichtsausdruck. Und die Limonade schmeckt so tröstlich.

Unvermutet bricht das Mädel in Tränen aus.

»Aber geh, wer wird denn weinen?«, fragt der Mann sanft. Er setzt sich dem Mädel gegenüber, beugt sich vor und streicht ihm eine Strähne des nassen Haares aus der Stirn.

Das Mädel dreht den Kopf weg. »Is gleich wieder alles okay.«

»Magst mir sagen, was los is?«

Seine Stimme klingt so angenehm. Warm. Verständnisvoll.

Als wäre bloß diese minimale Zuwendung nötig gewesen, löst sich die Zunge des Mädels, und es redet. Erzählt diesem völlig Fremden im blauen Overall mit dem gelben Helm am Kopf von all dem Elend. Dem Scheißleben mit der alkoholabhängigen Mutter, der Geldnot, den Hänseleien. Dass es zu dick ist. Dazu noch ohne Taschengeld, das die Mama lieber vertrinkt, als der Tochter etwas zu geben. Dass das Mädel nie einen Papa gekannt hat. Dass die Mama mit dem Mädel bald umziehen will, wahrscheinlich sogar muss, in eine noch kleinere Wohnung. Dass es bis jetzt kein Handy hat, weil eben einfach nie ein Cent übrig bleibt. Und so weiter. Ein schreckliches Teenagerleben im andauernden Sau-Suppenwetter des Lebens.

»Geburtstag hab ich gestern auch, und die Mama hat's vergessen«, endet das Mädel und wischt sich Tränen und Rotz mit dem Ärmel weg. Nimmt einen nächsten langen Schluck von der Limonade. Süß schmeckt die, zuckersüß.

Der Bauarbeiter hat die ganze Zeit geschwiegen und zugehört. Nun strahlt er übers ganze Gesicht. »Na, das is witzig. Mein Ehrentag war auch gestern.«

»Was? Echt?«

Das Mädel staunt, und das Staunen lässt es schwindlig werden. Mit der freien Hand umklammert es die Sitzfläche des blauen Klappsessels, mit der anderen führt es die Flasche wieder an die Lippen.

»Lass uns einfach nachfeiern«, erklärt er und steht auf. »Ich hab ein Stück Marmorgugelhupf in meiner Jausenbox, das teil ich mir mit dir. Als Tortenersatz.«

Wie lieb der is, denkt das Mädel.

Gefühlt nur Sekunden später hält der Mann dem Mädel ein Stück Kuchen unter die Nase. Fast wie bei einem Zauberkunststück. Es greift zu, beißt hinein. Wie der schmeckt. Der beste Gugelhupf, den es je gegessen hat. Es kichert, während es kaut. Die Gesichtszüge des Bauarbeiters scheinen sich zu dehnen, fließen auseinander. Blau und Gelb vermischen sich. Schon wieder lustig. Überhaupt scheint alles mehr und mehr komisch zu werden.

»Marmorgugelhupf!«, wiederholt das Mädel.

Das Wort bekommt ein Echo. Als ob man von einem der hohen Berge rufen würde, die Kufstein umgeben. Dann beginnt sich der Raum zu bewegen. Der Boden hebt sich, der Tisch wird schief, und das Plexiglasfenster biegt sich nach innen. Dem Mädel kommt es vor, als würden die Regentropfen nach oben rinnen.

»Was is mit mir?«

Die Frage bekommt ein Eigenleben wie in einem Comic. Sie formt sich zu einem Mund, der laut lacht.

Nein, das is der Overall, der schallend lacht. Nein, der freundliche Mann, der gute Zuhörer.

Aber irgendwas stimmt nicht. Ganz und gar nicht.

Das Mädel schaut auf die Limonade in seiner Hand. Ein winziger Rest schwappt noch am Flaschenboden. Fast leer getrunken ist die Flasche. Und das Getränk ist dem Mädel nicht gut bekommen, wie sich nun herausstellt.

»Was war da drin?« Eine nächste Frage, die sich selbstständig macht und quer durch den Raum springt. Nach oben, nach unten. Das Mädel versucht, ihr mit den Augen zu folgen, Bewegung jedoch löst noch mehr Schwindel aus. Dazu Übelkeit. Schlecht ist dem Mädel jetzt. Sogar der Appetit auf den Gugelhupf ist vergangen.

Es will sich übergeben, aber stattdessen rutscht es vom Klappstuhl nach unten auf den Boden. Das Hinterteil plumpst auf das Holz, ein dumpfer Aufprall. Die Flasche rollt aus den Fingern, das Glas und die Restflüssigkeit glitzern. Im Sichtfeld breitet sich eine Helligkeit aus, alle Möbelstücke wirken bestrahlt von einer unbekannten Lichtquelle.

Mama, denkt das Mädel oder spricht es laut. Mama, wo bist du? Magst mich nicht abholen und zurück nach Hause bringen?

Wenigstens ein Handy hätte das Mädel endlich gern, um jemanden anzurufen. Eben die Mama, besser noch die Polizei.

»Keine Angst«, sagt der Bauarbeiter, der zum Erstaunen des Mädels plötzlich vor ihr am Boden sitzt. Mit ausgestreckten Beinen. Er lächelt noch breiter als vorhin, und neben der Freundlichkeit meint das Mädel Wehmut in seinem Blick zu erkennen. »Tut nicht weh. Gar nicht.«

Hilfe. Das Mädel will rufen. Leider produziert der Kehlkopf keine Laute mehr. Es will sich hochziehen und Richtung Tür stürzen. Raus aus dem gleißend hellen Wellblechalptraum. Die Impulse aus dem Hirn erreichen die Muskeln nicht mehr. Speichel tropft über den linken Mundwinkel. Die Augenlider flattern.

Der Bauarbeiter sitzt weiter ungerührt vor dem Mädel. Der Mund des Mannes bewegt sich. Auf und ab, als ob er kauen würde. Vielleicht isst er das Marmorgugelhupfstück fertig.

Die Helligkeit nimmt zu, nimmt überhand. Schmerzhaft grell. Das Mädel würde gern die Augen schließen, aber auch das funktioniert nicht mehr. Alles fällt in dieses Licht, wird von ihm verschlungen. Das ganze Leben, die ganze Welt, einfach alles.

»Happy birthday to you! Happy birthday to you!«
Irgendwo singt jemand.

Is doch besser als nix, denkt das Mädel noch.

Fünfzehn und einen Morgen ist das Mädel und wird es bleiben. Diesen Sommer und diesen Herbst und diesen Winter und zu allen Zeiten, die da kommen mögen.

Ach, Mädel!

2

In seiner Erinnerung schien sich die eine Szene aus seiner Kindheit eingefräst zu haben: die Hand des Vaters, die dieser stets in quälender Langsamkeit senkte. Zeitlupentempo. Der Daumen war etwas weggestreckt, die vier Finger aneinandergepresst, dem Abbild einer Zange gleich.

Der Vater über dem Sohn, der damals noch ein Bub war. Und ein Gfrast, ein schlimmes, ein böses Kind.

Nach Ansicht des Vaters ein durch und durch ungezogener Junge. Ein Balg, das nicht gehorchen konnte und wollte, verderbt schon seit dem Tag der Geburt. Die Mutter war bei der Niederkunft gestorben, das Kind also da bereits mit Schuld behaftet. Seither machte der Bub einfach alles falsch, genügte nie. Seine bloße Existenz war dem Vater ein Gräuel. Der Sohn wurde der Sündenbock für misslungene Ereignisse, Unglück und Pech. War der Auslöser und die Ausrede für die sich wiederholenden aggressiven und sadistischen Handlungen.

Jemandem die Ohren lang ziehen hieß es im Volksmund.

So gestaltete sich auch die Maßregelung durch das verbliebene Elternteil. Dem Vater des Buben war allerdings nur eines von beiden Ohren lang zu ziehen schon genug. Diese einzige Art der Bestrafung schien er bis in alle Ewigkeit fortführen zu wollen. Selbst als der Bub längst auf dem Weg zum Teenager war, hatte die unerbittliche Zangenhand in ihrem Zeitlupentempo Angst und Schmerz verbreitet.

Eben stets das linke Ohr. Der Bub hatte eine Ohrfeige ersehnt oder eine Tracht Prügel auf das Hinterteil, aber vergebens. Die Finger des Vaters hatten jedes Mal den Rand des linken Ohrs gepackt, so fest wie nur möglich.

Dann gezogen. Gezerrt. Gerissen.

Nach vorne, bis das Kind auf die Knie sank und ihm das Wasser aus Augen und Nase schoss. Oder nach oben, bis der

Bub auf Zehenspitzen stand und zu jaulen begann, einem Wolfsjungen gleich.

Dazu der Schmerz. Die Qual. Die Pein.

Beim tausendsten Mal tat es ebenso höllisch weh wie beim ersten, man konnte sich nie daran gewöhnen. Ganz im Gegenteil. Weil der Bub die nahende Folter ahnte, war es umso schlimmer, die Zangenhand des Vaters in ihrer grausamen Langsamkeit zu sehen. Zu wissen, dass es wieder brennen und stechen und schrecklich wehtun würde, furchtbar und allumfassend. Ein heißer Schmerz, glühend heiß, der sich vom Ohr über das Gesicht und den Hals weiter in den Nacken zog. Über die Schultern bis hinunter in den Steiß. Als ob die gesamte linke Körperhälfte überdehnt werden würde. Wieder und wieder dachte der Bub, dass der Vater diesmal das linke Ohr des Sohnes ganz abreißen würde. Solch roher Gewalt konnte doch der zarte Körperteil nicht ewiglich standhalten, oder?

»Du Gfrast, du elender Saubeutel, du!«

»Bitte, Papa, bitte, bitte. 's tut mir leid. So leid.«

Der Vater schrie, und der Sohn schluchzte.

Allzu oft wusste am Ende der Bestrafung keiner von beiden mehr, aus welchem Grund der Vater das Kind misshandelte. Das Langziehen des linken Ohrs war längst ein Ritual geworden, dem sich beide unterwarfen, der Quäler und der Gequälte.

Wenn es schließlich vorbei war, schien die Luft wie gereinigt.

Der Vater verließ die Stube, meist pfeifend und sich keines Unrechts bewusst. Der Junge sackte zusammen, das Gesicht aufgequollen von Tränen, die Finger gefaltet zu einem Gebet.

Lass mein Ohr noch dran sein, lautete die stumme Bitte an einen Gott, der im Kopf des Buben dem Vater ähnlich sah. Nur mit gütigeren Augen und ohne Zangenhand.

Dieser Gott erhörte das Gebet des Jungen, aber den Schmerz nahm er ihm nicht. Ein stetiges Pochen, ein Trommeln im Ohr begleitete ihn für den Rest des Tages, meist noch bis zum Einschlafen und bis in die Träume hinein. Wenn der Bub in den Spiegel sah und sich zur Seite drehte, war das Ohr knallrot, später wurde es leicht lila, bis es endlich wieder seine rosa Farbe annahm.

Die Szene des Ohrenlangziehens blieb im Gedächtnis des Heranwachsenden, blieb präsent, auch nach dem Tod des Vaters. Verfolgte ihn in den Jahren danach, schob sich in den Vordergrund, ohne Rücksicht auf all die anderen angesammelten – auch vielen guten – Erinnerungen. Der qualvolle Ablauf spulte sich in regelmäßiger Wiederholung vor dem inneren Auge ab.

Es wäre ein Leichtes, dachte der Erwachsene später oft, seine Sünden und Vergehen auf dieses Trauma seiner Kindheit zu schieben, aber das wollte er gar nicht. Er hätte sogar viel darum gegeben, wenn ihm sein Tun Erleichterung gebracht hätte, doch auch das tat es nicht. Trotzdem war er seinen Handlungen wie ausgeliefert, schaffte es nicht, sich aus dem Strudel des Zwanges zu befreien.

»Du sollst nicht töten«, lautete das fünfte Gebot.

Er tat es. Dass ihm später, nach seinem eigenen Sterben, die Hölle gewiss sein würde, akzeptierte er.

Als Bub hatte er gebetet, später erschuf er sich seinen eigenen Pfad der Aufarbeitung. Seine gebrochene Psyche brauchte eine abgewandelte Art der Wiederholung, die sein Herz jedes Mal danach beweinte, sein Bewusstsein im Alltag aber vollkommen ausblendete. Bis sich erneut eine Gelegenheit ergab.

Seine Rechtfertigung, wenn es so etwas nach seinen Taten überhaupt geben konnte, war, dass er seinen Opfern nie wehtat. Er war nicht wie sein Vater, er erzeugte keinen Schmerz, er betäubte. Er schuf einen sanften Übergang. Sein spezieller Trank führte einen raschen Schlummer herbei. Der Schlaf war in seiner Vorstellung der liebevollere Bruder des Todes.

Doch eines musste sein: Am Ende gab es immer ein linkes Ohr, das er zwischen seinen Fingern halten konnte.

Dieses linke Ohr war einfach eine logische Folge von Ereignissen, die sich wie Perlen an einer Schnur aneinanderreihten und stets zum selben Ergebnis führten. Immer. Dass es dazu eine Leiche geben musste, war bedauerlich, jedoch unabwendbar.

3

»Grüß Gott.« Mitzi hob ihre Hand zum Gruß. »Mein Name is Maria Konstanze Schlager.«

Der ältere Mann in den dunklen Hosen, dem grünen T-Shirt und der orangen Halbweste fegte vor dem Eingang der Wallfahrtskirche am Frauenberg erst die einzelnen Stufen und im Anschluss das Trottoir. Er reagierte nicht auf Mitzis Gruß.

Mitzi blieb trotzdem stehen und wartete ab. Sie hatte eben die Kirche besucht und eine Kerze angezündet. Wieder einmal die wunderschönen Fresken und die Barockorgel im Inneren bewundert. Die Stille an einem Wochentag genossen – außer ihr waren heute nur zwei Besucher anwesend gewesen. Früher hatte sie mit den Großeltern öfter den Frauenberg aufgesucht. Ein beliebtes Ziel bei einem sonntäglichen Spaziergang auf einem der vielen kürzeren oder auch längeren Wanderwege mit sehenswerten Orten in der Südsteiermark.

»Hallo? Entschuldigung.«

Erneut keine Reaktion. Der Mann kehrte versunken vor sich hin. Mitzi überlegte, einfach weiterzugehen und sich später übers Internet schlauzumachen, aber in dem Moment hob er den Kopf. Sein graues Haar wurde von einer Windböe nach oben geweht.

»Wos gibt's?«

Er benutzte den Besen nun als Stütze. Seine Wangen waren von der körperlichen Arbeit gerötet. Die Hitze an diesem Freitag in der ersten Augustwoche war drückend.

»Ich heiße …« Mitzi brach ab. Warum nur hatte sie stets das Bedürfnis, sich bei jedem mit ihrem vollen Namen vorzustellen? Sie brauchte eine Auskunft, mehr nicht.

»Hans, Hans Dietmar Ruprecht«, sagte er in dem Moment und brachte Mitzi damit zum Schmunzeln. Also noch einer, der sich gern vollständig bekannt machte.

»Aber mich nennen s' alle den Herrn Hans. Ich kümmer

mich um den Friedhof und die Kirche. Bin schon seit über dreißig Jahren im Dienst. Was kann denn der Herr Hans für Sie tun, Fräulein? Wenn ich Sie so bezeichnen darf?«

Auch dass der Friedhofsangestellte in der dritten Person über sich redete, amüsierte Mitzi. »Gerne doch, Herr Hans. Ich bin dann das Fräulein Mitzi.« Sie mochte die altmodische Anrede. Ihre Oma Therese hätte ebenso wenig etwas dagegen gehabt, und das, obwohl sie mit Opa verheiratet gewesen war.

»Die Fräuleins dieser Welt bleiben immer jung«, hatte sie einmal gesagt.

Sofort verschwand Mitzis Lächeln, zeitgleich versteckte sich die Sonne hinter sich auftürmenden Wolkenbergen. Eine nächste Böe ließ den Haufen aus Staub und Abfällen, den der ältere Mann zusammengefegt hatte, wieder auseinanderdriften.

Ein paar Sekunden konnte Mitzi nicht atmen. Ihre Großmutter war kürzlich erst verstorben. Tot und begraben. Kein Wunsch, kein Gebet, kein Wunder würde sie zurückbringen. Nach der langen Zeit im Heim, in dem Therese Schlager nur noch vor sich hin gedämmert hatte, schien es eine Erlösung gewesen zu sein, dass sie bald nach einer Herzattacke eingeschlafen war. Für Mitzi blieb Omas sanftes Hinübergleiten allerdings ein schwacher Trost.

Ihre Oma gab es nicht mehr auf dieser Welt. Unfassbar, doch unwiderruflich.

Therese Schlager war Mitzis einzige noch lebende Verwandte gewesen. Ihre Eltern und ihr kleiner Bruder Benni waren bei einem tragischen Unglück gestorben, als sie sieben gewesen war. Noch dazu durch Mitzis eigene Schuld. Bis heute für sie schwer auszuhalten.

Aus Versehen hatte das Mitzi-Kind damals an einem veralteten Campingherd das Gas aufgedreht und damit eine Explosion und ein Feuer ausgelöst. Drei der vier Schlagers hatte die kindliche Unachtsamkeit das Leben gekostet. Mitzi war nach der Tragödie von den Großeltern in Leibnitz liebevoll aufgenommen worden. Doch in der Schule und im Ort hatte Mitzi eine Zeit lang böse Hänseleien erlebt, was ihre Traumafolgestörungen noch verstärkt hatte. Oma und Opa hatten sie verteidigt und es mit jedem aufgenommen, der ihrer Enkelin Böses nachgesagt hatte. Bei ihnen hatte Mitzi Unterschlupf gefunden, sie hatten das Mädchen behütet und großgezogen. Jetzt lebte keiner der beiden mehr. Mitzi war die Letzte ihrer Familie.

Sie spürte wieder Tränen aufsteigen, zwang sich aber bewusst, an ihre beste Freundin Agnes zu denken. Das half immer.

Inspektorin Agnes Kirschnagel aus Tirol war Mitzi in der letzten Zeit, nach dem Versterben der Großmutter, die wertvollste Hilfe überhaupt gewesen. Zwar hatten Mitzis Ex-Freund Freddy und auch Agnes' Partner Axel sie ebenfalls unterstützt, aber Agnes war Mitzis absoluter Lieblingsmensch. Ohnehin ihre einzige Freundin. Doch wer brauchte schon weitere, wenn er eine Kufsteiner Polizistin als Beistand hatte. Gemeinsam hatten die jungen Frauen tatsächlich schon einiges durchgestanden, waren in Gefahr geraten, hatten sage und schreibe drei Verbrechen aufgeklärt.

Also, Agnes hatte.

Mitzi war eher die gewesen, die in diese Untaten hineingestolpert war.

Jetzt sollten ruhige Zeiten anbrechen. Agnes war schwanger und Mitzi vernarrt in den Gedanken, dass sie in drei Monaten Patentante werden würde.

»Was gibt's denn, Fräulein? Der Herr Hans muss weitermachen, der Besen bewegt sich net von allein.«

Mitzi schreckte aus den Gedanken hoch. Sie hatte den Friedhofsangestellten völlig vergessen.

Begraben war Oma am Friedhof St. Maria, der sich der Kirche anschloss. Mitzi war in den letzten drei Wochen mehrfach angereist, um Blumen in der Vase am Grab auszuwechseln und eine Kerze in der Wallfahrtskirche anzuzünden. Zwar war Oma immer in Mitzis Gedanken und Herzen, aber hier hatte sie das Gefühl, ihr besonders nahe zu sein.

»Herr Hans, vielleicht können Sie mir sagen, wo ich anfragen muss, wenn man auf ein Grab auch ein Vogelhäuserl stellen will? Ich hab außer Ihnen heut noch keinen gesehen, der mir wie ein Zuständiger ausgesehen hat. Und das Büro der Friedhofsverwaltung war nicht geöffnet.«

Er sah sie verdutzt an. »Ein Vogelhaus auf einem Grab?«

»Ein winziges. Das keinen Dreck macht.« Mitzi bekam einen bittenden Ton. Die Idee war ihr vorhin erst gekommen, sie stellte es sich idyllisch vor. »Meine Oma, die hat zu Lebzeiten immer so gerne die Zwitscherer gefüttert, und ich hab vorhin überlegt, ob sie's im Himmel nicht freuen würde.«

»Also den Herrn Hans müssen S' nicht überzeugen. Sie sind so eine fesche Person, der Herr Hans würd Ihnen alles durchgehen lassen, Fräulein.«

Er grinste und zeigte weiße, große Zähne, die in ihrem makellosen Strahlen überhaupt nicht zu seiner fleckigen Haut passten. Bei den riesigen Beißerchen musste es sich um ein Gebiss handeln. »Wenn S' wollen, kommen S' mit mir mit, wenn ich gleich fertig bin. Ich kann Ihnen den Zuständigen aufschreiben, an den Sie sich wenden müssen. Mein Chef is das. Wobei ich allerdings noch nie was von einem Vogelhaus als Grabstein gehört hab. Soll das angefertigt werden, oder was?«

»Nicht statt eines Grabsteins.« Mitzi schüttelte den Kopf. »Das Grab is fertig. Ich wollt einfach neben den Blumen noch etwas Besonderes machen, für meine Großmutter.«

»Wie hat sie denn geheißen, die Oma? Vielleicht hat sie der Herr Hans ja gekannt. Hat sie in Leibnitz gelebt?« Weiter sprach er von sich selbst in der dritten Person.

»Therese Schlager. Und ja, meine Großeltern haben hier gewohnt. Ich übrigens auch. Aber das Haus musst ich längst schon verkaufen, um Omas Heimaufenthalt zu bezahlen.«

»Schlager?« Der Mann holte ein Taschentuch aus seiner Hosentasche und wischte sich damit die Lippen ab.

Danach ließ er seinen Blick einmal über Mitzis Körper gleiten, was ihr ein unangenehmes Gefühl bereitete. Mitzi merkte, dass sich die Situation veränderte. Der Friedhofsangestellte erschien ihr auf einmal nicht mehr harmlos und sympathisch.

Typisch Mitzi. Voller Naivität stürzte sie sich ins Leben, erst viel später erkannte sie die wahren Gesichter hinter den Fassaden und Masken. Sie wollte an das Gute im Menschen glauben oder besser gesagt daran festhalten, dass eine positive Veränderung bei wirklich jedem möglich war.

»Genau, Schlager.«

»Sind Sie die Mitzi Schlager?« Er grinste jetzt noch breiter, dabei leckte er sich über die Vorderzähne. Mitzi überlegte, ob er sich das definitiv zu große Gebiss im Laden bei den Faschingsartikeln gekauft hatte.

»Ja, ich werde Mitzi gerufen.«

»Mitzi Schlager. Genau. Das Mädel, das die Holzhütten hat explodieren lassen. Damals. In Hartberg, oder? Is ewig her.«

»Es war ein Unfall. In Kalsdorf bei Graz.« Mitzi merkte, dass sie weiche Knie bekam. »Und es is wirklich Jahrzehnte her.«

»Aber der Herr Hans erinnert sich.« Er rülpste. »Stand mehrfach in der Zeitung, gell? Mein Chef hat Ihren Großvater gekannt. Fast glaub ich, der Herr Hans erinnert sich sogar an dich als kleiner Fratz. Hast Zöpf gehabt. Und bist jetzt da groß g'worden. Keine Zöpfe mehr, dafür einen Busen.«

Der nahtlose Übergang vom Sie zum Du und der begehrliche Blick machten Mitzi sprachlos. Sie überlegte krampfhaft, wie sie rasch aus diesem Gespräch herauskommen konnte. Mit einem Finger deutete sie nach oben. »Uiii! Da braut sich was zusammen.«

Die Wolken hatten sich verdichtet, und es sah wahrhaftig nach einem sich nähernden Gewitter aus.

Der ältere Mann duckte sich wie unter einem Schlag. »Fräulein, wenn S' gleich mitkommen in den Geräteschuppen, dann sind Sie vor Blitz und Donner sicher. Der Herr Hans wartet mit Ihnen, bis der Chef das Büro wieder aufsperrt.«

»Oh, danke, lieber Herr Hans, aber ich informiere mich lieber im Internet.«

»Das depperte Inzernet mag der Herr Hans gar nicht.« Seine Miene verfinsterte sich wie der Himmel. »Die jungen

Fräuleins schauen einem nie mehr in die Augen, starren nur auf die Telefone.«

»Internet«, verbesserte Mitzi ihn und biss sich dafür auf die Zunge.

Er schnaubte. »Der Herr Hans sagt es so, wie's ihm passt, Fräulein.«

Erste Regentropfen begannen zu fallen. Wie auf Kommando klemmte der Friedhofsangestellte den Besen unter seine Achsel.

Mitzi machte einen Schritt zurück. Sie zückte demonstrativ ihr Handy und checkte die Zeit. In einer Stunde würde der Bus losfahren, der sie von Leibnitz zurück nach Graz an den Hauptbahnhof bringen sollte. Von dort aus ging es weiter mit dem Zug nach Hause, nach Salzburg.

Wobei sie weder die Steiermark noch Salzburg als ihre Heimat bezeichnen konnte. In Graz war sie geboren, in Leibnitz erwachsen geworden, und seit einigen Jahren wohnte sie in der Mozartstadt. Ein wenig wie ein Korken im Wasser trieb sie umher, fasste nirgendwo Fuß, ließ niemand in ihr Herz. Doch, eine schon: Agnes.

Hier schloss sich der Kreis. Agnes hätte sich nie von einem seltsamen Friedhofsangestellten belästigen lassen.

»Kommen S' mit mir mit, Fräulein.« Der Herr Hans stierte sie wieder an. »Mein Kaffee schmeckt jedem.«

»Nein. Kein Kaffee. Ich komme auch nicht mit Ihnen mit.« Mitzi versuchte ihre Stimme tiefer klingen zu lassen. »Dazu möchte ich, dass Sie mich Frau Schlager nennen.«

»Schon gut, net bös werden.« Er zuckte mit den Schultern, sein Blick hob sich über Mitzi zu den Wolkengebilden hin. »Vielleicht zerreißt es auch wieder.«

»Trotzdem danke, Herr Hans. Alles Gute und Wiederschaun.«

»Baba, Frau Schlager.«

Er ließ den Besen jetzt nach unten gleiten, fuhr mit dem Fegen nun fort. Das Geräusch bereitete Mitzi Unbehagen. Sie setzte sich in Bewegung und ließ die wunderschöne Wallfahrtskirche am Frauenberg hinter sich. Der Gedanke, dass sie von nun an nicht mehr hierherfahren würde, ohne sich nach dem sonderbaren Herrn Hans umzusehen, machte sie erneut traurig.

»Hallo!« Noch einmal der ältere Mann. Er rief ihr hinterher.

Mitzi blieb stehen. »Ja bitte?«

»Der Herr Hans erinnert sich ganz genau an dich. Nicht Mitzi, sondern MörderMitzi hat man dich gerufen, gell?«

Mitzi legte den Weg bis zur Bushaltestelle im Laufen zurück.

4

»Hallo und servus und griaß di, Agnes!« Inspektor Bastian Klawinder war die Aufregung übers Telefon anzuhören. »Du, ich komm gleich zur Sache: Wir haben eine Leiche.«

Agnes war sofort hellwach.

Die letzte Stunde hatte sie mehr oder weniger dösend an ihrem Schreibtisch im Großraumbüro der Polizeiinspektion Kufstein gesessen. Das Fenster vor ihr war geöffnet, und ein warmes Lüftchen strömte in den Raum. Sie war die Letzte hier oben, nur am Empfang und in den Räumlichkeiten im Erdgeschoss taten noch Kollegen ihren Dienst. In den Sommerhauch mischte sich ein Geruch nach Gebratenem. Irgendwo draußen grillten die Ersten in den Feierabend hinein.

Eigentlich hatte auch Agnes schon längst Schluss machen und sich in das Wochenende verabschieden wollen. Doch der letzte Bericht über einen Flitzer, der nackt, wie Gott ihn geschaffen hatte, quer durch die Fußgängerzone gerannt war, war noch nicht fertig. Die Sache war eher belustigend als spannend, aber der Tourismusbeauftragte für die Stadt Kufstein hatte sich extrem echauffiert und eine Haftstrafe für den Nudistenfan gefordert, weil dieser die Besucher in der City verschreckt hätte.

Inzwischen stand die Identität des nackten Mannes fest, und er lag schnarchend, wieder mit einem Shirt und einer Hose bekleidet, die ihm die Polizei wie einem Kleinkind angezogen hatte, in der Ausnüchterungszelle im Erdgeschoss. Wegen der Hitze, hatte Erwin Straßinger angegeben, habe ihn nach zwei Flaschen Rotwein, die er beim Weinfest ersteigert hatte, das Bedürfnis überkommen, sich frei zu machen und ein wenig Schwung ins beschauliche Kufstein zu bringen. Er hatte sich dazu jeglichen Stoffs entledigt, nicht einmal Schuhe anbehalten – eine Schnaps- oder besser: Weinidee. Wo seine Anziehsachen abgeblieben waren, hatte der Flitzer Erwin nicht mehr gewusst.

Derart die Kontrolle zu verlieren erschien Agnes unglaubwürdig, aber sie hatte seine Aussage aufgenommen und tippte nun den Bericht dazu. Wobei sie in Wahrheit bisher mehr aus dem Fenster gesehen hatte und dabei leicht eingenickt war. Die Hitze dieses Monats setzte ihr immer mehr zu, je weiter ihre Schwangerschaft voranschritt. Ihr Bauch wuchs und in ihm das Baby.

Nach einer Phase des Aufblühens im Juni und Juli fühlte sich Agnes derzeit plump und aufgequollen. Zwar gab es glückselige Momente, in denen sie das Kind unter ihrem Herzen spürte, wie es gegen den Bauch trat oder sich drehte, ihren allgemeinen körperlichen Zustand empfand sie hingegen mehr und mehr als anstrengend. Drei Monate noch, dann würde sie den neuen Erdenbürger willkommen heißen. Ein herausforderndes und wunderbares Abenteuer, so die Worte ihrer Mutter, stand ihr bevor.

Doch zurzeit langweilte Agnes noch das Büroleben, denn kaum hatte ihr Chef, Revierinspektor Sepp Renner, von ihrer Schwangerschaft erfahren, war sie an den Schreibtisch verbannt worden. Kollege Bastian Klawinder übernahm alle Außeneinsätze. Das öde Berichteschreiben war für Agnes definitiv schlimmer als die hohen Temperaturen und die Wasseransammlungen in ihren Knöcheln.

»Eine Leiche?« Immerhin brachte Bastians Anruf Schwung in die Trägheit dieses Freitagnachmittags. »Ist Gefahr im Verzug?« Am liebsten wäre sie aufgesprungen und hätte das Revier Richtung Mordfall verlassen. Wobei Bastian bisher nichts von Mord gesagt hatte.

»Nein. Es eilt nicht.«

Diese Ansage klang für Agnes seltsam. »Ein Unfall? Eine Straftat? Oder ist es nur der nächste Flitzer? Musstest du die Rettung rufen? Wo bist du überhaupt?«

»Du stellst in Sekunden mehr Fragen als ich in einem Jahr, Agnes.« Bastian zögerte auf einmal. »Willst mich nicht lieber mit dem Sepp verbinden?«

»Unser Chef ist wahrscheinlich längst zu Haus am Grillen.«

Agnes wurde ärgerlich. »Und ich bin nicht plötzlich zu einer Mimose geworden. Sag, was Sache ist. Ich schicke dir gleich zwei Kollegen. Oder ich komm selbst und mach mich schlau.«

»Bloß nicht, Agnes.«

»Dann rede, Basti.«

»Es is so, Agnes.« Sie hörte ihn Luft holen. »Mein Spezi, der Arno Brandtner, hat mich um dringende Hilfe gebeten. Er betreibt die kleine Bar in der Münchner Straße, dort bei der Trafik Köhler. Im Nebenhaus hat doch im Juni die Physiopraxis zugemacht. Er hat die Räume im Parterre dazugekauft, zu denen auch der Keller gehört. Jetzt is er am Umbauen. Er hat einen Durchgang im Keller schlagen wollen und dafür eine Mauer halb eingerissen. Dabei is es passiert.«

»Also ein tödlicher Unfall?«

»Nix dergleichen. In der Wand is ein voller Plastiksack mit Klebeband umwickelt eingemauert gewesen. Ein menschengroßes Paket.«

»Was?« Agnes schnaubte.

»Genauso hab ich auch reagiert, als der Arno mich angerufen hat.«

»Weiter.«

»Er hätt eigentlich auf mich warten sollen, war aber neugierig. Deshalb hat er den Plastiksack herausgezogen aus dem Schutt und auf den Boden gelegt. Dann aufgeschnitten. Blöd, wie er is, hat er gedacht, dass vielleicht was Wertvolles drin sein könnt. Oder Drogen. Dieser Depp.«

»Es war aber ein Toter eingepackt, stimmt's?«

»Herrje, lass mich ausreden, Agnes.« Bastian räusperte sich. »Ja, da war die vorhin genannte Leiche drin. Ich bin eben angekommen, aber das Schlamassel is bereits riesig. Der Körper schaut aus wie eine verhutzelte Mumie, und es stinkt höllisch. Ich hab den Arno aus dem Keller verbannt und nach oben geschickt. Hoffen wir, dass er nicht schon am Handy is und einen Rundruf startet. Er hat mir vorhin geschworen, dass er keine Fotos gemacht hat. Das in den sozialen Medien wär ein Desaster.«

»Wahnsinn. Wer bitte schön mauert einen Menschen im Keller ein?«

»Agnes, das weiß ich nicht. Aber bitte, verständige sofort den Sepp und schick mir die Kollegen. Ich brauch Verstärkung. Dann ruf bitte rasch den Dr. Wakowiak an, der hat heute Bereitschaftsdienst. Am besten gibst du zusätzlich im Landeskriminalamt Innsbruck Bescheid, die sollen Experten herschicken. Das is ja jetzt wohl ein Tatort.«

»Münchner Straße? Nebenhaus von der Trafik Köhler, sagst du?«

»Genau.«

»Ich bin dabei.«

»Du bleibst brav auf dem Revier. Deshalb lass ich dich ja alle Anrufe machen, damit du beschäftigt bist.« Bastian legte grußlos auf.

Agnes war perplex. Schwanger zu sein hieß nicht, krank oder verletzt oder schwach zu sein. Sie hasste es, wenn sie behandelt wurde wie ein Porzellanpüppchen.

Als wäre ein Stichwort gefallen, klingelte ihr Handy, und das Gesicht ihres Freundes Axel Brecht erschien auf dem Display.

»Axel, es ist gerade sehr schlecht.«

»Geht es dir gut, Schatz?«

Der Nächste, der Agnes mit seiner übertriebenen Umsicht nervte. »Bestens. Aber wir haben eine Leiche.«

»Mord?«

»Zu früh, um etwas sagen zu können. Noch dazu kein neues Verbrechen, sondern ein Körper, eingemauert.«

»Wow. Von so einem Fund hört man nicht alle Tage.«

Agnes konnte das gleiche Interesse bei Axel spüren, das sie eben empfunden hatte. Der Vater ihres ungeborenen Kindes war Leiter einer Detektei im fernen Köln, und neben seinen Aufträgen von Privatpersonen beriet er immer wieder die Polizei bei Ermittlungen. Bei einer solchen hatten sie sich kennengelernt und waren ein Paar geworden.

Aus einer früheren Beziehung hatte Axel bereits einen erwachsenen Sohn, Patrick, den Agnes großartig fand. Sie war sich inzwischen sicher, dass dieser Kölner Detektiv, geboren und aufgewachsen allerdings in der Eifel, für ihr Baby absolut der richtige Papa sein würde. Wenn ihnen auch die Entfernung Probleme bereitete, denn noch hatten sie keine Lösung gefunden, wie man Kufstein und Köln am besten verbinden konnte.

»Axel, ich muss hier weitermachen.«

»Pass auf dich auf.«

Das Gespräch beendete Agnes jetzt selbst ohne Abschiedsgruß.

Trotz der gebotenen Eile stand sie kurz auf, streckte die Arme in die Höhe und hob ein Bein nach dem anderen in die Luft. Ihr Rücken knackte. Das Kind in ihrem Bauch machte eine Seitwärtsbewegung. »Es wird spannend, Spatzerl«, murmelte sie. Agnes setzte sich wieder und strich sanft über ihre Rundung.

Ob es ein Bub oder ein Mädchen werden würde, wollte Agnes nicht wissen. Zusammen mit Axel hatte sie sich entschieden, sich überraschen zu lassen. Der errechnete Geburtstermin war der 31. Oktober. Bisher verlief alles problemlos, abgesehen eben von den Rückenschmerzen und den geschwollenen Knöcheln.

Agnes' Freundin Mitzi tippte auf einen Jungen. Sie war sogar felsenfest davon überzeugt. Einen Namen für ihn hatte sie bereits vorgeschlagen. Anton Maria sollte der Kleine heißen, und Mitzi war selbstredend die Patentante. Auch das süße Wort »Spatzerl« hatte Agnes von ihr übernommen. Mitzis verstorbene Oma hatte Mitzi von klein auf so gerufen, was Agnes liebenswert fand.

Beim Gedanken an Mitzi huschte ein Lächeln über Agnes' Gesicht. Nach ein paar Startschwierigkeiten und einigen ziemlich abenteuerlichen Verbrecherjagden waren sie und die strohblonde und grünäugige Maria Konstanze Schlager – »Aber alle sagen Mitzi zu mir« – ziemlich beste Freundinnen geworden. Mitzi war ein schräger, dabei jedoch herzensguter

Mensch. Fünf Jahre älter als Agnes, im Herzen aber wie eine kleine Schwester. Oft neben der Spur und chaotisch, gleichwohl immer bereit, zu helfen und das Gute in den bösen Buben dieser Welt zu sehen.

Erst vor einigen Wochen hatte Mitzi in ziemlichen Schwierigkeiten gesteckt, aus denen sie Agnes, von Axel unterstützt, herausgeboxt hatte. Gern dachte Agnes nicht an den letzten großen Fall ihrer nun stockenden Karriere, lieber überlegte sie ernsthaft, ob sie nicht persönlich zu Bastian und dem brandneuen Tatort mit anscheinend uralter Leiche fahren sollte. Keiner würde ihr den Zutritt verweigern können.

Agnes war bewusst, dass die Nachricht von der eingemauerten Leiche bald in ganz Kufstein einen Aufschrei hervorrufen würde. Nicht nur in der Stadt und im Land Tirol – es war davon auszugehen, dass sich die Medien landesweit darauf stürzen würden.

Doch zuerst musste sie sich um die Verstärkung für Bastian kümmern. Sie schickte zwei Kollegen, die eine Etage tiefer gerade ins freie Wochenende wollten, auf den Weg. Dr. Wakowiak, dem Polizeiarzt, sprach sie auf die Mailbox mit der dringenden Bitte um Rückruf. Im Anschluss verständigte sie das Bestattungsunternehmen. Sie ließ sich an das LKA Innsbruck durchstellen und bat um Unterstützung, die ihr zugesichert wurde. Als Letztes holte sie Revierinspektor Sepp Renner aus dem Feierabend.

»Eine eingemauerte Leich?« Im Hintergrund waren Vogelgezwitscher und ein Zischen zu hören. Für Agnes die Bestätigung, dass Sepp tatsächlich im Garten grillte. »Wie lange schon tot?«

»Bastian hat den Körper als Mumie beschrieben, also definitiv lange. Gefunden wurde der Körper in einem Plastiksack. Mehr weiß ich zurzeit auch nicht. Basti ist vor Ort, Sepp. Ich hab vom Revier aus alles geregelt, was möglich war. Den Rest müssen wir uns anschauen.«

»Du nicht.«

»Sepp, es würde mir guttun, nach draußen zu kommen.«

»Dann geh spazieren, am Inn oder die Festung hoch.«

»Das meine ich nicht, Sepp.« Agnes wurde erneut ärgerlich. »Es ist keine Gefahr im Verzug, kein Täter weit und breit. Kein Hauch eines Risikos. Passt doch für mich.«

»Trotzdem.« Er legte auf. Heute war wohl der Tag der unvollendeten Telefonate.

»Das macht mich so grantig.« Agnes redete laut in dem ansonsten leeren Großraumbüro Richtung offenes Fenster. »Und ja: Ich werde spazieren gehen. An den Inn. Über die Brücke. In die Münchner Straße. Wehe, einer der Herren hält mich auf.«

Das Baby trat Agnes gegen die Bauchwand.

»Das nehme ich als dein Okay, mein Spatzerl. Du bist eben ganz die Mama.«

5

»Ich kann nicht jeden Menschen, den du eigenartig findest, polizeilich überprüfen lassen, Mitzi.«

Agnes war nun doch zu Hause, auf der Couch, die Beine hochgelagert, ihr Handy am Ohr.

Am Ende hatte sie sich noch einmal umentschieden und Bastian fürs Erste das Feld überlassen. Der Tatort war inzwischen abgesperrt, die Spurensicherung vor Ort und die Presse noch nicht darauf aufmerksam geworden. Zwar würde es nicht mehr lange dauern, aber jede Stunde, in der die Kollegen ungestört arbeiten konnten, war ein Gewinn.

Immerhin hatte sich Agnes von ihrem Chef zusichern lassen, dass sie für die Recherche am Schreibtisch zuständig sein würde, wenn die ersten Auswertungen eintrafen. Die Leiche selbst würde in die Rechtsmedizin Innsbruck überstellt werden, hatte ihr Dr. Wakowiak vor einer Viertelstunde mitgeteilt.

Jetzt war endlich Mitzi an der Reihe, die bereits mehrfach versucht hatte, Agnes zu erreichen. Anscheinend hatte die Freundin eine seltsame Begegnung am Friedhof etwas aus der Fassung gebracht.

»Nein, Agnes. Das will ich auch nicht.« Mitzi hörte sich immer noch leicht irritiert an. »Aber dieser Friedhofsangestellte, der Herr Hans, war echt gruselig. Ich fürcht mich schon, wenn ich wieder zur Oma ans Grab fahr. Meistens finde ich ja die Leut, denen ich begegne, sympathisch. Aber bei manchen hab ich eben ein blödes Gefühl.«

»Polizeiarbeit hat mit Gefühlen nur bedingt zu tun.«

»Bauchgefühl, Instinkt, der richtige Riecher – das sind alles deine Worte, Agnes.«

Agnes goss sich mit der freien Hand ein Glas Wasser ein und streckte dabei die Zehen aus. Es war ein herrlich entspannendes Gefühl. »Meine liebe Mitzi, stimmt, das habe ich gesagt. Trotzdem lebe ich in Kufstein in Tirol, und ein älterer

Herr Hans auf einem Friedhof in der Steiermark ist nicht mein Revier.«

»Versteh ich. Is auch schon wieder gut. Nächstes Mal red ich mit keinem mehr dort. Die Idee mit dem Vogerlhaus geht ohnehin nicht, ich hab mich per E-Mail erkundigt. Schad. Das hätt die Oma gefreut.«

»Wie geht es dir denn mit deinem Verlust, Mitzi? Besser oder wieder schlechter?«

Seit dem Tod von Mitzis Großmutter schwankte Mitzi zwischen unendlicher Trauer und euphorischer Vorfreude auf ihre neue Aufgabe als Patentante. Beides versuchte Agnes abzumildern.

»Eigentlich gut, Agnes. Ich weine viel und denke oft an früher. Aber dann stell ich mir vor, dass die Oma mit meinen Eltern, meinem Bruder und dem Opa zusammen is. Irgendwo da oben. Das hilft.«

»Magst du mich bald wieder über ein Wochenende in Kufstein besuchen?« Ein Angebot, das Mitzi schon mehrfach angenommen hatte.

Doch diesmal zögerte sie. »Vielleicht. Ich hab hier in Salzburg noch viel zu tun.«

»Was denn?«

»Keine Sorge, Agnes. Ich mische mich in nix ein und suche nicht nach Verbrechen, wo keine sind.«

»Ich glaube dir, Mitzi.« Agnes trank das Glas Wasser in einem Zug aus und musste rülpsen.

»Hast du eben ein Bäuerchen gemacht, Agnes?« Mitzi kicherte.

Agnes stimmte ein. »Hör auf, mich aufzuziehen. Komm, erzähl mir lieber, was du alles vorhast. Ich hab grad Zeit.«

»Danke, Agnes. Also, zu meinen Plänen: Ich muss mich weiter um die Formalitäten und das Erbe von der Oma kümmern. Alles abschließen. Dazu werd ich sicher noch einmal nach Graz fahren müssen. Obwohl der Notar, den ich aufgesucht hab, vieles regelt. Wobei es eh kaum etwas zu erben gibt. Omas Haus is ja schon lang verkauft, und ihre wenigen Sachen aus dem Heim hab ich bei mir in Salzburg in ein paar Kisten. Es bleibt so wenig von einem Menschen zurück, ich könnt gleich wieder rean.« Nach dem Kichern folgte ein Schluchzen.

»Nicht weinen, Mitzi. Alles gut.« Agnes versuchte Mitzi zu trösten. Wieder einmal war der Gefühlswechsel ihrer Freundin rasant. »Lass uns lieber über dieses Grundstück reden, von dem du nichts gewusst hast. Bist du damit weiter?«

Der Teil des Erbes, der Mitzi völlig überrumpelt hatte. Erst nach dem Tod der Großmutter hatte sie erfahren, dass diese ein Stück Land in Niederösterreich besessen hatte.

»Ach so, ja, das Grundstück in Lilienfeld. Kommt mir immer noch eigenartig vor.«

»Weil du es nicht gewusst hast?«

»Na ja. Seit die Oma im Heim war, hab ich ihre Sachen geregelt. Aber eine Besitzurkunde oder einen Kaufvertrag hab ich nie entdeckt. Alles lag beim Notar.«

»Freu dich doch.«

»Mach ich eh, Agnes. Noch dazu, wo ich schon einen Käufer hab und damit unverhofft zu etwas Geld kommen könnt.«

»Du meinst diesen Severin Radl, den alten Bauern, nicht? Den, der deine Mama und deinen Papa noch gekannt hat.«

»Genau den.«

Severin Radl hatte Mitzi aufgesucht. Er hatte früher mit seiner Frau eine kleine Landwirtschaft betrieben. Der Hof grenzte an die Wiese und das ehemalige Wochenendhäuschen von Mitzis Eltern an. Dazu kam, dass es sich bei ihm um den Mann handelte, der nach dem schrecklichen Unglück der Familie Schlager als Erster die Rettung und Feuerwehr verständigt und die kleine Mitzi umsorgt hatte. Inzwischen war seine Frau verstorben, und der in die Jahre gekommene ehemalige Bauer lebte allein. Seit Ewigkeiten hatte Mitzi nicht mehr an ihn gedacht, bis er überraschend bei ihr in Salzburg aufgetaucht war.

»Ganz hab ich die Sache nicht mehr im Kopf, Mitzi. Entschuldige, aber im Moment muss ich vieles für das Baby vorbereiten.«

»Agnes, das Butzerl geht immer vor. Ich erklär es dir noch einmal.« Die Ablenkung war geglückt, Mitzi hörte sich wieder munterer an.

»Pass auf: Nach dem Unglück 1997 hat meine Oma das Stück Land, auf dem meine Eltern statt einer Wochenendholzhütte ein richtiges Haus bauen wollten, den Radls zurückgegeben. Und dafür das in Lilienfeld in Niederösterreich gekauft. Fast wie ein Tausch. Allerdings hat damals noch alles der Frau vom Herrn Radl gehört. Die is vor einem Jahr ihrem Krebsleiden erlegen. Alles richtig traurig.«

»Ich weiß, Mitzi.«

»Er will den Grund in Lilienfeld zurückkaufen. Es hat gedauert, bis er meine Nummer und Adresse in Salzburg ausfindig gemacht hat. Kurz vor Omas Tod war er dann ja bei mir.«

»Auch das weiß ich noch. Wie aber geht es weiter, Mitzi?«

»Die Geschichte is länger, als man denkt. Deshalb fang ich halt gern von vorne an.«

»Ich sitze auf meiner Couch und habe die Beine hochgelegt.«

»Perfekt.«

»Zwischenfrage von mir, Mitzi. Eigentlich hättest du doch schon damals den Grund in Kalsdorf von deinen Eltern erben müssen, oder?«

»Nein. Ja. Also, doch nicht.« Eine typische Mitzi-Antwort. »Meine Großmutter war es, die das Land ursprünglich gekauft hatte. Für meine Eltern und für Benni und mich. Durch das Testament meiner Eltern hat die Oma es dann wieder zurückgeerbt, könnte man sagen. Aber ihr war klar, dass ich nie wieder dort hätt leben wollen, deshalb kam es ein Jahr nach der Tragödie zu diesem Quasi-Tauschgeschäft. Von Kalsdorf zu Lilienfeld. Klingt kompliziert, is aber einfach.«

»Wenn du das sagst.« Agnes schmunzelte. »Warum möchte denn Severin Radl jetzt doch auch Lilienfeld wieder zurückhaben?«

»Weil er seine Zelte in der Steiermark ganz abbrechen will. Alles erinnert ihn an seine Frau, und die Arbeit is ihm inzwischen zu mühselig. Deshalb verkauft er seinen Hof und die Felder an eine Baufirma. Die werden in der Gegend wohl eine neue Wohnsiedlung errichten und brauchen Bauland. Er selbst will gerne ins Mostviertel ziehen. Genau dort liegt Lilienfeld. Mit einundsiebzig, hat er gemeint, hat man nicht mehr so viel Zeit. Er will an einem neuen Ort endlich zur Ruhe kommen, sich ein kleines Häuserl errichten lassen, eine letzte größere Veränderung wagen. Hört sich gut und ein bisserl traurig an.«

»Und du? Bist du denn wirklich einverstanden und wirst den Verkauf machen? Ich kenne dich, du klingst unschlüssig.«

Mitzi seufzte. »Ach, Agnes. Es is wahr. Ich kann mich nicht endgültig entscheiden. Morgen kommt Severin Radl nach Salzburg, und wir reden noch einmal über alles. Die Baufirma, die mit ihm das Geschäft machen wird, hat ihren Sitz nämlich hier in der Stadt.«

»Warum zögerst du?«

»Weil's das Erbe von der Oma is. Vielleicht hat sie gewollt, dass ich das Grundstück behalte.«

»Aber du könntest das Geld gut gebrauchen.«

»Ja. Trotzdem fühl ich mich schlecht dabei. Ich denk, ich sollt einmal hinfahren und es mir anschauen, oder, Agnes?«

»Das ist eine gute Idee. Mach das.«

Eine kurze Pause trat ein. Agnes meinte fast, Mitzis Gedanken laufen zu hören.

»Jetzt aber Schluss mit meinem Kramuri und lieber zu dir, Agnes. Alles in Ordnung? Geht es meinem Patensohn gut?«

»Dass du dir so sicher bist, dass es ein Junge wird, erstaunt mich immer wieder.«

»Bauchgefühl.«

»Haha. Axel und ich, wir lassen uns überraschen. Er wettet übrigens gegen dich, Mitzi.«

»Er wird verlieren, dein liebster Detektiv. Is er denn da?«

»Nein, er hat viel zu tun in Köln. Und ich hab hier ja auch noch meinen Dienst.«

»Agnes! Jetzt, wo du's sagst.« Mitzis Stimmer wurde höher. »Deshalb hab ich mich eigentlich gemeldet. In den Nachrichten wurde berichtet, dass sie bei euch in Kufstein eine Leiche gefunden haben. Eingemauert in einer Kellerwand.«

Nun stieß Agnes einen Seufzer aus. »Oje. Dann ist es doch nicht länger geheim geblieben.«

»Warum geheim, das is doch spannend.«

»Dass dich das brennend interessiert, Mitzi, wusste ich.«

»Klar doch.«

»Ich darf dir dazu keine Auskunft geben.«

»Geh, Agnes. Laut Presse soll die Leich ewig da drinnen versteckt worden sein. Uralt.«

»Alt nur, was das Verbrechen angeht. Die Tote ist weiblich und war, laut der ersten Totenschau, noch keine alte Frau.«

»War es Mord?«

»Mitzi, ich verrate dir schon zu viel.«

»Wer war sie?«

»Das wissen wir nicht. Noch nicht.«

»Spannend und zugleich unglückselig, einfach schlimm.«

»Oh ja, Mitzi. Einem Verbrechen zum Opfer zu fallen ist immer erschütternd, aber ein überraschender Leichenfund wie dieser berührt uns Ermittler genauso.«

»Nelly.«

»Wie bitte?«

»Ich denk, sie hat Nelly geheißen.«

Agnes war perplex. Mitzi konnte sie stets aufs Neue in Erstaunen versetzen. »Wie kommst du darauf?«

»Spontan und nur so. Jeder braucht doch einen Namen.«

6

Der alte Bauer sah etwas verwirrt aus. Augenscheinlich war er die Stadt mit all ihrer Hektik nicht gewohnt.

»Wollen S' mich begleiten, liebe Mitzi? Ich hätt noch einen Termin, und dann können wir zwei plaudern.«

Sie hatten sich vor dem Haupteingang am Bahnhof in Salzburg verabredet.

»Aber gerne.« Mitzi war etwas besorgt um ihn. »In die Strubergasse müssen Sie, haben S' gesagt, nicht? Beim Landeskrankenhaus. Bis dahin zu Fuß is es eine Viertelstund.«

»Ich lauf gern.«

»Und ich komm gerne mit Ihnen mit.«

Er nickte, und sie gingen los.

Mitzi war es gewohnt, zu Fuß unterwegs zu sein. Öfter auch nachts. Die stillen Straßen, die im Licht der öffentlichen Beleuchtung der Dunkelheit trotzten, fühlten sich für sie heimelig an. Außerdem half es gegen ihre wiederkehrende Schlaflosigkeit. Wenn sie zwei Stunden durch die Gegend gelaufen war, gelang es ihr leichter, Ruhe zu finden.

»Ich bring Sie bis vor die Tür, Herr Radl. Dann wart ich draußen.«

Wie Mitzi Agnes erzählt hatte, war Severin Radl nach Salzburg gekommen, um sich mit den Käufern seines Bauernhofes samt den Feldern zu treffen. Die Baufirma für Fertighäuser hatte, laut Radl, ein derart gutes Angebot gemacht, dass er nicht Nein sagen konnte. Er erzählte, dass er und seine Frau sich bereits länger mit dem Gedanken beschäftigt hatten, Haus und Hof zu veräußern und sich in die Wachau nach Niederösterreich zurückzuziehen. Das schöne Städtchen Lilienfeld hatte es ihnen angetan. Doch die Krankheit seiner Ingrid war dazwischengekommen. Nun, nach deren Tod, war er willens, den Plan allein umzusetzen, auch zu ihrem Angedenken.

Mitzi warf im Gehen immer wieder einen Blick auf Severin

Radl. Die Jahre der harten Arbeit waren nicht spurlos an dem Landwirt vorübergegangen. Seine Haut war wettergegerbt, bräunlich und mit Altersflecken übersät. Sein schlohweißes Haar schütter. Doch er war mit seinen einundsiebzig Jahren trotzdem erstaunlich drahtig und agil, wie Mitzi beim Fußmarsch feststellte.

»Die Arbeiten direkt am Hof mach ich noch alle selbst«, hatte er ihr schon bei seinem letzten Besuch erzählt. »Die Felder bewirtschafte ich dagegen schon längst nicht mehr, außer für meinen Eigenbedarf. Es gibt auch keine Nutztiere mehr im Stall. Die Maschinen hab ich bereits vor Ingrids Versterben veräußert, um ihre Betreuung bezahlen zu können. Aber Katzen leben noch bei mir und streunen herum. Die haben Sie doch immer so gerne gestreichelt als kleines Mädchen, Mitzi. Nicht wahr?«

Einige Male war die Familie Schlager von den Radls eingeladen worden. Mitzi erinnerte sich noch gut an die vielen Tiere, Hühner, Gänse, Schweine und vor allem an die Katzen aller Couleur.

Nach dem Unglück und dem Tod von Mitzis Familie hatte ihre Oma Therese eine Zeit lang den Kontakt zu Ingrid Radl gehalten; in die Zeit fielen auch der Verkauf und Wiederkauf der Grundstücke. Mitzi selbst hatte Severin Radl erst vor einigen Wochen wiedergesehen. Dass er für seinen Alterssitz genau ihr ererbtes Grundstück auswählen wollte, fand sie schicksalhaft, und es freute sie. Ein schöner Grund, die alten Bande wieder neu zu knüpfen.

»Eichwalzer Bau heißt die Firma, oder, Herr Radl?«

»Nein, nicht ganz, sondern Eichwaller-baut AG. Klingt schwungvoll, find ich.« Severin Radl lüftete seinen Steirerhut, den er am Kopf trug. Mitzi gefiel die Kopfbedeckung außerordentlich, sie hatte längst beschlossen, sich demnächst auch einen zuzulegen.

»Eichwaller-baut.« Sie runzelte die Stirn. »Klingt ein bisserl egoman, finde ich.«

Radl lachte. »Ja, jetzt, wo Sie es sagen, liebe Mitzi. Es is ein

Generalunternehmen. Die machen wirklich alle Bauleistungen. Vom Abriss bis zum Neubau. Am End ziehen die Käufer in die Reihenhäuser und Wohnungen ein und beginnen ein neues Leben. So läuft's beim Konrad Eichwaller.«

»Das is der Chef?«

»Der Eichwaller und noch ein Kompagnon. Er hat sich extra heut für mich Zeit genommen, obwohl Samstag is.«

»Die werden schon ein gutes Geschäft mit den Neubauten machen, wie ich das seh, Herr Radl. Da find ich es richtig, dass die für Sie auch an einem Wochenende ins Büro kommen. Is der Vertrag denn schon fix?«

»Kurz vor der Unterschrift, liebe Mitzi. Die übernehmen meinen Hof und mein Land. Widmen es um. Die bauen übrigens überall, in ganz Österreich. Jede Familie will heutzutage ein Eigenheim. Mama, Papa und zwei Kinder wie aus'm Bilderbuch.« Er zuckte zusammen. »Tut mir leid, ich wollt nicht –«

Mitzi winkte ab, obwohl es ihr einen Stich versetzt hatte. »Alles gut, Herr Radl. Wir sind gleich da.«

»Tapfer sind Sie, Mitzi.« Er betrachtete seinerseits Mitzi im Gehen. »Und eine schöne junge Frau sind Sie geworden. Die Großeltern waren sicher stolz auf die Enkelin.«

»Na ja, stolz waren die zwei immer.« Mitzi rang sich ein Lächeln ab. »Aber mein Leben is ein bisserl verkorkst, Herr Radl, wenn ich ehrlich bin. Ich hab keinen festen Job, arbeite freiberuflich als Korrektorin. Das läuft mal ganz gut, im Moment eher schlechter. Dazu hab ich mich grad von meinem Freund getrennt, muss umziehen und weiß nicht, wohin. Ich taumel mehr durch den Alltag.«

»Dann is es doch umso besser, wenn Sie durch den Verkauf Geld von mir bekommen.«

»Ja, schon. Aber ehrlich gesagt bin ich mir unsicher.« Mitzi schielte zu Radl, um seine Reaktion zu erfahren.

Er schien gelassen zu bleiben. »Ich hab auch gezögert, als der Herr Diplomingenieur Eichwaller und sein Partner mir das Angebot gemacht haben. Doch jetzt fügt sich alles so schön.

Ich verkauf denen den Bauernhof in Kalsdorf. Sie, Mitzi, mir das Grundstück in Lilienfeld. Alles is gut am End. Also, wenn Sie sich entscheiden können.«

»Ach, Herr Radl. Bei mir dauert es meistens länger. Ich brauch nur noch ein bisserl Zeit. Um mich zu verabschieden. Von der Oma und dem Erbe.«

»Mit dem Geld sind Sie unabhängig. Das hätte Ihre Oma Therese gefreut.«

»Sie sagen es.« Mitzi blinzelte eine Träne weg und blieb stehen. »Da wären wir.«

Mitzi betrachtete den Firmensitz, der mit seinem hohen Glasturm als Vorbau und dem schrägen Dach mit Solarpaneelen futuristisch aussah. Das Gebäude dahinter bestand aus grauen Betonplatten mit Fenstern, die eher winzig wirkten.

Neben ihr fasste Severin Radl wieder seinen Steirerhut. Diesmal nahm er ihn ganz vom Kopf und fächelte sich damit Luft zu. »Wenn Sie mich ganz zu meinem Treffen begleiten würden, also auch nach drinnen, geb ich Ihnen danach ein Kaffeetscherl aus. Oder ein Eis bei der Hitz. Ich komm mir schäbig vor, wenn ich Sie vor der Tür warten lass.«

Mitzi überlegte. »Geht in Ordnung. Nix wie eini mit uns zweien, Herr Radl.«

»Ah, der Herr Radl.«

Der Mann, der sich ihnen mit großen Schritten näherte, trug einen dunkelblauen Anzug, ein hellblaues Hemd, dazu eine rote Krawatte. Sein Haar war auffallend glatt und gleichmäßig braun, was Mitzi vermuten ließ, dass er es sich färbte. Unter Hemd und Sakko wölbte sich ein Wohlstandsbauch, und seine Schuhe glänzten, als hätte er sie eben gewachst.

Den Chef einer Baufirma hatte sich Mitzi bodenständiger vorgestellt. Allerdings passte er in dieses Gebäude und zu diesem Eingangsbereich. Die gläsernen Wände waren durch einzelne Streben aus Chrom unterbrochen, und der Boden war aus hellem Marmor. Mitzi fragte sich, wie es gelang, alles ohne Schlieren oder Abdrücke sauber zu halten.

Eine Empfangsdame, die hinter einer Theke mit Computerbildschirm saß, hatte sie nach dem Eintreten zu einem von drei Bistrotischen weitergeleitet, die vor einer der Chromstreben standen. Darauf gab es kleine Wasserflaschen und jeweils eine Schale mit Nüssen.

Mitzi war zwar satt, nahm sich aber welche zum Knabbern. In dieser sterilen Umgebung fühlte sie sich nicht wohl, essen lenkte ab. Sie kam sich hier in ihrer Jeans, bunten Bluse und mit der Umhängetasche unpassend gekleidet vor. Severin Radl mit seinem Steirerhut wirkte ebenfalls wie ein Fremdkörper.

Der Anzugmann stoppte seinen schwungvollen Auftritt knapp vor ihnen. An seinem Revers war ein Schild mit schwarzer Schrift befestigt. »Dipl.-Ing. Konrad Eichwaller«. Dazu ein Logo, das einen schwarzen Vogel darstellte. Mitzi tippte auf einen Raben.

»Grüß Gott, Herr Eichwaller.« Severin Radl begrüßte ihn mit einem Handschlag. »Heut hab ich Verstärkung mitgebracht. Das is die Frau Schlager aus der Steiermark, also aus Graz. Mitzi Schlager. Eine liebe Freundin.«

Konrad Eichwaller stutzte kurz und musterte Mitzi. »Freut mich, Frau Schlager. Bei mir klingelt was, wenn ich Sie so anschau.«

»Herr Eichwaller stammt auch aus Graz, müssen Sie wissen, Mitzi«, erklärte Severin Radl. »Das hab ich vorhin zu erzählen vergessen.«

»Made in Styria, kann man sagen.« Eichwaller schüttelte Mitzi ebenfalls die Hand. »Mir scheint, wir kennen uns. Ich bin in Graz geboren und aufgewachsen, leider war ich dort nie erfolgreich. Daheim gilt der Prophet eben nichts. Aber wir haben einen weiteren Firmensitz in Krems. Das große Bauvorhaben Hollenburg. Und die neue Siedlung bei Marktl im Mostviertel, das alles sind auch wir. Mit dem neuen Projekt in Kalsdorf will ich die Steiermark zurückerobern. Die Gegend gilt ja als eine der am schnellsten wachsenden und wirtschaftsstärksten Gemeinden der Steiermark. Deshalb machen wir das Geschäft mit Herrn Radl, sein Land is perfekt.«

Bei Mitzi klingelte nichts, und sie konnte sich nicht erinnern, den Mann je getroffen zu haben, weder in Graz noch in Salzburg oder Krems. »Ich drück die Daumen. Ich selbst leb allerdings schon länger nicht mehr in der Steiermark.«

»Um Gottes willen, Steirer unter sich. Noch dazu am Wochenende. Ich hätte im Bett bleiben sollen.«

Hinter ihnen erklangen ein Lachen und eine Stimme, die sich nach einem Bären anhörten. Mitzi und Severin Radl drehten sich um.

Der zweite Mann war größer als sie alle, Mitzi schätzte ihn auf annähernd zwei Meter. Er trug ebenso einen Anzug, allerdings in einem hellen Beige. Dazu nicht nur eine pinke Krawatte, sondern zusätzlich ein gleichfarbiges Einstecktuch. Seine Haare waren blond und nach hinten gegelt. An beiden Ohrläppchen funkelten Ohrstecker. Die pinken Akzente, der Ohrschmuck und die Frisur passten nicht zu Stimmklang und Größe. Ein Schild war auch an seinem Sakko befestigt, welches jedoch durch das Einstecktuch überdeckt wurde.

Der Hüne klatschte in die Hände und deutete eine Verbeugung an, ohne die Hand zu reichen. »Freut mich außerordentlich, Herr Radl, dass wir uns endlich ebenfalls einmal kennenlernen. Ich werde für die Vermarktung und den Verkauf der Kalsdorf-Immobilien zuständig sein, sobald alle Verträge unter Dach und Fach sind und die Bauarbeiten starten. Darf ich mich vorstellen: Beat Vadura.«

Ein eigentümlicher Name, dachte Mitzi, der zu seinem extravaganten Aussehen passte. Beat Vadura war der Einzige in der Runde, der nicht einen Hauch von Akzent hatte. Seine Art zu reden erinnerte Mitzi an einen Moderator einer Talkshow.

Severin Radl nickte unterdessen. »Herr Eichwaller hat mir viel von Ihnen berichtet. Freut mich auch. Grüß Gott.«

Vadura lachte. Mitzi war fasziniert. Selbst seine Zähne waren lang. »Auf Ihrem Grund und Boden, Herr Radl, werden eine Menge Familien ein glückliches Zuhause finden.«

»Ich werd da schon nicht mehr in der Steiermark leben, wenn alles gut geht. Aber ich komm es mir anschauen.«

»Ach«, meldete sich Konrad Eichwaller zu Wort, »wohin zieht es Sie, Herr Radl?«

»Nach Niederösterreich.« Severin Radl warf Mitzi einen schnellen Blick zu, als wäre der genaue Ort ein Geheimnis zwischen ihnen. »Die junge Dame hier wird mir ihrerseits ein Stückchen Land verkaufen, auf dem ich mich niederlasse.«

»Land ist immer wertvoll.« Jetzt erst schenkte Beat Vadura Mitzi seine Aufmerksamkeit. »Vielleicht bieten wir Ihnen mehr, Gnädigste, und starten auch dort durch.«

Mit »Gnädigste« war Mitzi noch nie angesprochen worden. Es klang nach einer Person, die hinter ihr stehen musste.

»Das is Mitzi Schlager«, erklärte nun Konrad Eichwaller dem Riesen mit dem pinken Einstecktuch. »Hübsch wie alle Grazerinnen. Eine Augenweide. Wenn ich das alles sagen darf. Sonst sorry.«

Sein Blick huschte rasch einmal über Mitzis Körper. Mitzi erinnerte es direkt an den Friedhofsangestellten bei der Wallfahrtskirche.

»Ich kann nur zustimmen.« Vadura deutete erneut eine leichte Verbeugung an. »Konny hat recht, was den Besitz von Land angeht: Wer bietet mehr?«

Mitzi sah von Eichwaller hoch zu Vadura. »Nein, dankschön. Wenn überhaupt, dann kriegt Herr Radl den Zuschlag.«

»Ich mag die Frauen aus Österreich.« Der Hüne lächelte schelmisch. »Frisch und direkt wie Butterblumen. Verzeihen Sie mir den Vergleich, Gnädigste, ist als Kompliment gemeint. Pardon.«

Mitzi wäre es lieber gewesen, wenn die Herren nichts gesagt hätten, für das sie sich hinterher direkt entschuldigten, und sie der Riese nicht als frische Butterblume bezeichnet hätte. Trotzdem erwiderte sie nichts darauf. Ein solcher Umgang war für sie ohnehin fremd. Neugierig war sie dennoch. »Kommen Sie aus Köln, Herr Vadura?«

Er lachte wieder laut und tief. Die Frau an der Empfangstheke drehte sich zu ihnen um. »Ich bin kein kölscher Jung, Frau Schlager, sondern ein waschechter Luzerner. Niemand denkt, dass ich aus der Schweiz stamme. Den Dialekt habe ich mir abtrainiert. Mit einem Sprechlehrer. Jahrelang. Erstaunlich, nicht?«

»Beat is noch nicht lange Teilhaber unserer Firma«, erklärte Eichwaller und wandte sich dann an Severin Radl. »Wollen wir weiter in mein Büro, Herr Radl? Zeit is kostbar.«

Der alte Bauer wirkte erschöpft. Mitzi hätte ihn am liebsten gestützt, ließ es aber sein. Er sah sie an. »Liebe Mitzi. Wollen Sie hier auf mich warten? Wenn es Ihnen recht is.«

»Mach ich, Herr Radl.«

»Wir haben einen extra Besucherraum, in den Sie sich setzen können.« Beat Vadura deutete Richtung Eingangsbereich. »Frau Keks wird Ihnen einen Kaffee bringen, wenn's Ihnen beliebt.«

Wenn es ihr beliebte? Und Frau Keks? Mitzi beherrschte sich, um nicht loszuprusten. Eichwaller mit dem Bierbauch, den gefärbten Haaren und dem unangenehmen Blick, der Schweizer Riese und eine Empfangsdame namens Keks. Sie freute sich jetzt schon, Agnes von diesen unerwarteten Begegnungen zu erzählen.

Sie nickte höflich. »Kaffee immer.« Dann konnte sie es sich doch nicht verkneifen. »Kann ich vielleicht einen Keks dazu haben?«

Leider schien keiner der Männer ihren Sprachwitz zu verstehen. Severin Radl hatte sich bereits zusammen mit Konrad Eichwaller in Bewegung gesetzt.

»Frau Schlager.« Beat Vadura kam indessen einen Schritt näher zu Mitzi. »Darf ich fragen, wo Ihr Vorname sich herleitet?«

Sie legte den Kopf leicht in den Nacken. »Maria. Mitzi kommt von Maria.«

»Außerordentlich, Gnädigste.« Er nahm ihre Hand. Seine Finger waren lang wie seine Zähne. Mit einem angedeuteten Handkuss beugte er sich vor. »Mitzi. Gefällt mir. Gefällt mir ruedi gut, wie man in Luzern sagen würde.«

Diesmal rollte er das r im Rachen.

7

Das Café Glockenspiel lag wirklich an einem der schönsten Plätze Salzburgs. Mitten in der Altstadt am Mozartplatz, vor der Filialkirche und mit Blick auf die Mozartstatue.

»Ganz abgesehen vom herrlichen Platzerl gibt's hier die besten Nussbeugerl, die ich kenne.«

Mitzi lotste Severin Radl durch die Tischreihen der voll besetzten Außengastronomie. Jeder Platz schien vergeben und die Chancen, sich hier niederzulassen, gleich null. Samstagnachmittag und strahlender Sonnenschein hatten den Touristenstrom zu einer fast bedrohlichen Welle anschwellen lassen.

»Vielleicht nehmen wir uns ein Eis auf die Hand«, schlug der alte Bauer vor. Er wirkte überfordert.

Mitzi blieb unbeeindruckt. Ihr Blick schweifte hin und her, sie konzentrierte sich auf die Tischplatten, auf denen Eisbecher, Kuchenteller und Kaffeetassen standen. Dann sah sie ihr Ziel.

»Warten S'«, rief sie ihrem Begleiter zu und hechtete los. Sie erreichte den dritten Tisch in der zweiten Reihe noch vor einem Pärchen, das ebenfalls suchend auf genau diesen Tisch zusteuerte.

»Entschuldigen Sie.« Mitzi sprach zwei Damen mittleren Alters an, von denen eine gerade ihre Handtasche schloss. »Ich will Sie nicht stören, gnädige Frau, aber sind Sie dabei, aufzubrechen?«

Die Handtaschendame sah hoch. »Eigentlich ja. Ausgetrunken und bezahlt haben wir, doch die Heidi und ich wollten noch ein wenig plaudern. Dann können S' gern an unseren Tisch.«

»So lieb, danke.« Mitzi zeigte ihr strahlendes Lächeln. »Meinem Großvater is ein bisserl schwindlig. Er kann nicht lang stehen, dabei wird ihm schnell schlecht. Aber wir warten natürlich.«

Um kleine Notlügen und Schwindeleien war Mitzi selten

verlegen. Sie halfen ihr durch den Alltag und hatten ihr einmal schon das Leben gerettet.

Die zweite Frau, die einen Strohhut trug, hob die Augenbrauen. »Oh weh. Wo is denn Ihr Großvater?«

»Dort hinten. Er braucht dringend einen Schluck Wasser und einen Kaffee. Für seinen Kreislauf. Im Schatten unter der Markise zu sitzen wird ihm helfen. Ich hatt schon Angst, dass er mir umkippt.«

Mitzi winkte Severin Radl zu. Der sah im Moment tatsächlich nicht ganz gesund aus. Er setzte sich in Bewegung und stützte sich dabei an einer Stuhllehne ab.

»Komm, Berta, lass uns weiterziehen.« Die Frau mit dem Strohhut erhob sich und berührte die Handtaschendame an der Schulter.

Die Angesprochene nickte nun ebenfalls. »In Ordnung, Heidi. Weitertratschen können wir auch beim Promenieren. Der Tisch gehört Ihnen.«

»Das is so was von lieb, gnädige Frau«, wiederholte Mitzi. Sie setzte sich blitzschnell und sah, wie das Pärchen vorbeizog und der junge Mann ihr einen bösen Blick zuwarf.

»Mitzi, das is ja ein kleines Wunder.« Severin Radl hatte sie erreicht und nahm ebenfalls Platz. Er holte ein Taschentuch aus seiner Hosentasche und wischte sich über Stirn und Wangen. »Früher konnt ich bei glühender Hitze aufm Feld arbeiten, es hat mir nix ausgemacht. Man sollt halt nicht alt werden.«

»Muss man aber, wenn man nicht jung sterben will, hat die Oma g'sagt. Nur g'sund soll man dabei bleiben.« Mitzi klopfte dreimal auf die Tischplatte. »Mein Ratschlag, Herr Radl: Bestellen Sie sich eine Melange mit einem Nussbeugerl, die beste Kombination. Ein Eis können wir uns später noch gönnen.«

»Zuerst brauch ich was Herzhaftes. Zu Hause trink ich eigentlich immer schwarzen Kaffee. Vielleicht mit einem Löfferl Schlagobers dazu.«

»Dann nehmen S' einen Einspänner, würd ich raten.«

Mitzi streckte sich, während Severin Radl die Karte durchzublättern begann. Auf dem Weg von der Baufirma zum Glockenspielcafé hatte sie den endgültigen Entschluss gefasst, das Grundstück an Herrn Radl zu verkaufen. Der Gedanke, dass sie sich damit einen Umzug würde leisten können, bereitete ihr jetzt gute Laune. Es war wahrhaftig ein letztes Geschenk ihrer verstorbenen Oma.

»Danke, Herr Radl.«

Severin Radl sah sie erstaunt an. »Wofür denn, Mitzi?«

»Dass Sie sich gemeldet haben.«

»Versteh ich nicht.«

»Wissen Sie, ohne Ihr Kaufangebot hätte ich das Stück Land in Lilienfeld wahrscheinlich behalten, ohne recht zu wissen, was ich damit machen soll. Wahrscheinlich wäre ich hingefahren und drauf herumgelaufen und hätt geweint, weil ich an die Oma hätt denken müssen. Mehr wäre nicht passiert. Ich kenne mich, ich bin oft seltsam.«

»Sagen Sie das nicht, liebe Mitzi. Bei dem ganzen Unglück, das Ihnen widerfahren is, haben Sie sich doch großartig entwickelt.«

»Ich kann mich noch an Sie erinnern, lieber Bauer Radl.« Automatisch fiel Mitzi auf die Anrede zurück, die sie als Kind immer für den Nachbarn verwendet hatte. Der Bauer Radl und die Tante Ingrid. Nie hatten ihre Eltern oder Benni Herr oder Frau zu den beiden gesagt. »Und wie die Tante Ingrid zu Ostern uns Kindern bunte Eier geschenkt und zu Weihnachten die Vanillekipferl gebacken hat.«

»Ja, meine Frau war eine Seele von einem Menschen. Fast vierzig Jahre waren wir ein Paar. Leider hat uns der liebe Gott nie Kinder geschenkt. Aber die Ingrid hat euch dafür so mögen. Sie hat oft noch geweint, dass der arme Benni –« Er beendete den Satz nicht.

»An dem Tag, an dem –« Mitzi stockte ebenfalls. Selbst nach all den Jahren fehlten ihr für das Geschehene oft die Worte. Sie merkte, wie sie in die Traurigkeit der letzten Wochen zurückzukippen drohte.

Radl wackelte mit dem Kopf. »Lassen Sie uns lieber den Sommer und die Welt genießen als vergangenes Leid beklagen.«

Er hatte recht. Mitzi atmete durch. Sie saßen in einem der besten Cafés der Stadt, gleich würde ein fescher Ober erscheinen und ihre Wünsche aufnehmen. Das Leben ging weiter, wie schwer der Verlust auch war, den man zu verkraften hatte.

»Darf ich ein Foto von uns machen, Herr Radl?« Mitzi begann in ihrer Umhängetasche nach dem Smartphone zu kramen. »Ich schick es Ihnen dann, als Erinnerung.«

Radl schlug sich mit der Hand auf die Stirn. Der Steirerhut, den er trotz der Hitze immer noch aufhatte, rutschte nach hinten. Das weiße Haar darunter klebte auf seiner Haut. »Jessas.«

»Was is?«

»Ich hab schon wieder mein Mobiltelefon vergessen.« Er zuckte mit den Schultern. »Eigentlich is es das von meiner Ingrid. Ich hab den Vertrag übernommen nach ihrem Tod. Es is ein Alte-Leut-Ding, wie es so schön heißt. Ich schaff es gerade, einen Text einzutippen und zu versenden oder auf der Telefonliste jemanden zu suchen.«

»Bitte um ein Lächeln.« Mitzi knipste zweimal und nahm sich vor, die Bilder auszudrucken und ihm per Post zukommen zu lassen. »So, und jetzt noch ein Selfie von uns beiden.«

Es war Radl anzusehen, dass er keine Ahnung hatte, was das war. Mitzi beugte sich zu ihm und hob das Handy hoch. »Noch einmal Cheese sagen. Oder einfach lächeln.«

Mitzi strahlte, Severin Radl zog die Mundwinkel unnatürlich weit nach oben.

Danach rutschte er sofort mit seinem Stuhl ein Stück zur Seite. »Das reicht. Sie sind jung und schön, zu Ihnen passt das Fotografieren. Ich bin hingegen ein alter Dackel.«

»Sagen Sie mir Ihre Handynummer, Herr Radl?« Jetzt erst fiel ihr auf, dass sie ihn bisher nur am Festnetz erreicht hatte.

Er nahm die Getränke- und Speisekarte wieder in die Hand. »Sobald ich zurück daheim bin, ruf ich Sie an und gebe sie Ihnen durch. Auswendig kann ich sie nicht.«

Mitzi begutachtete die Bilder und sendete sie an Agnes. »Der Bauer Radl und ich. Süß, gell?«, schrieb sie dazu. Wenige

Sekunden später schickte Agnes ein »Daumen hoch«, was Mitzi erfreute.

Severin Radl blätterte und redete weiter. »Ich weiß noch, dass ich genau an dem Tag vom Unglück zu Ihrem Vater, dem Gerald, gesagt hab, dass er mit den neuen und vollen Gaskartuschen aufpassen soll. Ich hab sie ihm gebracht, und er hat sie recht achtlos an der Rückwand vom Holzhaus abgestellt.«

Mitzi senkte den Kopf. Leider befolgte Radl seinen eigenen Ratschlag von vorhin nicht und kam doch wieder auf den Juni 1997 zurück. Sie bemerkte unter dem Tisch Spatzen, die am Boden nach Bröseln pickten.

»Auch der Konrad hat ihn darauf aufmerksam gemacht. So war das, liebe Mitzi«, fuhr Radl fort.

»Der Konrad?« Mitzi vergaß die Spatzen. »Welcher Konrad?«

»Na, der Konrad Eichwaller. Deshalb hat er doch vorhin zu Ihnen gesagt, dass er Sie kennt, liebe Mitzi. Jetzt fällt es mir wieder ein. Ich vergess schon die halbe Welt.«

»Der Herr Eichwaller hat schon früher mit Ihnen zu tun gehabt, Herr Radl?«

»Hab ich das nicht schon erwähnt? Aus dem Grund hab ich ihm direkt den Zuschlag für meinen Hof und mein Land gegeben. In Kalsdorf hatte er sein Büro als junger Kerl. Er war oft bei mir am Hof. Und dabei hat er auch euch vier getroffen. Leider is diese erste Firma pleitegegangen, ich weiß gar nicht mehr, wie er die genannt hat. Es war ein Schlag für ihn. Danach is er aus der Steiermark weg. Ich glaube mich zu erinnern, dass er dem Benni einmal ein Holzboot geschenkt hat. Ja, doch. Wie sehr sich Ihr kleiner Bruder gefreut hat, das weiß ich noch genau.«

Mitzi erstarrte.

Plötzlich war ihr, als würde ihr Bruder mitten aus dem Pulk an Menschen, die auf dem Mozartplatz flanierten, auftauchen. Ein Vierjähriger mit strohblonden Haaren, der ein kleines Boot aus Holz in seiner einen Hand schwenkte und laut lachend durch die Menge rannte. »Benni ...«, hauchte Mitzi und verkrampfte die Finger.

»Ja, der Benni. Was für ein liebes Kinderl. Das Boot hat ihm so gefallen. Ich meine, das war sogar derselbe Tag, an dem der Konrad es ihm mitgebracht hat. Der schreckliche Tag.«

»Konrad Eichwaller war da bei uns?«

Sie hatte überhaupt keine Erinnerung mehr an den Bauunternehmer, das Spielzeug jedoch hätte sie sofort beschreiben können. Die Seiten waren mit blauer Farbe angestrichen worden, auf dem Miniatursegel war ein Anker abgebildet gewesen. Genau dieses Boot, das Benni, der sich nun mehr und mehr dem Café und Mitzi näherte, jetzt enthusiastisch in die Höhe streckte.

»Ein paar Stunden vor der Explosion, liebe Mitzi. Wenn ich geahnt hätt, was für eine Tragödie sich später abspielen würd, ich hätte euch gepackt und zur Ingrid und mir geschleift.«

»Ich hab gedacht, dass die Oma dem Benni das Boot gegeben hat. Und mir eine Barbiepuppe.«

Mitzis Bruder hatte inzwischen die ersten Tische im Gastgarten erreicht. Sein Gang war unsicher, aber der Bub sah glücklich aus. Mitzi richtete sich kerzengerade auf.

»Auf jeden Fall war der Eichwaller bei euch.« Severin Radl redete weiter, ohne Mitzis Anspannung wahrzunehmen. »Es ging um die Baugenehmigung. Deine Eltern wollten ja statt der Holzhütte ein festes Haus errichten. Konny hat sie beraten. Auf meine Vermittlung hin.«

Benni war angekommen. Neben Severin Radl blieb er stehen. Sein Kopf reichte gerade über die Tischkante.

»Paradeisergatsch«, sagte Mitzi laut und blinzelte.

So plötzlich, wie er erschienen war, verschwand Benni wieder. Löste sich in der warmen Luft dieses Sommertages auf. Auch Mitzis körperliche Starre ließ nach. Ihre Arme waren vom Ellbogen abwärts eingeschlafen, sie begann mit den Fingern zu pumpen. Es brannte leicht.

»Was haben S' g'sagt?«, fragte Severin Radl.

Mitzi räusperte sich. »Mein Bruder hat Spaghettisauce aus

Tomaten immer als Paradeisergatsch bezeichnet. Wissen Sie, Bauer Radl, ich hab damals Nudeln und diese Sauce für uns kochen wollen und deswegen das Gas am Herd aufgedreht. Eine Spinne hat mich erschreckt. Ich bin zu meinen Eltern gelaufen. Hab das Gas vergessen. Deshalb sind sie alle gestorben. Mama, Papa und Benni. Ich war's.«

»Unsinn. Es war ein saublöder Unfall.« Severin Radl begann an seinem Daumennagel zu kauen, der in der Mitte einen dunklen Fleck aufwies.

Der Kellner zeigte sich, ihm war die Hitze ebenfalls anzusehen, seine hohe Stirn glänzte und war voller Schweißtropfen. »Was bestellen, die Herrschaften?«

»Eine Melange und ein Nussbeugerl, bitte.« Mitzi atmete durch, sie wollte sich die Freude und den Appetit nicht nehmen lassen.

»Und der Herr?«

»Für mich einen normalen Kaffee. Ich will was Herbes dazu: ein original Salzacher Würstel. Wie's in der Karte abgebildet is.«

»Aber gern doch.« Der Ober notierte und hetzte zum nächsten Tisch voller Gäste.

»Kennen Sie Lilienfeld, liebe Mitzi?« Severin Radl wechselte endlich das Thema. »Is ein schöner Ort. Deshalb will ich mich auch genau dort niederlassen.«

»Bisher weiß ich nur, dass es in Niederösterreich liegt. Erst beim Notar hab ich von dem Besitz und dem Erbe erfahren.« Mitzi war ebenfalls froh, nicht tiefer in die Vergangenheit zu schauen. Zumindest nicht im Moment. »Ich war in Melk und in Krems, ein paarmal sogar. Idyllisch.«

»Lilienfeld is gar nicht so weit weg. Mit dem Auto eine Dreiviertelstund. Wandern kann man dort wunderbar. Wenn Sie einmal mit Ihrem Liebsten im Städtchen haltmachen, dann im Hotel am Glockenturm.«

An Freddy dachte Mitzi in diesen Tagen selten. Mitzis Liebster war eigentlich schon Geschichte, wie sie vorhin erwähnt hatte. Ihr Freund oder eben inzwischen Ex-Freund war als Handelsvertreter für Nahrungsergänzungsmittel zurzeit quer durch Österreich und Ungarn unterwegs.

Nach der Beerdigung ihrer Großmutter hatte er sich Urlaub genommen und Mitzi unterstützt, aber an Mitzis Entschluss, ihn zu verlassen, hatte es nichts geändert. Freddy war ein feiner Kerl, der eine bessere Freundin verdient hatte, fand Mitzi. Dass er sie in seiner Wohnung wohnen ließ, bis sie etwas Neues gefunden hatte, war ebenfalls ein Zeichen seiner Anständigkeit.

»Wandern tu ich gern.« Mitzi beschloss, Bauer Radl nichts weiter über Freddy zu erzählen. »Is das Glockenturm ein Romantikhotel?«

»Also, ich kenn es nur von außen. Die viele Arbeit am Bauernhof hat die Ingrid und mich über die Jahre nie gemeinsam wegfahren lassen. Wir waren eh nicht die Leut für Schnickschnack. Aber hübsch is es, das muss man sagen.«

»Vielleicht übernachte ich dort einmal, wenn ich den Richtigen gefunden hab.«

Der Ober servierte die Kaffees und Mitzis Nussbeugerl. »Das Würstel kommt sofort.«

Severin Radl nahm seine Tasse mit beiden Händen und schlürfte den ersten Schluck. »So ein fesches Dirndl wie Sie, Mitzi, die muss ein Dutzend Verehrer haben.«

»Ach, Bauer Radl.« Mitzi rührte ihre Melange um.

»Als kleines Mäderl hatten S' so lange Zöpfe«, spann er nun doch wieder einen Faden in die Vergangenheit.

Mitzi nickte und sah zur Seite. Auch Benni mit dem blauen Holzboot war zurück.

8

Die Atmosphäre in der Rechtsmedizin Innsbruck machte Agnes ein wenig zu schaffen, obwohl sie damit früher nie Probleme gehabt hatte.

Es lag nicht am grellen Licht oder den aufgereihten glänzenden Sektionstischen im Raum. Auch die sterile Umgebung war nicht ihr Problem. Der Grund ihres Unwohlseins lag in ihrer Schwangerschaft. Das neue Leben in ihrem Bauch bildete einen krassen Gegensatz zu der aufgebahrten Toten.

Nach der ersten Begutachtung am Tatort durch den diensthabenden Arzt Dr. Wakowiak in Kufstein hatte schnell festgestanden, dass es sich um ein weibliches Opfer handelte. Der Körperbau, dazu auch die Reste der Kleidung, alles sprach dafür. Die mögliche Todesursache war ebenfalls durch den diensthabenden Arzt angegeben worden. Ein Loch im Schädel ließ mit ziemlicher Sicherheit auf einen Totschlag schließen. Bastian hatte die ersten Erkenntnisse in seinen Bericht aufgenommen.

Als Agnes einen Tag nach dem Leichenfund den Keller in Augenschein genommen hatte, hatte man den Körper bereits weggebracht, um eine schnelle Zersetzung an der Luft zu verhindern. Die Tote war in die Rechtsmedizin nach Innsbruck transportiert worden, eine zweite Leichenschau war durchgeführt und dokumentiert worden. Trotzdem hatte es Agnes keine Ruhe gelassen, sie hatte sich schließlich ein eigenes Bild machen wollen.

Sie verschränkte die Finger vor ihrem Bauch, der unter dem grünen OP-Kittel wie eine Bowlingkugel wirkte. Der zuständige Rechtsmediziner Dr. Christian Krempl stand neben ihr. An der Tür wartete ein Assistenzarzt auf weitere Anweisungen.

»Danke, Mark.« Dr. Krempl schickte den jungen Mann nach draußen. »Wenn wir fertig sind, rufe ich dich.«

Der Rechtsmediziner war groß und schlaksig. Er überragte

Agnes um einen Kopf. Seine braunen Haare waren millimeterkurz rasiert. Sein Alter schätzte Agnes auf Anfang vierzig. Die buschigen Augenbrauen verliehen ihm eine gewisse Strenge.

»Hier haben Sie Ihre Tote noch einmal, Inspektorin Kirschnagel.« Er betonte das »Ihre«. »Kommt selten vor, dass wir zweimal an einem Tag Polizeibeamte empfangen.«

»Meine Tote ist es nicht, Dr. Krempl. Aber danke, dass Sie so kurzfristig Zeit für mich hatten. Ich habe die Leiche in Kufstein nicht mehr zu Gesicht bekommen und mich kurzerhand entschlossen, hierherzufahren.«

Agnes ließ sich vom sarkastischen Ton des Rechtsmediziners nicht irritieren, sondern konzentrierte sich auf den aufgebahrten Körper vor ihr. Sie hatte jetzt ebenfalls den Eindruck, eine Mumie zu betrachten, die trotz der langen Zeit in Plastik und Mauer recht gut erhalten war. Vielleicht auch gerade deshalb war die Zersetzung kaum vorangeschritten. Die Haut war pergamentartig, und die Sehnen traten stark hervor. Sie schimmerten in einem gelblich braunen Ton. Auf dem Schädel gab es nur noch wenige Haare, die wie angeklebt aussahen. Die Augen waren leere Höhlen, der ausgedörrt wirkende Mund leicht geöffnet.

Dazu roch die Tote stark, und Agnes war für den Mundschutz dankbar. Die scharfe Paste, die ihr Dr. Krempl angeboten hatte, um sie sich unter die Nasenlöcher zu reiben, hatte sie allerdings abgelehnt, was sie nun bedauerte.

»Die äußere Obduktion sowie die rechtsmedizinische Leichenöffnung haben ja bereits stattgefunden, Inspektorin Kirschnagel. Wie Sie an den Nähten am Bauchraum und Oberkörper erkennen können.« Christian Krempl zeigte auf die pergamentartige Haut. »Ich habe Ihren Kollegen nicht nur persönlich empfangen, sondern ihm inzwischen die erste Dokumentation gesendet. Ebenso dem Landeskriminalamt. Ich verstehe deshalb nicht ganz, warum wir uns noch einmal die Mühe machen, innerhalb so kurzer Zeit?«

Hinter seiner Bemerkung stand der Vorwurf, dass er als Rechtsmediziner ein sehr beschäftigter Mann war, wie er

Agnes zwei Stunden zuvor am Telefon auch schon mitgeteilt hatte. Christian Krempl sah jetzt auf sein Handgelenk, obwohl er dort keine Uhr trug.

»Ich werde die Ermittlung leiten, Dr. Krempl.«

Agnes flunkerte. Noch waren alle darauf aus, sie zu schonen. Deshalb musste sie Eigeninitiative ergreifen. Bastians Bericht und die Fotos würde sie sich später von ihm holen. Am Ende würden er und Revierinspektor Renner Agnes zustimmen. Sie würde nicht nur die Recherche übernehmen, sondern sich durchsetzen und direkt in den Fall einsteigen. Auch, um nicht den Kollegen vom Landeskriminalamt Innsbruck allein das Feld der Mordaufklärung zu überlassen.

»Das wusste ich nicht, sorry.« Der Rechtsmediziner hob eine seiner buschigen Augenbrauen.

»Kein Problem.« Agnes zupfte sich den Mundschutz zurecht. »Nach den ersten Erkenntnissen handelt es sich um einen Totschlag, nicht?«

Christian Krempl ging an das Kopfende des Sektionstisches und beugte sich vor. Er fasste mit seinen Händen, die in weißen Latexhandschuhen steckten, den Kopf der Toten und drehte ihn mit Vorsicht auf die rechte Seite. »Schließen Sie zu mir auf, Inspektorin Kirschnagel.«

Agnes trat neben den Rechtsmediziner. Der hintere Teil des Kopfes mit dem Loch war wie ein Stück Porzellan, das in der Mitte gebrochen war.

»Ein wuchtiger Schlag war definitiv die Todesursache. So einen Bruch der Schädelplatte überlebt keiner.«

»Kann man sagen, womit das Opfer erschlagen wurde?«

»Nach einer genaueren Analyse der Delle würde ich auf eine Eisenstange tippen. Sehen Sie die eher längliche Form mit der Vertiefung an einem Ende?« Er griff mit einer Hand unter das rechte Schulterblatt der Toten und hob dabei den Oberkörper an.

»Der winzige Metallabrieb, der auf den Knochensplittern noch festzustellen war, unterstreicht meine Vermutung. Allerdings gibt es immer noch die Möglichkeit, dass ein Metallteil aus größerer Höhe auf den Schädel gefallen ist. Unwahrscheinlich, aber nicht ganz auszuschließen. In dem Fall hätte es sich um einen Unfall gehandelt.«

»Verstehe. Wobei sich jemand die Mühe gemacht hat, die Tote verschwinden zu lassen. Unfallopfer braucht man nicht einzumauern.«

»Absolut. Ich würde ebenso auf ein Tötungsdelikt tippen.« Dr. Krempl sah Agnes an. »Fällt Ihnen nicht noch etwas auf, Inspektorin Kirschnagel?«

Agnes blinzelte. »Ehrlich gesagt nein.«

»Ich gebe zu, bei dem Zustand der Leiche kann es Laien nicht ins Auge springen.« Seine eigenen Augen verengten sich, Agnes vermutete, dass er unter der Maske lächelte. »Aber es ist doch sehr ungewöhnlich. Und unterstreicht unsere Mordtheorie.«

»Was denn?«

Er ließ eine kurze Spannungspause. »Das linke Ohr fehlt.«

Agnes vergaß ihr mulmiges Gefühl, die Neugierde einer Ermittlerin schob sich in den Vordergrund. »Wie?«

»Das linke Ohr wurde definitiv post mortem entfernt.«

»Jemand hat der Frau das Ohr abgeschnitten?« Agnes war perplex.

Christian Krempl nickte. »Ihr Kollege hat genauso erstaunt reagiert wie Sie, Inspektorin Kirschnagel. Selbst wir waren bei der äußeren Besichtigung der Leiche erst mal überrascht. Alles gut erhalten, aber das Ohr nicht an seinem Platz. Am Knochen zeigen sich typische Einkerbungen, die darauf schließen lassen, dass dieses Organ mit mehrfachen Schnitten amputiert worden ist.«

Er ließ den Schädel vorsichtig wieder auf den Sektionstisch sinken. Agnes gefiel, wie behutsam er mit der Toten umging. Ihr erster, eher negativer Eindruck vom Rechtsmediziner verschob sich ins Positive. Auch er wurde ihr gegenüber umgänglicher.

»Als Frau würde ich das Opfer nicht bezeichnen, Inspektorin Kirschnagel.«

»Sondern?«

»Ein Mädchen. Nach der Untersuchung von Zähnen, Knochen und Organen würde ich die Tote auf maximal sechzehn Jahre schätzen.« Er deutete auf eine Stelle unter dem Hals der Leiche. »Sehen Sie hier: Die Auswachsung der Schlüsselbeine beginnt zum Beispiel erst ab achtzehn. Sechzehn oder ein Jahr jünger wäre möglich. Sie hatte rötliches Haar, eine helle Haut und war etwas pummelig.«

»Ein Teenager also. Unser Polizeiarzt in Kufstein, Dr. Wakowiak, hat es bereits angedeutet.«

»Die Details verdanken wir der Tatsache, dass die Leiche in diesem fast mumifizierten Zustand ist, Inspektorin Kirschnagel. Die Plastikumhüllung und das Mauerwerk haben sie konserviert. Genauer gesagt zwei große Plastiksäcke. Einer ist der Toten über den Oberkörper gestülpt worden, der andere über die Beine und die Hüften. Wir haben Reste eines Klebebandes gefunden, damit war die Lagerung fast perfekt.«

»Gab es auf den Säcken noch Spuren?«

»Auf dem Plastik nicht, allerdings auf den Klebebandstreifen.«

»Immerhin.« Agnes horchte auf.

Dr. Krempl nickte. »Grobe Fasern, die nach meiner ersten Begutachtung von festen Arbeitshandschuhen stammen könnten. Die genaue Analyse läuft noch in der forensischen Abteilung.«

»Können Sie auch sagen, wie lange sie bereits tot ist?«

»Das wird schwierig. Ich kann nur schätzen. Also die Jahre, nicht die Monate oder den Tag.«

»Und?«

»Zwölf, würde ich behaupten.« Er nickte. »Ja, vor zwölf Jahren ist sie in dem Keller ermordet worden.«

»Ob es tatsächlich der Tatort ist, steht noch nicht fest, Dr. Krempl.«

»Oh.« Christian Krempl zog die buschigen Augenbrauen in die Höhe. »Mein Fehler, Sie haben damit absolut recht. Der Fundort muss nicht der Ort des Verbrechens sein.«

Agnes machte einen Schritt zurück, der Geruch begann ihr in den Augen zu brennen.

»Wollen wir in meinem Büro weiterreden, Inspektorin Kirschnagel?«

»Wenn Sie mir noch ein wenig Ihrer Zeit gönnen, Dr. Krempl?«

Der Rechtsmediziner blickte wieder auf sein uhrloses Handgelenk. »Folgen Sie mir. Mein Assistent Mark kümmert sich weiter um Ihre Tote.«

Das Büro des Rechtsmediziners war gemütlicher eingerichtet, als Agnes es vermutet hätte. Neben einem Schreibtisch, auf dem zwei Bildschirme standen, gab es eine Besuchercouch in mintgrüner Farbe. Drei Pflanzentöpfe auf der Fensterbank. Die Aussicht nach draußen zeigte einen hellblauen Sommerhimmel. Ein Labsal nach der kühlen Atmosphäre des Sektionssaals.

Agnes nahm einen Schluck aus dem Wasserglas, das ihr Christian Krempl serviert hatte. Er schien es überhaupt nicht mehr eilig zu haben.

»Wann ist es so weit?« Er zeigte auf Agnes' Bauch.

»In nicht ganz drei Monaten. Der errechnete Termin ist der letzte Oktobertag.«

»Kann stimmen, muss aber nicht. Wundern Sie sich nicht, wenn es beim Ersten wesentlich später wird. Ich habe drei.«

»Drei Kinder, wow.« Agnes wurde bei dem Gedanken an all die organisatorischen Vorbereitungen auf das eine schon schummrig.

»Alles Mädchen. Allerdings auch drei Mütter dazu.« Er grinste. »Etwas unstet, ich weiß, doch ich kümmere mich und bin stolz auf jede.«

»Meines soll ein Junge werden.« Zumindest nach Mitzis fester Überzeugung, aber das behielt Agnes für sich. »Um auf die Leiche zurückzukommen.«

»Natürlich.« Dr. Krempl setzte sich neben Agnes. »Ihr Kollege war nicht so wissbegierig wie Sie.«

»Ich denke, Inspektor Klawinder geht davon aus, dass die Kollegen hier vom LKA Innsbruck übernehmen werden.«

»Sie jedoch nicht.«

»Ich möchte die Angelegenheit nicht aus der Hand geben. Wie vorhin gesagt, werde ich die Ermittlungen leiten. Schließlich wurde das tote Mädchen in Kufstein gefunden. Gab es sonst noch Auffälligkeiten?«

»Noch laufen die Laboruntersuchungen. DNA wurde vom Körper extrahiert, zur Identitätsbestimmung. Es gab noch Mageninhalt, allerdings ist der nach der langen Zeit eingedickt. Ich kümmere mich persönlich darum, dass alle folgenden Ergebnisse an Sie weitergeleitet werden, Inspektorin Kirschnagel. Die Analyse dauert noch an.«

»Wurde das Mädchen sexuell missbraucht?«

»Kann ich nicht sagen, aber gleichermaßen kein sicherer Ausschluss.«

»Verstehe.«

»Erschlagen, das linke Ohr entfernt, eingepackt in Säcken und eingemauert. Ganz schön starker Tobak, finde ich.«

»Sie sagen es, Dr. Krempl. Ein Verbrechen, das es in die Schlagzeilen und in die sozialen Medien schafft. Egal, wie lange es zurückliegt.«

Agnes graute vor den Pressefragen mehr als vor den Recherchen. »Sie sagten, dass Sie DNA von der Toten haben, wäre denn auch noch Fremd-DNA zu finden?«

Der Rechtsmediziner erhob sich und goss sich aus der Karaffe auf seinem Schreibtisch ebenfalls ein Glas Wasser ein. Damit in der Hand begann er auf und ab zu gehen.

»Unsere Forensische DNA-Abteilung ist 1990 eingerichtet worden und war die erste im deutschsprachigen Raum. Unser Schwerpunkt war und ist die Identifikation menschlicher Überreste. Ich kann Ihnen versichern, wir arbeiten daran und werden alles genetische Material, das sich noch finden lässt, genauestens prüfen. Jahrzehnte nach einem Verbrechen können DNA-Spuren erhalten sein. Selbst mit einer unvollständigen Probe arbeiten wir. Unsere Datenbank ist enorm.«

»Ich vertraue Ihnen.« Agnes faltete die Hände. »Und ich möchte baldigst die Identität der Leiche herausfinden.«

»Natürlich. Stellen Sie sich vor, jemand vermisst sein Kind seit über einem Jahrzehnt.« Christian Krempl unterbrach sein Gehen. »Meine Jüngste ist sechzehn.«

»Ich werde mich dahinterklemmen und alle Vermisstenanzeigen aus der Zeit durchgehen.«

Inzwischen fand Agnes Dr. Krempl ohne Einschränkungen sympathisch. Wie schnell sich Meinungen ändern konnten. Sie musste an Mitzi denken. »Nelly« hatte Mitzi die Leiche spontan getauft. Fast war sie versucht, Christian Krempl von der Freundin und ihren eigentümlichen Ideen zu erzählen, hielt sich aber zurück.

Ihr Handy summte in ihrer Hosentasche. »'tschuldigung, Dr. Krempl.«

»Nein, nein, schon gut.« Er winkte ab. »Wir haben beide Berufe, die ewige Bereitschaft verlangen.«

Agnes zog das Mobiltelefon halb heraus und warf einen Blick darauf. Nicht die Kollegen, sondern Axel versuchte sie zu erreichen. Sie drückte den Anruf weg. Immer eines nach dem anderen. »War nicht wichtig.«

»Kufstein ist eine kleine Gemeinde.« Dr. Krempl nahm den Faden wieder auf. »Das Verschwinden eines Teenagers ist nichts Alltägliches.«

»Es kann allerdings gut sein, dass das Mädchen nicht in Kufstein zu Hause war.«

»Das heißt, eine landesweite Suche?«

»Genau. Vielleicht sogar über die Grenzen hinaus. Ich klemme mich dahinter. In meinem Zustand ist Recherche das Einfachste und Sicherste, was ich tun kann. Ich würde Ihnen gerne meine Visitenkarte dalassen, Dr. Krempl, mit meiner privaten Nummer. Wenn Sie mich als Erste informieren würden, sollten Sie einen Treffer haben, wäre ich Ihnen dankbar.«

Er lächelte breit, und diesmal konnte Agnes es sehen. »Sie gefallen mir, Inspektorin Kirschnagel.«

Sie mir auch, dachte Agnes.

9

Er, der längst zum Mörder geworden war, dachte über Zeit nach. Über Zeit und Jugend und das Gefühl der Liebe.

Und er hatte geliebt, oh ja.

In all dem Schmerz und der Verlorenheit seiner früheren Jahre hatte es einen Punkt gegeben, an dem eine Heilung eingesetzt hatte. Eine kurze Phase der Besserung seines elenden Daseins.

ES war in sein Leben getreten. Das Mädchen. SIE. Die junge Frau.

Als Bub in der Schule war er einmal über den Begriff »schaumgeboren« gestolpert. Den Zusammenhang wusste er nicht mehr, aber dieses Wort auszusprechen machte ihn bis heute froh und glücklich.

Den Namen der Auserwählten hatte er allerdings so tief im Labyrinth seiner Erinnerung vergraben, dass er es nicht einmal in seinen Träumen wagte, sie zu rufen. Stets war sie eine ferne Erscheinung, allein dazu da, betrachtet zu werden. Damals hatte er in Erfahrung gebracht, wie sie hieß, wo sie wohnte, aber mehr Nähe hatte nie stattgefunden. Nicht einmal einen Satz hatten sie gewechselt, sich nie berührt. Sie wusste nichts von ihm, er über sie, dass sie schaumgeboren an den Strand seiner Existenz gespült worden war. Und dass er sie liebte.

Aufgefallen war sie ihm in einem der heißesten Sommer seiner Jugend. Er, am Beginn der Pubertät, schüchtern, verstört und bereits durch die harte Hand seines Vaters gebrochen. Sie, wie eine wunderschöne Offenbarung. Die junge Frau war älter als er damals, mit Sicherheit jedoch noch keine zwanzig. Mit einem Einkaufskorb am Arm und auf einem Fahrrad war sie an ihm vorbeigeradelt. Schon dieser erste Blick hatte ihn verzaubert.

Von da an begegnete er der jungen Frau täglich. Im Supermarkt lief er ihr über den Weg, im Schwimmbad sah er sie in Begleitung einer Erwachsenen, vielleicht ihrer Mutter. Sie musste neu in der Nachbarschaft sein. Ein Wesen, nicht von dieser Welt für ihn, den Gequälten.

Langes rötliches Haar hatte sie, helle Haut, sinnliche Lippen. Ihre Augenfarbe versuchte er zu erraten, nie kam er ihr nahe genug. Blau mussten die Augen sein, nein, grün oder grau. Nicht braun, das stand für ihn fest. Meist kleidete sie sich in weite helle Sommerkleider, einmal sah er sie in Shorts und Bluse, ein anderes Mal trat sie in einem luftigen orangenen Overall in die Pedale.

Dazu – das war das Bemerkenswerte – trug sie einen Ohrring, tatsächlich nur einen, auf einer Seite.

Das Schmuckstück bewegte sich mit seiner Trägerin im gleichen Rhythmus, es schwang mit ihren Gesten mit. Wenn er seinem heimlichen Schwarm über den Weg lief, faszinierte ihn an manchen Tagen der eine Ohrring mehr als die Person. Wie hypnotisiert war er davon.

Sie trug ihn links, genau auf der Seite, die seine eigene Qual bedeutete.

Ein Stern an einer in sich gewundenen zarten Kette, die lang war und baumelte. Silbern glänzend. Meist hatte seine Angebetete die Haare links hinters Ohr geschoben, vielleicht wissend, dass dadurch der Schmuck besser zur Geltung kam.

Warum sie sich entschieden hatte, nur die eine Seite aufzuhübschen, blieb ihm bis heute ein Rätsel. In einsamen Stunden stellte er sich vor, sie aufzusuchen, mit ihr zu reden, ein kühles Getränk zu teilen. Gemeinsam lachen, scherzen. Langsam sich näherkommen, eine Umarmung, ein Kuss. Liebe war das große Wort dahinter, aber wer nicht träumt, der kann niemals in diesem bitteren Leben gewinnen.

Mit ihr zu fliehen aus dem Ort, aus dem Land, war eine seiner bevorzugten Phantasien. Ausreißen und das Wagnis einer gemeinsamen Zukunft eingehen. Plastisch, als würde es eben geschehen, sah er sich selbst, wie er seine Sachen packte, die Angebetete bei der Hand nahm und mit ihr davonrannte, weiter und immer weiter. Erst viel später, in Sicherheit und vereint, würde das Mädchen ihm Fragen zur gemeinsamen Flucht stellen und bei seinen Antworten einfach nicken. Bis dass der Tod den Buben und das Mädchen scheiden würde, wären sie zusammengeblieben. Die junge Frau mit den roten Haaren und dem einen langen Ohrring und er, der gequälte, der einsame, der mutterlose Junge.

Das Mädchen wurde in dieser kurzen Zeit eines seltenen Glücks ein Gegenpart zur väterlichen Strafe, die der Bub stets und immer noch zu erdulden hatte. Doch mit dem Anblick seiner geheimen Liebsten erfuhr sein Leid eine Wiedergutmachung, schien ihm die Pein seiner Kindheit erträglicher.

Er, der längst zum Mörder geworden war, fragte sich, ob sein Schicksal anders verlaufen wäre, wenn er es gewagt hätte, die junge Frau nur ein einziges Mal tatsächlich anzusprechen.

Ein Wortwechsel mit ihr, ja selbst ein leiser Gruß hätte genügen können, um seinem Peiniger die Stirn zu bieten. Oder wirklich von zu Hause auszubrechen. Seinen Vater hinter sich zu lassen hätte seinem Leben möglicherweise eine Wendung gegeben.

Die Realität hatte ihn schon am Ende des Sommers eingeholt, und sie war profan und grausam. Geräuschlos und unerwartet war das Mädchen aus seinem Leben verschwunden. Den einen Tag noch hatte er der jungen Frau sehnsüchtig hinterhergesehen, als sie auf ihrem Fahrrad an ihm vorbeigeweht war, am nächsten schien sie wie vom Erdboden verschluckt. Umgezogen oder gestorben, wer wusste das schon. Er hatte einen ganzen Tag und eine Nacht vor ihrem Haus verbracht, hatte auf dem Rasen vor dem Eingang geschlafen. Kein Auto hatte eingeparkt, kein Fahrrad war um die Ecke gebogen. Keine Menschenseele war hineingegangen oder herausgekommen. Schließlich war der Bub zurück in sein Heim und zurück zum Vater.

Er hoffte noch eine Weile. Wartete, weinte und gab schließlich die Hoffnung auf Wiedergutmachung auf, vollkommen und gänzlich. Das Leiden ging weiter, eine Weile noch in alter Manier.

Nach dem Tod des tyrannischen Vaters, als das Leben als Erwachsener ihm doch noch Gutes brachte, wie eben Vaters Abgang, endlich neue Bekanntschaften und neue Möglichkeiten der Entfaltung, klaffte in seinem Empfinden ein Loch. Dort, wo Mitgefühl und Empathie sein sollten, gab es nur Leere, die mit anderen Dingen gefüllt werden wollte.

Er, der längst zum Mörder geworden war, träumte nach jeder seiner Taten von dem Mädchen mit dem silbernen Ohrring.

Im Traum war er frei und ganz und gar unschuldig.

10

Vor sechs Jahren

»Lara«, sagt der Typ und reicht ihr das Getränk.

Lara. Ein so schöner Name, denkt sie, und ein so beschissenes Leben. Fast ist sie froh, wenn es zu Ende geht.

Ihre beste Freundin Bibiana hat ihr über Wiedergeburt erzählt. Bibi hat darüber in einem Artikel im Internet gelesen, auf dem Häusl. Wenn sie sich dorthin heimlich zum Rauchen zurückzieht, hat sie immer ihr Handy dabei und informiert sich über alles Mögliche. Bibi ist klug, wenn auch verdorben. Über dieses Immer-wieder-geboren-Werden heißt es, dass jeder Mensch viele Leben hätte, vor allem bessere nach richtig schlimmen. Reinkarnation ist die Bezeichnung, hat Bibiana vor Lara doziert. Nach einem besonders unerträglichen Dasein ist das nächste entsprechend leiwander und schöner. Eine solche Möglichkeit findet Lara irgendwie tröstlich und auch gerecht.

Laras Leben ist Mist. Trüb und grau und manchmal grausig. Es kann also nur besser werden, wenn sie von dem Typen das Getränk annimmt und es sie hinüber ans andere Ufer schwemmt. Falls sie recht hat und der Kerl wirklich der leibhaftige Tod ist.

Den gibt es. In Menschengestalt schleicht er herum. Davon ist Lara überzeugt. Bibi auch. In Horrorfilmen, die sich die Mädchen heimlich per Stream ansehen, taucht er auf. Holt die Unschuldigen immer zuerst. Schaut aus wie du und ich. Das ist Lara durch den Kopf geschossen, als sie dem Typen begegnet ist.

Zuerst hat Lara gedacht, der Kerl will mit ihr pudern, Sex haben. Mit einer Minderjährigen treiben es viele lieber als mit einer erwachsenen Frau. Auch das hat ihr Bibi beigebracht. Bibiana hat Spaß dabei, Lara nicht. Aber sie kann sich von dem Geld Sachen kaufen, die sie sich sonst nicht leisten könnte.

Kaum vorstellbar, wie Mama sie verprügeln würde, wenn die wüsste, dass sie keine Jungfrau mehr ist.

Bibi meint, dass es selbst Laras Stiefvater gern einmal mit Lara machen würde, doch zu viel Schiss vor Laras Mama hat. »Deine Mama is die Dominante in der Ehe, weißt. Die sagt allen, wo's langgeht«, so hat es Bibi beschrieben. Auch diese Idee hat Bibiana aus dem Internet.

Bibis Analyse der Ehe zwischen Mama und dem Erich stimmt aber haargenau. Nicht nur der Stiefvater – Laras zwei kleine Brüder gehorchen der Mama genauso aufs Wort, weil sie sich vor ihr fürchten. Alle drei. Vor allem, wenn sie einen ihrer Wutanfälle kriegt. Davor hat Lara ebenfalls Angst. Dabei schreit Mama wie eine Irre und tobt. Sie greift sich alles, was in ihrer Nähe herumliegt, und schlägt auf die Kinder ein. Nicht auf den Ehemann, noch nicht.

An ihren richtigen Papa kann sich Lara nicht erinnern, der ist gestorben, als sie klein war. Über dessen Tod ist Mama nie hinweggekommen, sagt sie immer, wenn ihre Wutanfälle vorbei sind und sie sich schämt. Danach weint sie und bittet um Verzeihung. Die Buben schluchzen mit, aber Lara haut meistens ab. Für ein paar Stunden, manchmal auch Tage, zur Bibi. Mama sucht nie nach ihr, fragt nie nach, hat meistens einen Kuchen gebacken, wenn Lara wieder zu Hause auftaucht.

Diesmal war es besonders heftig. Der Stiefvater und die Halbbrüder waren unterwegs bei einem Kindergeburtstag und Lara mit Mama allein. Es hat keinen Grund gegeben, keinen wirklichen Anlass. Lara hat nicht widersprochen, nicht um Taschengeld gebettelt, nicht einmal laute Musik gehört. Nur am Handy hat sie getippt.

Plötzlich ist Mama aufgebracht und cholerisch geworden. Schläge hat es gehagelt, auf Laras Rücken und Kopf. Lara ist so schnell wie möglich aus der Wohnung geflüchtet, trotzdem hat sie einiges abbekommen. Zuerst hat sie sich im Keller des Wohnhauses versteckt und dort geheult. Vor allem, als sie gemerkt hat, dass sie ihr Handy zu Hause auf dem Küchentisch zurückgelassen hat. Dann ist sie zu Bibi geradelt, die wohnt in Rohrendorf. Eine Viertelstunde mit dem Fahrrad von Krems entfernt. Dort angekommen, ist ihr eingefallen, dass die Bibiana ja mit ihrer Tante unterwegs ist, eine Woche in St. Pölten. Diese Reise war lange geplant, Lara hat es nur ebenfalls vergessen.

Also keine Umarmung, keine Zuwendung von dieser Seite. Lara ist mit ihrem Kummer weiter allein geblieben. Was für eine beschissene Welt, was für ein ätzendes Leben.

In ihrem Elend ist Lara noch eine Weile durch die Gegend geradelt, bis sie sich schließlich auf einen Stein am Rand eines Felds voller Mohnblüten gesetzt und zugesehen hat, wie die Sonne untergeht. Wie ein zerknülltes Zuckerlpapier hat sie sich gefühlt. So schön waren die roten Blumen und die rote Sonne und sie so unglücklich.

Jetzt wär sterben gut, hat sie gedacht. Jetzt möchte ich tot sein.

In dem Moment ist der Kerl aufgetaucht und hat sich neben sie gestellt. Irgendwie unheimlich, trotzdem spannend. Wenn Lara ihr Handy gehabt hätte, hätte sie direkt der Bibiana geschrieben. Aber Lara hat nichts bei sich, nur die Kleidung, die sie trägt, und die roten Sneakers an den Füßen.

»Du schaust traurig aus«, hat der Typ gesagt und ihr die Hand einfach auf die Schulter gelegt. Als würde er Lara schon ewig kennen. »Magst mitkommen und mit mir was trinken?«

Dann sie ist mitgegangen. Auch einfach so. Keine fünf Minuten hat es gedauert, keine Überredungskunst war dazu nötig. Das Fahrrad hat sie geschoben und mit dem Kerl geplaudert, als wären sie Freunde. Dabei hat sie ihm ihren Namen überhaupt erst genannt, als sie bei einem Wagen angekommen sind. Der hat auf einem Forstweg im Wald geparkt, rot wie ihre Sneakers, die Blumen, die Sonne – und ein Kombi.

»Ich war Schwammerl suchen, als ich dich vorbeimarschieren gesehen hab«, hat er erklärt. »Was für ein wunderbarer Zufall.«

Ein oft wiederholter Satz ihrer Mama ist Lara durch den

Kopf geschossen. »Nie, aber auch schon gar nie darfst du zu einem Fremden ins Auto steigen.«

Jetzt tu ich es doch, hat Lara gedacht. Grad weil es die Mama verboten hat. »Wo geht's denn hin?«, hat sie gescherzt.

Der Typ hat gelacht. »Zum Mond, Lara. Zum Mond.«

Obwohl sich Lara zu dem Zeitpunkt sicher war, dass er etwas Sexuelles von ihr wollte, hat er sie nicht aufgefordert, ins Auto zu steigen, oder ist zudringlich geworden. Dabei hat sie noch überlegt, dass sie mindestens fünfzig Euro dafür nehmen wird, im Voraus. »Immer z'erst zahlen lassen«, hat ihr die Bibi stets eingebläut.

Doch bis jetzt hat sie der Typ nicht angerührt. Nur angeschaut. Als könnte er ihr ins Herz sehen. Eine derart lange Stille zwischen zwei Menschen hat Lara noch nie erlebt. Der Gedanke an den Tod in Gestalt eines Menschen ist wiedergekommen und hat sich festgesetzt. Wie in einem anständigen Gruselfilm eben.

Sie lehnen beide am Kofferraum des Wagens, das Fahrrad steht neben ihnen.

»Lara«, wiederholt der Kerl ihren Namen.

Lara nimmt die Flasche und schaut sich die Flüssigkeit darin an. Wie Apfelsaft sieht es aus. Doch ihr dämmert, dass es etwas anderes sein muss. Mehr als Limo. Der Typ macht keine halben Sachen.

Ihr Rücken tut immer noch ziemlich weh, Lara ist vom Weinen auch innerlich wund. Die Bibi wird erst in einer Woche zurück sein. Eine Woche fühlt sich wie eine Ewigkeit an. Nach Hause will Lara nie mehr.

Wenn die Theorie mit dieser Wiedergeburt stimmt, wäre ihr nächstes Leben ein besseres. Wenn der Kerl tatsächlich der Tod ist, braucht Lara nur zu trinken, und das war's.

»Und?«, fragt er. »Auf was wartest?«

Auf nix mehr, denkt Lara.

II.

KrautfleckerlGrauen

Mit einem Blinzeln landet Mitzi im Traum in der Wachau. An der schönen blauen Donau. Nein, »auf der Donau« muss es heißen. Es ist Tag, und es weht ein starker Wind. Millionen von Marillenblüten werden durch die Luft gewirbelt. Mitzi greift danach, aber die Blüten tanzen durch sie hindurch.

Sie ist auf einem Schiff, auf einer Fähre, die sie von einem Ufer an das andere führt. Die Wellen der Donau sind durch den Sturm aufgewühlt. Mitzi will sich an der Reling festhalten, aber auch hier geht ihre Hand durch das Geländer hindurch. Sie ist ein Geist.

Die anderen auf der Fähre ebenso. Erst jetzt bemerkt sie, dass sie von Schemen umgeben ist, Gestalten, die auf die andere Seite des Flusses starren, als würden sie es nicht erwarten können, überzusetzen.

Eine Geschichte fällt Mitzi ein, aus der griechischen Mythologie. Der Fluss Styx ist die Grenze zwischen dem Reich der Lebenden und dem der Toten, die Seelen werden vom Fährmann Charon in die Unterwelt geschifft. Aber Mitzi will nicht glauben, dass die schöne blaue Donau dem Styx gleich sein kann. Sie schüttelt den Kopf und sieht sich um. Aus all den Blüten werden Früchte, die wie orange Bällchen in der Landschaft hängen. Marillen, aus denen man wiederum Tausende von Marillenknödeln kochen kann.

Die Fähre schlingert in den Wellen, und die geisterhaften Gestalten rücken zusammen. Sie meint, manche Gesichter zu erkennen. Ihre Eltern, ihren Bruder, ihre Oma. Auch den Kasimir, ihre letzte Liebelei. Alle tot und begraben.

»Aber ich leb noch«, sagt sie laut.

Die Geister drehen die Köpfe, sehen Mitzi an und doch durch sie hindurch. Eine nächste Windböe erfasst Mitzi, sie fällt ins Wasser und zugleich hindurch.

1

»Mich würde interessieren, wie Sie auf den Namen Nelly gekommen sind, Frau Schlager? Warum überhaupt eine Ihnen unbekannte Tote benennen?«

»Gute Frage, Herr Dr. Rannacher.«

Der Bildschirm wurde kurz dunkel, dann wieder hell, und Dr. Rannacher fror für einige Sekunden ein. Wieder fiel Mitzi die Ähnlichkeit ihres Therapeuten mit Sigmund Freud auf. Der gut gestutzte Vollbart, die hohe Stirn und die runde, dunkel umrahmte Brille erinnerten sie an die Bilder, die sie vom Begründer der Psychoanalyse in seinen späteren Jahren gesehen hatte. Es fehlte nur noch die Zigarre in seiner Hand.

Ob Dr. Rannacher sich dessen bewusst war, vielleicht sogar damit kokettierte, darüber konnte sie selbst lediglich spekulieren. Sie stellte sich vor, dass Wien voll mit Psychologen und Analytikern war, die versuchten, ihrem Vorbild nachzueifern, in ihren Ambitionen, aber auch in ihrem Äußeren. Die Idee amüsierte sie.

Gern hätte sie Dr. Rannacher eine Frage über Freud gestellt, aber darum ging es in der Videotherapiestunde nicht. Es war das erste Mal, dass sie nicht persönlich bei ihm in der Praxis war.

»Weil jeder und jede einen Namen braucht, Herr Doktor. Das arme Ding war ewig eingemauert. Das beschäftigt mich. Ich hab in einem Artikel gelesen, dass die Polizei immer noch keine Ahnung hat, wer sie is.«

»Verstehe, Frau Schlager.« Es kam wieder Regung in sein Gesicht. Er sah nach unten, und Mitzi war sich sicher, dass er sich Notizen machte.

Sie zupfte an einer ihrer blonden Haarsträhnen. Seit achtzehn Monaten fuhr sie regelmäßig von Salzburg nach Wien, um endlich ihr Kindheitstrauma aufzuarbeiten. Geholfen hatte es ihr definitiv, aber über den Berg würde sie wohl nie sein. Heute nun die Videositzung.

Seit dem Tod von Mitzis Großmutter waren die Alpträume verstärkt zurück. Die Geschichte von der unbekannten Leiche diente als Ablenkung. Obwohl es makaber war, fand Mitzi sogar einen positiven Aspekt darin. Wenn erst feststand, wie der Name der Toten tatsächlich lautete, konnten die Angehörigen Abschied nehmen und Nelly ihre Ruhe finden.

»Meiner Meinung nach sollte man sogar leblose Sachen benennen.« Sie redete weiter. »Ich nenne zum Beispiel meinen Staubsauger Ronald. Nach unserem Nachbarn in der Maxglaner Hauptstraße. Der hört sich auch immer laut und nervig an, wenn er den Mund aufmacht. Finden Sie das merkwürdig?«

»Nun ja.« Dr. Rannacher stülpte die Lippen nach vorne zu einem stummen O. Eine Geste, die Mitzi an einen Goldfisch denken ließ. Hätte sie je einen gehabt, hätte sie ihn Harry genannt. »Viele Menschen geben ihren Autos Namen, warum nicht einem Staubsauger.«

»Nelly heißt übrigens eine Cousine zweiten Grades von mir. Mit ihr hab ich als Kind ein paarmal gespielt. Sie hatte ganz viele Sommersprossen, die hab ich versucht zu zählen. Nach dem Unglück hat sich der Kontakt aufgelöst, aber ich würd gerne herausfinden, was aus ihr geworden is.«

»Tun Sie das doch. Niemand hält Sie davon ab.«

»Ich weiß. Aber niemanden interessiert es.«

»Sie selbst doch, Frau Schlager. Und darum geht es. Es könnte heilsam sein, wenn Sie Familienmitglieder aufspüren würden.«

»Ich werde es probieren, Herr Doktor.«

»Wie geht es Ihnen sonst, Frau Schlager?«

»Okay.« Mitzi überlegte. »Außer den Alpträumen, von denen ich vorhin erzählt hab, eigentlich ganz gut.«

»Haben Sie schon eine neue Bleibe gefunden?«

»Nein.«

Der Umzug. Eine weitere Baustelle von vielen. Nach Mitzis Entschluss, sich von ihrem Freund Freddy zu trennen, kam sie mit der Wohnungssuche noch nicht voran. Eine Wohnung allein für sie in Salzburg war zu teuer, bei dem Gedanken an eine WG war sie etwas skeptisch, ob ihre eigenbrötlerische Art zu einem Zusammenleben zu dritt oder viert passte.

Der überraschende Nachlass ihrer Großmutter fiel ihr ein. »Ich werde in Kürze eine gewisse Geldsumme haben, damit wird's leichter. Ich verkaufe ein Grundstück, das ich von meiner Oma geerbt hab.«

»Das Haus, in dem Ihre Großmutter gelebt hat, bevor sie ins Heim musste, und in dem Sie aufgewachsen sind?«

»Nein, das war in Leibnitz, in der Steiermark. Das hab ich bereits früher veräußern müssen, um Omas Heimaufenthalt zu finanzieren. Dieses Erbe is quasi überraschend aufgetaucht. Ich hab nie gewusst, dass Oma Land besessen hat. In Lilienfeld, an der Marktler Straße.«

»Lilienfeld?«

»In Niederösterreich. Näher von Wien aus als von hier.«

»Oh, ich kenne den Ort. Herrlich zum Wandern. Sogar die Marktler Straße sagt mir etwas. Wer weiß, vielleicht bin ich vor Ihnen schon einmal zufällig daran vorbeispaziert. Wie erfreulich, dass es Ihnen gehört.«

»Nein, Herr Dr. Rannacher. Erben is nie was Tolles, denn dafür muss ja einer gehen.«

Er stutzte. »So betrachtet gebe ich Ihnen recht, Frau Schlager. Allerdings hilft es Ihnen in Ihrer jetzigen Situation. Ihre Großmutter hat damit also vorgesorgt für Sie.«

»Vielleicht sollt ich es behalten. Als Erinnerung.« Diese Überlegung tauchte aufs Neue in ihrem Kopf auf, obwohl sie Bauer Radl den Verkauf bereits zugesichert hatte.

»In welchem Zustand ist es denn?«

»Keine Ahnung. Ich war nie dort.«

»Mmh.« Dr. Rannacher notierte wieder. Mitzi hätte ihm liebend gern über die Schulter geschaut. »Frau Schlager, warum fahren Sie nicht hin, bevor Sie es veräußern? Wie ich aus unseren Gesprächen weiß, reisen Sie unglaublich gerne. Mit dem Zug, quer durch die Bundesländer.«

Kein schlechter Vorschlag. Der Therapeut unterstützte die Idee, die Mitzi selbst schon gehabt hatte. »Ich glaub, das mach ich. Danach könnt ich nach Wien weiterfahren. Mir wieder ein Stückerl mehr von der Hauptstadt anschauen. Dazu die nächste Stunde wieder persönlich bei Ihnen sein.«

»Finden Sie die Distanz von Bildschirm zu Bildschirm zu unpersönlich? Ich teste diese Form der Therapiestunden gerade an mehreren Patienten aus.«

»Ganz ehrlich?«

»Ich bitte darum.«

»Wenn ich bei Ihnen sitze und rede, hab ich das Gefühl, sollte ich umkippen, würden Sie mich auffangen. Vor allem, wenn wir heikle Sachen besprechen. Es is zwar noch nie passiert, aber mir wäre es wohler, wenn ich wüsste, ich könnte in Ihre Arme sinken. Poetisch ausgedrückt. Ich meine, nur falls ich ohnmächtig werden würde.«

Eine Pause folgte. Mitzi zupfte an der Haut ihres Daumennagels. Sie fragte sich, ob sie in ihrer Aufrichtigkeit eben zu direkt gewesen war und Dr. Rannacher verschreckt hatte. Er war schließlich nicht dazu da, sie in die Arme zu nehmen. Dafür gab es Agnes. Nach der Videotherapiestunde würde sie ihre Freundin anrufen und wegen Nelly befragen. Mitzi hoffte, dass Agnes ihr schon mehr darüber erzählen konnte und durfte.

Das Schweigen von Dr. Rannacher dauerte an. Mitzi sah auf den Bildschirm. Der Therapeut war nicht verstummt, sondern wieder eingefroren. In Freud'scher Haltung erstarrt, dachte sie und lächelte. Sie klickte sinnlos auf ein paar Tasten.

»… was auch zu einem Alptraum führen kann, meinen Sie nicht, Frau Schlager?«

»Entschuldigen Sie, Herr Dr. Rannacher, ich hab den letzten Teil nicht verstanden.«

Wieder formte er mit seinen Lippen ein O. »Ich bin zurück bei der unbekannten Toten.«

»Ich will mit Agnes darüber sprechen. Sie is an dem Fall dran. Aber wenn ich es dann Ihnen weitergebe, müssen Sie es für sich behalten.«

»Alles zwischen uns unterliegt der ärztlichen Schweigepflicht, Frau Schlager, keine Sorge. Allerdings habe ich kein solches Interesse an diesem bedauernswerten Opfer. Wir sollten gemeinsam überlegen, ob bei Ihrer überbordenden Phantasie der intensive Kontakt zu einer Inspektorin, die sie mit schlimmen Tatdetails versorgt, nicht kontraproduktiv ist.«

Mitzi schluckte. Es war ein Fehler gewesen, Dr. Rannacher von Nelly zu erzählen. »Nein, nein. Sie redet selten über ihre Arbeit. Agnes is verschwiegen. Auch von Berufs wegen wie Sie.«

»Verstehe.«

Er notierte, und Mitzi merkte, wie ihr die Tränen kamen.

»Ich brauche eine Freundin, Herr Dr. Rannacher. Sie is die Einzige, die jetzt noch da is. In all dem Chaos hat sie mir immer zur Seite gestanden. Immer. Ich wüsste nicht, was ohne Agnes wär.«

»Bitte, regen Sie sich nicht auf, Frau Schlager. Auf keinen Fall würde ich mich gegen Inspektorin Agnes Kirschnagel aussprechen.«

»Okay.« Mitzi zog die Nase hoch. Sie sah sich nach einem Taschentuch um, entdeckte aber keines. Neben dem Schreibtisch im Wohnzimmer stapelten sich nur ihre Umzugskisten. Höchste Zeit, aktiv nach einem neuen Zuhause zu suchen. »Agnes is eine hervorragende Ermittlerin.«

»Bald erwartet sie ein Kind, nicht wahr?«

»Darauf freu ich mich mehr als Agnes, glaub ich.«

»Das hört sich wunderbar an, Frau Schlager. Konzentrieren Sie sich auf das Neue in Ihrem Leben. Und ich versichere Ihnen, dass ich Ihre Freundschaft zu Agnes in keiner Weise kritisiere.«

»Er kann nichts dagegen haben, wenn ich hinfahre.«

»Verzeihung. Aber von wem sprechen Sie jetzt gerade, Frau Schlager?«

Es kam öfter vor, dass Mitzi den Therapeuten mit ihren sprunghaften Themenwechseln verwirrte.

»Ich meine Severin Radl. Der Bauer Radl, wie wir ihn als Kinder genannt haben. Seine verstorbene Frau hat das Lilienfeld-Grundstück an meine Oma verkauft, und ich geb es ihm quasi zurück. Er is schon über siebzig und will sich dort zur Ruhe setzen. Ich glaub, als Witwer will er weg aus der Steiermark wegen der Erinnerungen, was ich verstehen kann. Wir haben uns letzten Samstag getroffen und sind zu der Firma, die seinen Bauernhof und die Felder drum herum aufkauft. Da entstehen Einfamilienhäuser.«

Während Mitzi redete, wurde ihr plötzlich bewusst, dass auf der Wiese, auf der ihre Liebsten umgekommen waren, bald ein Haus gebaut würde, in das eine neue Familie einzog. Was sie wiederum an die beiden Bauherren Konrad Eichwaller und Beat Vadura denken ließ.

In hohem Sprechtempo schilderte Mitzi dem Therapeuten die Begegnung mit Severin Radl und den beiden Chefs der Baufirma. Besonders Konrad Eichwaller, der anscheinend ihre Eltern gekannt hatte, beschäftigte sie seither.

»Ich weiß überhaupt nichts mehr von dem, Dr. Rannacher«, endete Mitzi ein wenig außer Atem. »Null Erinnerungen.«

»Das Gedächtnis kann sehr trügerisch sein, Frau Schlager.« Dr. Rannacher nahm die runde Brille ab, was ihn jünger wirken ließ. »Nehmen wir eine Straftat und, sagen wir, drei Zeugen. Jeder hat seinen Blickwinkel, alle drei berichten in unterschiedlichster Art. Bei Zeugenaussagen nennt man es den ›Rashomon-Effekt‹.«

»Sehen Sie, Herr Dr. Rannacher, jetzt reden auch Sie von Verbrechen.« Mitzi musste bei der Feststellung wieder an Agnes denken. »Warum heißt denn der Effekt so, Herr Doktor?«

Er kam näher an die Kamera. »Benannt wurde er nach dem Filmklassiker ›Rashomon‹ von Kurosawa. Stammt aus dem Jahre 1950, für Sie als so junge Frau ewig her. Eine moderne Version wäre der Streifen ›8 Blickwinkel‹.«

Nun machte sich Mitzi eine Notiz. Heute hatte sie nichts mehr vor, perfekte Gelegenheit für einen Streamingabend.

2

Agnes schwankte zwischen Betrübnis, Ärger und Ungeduld. Das einzig Positive war, dass sie es geschafft hatte, die Bedenken ihrer Kollegen und ihres Chefs abzuwiegeln und tatsächlich die Aufklärung des neuen oder besser alten Mordfalls an sich zu ziehen.

Bisher jedoch hatte die Suche nach der Identität von Nelly keine Fortschritte gemacht. Das tote Mädchen tauchte in keiner Vermisstendatei auf, und weder in Tirol noch aus einem anderen Bundesland hatten sich bisher Personen nach einer ersten Bekanntmachung in den Medien gemeldet.

Außer den Kleidern am Leib – Jeans, Shirt und Unterwäsche – hatten die Ermittler bei der Toten nichts gefunden, was sie weiterbrachte. Keine Tasche, kein Portemonnaie, keinen Ausweis und auch kein Handy. Keinen Schmuck und keine Tätowierung. Beim Abdruck des Gebisses hatte es ebenfalls noch keine Übereinstimmung gegeben.

Acht Tage waren seit der Entdeckung der eingemauerten Leiche vergangen. Die Freigabe an die Presse lag fünf Tage zurück. Davor schon waren einige wilde Gerüchte und angebliche Fotos vom Tatort im Netz aufgetaucht. Bastian Klawinders Bekannter Arno Brandtner, der die Leiche beim Mauerabriss in seinem Keller gefunden hatte, schwor, dass diese nicht von ihm stammten. Es war höchste Zeit gewesen, falschen Spekulationen ein Ende zu bereiten. Agnes selbst hatte an der Seite von Revierinspektor Sepp Renner den Medienvertretern Rede und Antwort gestanden. Direkt danach hatte sich Mitzi bei ihr gemeldet und sich begeistert von Agnes' Auftritt vor den Journalisten gezeigt, den sie in einem Livestream mitverfolgt hatte.

»Bitte vergiss nicht, Mitzi, dass es sich um einen Mordfall handelt und nicht um einen Auftritt in einer Show«, hatte Agnes sie abgestoppt. Doch ein klein wenig hatte ihr das Lob gefallen.

Nelly allerdings blieb ein Sorgenkind.

Den Namen, den Mitzi der Toten gegeben hatte, hatte Agnes dauerhaft übernommen und mit ihr inzwischen die Kollegen im Revier. Ihnen allen lag viel daran, das Geheimnis um das Mädchen aufzuklären.

Dass es sich um ein Tötungsdelikt handelte, stand inzwischen fest. Dr. Christian Krempl hatte seine Theorie eines einzelnen Hiebes mit einer Eisenstange noch einmal bestätigt und die Unfalltheorie so gut wie ausgeschlossen. Wo die Tat begangen worden war, war jedoch unmöglich zu rekonstruieren.

Dass der Totschlag vor etwa zwölf Jahren stattgefunden hatte, belegten die inzwischen abgeschlossenen Analysen der Plastiksäcke und des Klebebandes. Die Fasern daran stammten von Schutzhandschuhen, wie sie am Bau für Feinmontagen verwendet wurden, ein Baumwollmaterial.

Agnes hatte die Reste der Kleidung fotografieren lassen und ebenso der Öffentlichkeit präsentiert wie die anderen Angaben zu der Getöteten. Größe, Haarfarbe und Form des Körpers.

Ein Phantomzeichner hatte ein Porträt von Nelly skizziert, das Agnes auf ihrem Schreibtisch liegen hatte. Selbst wenn sie nicht eins zu eins so ausgesehen hatte, strahlte das Bild eine beunruhigende Lebendigkeit aus. Eine nachkonstruierte 3D-Büste von Nellys Kopf war in Arbeit. Hübsch war das Mädchen gewesen, leicht mollig. Ein pummeliger Teenager mit rötlichen Locken. Der gewaltsame Tod von Nelly empörte Agnes und beschäftigte sie umso intensiver, weil das Mädchen noch ihr gesamtes Leben vor sich gehabt hatte.

Agnes selbst hatte in dem Alter ein paar Kilos zu viel auf den Rippen gehabt, war manchmal gehänselt worden. Doch schon damals war sie um eine schlagfertige Antwort nie verlegen gewesen. Bald hatte sie den Sport für sich entdeckt, joggte und trainierte ihre Muskeln. Nelly hatte der Täter die Chance auf Veränderungen und Entwicklungen final genommen.

Die Spurenanalysen schritten immerhin voran. Inzwischen war Fremd-DNA auf Haut und Kleidung des Opfers extrahiert worden. Ganze achtzehn Profile hatte Dr. Christian Krempl rekonstruiert, dreizehn davon waren männlich. Doch in den Polizeidatenbanken hatte sich bisher kein Treffer gezeigt.

Arno Brandtner, der sogenannte Leichenentdecker, war um eine Probe seines genetischen Fingerabdrucks gebeten worden, ebenso wie der frühere Mieter der Räumlichkeiten, der Physiotherapeut Peter Kolleran. Erwartungsgemäß hatte es bei den Männern keine Übereinstimmung gegeben.

Agnes hatte weiter zurück in der Zeit geforscht, aber der allererste Eigentümer des gesamten Wohnhauses war bereits verstorben. Bis vor zwei Jahren gehörte es, zusammen mit zwei weiteren Häusern in Kufstein, einem Immobilienbüro, das beide Gebäude vor zwölf Jahren hatten renovieren lassen, was Agnes aufhorchen ließ. »Krass und Söhne« hatten ihren Sitz in der Schweiz, in Luzern. Der Firmenanwalt hatte sein Kommen in den nächsten Tagen angekündigt, um für seine Mandanten die Lage vorzusondieren. Die damaligen Renovierungspläne umfassten allerdings nur Fassade und Fenster, nicht die Kellerfläche.

Auf Anfrage hatte die Baufirma, die die Renovierungsarbeiten durchgeführt hatte, eine Liste der Arbeiter für die Polizei zusammengestellt. Mit der Zusatzinformation, dass von einigen Kräften die Namen und Adressen nicht mehr gespeichert vorlagen. Vor allem von denen, die nicht in Tirol gemeldet gewesen waren. Agnes vermutete, dass es sich um Schwarzarbeiter gehandelt hatte, was aber nicht zu beweisen war. Von der Liste hatte Agnes bisher über ein Drittel der genannten Personen im Bundesland ausfindig gemacht. Im Laufe der nächsten Wochen würden sie alle zu einem Gentest einbestellt werden.

Inspektor Bastian Klawinder hatte Agnes unterstützt und sich die sozialen Netzwerke vorgenommen, leider ebenfalls ohne Erfolg. Zu der Zeit hatten sich viele noch keinen Account bei Facebook zugelegt. Instagram war eben erst erfunden worden, TikTok oder Snapchat waren noch nicht einmal Ideen gewesen. Wenn Agnes mit ihrer Theorie der Einzelgängerin recht hatte, wäre Nelly ohnehin nicht mit Freundschaftsanfragen überhäuft worden.

Die Ergebnisse aktualisierte Agnes täglich im polizeiinternen Intranet, zumindest wenn es Neuigkeiten aus dem Labor oder bei ihren eigenen Erhebungen gab. Dort, und nur dort, war auch die Zusatzinformation zum fehlenden linken Ohr zu finden. Denn einzig dieses Detail hielt die Polizei zurück. Sollte sich jemand schuldig bekennen, bloß um Aufmerksamkeit zu erhaschen, konnten ihn die Ermittler damit prüfen.

»Na, Nelly, du Hübsche.« Agnes sprach das Mädchengesicht auf dem Bild direkt an. Sie saß an ihrem Schreibtisch und hatte vor Feierabend noch einmal die aktuellen Eingänge überprüft. Es gab keine. »Was sollen wir bloß mit dir machen?«

Draußen vor dem Fenster zeigte sich ein wolkenverhangener Himmel, was zu Agnes' Stimmung passte. Keine wirklichen Fortschritte. War die Leiche des Mädchens erst einmal freigegeben, würde die Stadt Kufstein wohl die Kosten der Beerdigung übernehmen. Agnes hatte sich fest vorgenommen, daran teilzunehmen.

Gestern war Nelly noch einmal in der »Zeit im Bild« um neunzehn Uhr dreißig gezeigt worden. Von der ZIB 1 hatten sich Agnes und die Kollegen mehr versprochen. Wenn man davon ausging, dass das Mädchen vielleicht nicht aus Kufstein stammte und nicht vor Ort in der Münchner Straße getötet worden war, konnte eine Fernsehsendung wie diese österreichweit und mit Glück über die Grenzen hinaus Nellys Familie aufschrecken, zumindest jemanden aktivieren, der das Mädchen zu Lebzeiten gekannt hatte.

Magere achtundvierzig Meldungen waren im Laufe des Tages von Zuschauern angezeigt worden. Keine darunter, die Agnes relevant fand.

Mit ihrem Zeigefinger strich sie über das Papier. Auf der Zeichnung hatte Nelly noch beide Ohren. Die blauen Augen waren eine Spekulation des Zeichners.

»Wer ist mit dir zur Schule gegangen? Wer sind deine Freunde, Nelly?« Agnes seufzte. »Wo sind deine Mama, dein

Papa, deine Oma oder dein Opa? Hat dich niemand geliebt? Vermisst dich keiner seit so langer Zeit? Sag's mir, Kind.«

Übergangslos schob sich Mitzi in Agnes' Gedanken. Sie nahm ihr Handy zwischen die Finger und schickte der Freundin ein Foto von ihrem Hamster Jo, das Agnes gestern Abend aufgenommen hatte. Mitzi liebte die Jo-Bilder. Danach sah sie sich noch einmal Mitzis letzte Sendungen an, darunter die Fotos von Severin Radl aus dem Glockenspielcafé.

Zugegeben, bei Mitzi wären es auch sehr wenige Menschen gewesen, die sie vermisst hätten, damals in ihren Teenagerjahren. Nach dem Tod des Großvaters und der Demenzerkrankung der Großmutter so gut wie niemand mehr. Wäre Mitzi an einem anderen Ort, vielleicht sogar in einem anderen Land ermordet worden, hätte nach über einem Jahrzehnt kein Hahn mehr nach ihr gekräht.

Musste Agnes also davon ausgehen, dass Nelly Mitzi ähnlich gewesen war? Eine Einzelgängerin ohne Freunde und in der Schule eine Schülerin, die wie ein unsichtbares Wesen im Klassenzimmer saß. Keine Lehrerinnen, keine Mitschüler, die von ihr wirklich Notiz nahmen. Wenn das Mädchen nach der Hauptschule in keine Lehre gegangen war, war sie tatsächlich zu einem Geist geworden. Doch wovon hatte Nelly ihren Lebensunterhalt bestritten? Sozialhilfe? Minijobs?

Eine Waise ohne Eltern, nächste Spekulation. Oder ein Kind, um das sich keiner in der Familie kümmerte, dessen Verschwinden totgeschwiegen wurde, in der Annahme, dass es ausgerissen war? Entflohen einer schlimmen Not, die Gewalt oder Missbrauch miteinschloss? Agnes kannte durch ihren Beruf genug von der Welt und von den Menschen, dass sie sich all das vorstellen konnte. Was sie wiederum in gleichem Maße erzürnte und deprimierte.

Das Smartphone in Agnes' Hand vibrierte, begann dann zu klingeln, und sie unterbrach die bedrückenden Gedankengänge. Es war Axel.

»Hallo, Schatz.« Ein wenig fremd war ihr die Vertiefung ihrer Beziehung durch ein gemeinsames Baby immer noch.

Obwohl sie vor Axel bereits einmal verlobt gewesen war, hatte Agnes das Gefühl, dass sie sich erst an den Zustand gewöhnen musste, Teil eines Elternpaars zu sein. Zusammengeschweißt mit einem Partner auf eine ganz besondere Art.

»Mein Liebling, alles gut bei dir?«

Er rief regelmäßig an, er sendete verliebte Grußbotschaften und skypte an manchen Abenden mit ihr. Zwischendurch schickte er dazu Blumen und kleine Päckchen mit einem Buch oder Pralinen. Zwar schrieb Agnes seine Fürsorge seinem schlechten Gewissen zu, weil er sich längere Zeit als geplant in Köln aufhielt und sich um seine Detektei kümmerte, doch sie genoss die Aufmerksamkeiten.

»Ich bin im Revier, Axel. Aber mir geht es hervorragend.«

»Hattest du nicht heute einen Ultraschalltermin? Ich war schon besorgt, weil ich nichts von dir gehört habe.«

»Der Termin hat sich doch auf Montag verschoben, Schatz.«

»Entschuldige. Und griaß di! Ich bin ein saublöder Hallodri.« Er rollte das r auffällig.

»Bitte versuch nicht, tirolerisch zu sprechen, Axel. Das gelingt dir nicht.«

»Da hast du recht, Liebling.« Er zögerte. »Soll ich kommen?«

»Du meinst, extra zur Untersuchung?«

»Ich muss noch Recherchen im Fall eines möglichen Finanzbetrugs durchführen, könnte mich aber Sonntag ins Auto setzen und zu dir und Juli oder Wolke flitzen.«

Agnes kicherte. Sie war allein im Großraumbüro, Bastian und eine neue Kollegin, die Agnes während der Elternzeit ersetzen sollte, waren gemeinsam unterwegs. Agnes vermutete, dass sich ein Pantscherl, wie diese schöne Bezeichnung für eine Affäre lautete, zwischen den beiden anbahnte.

»Mein Kind wird weder Juli noch Wolke heißen, Axel. Abgesehen davon wird es ohnehin ein Junge.«

»Ich weiß, das sagt Mitzi immer.«

In dem Moment kam ein zweiter Anruf herein. Genau aufs Stichwort meldete sich Mitzi.

»Axel, wir reden später noch.«

»Tschüss, zukünftige Mama.«

Agnes wechselte das Handy von einem Ohr zum anderen.

»Servus, Mitzi.«

»Was macht mein Patensohn?«

»Er scheint zu schlafen.«

»Gib ihm ein Bussi von mir.«

»Mitzi, ich bin noch im Revier. Gibt es etwas Wichtiges?«

»Heute is Freitag, der 13.«

»Du weißt doch, dass ich überhaupt nicht abergläubisch bin, Mitzi.«

»Und ich hatte gestern eine Videotherapiestunde bei Dr. Rannacher.«

»Weiter?«

»War komisch.«

»Wie meinst du das?«

Mitzi schilderte Agnes das Gespräch, und Agnes nahm sich nun doch mehr Zeit als gedacht.

Nelly und Mitzi, dachte sie wieder, während Mitzi redete, sie könnten sich wirklich ähnlich sein. »Hast du als Teenager mal überlegt wegzulaufen?«, unterbrach Agnes sie mitten in ihrem Bericht.

»Wie?«

»Abzuhauen. Fort von allem.«

Ein Ausatmen folgte. »Ich bin einmal nach Griechenland.«

»Ach ja?« Agnes hörte zum ersten Mal davon.

»Nach der Matura. Ich hab auf Kreta einen Wohnwagen gemietet und bin über die Insel gefahren. War schön. Aber auch einsam.«

»Wussten deine Großeltern, wo du warst?«

»Nicht genau. Ich hab ihnen erzählt, dass ich in Kärnten am Klopeiner See bin. Damit sie sich nicht allzu große Sorgen machen.«

»Du und deine Schwindeleien, Mitzi.« Agnes schüttelte den Kopf, obwohl Mitzi es nicht sehen konnte. »Wenn dir dort etwas geschehen wäre, hätte keiner Bescheid gewusst.«

»Is es aber nicht, Agnes.« Mitzi hörte sich leicht beleidigt an. »Ich wollte dir eben von diesem Konrad Eichwaller erzählen. Der anscheinend meine Eltern gekannt hat. Das beschäftigt mich total.«

»Mitzi, ich –«

Der Computer auf Agnes' Schreibtisch gab einen klingenden Ton von sich. Eine eingehende Nachricht wurde gemeldet. Agnes beugte sich vor und las. Plötzlich war alles andere vergessen.

»Agnes, bist du noch dran?«

»Mitzi.« Agnes schnappte nach Luft. »Es gibt Neuigkeiten zu Nelly.«

»Echt?« Sofort war Mitzi ebenfalls aufgeregt. »Was denn?«

»Mitzi, nicht jetzt.«

»Ja, ich weiß schon, du darfst nichts weitergeben, und alles is geheim. Aber vielleicht sagst du mir ein bisserl was. Mich hat Nelly auch mitgenommen.«

»Ich muss auflegen, Mitzi.« Agnes fühlte sich wie auf glühenden Kohlen. »Später melde ich mich noch, versprochen.«

3

»Besuch aus Tirol, das is eine Freud. Servus und hallo, Agnes!«
Hauptmann Petra Hammerl, Polizeibeamtin im niederös-
terreichischen Krems, empfing Agnes bereits vor dem Eingang. Ihr Stimmorgan war kräftig und tief, keiner hätte diesen
Ton bei der doch eher zierlichen Person vermutet.

»Schön, dich zu wiederzusehen, Petra.« Agnes schnappte
nach Luft, die hohen Temperaturen machten ihr etwas zu
schaffen. »Auch wenn ich keuche, es ist herrlich, wieder einmal eine Wachauer Brise zu erschnuppern.«

Sie umarmten sich kurz. Agnes kannte Petra von einem
zurückliegenden Fall und hatte bestens mit ihr zusammen-
gearbeitet.

»Es wächst.« Petra deutete auf Agnes' Bauch. »Bald musst
du kürzertreten, ob du willst oder nicht.«

»Gut kombiniert, Hauptmann, und bei dir sind die Haare
länger.«

»Tolle Beobachtungsgabe, Kollegin.« Petra Hammerl sah
erholt aus. Die inzwischen halblangen Haare wellten sich nach
außen, der neue Farbton war ein dunkles Blond. Es stand ihr.
»Ich hatte endlich drei Wochen Urlaub am Stück und konnte
mich auf einer Insel völlig entspannen. Kaum is der Flieger
zurück, schon wühlst du mich auf, Agnes.«

»Kann ich als Erstes ein Glas Wasser bekommen, Petra,
bitte?« Agnes fasste sich an die heißen Wangen.

»Sofort.« Petra öffnete die Tür linker Hand im Gang des
Polizeireviers. »Natascha, wir brauchen Mineral und zwei
Gläser, bitte.«

Bei der Lautstärke hätte man sie auch ohne Türöffnen gehört, dachte Agnes und grinste.

Schon die Fahrt von Kufstein nach Krems hatte ihr gefallen, trotz der vier Stunden Dauer wegen des starken Ver-
kehrsaufkommens. Dass sie sich erschöpft fühlte, lag mehr am

Augustwetter mit seiner andauernden Schwüle. Die Routine am Schreibtisch zu unterbrechen war ganz wunderbar, aber noch besser waren die Aussichten, die Agnes hierhergeführt hatten.

Nach der Meldung, die Agnes hereinbekommen hatte, hatte sie sich sofort bei Petra Hammerl gemeldet. Die beiden Ermittlerinnen hatten weitere Informationen ausgetauscht. Nach einer Stunde Gespräch hatte Agnes vorgeschlagen, die Kollegin in Krems am nächsten Tag aufzusuchen. Obwohl Petra eigentlich ihre letzten freien Urlaubstage hatte, hatte sie zugestimmt. Die Sache war zu wichtig.

»Am besten, wir setzen uns in den Besprechungsraum«, schlug Petra vor. »Dort funktioniert die Klimaanlage.«

Petra Hammerl ging voran, und Agnes folgte. Als sie um eine Ecke bogen, wurden sie von einer jungen Frau überholt, die drei Gläser in den Händen trug und eine Flasche unter die Achsel geklemmt hatte.

»Ich möchte gern dabei sein, is das okay?« Sie stoppte und drückte eine Tür mit dem Ellbogen auf.

»Klar doch.« Petra drehte sich zu Agnes. »Das is unser Neuzugang: Polizeischülerin Natascha Gruber. Mitten im Praktikum.«

Die junge Frau deutete eine leichte Verbeugung an. Sie hatte karottenrotes, kurzes Haar und eine sichtbare Tätowierung am Hals. »Natascha reicht, Inspektorin Kirschnagel. Petra hat mir vorhin von Ihnen erzählt. Egal, ob ein Verbrechen neu oder alt is. Man lernt und lernt und lernt.«

»Freut mich.« Agnes musste unweigerlich an sich und ihre eigene unstillbare Neugier denken. »Bitte, sag Agnes und Du zu mir, sonst komme ich mir uralt vor.«

»Supergern, Agnes.« Sie strahlte.

Petra betrat als Erste den Raum, Agnes und Natascha schlossen auf. Die Temperatur war wesentlich niedriger als noch im Flur, an den Fenstern waren die Jalousien heruntergezogen und hielten die Mittagssonne ab. Davor stand ein lang gezogener Tisch mit insgesamt sieben Stühlen. Man konnte die Klimaanlage hören, die auf Hochtouren ihren Dienst tat.

Agnes nahm Natascha ein Glas und die Flasche ab und goss sich das Wasser selbst ein. Schon nach dem ersten Schluck kehrte ihr Befinden in den Wohlfühlbereich zurück. Sie sah, dass auf der Tischplatte bereits ein Laptop und mehrere Akten abgelegt waren. Natascha und Petra ließen sich nebeneinander nieder, Agnes nahm ihnen gegenüber Platz.

»Ohne Umschweife zur Sache.« Petra verschränkte die Finger. »Deine Tote und meine Tote gehören in einen Topf, wie es scheint. Die Faktenlage lässt diesen Schluss zu. Meine Meinung dazu steht und hat sich seit unserem Telefonat gestern nicht geändert.«

Agnes nippte noch einmal am Wasser. »Allerdings liegt dein ungeklärtes Verbrechen kürzer zurück. Sogar um Jahre.«

Petra bewegte den Kopf Richtung Natascha. »Magst du zusammenfassen?«

Die junge Polizistin in Ausbildung bekam einen roten Kopf zu ihren roten Haaren, bejahte aber. »Also, ich rekapituliere: Bei uns in der Nähe der Gemeinde Rohrendorf sind vor inzwischen fünf Jahren in einem Waldstück die Überreste der Leiche der sechzehnjährigen Lara Fürtl gefunden worden. Das Mädchen galt seit über einem Jahr als vermisst, das heißt, dass der Mord an ihr bereits mehr als zwölf Monate zurücklag. Bis heute sind also sechs Jahre seit der Tat vergangen. Ich bin zu der Zeit noch zur Schule gegangen, aber ich weiß noch, wie erschrocken ich war. Obwohl mich das Verbrechen in meinem Entschluss, zur Polizei zu gehen, bestärkt hat. Entschuldigung, ich schweife ab. Zu Lara Fürtl: Die Leich, oder was davon noch übrig war, is durch einen Crossläufer entdeckt worden. Das is einer, der querfeldein rennt. Er is im unwegsamen Gelände gestürzt und hat sich unvermutet einem Totenschädel gegenübergesehen. Ein ziemlicher Schock.«

»Die Fakten kenn ich schon alle.« Agnes unterbrach. »Aber trotzdem wundere ich mich: ein Jahr im Wald? Der Verwesungsgeruch muss doch aufgefallen sein.«

Petra übernahm. »Die Tote war nicht neben einem der ausgewiesenen Wanderwege abgelegt, sondern eben gut im Unterholz versteckt. Nicht vergraben. Deshalb geht es schneller, als man denkt, dass sich Tiere darüber hermachen. Füchse, Dachse und auch Krähen sind Aasfresser. Nicht zu vergessen die Insekten. Ich hab selbst einmal erlebt, dass ein Dachs ein ganzes Bein eines Verstorbenen in seinen Bau geschleppt hat, und wir mussten ihn und den angenagten Körperteil dort herauskriegen.«

Natascha hielt sich die Hand vor den Mund. Agnes schluckte ebenfalls, ließ sich aber nicht ablenken. »Ihr konntet die Tote danach zum Glück rasch identifizieren.«

»Du sagst es.« Petra klappte das Laptop auf. »Obwohl vom Körper anders als bei euch in Kufstein nur mehr Knochenteile und der Schädel da waren. Trotzdem war schnell klar, wer sie is. Beim Gebissabdruck gab es eine rasche Übereinstimmung.«

Wieder Natascha, etwas blasser im Gesicht: »Aber die Ermittlungen ziehen sich leider bis heute wie Strudelteig. Die SOKO Lara, deren Leitung Hauptmann Hammerl immer noch hat, findet auch gegenwärtig keinen Abschluss.«

Petra tippte. »Als ich gestern vor Ende meines Urlaubs nur kurz hier im Revier nach dem Rechten schauen wollte und von deinem neuen beziehungsweise alten Fall im Intranet gelesen habe, Agnes, dachte ich, das gibt es nicht.«

»Als deine Antwort hereinkam, Petra, war ich auch erst mal paff.«

»Eine wirklich eindeutige Übereinstimmung.« Petra wählte eines der Fotos aus, das die linke Schädelseite vergrößert zeigte. »Unsere Rechtsmedizin hat vor fünf Jahren am Schädelknochen links Einkerbungen festgestellt. Diese Spuren haben den Schluss zugelassen, dass das linke Ohr grob abgetrennt wurde, was uns damals ziemlich überrascht hat.«

»Hätten es nicht auch die Aasfresser im Wald sein können?«

»Definitiv nicht, Agnes. Die Schnitte waren gerade, keine Bisse durch Reißzähne. Sie sind auf ein scharfes Messer zurückzuführen. Deshalb wiederhole ich, dass ich von ein und demselben Täter ausgehe. Trotzdem macht es mich fassungslos, ehrlich. Bei allem, was ich schon erlebt hab.«

»Mir geht es ebenso, Petra. Aus dem Grund musste ich herfahren.«

»Kann ich nachvollziehen. Wahrscheinlich wäre ich sonst am Montag nach Tirol aufgebrochen.«

»Lass uns noch mal die Fälle nebeneinandersetzen, Petra, okay? Zuerst die Todesursache.«

»Lara Fürtl is mutmaßlich erschlagen worden. Wobei wir bei der Todesart vorsichtig sein müssen, denn das Messer, dass das Ohr abgetrennt hat, hätte ihr auch tödliche Wunden zufügen können. Ohne den Rest des Körpers bleiben wir in der Spekulation. Die Totschlagtheorie fußt einzig auf dem Schädelfund.«

»Aber nicht mit einer Eisenstange, oder?«

»Das wissen wir nicht. Ihre Schädelplatte hatte mehrere Brüche aufgewiesen. Zu scharfkantig, um im Laufe des Jahres im Wald natürlich entstanden zu sein. Wodurch, is jedoch nicht zu rekonstruieren.«

Agnes nahm sich eine der Akten und begann sich weitere Aufnahmen darin anzusehen. »Bei unserem Opfer war es ein einzelner Hieb, laut Rechtsmedizin. Ob es vorher einen Missbrauch oder sexuellen Übergriff gegeben hat, konnte weder ausgeschlossen noch bestätigt werden. Die unbekannte Tote hatte außer den Kleidern am Leib nichts bei sich.«

»Lara Fürtl war mit dem Fahrrad unterwegs. Es ist bis heute nicht gefunden worden.« Petra streckte den Arm aus und zeigte auf einzelne Aufnahmen. »Im näheren Umkreis haben die Spurenermittler noch Fetzen ihrer Jeans gesammelt. Das war alles. Nach Bekanntmachung hat sich ein Hundebesitzer gemeldet, der sich erinnern konnte, dass ungefähr ein halbes Jahr nach dem Verschwinden von Lara sein Hund bei einem Spaziergang abgehauen und mit einem roten Turnschuh zurückgekommen is, der ziemlich gestunken hat. Lara Fürtl hatte am Tag ihres Verschwindens rote Turnschuhe getragen. Leider hat der Mann den Schuh entsorgt und sich keine Gedanken gemacht, weil die Leut alles Mögliche im Wald wegschmeißen. Das Handy des Mädchens lag übrigens zu Hause am Küchentisch.«

»Keine Zeugen?«

»Vor dem Verschwinden jede Menge. Mitschüler, Freundinnen und einen Jungen, der in sie verknallt war. Doch an dem besagten Datum hat sich die Spur verloren. Ob sie direkt an dem Tag oder erst an einem der nächsten Tage getötet worden is, war nicht mehr herauszufinden. Somit waren mögliche Alibis nicht aussagekräftig. Ihre Mutter hat gemeint, dass Lara sonst immer bei ihrer besten Freundin Bibi war. Nur war Bibiana Mocklar zu der Zeit mit ihrer Tante auf Urlaub.«

»Die Eltern der Freundin?«

»Haben in einem Gasthof gearbeitet. Beide. Laras Mutter hat an dem Nachmittag ihren Mann und ihre zwei jüngeren Söhne von einem Kindergeburtstag abgeholt. Davor hat sie mit einer Nachbarin lange geredet. Die Vermisstenanzeige hat sie erst vierundzwanzig Stunden später aufgegeben, als sich Lara überhaupt nicht mehr hat blicken lassen.«

»Warum so spät? Wenn mein Kind abends nicht nach Hause käme, würde ich sofort Angst kriegen.« Agnes fuhr sich automatisch über den Bauch.

»Agnes, Lara war sechzehn. Und öfter länger weg. Noch dazu waren die Familienverhältnisse nicht die besten, wie wir recherchiert haben. Das Jugendamt hatte sich schon einmal eingeschaltet.« Petra legte nun die Fotos alle in einem Quadrat auf den Tisch. Das Porträt von Lara zeigte ein hübsches Mädchen mit einem dunklen Pagenschnitt. Ein brutal krasser Gegensatz zum Totenschädel.

»Nachdem schließlich die Überreste ihrer Tochter gefunden wurden, hatte die Mutter einen schweren Zusammenbruch und musste ins Spital eingeliefert werden. Sie war das Jahr über überzeugt, dass Lara ausgerissen is, weil sie sie an dem Tag des Verschwindens geschlagen hat. Hat sie von sich aus zugegeben.«

»Also Gewalt in der Familie.«

»Laut Aussage der Nachbarn hat Babette Fürtl-Disswart ihre drei Kinder öfter verdroschen. Deshalb auch die Meldung beim Jugendamt. Lara war die älteste Tochter aus einer früheren Beziehung. Dazu die zwei jüngeren Halbbrüder.«

Natascha hob den Zeigefinger, als würde sie aufzeigen wollen. »Es gab einen Verdächtigen.«

Agnes stand auf und streckte sich, ihr Rücken schmerzte. »Das ist mir neu.«

»Davon hab ich gestern nichts erzählt, stimmt, Agnes.« Petra nahm eine zweite Akte und reichte Agnes ein neues Foto. »Der Stiefvater von Lara Fürtl. Er ist in Deutschland vorbestraft wegen eines Wettbetrugs, hat ein Jahr im Gefängnis verbracht. Die Tat liegt allerdings lang zurück, vor seiner Ehe mit Laras Mutter. Als wir der Familie die Todesnachricht überbracht haben, hat er sich auffällig und meiner Meinung nach unmöglich verhalten. Hat als Erstes gemeint, dass Lara selber schuld sei und er so was geahnt hat. Dass sie ein schlechter Umgang für seine Söhne war. Erich Disswart heißt der Mann.«

Agnes sah sich die Aufnahme an. Ein Mittvierziger, der etwas verlebt, aber durchschnittlich aussah. »Warum stand er unter Verdacht?«

»Laras Freundin Bibi hat im Rahmen der Mordermittlung ausgesagt, dass er schon einmal zudringlich geworden wäre bei Lara. Er hat es vehement bestritten. Es gab einen Riesenkrach zwischen den Familien. Aber da wir leider keine konkreten Spuren vorzuweisen hatten und kein genauer Todeszeitpunkt bestimmt werden konnte, hatten wir nichts gegen ihn in der Hand.«

»Babette Fürtl-Disswart – oder jetzt nur noch Fürtl – hat sich keine drei Monate später scheiden lassen, nachdem Laras Tod bestätigt war«, fiel Natascha Petra ins Wort. »Was Petra und den anderen in der SOKO Lara merkwürdig aufgestoßen is. Richtig?«

»Richtig.«

Agnes sah von Petra zu Natascha. Eine Generation lag zwischen ihnen, aber in ihrem Eifer hätten sie Zwillinge sein können.

»Bei unserem Opfer haben wir Spuren sammeln können.« Agnes holte nun ihrerseits aus. »Es gibt bis heute achtzehn vollständige DNA-Profile, die wir für einen Abgleich nutzen können. Ihr könntet den Stiefvater und weitere für eine Probe einbestellen.«

»Mit Personen aus dem Umfeld von Familie und Schule kein Problem.« Petra zog die Augenbrauen zusammen. »Erich Disswart is jedoch nach der Trennung nach Deutschland zurückgezogen. Er stammt von dort. Hat uns heute seine Ex-Frau erzählt, die wir vor deinem Eintreffen aufgesucht haben.«

»Keine Nachsendeadresse?«

»Nein. Seine Mutter wohnt in Dortmund. Zu Erich hat sie angeblich keinen Kontakt. Keine Meldeadresse. Keine Spur von ihm. Er is untergetaucht, was mein Misstrauen ihm gegenüber ansteigen lässt.«

Sofort dachte Agnes an Axel. »Dabei könnte ich jemanden ins Spiel bringen, der uns helfen kann.«

»Legal?«

»Natürlich. Du kennst ihn, wart's ab.«

»Ich bin gespannt.« Petra stieß einen knurrigen Laut aus. »Was anderes, aber Wichtiges. Fünf Jahre und kein Fahndungserfolg. Die Geschichte mit Lara verfolgt mich bis heute in meinen Träumen. Ich will für die Tat noch einmal Aufmerksamkeit im großen Stil erreichen.«

»Was hast du vor, Petra?«

»Wie du einen Kontakt nach Köln hast, habe ich es schon vor einiger Zeit arrangiert, dass der Fall Lara Fürtl in der nächsten Woche mit einem Beitrag bei ›Aktenzeichen XY‹ zu sehen sein wird. Auch wenn es dort keinen Zusammenschluss mehr mit dem ORF gibt wie früher, behandeln sie von Zeit zu Zeit Fälle aus Österreich.«

»Wird dafür nicht immer ein kleiner Film gedreht?«

»Genau. Unserer is schon fertig. Aber bei der Schalte zu den jeweiligen Ermittlungsleitern sollte es kein Problem sein, dein Opfer mit einzubeziehen. Du könntest dich uns anschließen. Wir zeigen Lara und erweitern um deine Unbekannte.«

»Nelly.«

»Wie bitte?«

»In Kufstein nennen wir sie Nelly, weil wir ja sonst keinen Namen wissen.«

»Schöner Name«, meldete sich Natascha nach längerer Pause zu Wort. »Der macht es persönlicher.«

Agnes fixierte Petra. »Zwölf Jahre und sechs Jahre. Eine Periode? Können wir damit nach außen hin argumentieren?«

»Lass uns darüber noch nachdenken.« Auch Petra ging auf Natascha diesmal nicht ein. »Wir sollten für die Medien gute Gründe bündeln, warum wir annehmen, dass es sich um einen Serientäter handeln könnte. Was wir beide tun, nicht wahr, Agnes?«

Ein kurzer Moment der Stille trat ein. Der Begriff, die Bezeichnung, das erste Mal laut ausgesprochen, schien nachzuhallen.

»Ich stimme dir zu, Petra. Mediale Aufmerksamkeit kriegen wir dadurch auf jeden Fall umso mehr.«

»Serientäter, wie das klingt.« Unvermutet sprang Natascha von ihrem Sitz hoch. Ihre Wangen waren wieder gerötet. »Auf Serientäter springen die Leute an. Ich wette, wir kriegen wahnsinnig viele Hinweise. Warum geben wir nicht das wichtigste Merkmal preis?«

Petra fasste die Polizeischülerin am Oberarm. »Natascha, nein. Überleg bitte. Es werden sich neben seriösen möglichen Zeugen auch Wichtigtuer melden. Wir müssen etwas zurückhalten, um bei Vernehmungen die Aussagen verifizieren zu können.«

»Wie blöd von mir, sorry.« Natascha schlug sich gegen die Stirn. »Aber ihr zwei seids toll. Ohne euch wüssten wir nicht, dass die Opfer das gruselige Abtrennen des linken Ohrs gemeinsam haben.«

Agnes schüttelte den Kopf. »Das Lob gebührt in dem Fall den jeweiligen Rechtsmedizinern. Unsere Lorbeeren müssen wir uns erst verdienen.«

4

Mitzi putzte den Weißkrautkopf, viertelte ihn und entfernte den Strunk. Hernach schnitt sie die Stücke mit dem Wiegemesser in Formen, die an kurze Nudeln erinnerten. Sie presste für einige Sekunden das Kraut zusammen, salzte es und ließ es eine Viertelstunde ruhen.

In der Zeit suchte sie im Internet nach Songs von Birdy. Seit einigen Wochen begeisterte sie die blutjunge Sängerin mit ihrer klaren Stimme. Mitzi drehte die Lautstärke hoch, sang mit und wiegte sich im Takt der Musik.

Noch immer tanzend, trippelte Mitzi in die Küche zurück, um weiterzukochen. Es entspannte sie, und überhaupt hatte sie einen Mordshunger.

Als das Wort in ihrem Kopf auftauchte, stoppte sie ab. Das tote Mädchen Nelly fiel ihr ein und bildete einen Kontrast zu den Liedern der wunderbar lebendigen Birdy.

Nicht nur Agnes hatte über eine mögliche Ähnlichkeit im Lebensverlauf von Mitzi und Nelly spekuliert. Im Stillen fragte sich Mitzi ebenfalls, ob die Ermordete vor ihrem Tod einsam gewesen war. Ohne Freunde. Mitzi erinnerte sich ungern an ihre Teenagerzeit, und wenn, dann konzentrierte sie sich auf schöne Abschnitte mit den Großeltern. Oma und Opa hatten sich die größte Mühe gegeben, ihrer Enkelin ein normales Aufwachsen zu ermöglichen – so gut es eben unter den Umständen möglich war.

Mitzi hatte Nellys Fall interessiert in den Medien verfolgt. Dazu drückte sie alle Daumen und die Zehen, dass sich jemand auf den Polizeiaufruf hin meldete und die wahre Identität von Nelly herausgefunden wurde. Wenn es so weit war, hatte Agnes Mitzi versprochen, würde sie ihr als Erster davon erzählen.

Zurück in der Küche machte Mitzi Öl in einer Pfanne heiß und karamellisierte etwas Zucker darin. Dann fügte sie geschnittene Zwiebel hinzu, röstete diese an. Zum Schluss folgte das Kraut. Nachdem sie die Pfanne mit einem Deckel bedeckt hatte, drehte sie die Hitze herunter und stellte die Eieruhr auf fünfzig Minuten. Danach würde sie noch richtige kurze Nudeln kochen. Am Ende stand der Genuss der Krautfleckerl.

Krautfleckerl, eines ihrer Lieblingsgerichte. Einfach zuzubereiten, perfekt im Geschmack. Die Portion würde für drei reichen, Mitzi wollte den Rest einfrieren und für Freddy aufheben, wenn er von seiner Verkaufstour zurückkehrte. Dass er sie immer noch hier wohnen ließ, verdiente eine Belohnung. Wieder nahm sie sich vor, sich endlich intensiver um eine neue Bleibe zu kümmern.

Der Hunger meldete sich noch stärker, und sie holte sich eine Packung Mannerschnitten aus dem Küchenschrank. Etwas Süßes vor dem Hauptgang zu essen gefiel Mitzi. Sie kehrte mit vollem Mund ins Wohnzimmer zurück.

Birdy sang »Deepest Lonely«, also übersetzt »mutterseelenallein«, und Mitzi setzte sich im Schneidersitz auf den Teppichboden und summte mit.

Arme Nelly, aber auch arme Mitzi, dachte sie. Es war, als würde sie sich von Weitem betrachten, auf sich und ihre Vergangenheit aus der Vogelperspektive herunterblicken.

Der Song ging zu Ende. Die Szenerie in Mitzis Kopf wechselte zu etwas Erfreulichem, nämlich dem Treffen mit Severin Radl. Als er das erste Mal ohne Voranmeldung bei ihr in Salzburg aufgetaucht war, war sie noch erschrocken. Bei seinem Anblick waren alte Wunden aufgebrochen, die allerdings nichts mit ihm zu tun hatten. Inzwischen war Mitzi begeistert über das Wiedersehen nach der langen Zeit. Der Bauer Radl hatte zwar überhaupt keine Ähnlichkeit mit ihrem Großvater, dennoch kamen bei ihm Opagefühle in Mitzi hoch.

»Hüft's nix, schodt's nix«, wiederholte sie laut einen Spruch ihres richtigen Opas, wenn er sich zur Verdauung einen Schnaps gegönnt hatte.

Doch abrupt wechselten die Gedanken vom Großvater und

Bauer Radl zu diesem Chef der Baufirma, Diplomingenieur Konrad Eichwaller.

Sie sah ihn vor sich. Das gefärbte braune Haar, den dicken Bauch und die glänzenden Schuhe. Seine joviale Art, wie er Mitzi begrüßt und angeblich wiedererkannt hatte. Die Erzählung von Severin Radl später im Café, dass Eichwaller am Tag des Unglücks bei ihrer Familie am Grundstück gewesen war.

Mitzi schloss die Augen. Die Musik war verstummt, aus der Küche kamen blubbernde Geräusche vom vor sich hin dünstenden Kraut, sonst war es still. Der süßliche Geruch des karamellisierten Zuckers strömte in Mitzis Nase.

Sie versuchte sich Konrad Eichwaller wesentlich jünger vorzustellen. War er jetzt geschätzt Mitte fünfzig, würde er vor vierundzwanzig Jahren Anfang dreißig gewesen sein, sein Haar noch naturbraun, kein Anzug, sondern vielleicht Jeans und Hemd. Dass er sportlicher und schlanker ausgesehen hatte, war genauso möglich.

Juni 1997. Marion und Gerald Schlager mit ihren Kindern Mitzi und Benni am Baugrund in Kalsdorf. Damals noch eine Wiese mit Obstbäumen, darauf ein Holzhaus, in dem man bei Regen Schutz suchen und sogar in Schlafsäcken übernachten konnte. Im Häuschen ein Tisch, eine Sitzbank, eine Spüle, ein Regal. Dazu der Gasherd, der grausige, der schreckliche, der an diesem Tag drei Leben auslöschte.

Mitzi riecht den Duft der Blumen, Zuckerwatte gleich. Es knistert in ihren Ohren, das mag der Wind sein, der an diesem Tag weht. Eine warme Brise mit wechselnden kräftigen Böen.

Mama und Papa und Benni und sie selbst in trauter Familienidylle. Mama ordnet die Lebensmittel, Papa bastelt eine Wespenfalle an einem Apfelbaum. Benni rennt in der Gegend herum und zeigt seine Zunge im Wechsel den Bienen, den Käfern und seiner großen Schwester Mitzi.

Heute erwarten die Eltern noch jemanden. Einen Mann, den Konrad Eichwaller. Da kommt er, winkt am Zaun, flott ist er unterwegs. Sein braunes Haar ist lang, er hat es zu einem Zopf gebunden, was Mitzi sehr lustig findet. Papa Gerald geht ihm entgegen, öffnet das Gartentor, bittet ihn herein.

»Servus, Konny«, sagt Gerald und klopft ihm auf die Schulter.

Mama Marion, die eben Benni auf den Arm genommen hat, stellt sich zu den Männern. Konrad Eichwaller lächelt die hübsche junge Mutter und Ehefrau seltsam schief an, fast ein wenig begehrlich.

Die Erwachsenen plaudern.

Mitzi sitzt abseits auf einer Decke auf der Wiese und spielt mit ihrer neuen Barbiepuppe. Sie beobachtet währenddessen die Gruppe und sieht, wie Konny ihrem kleinen Bruder ein blaues Boot reicht. Benni streckt die Arme aus, er strahlt über das ganze Gesicht.

Jetzt wäre der Zeitpunkt, wo Mitzi aufstehen, in das Holzhaus gehen und das Gas am Herd aufdrehen würde, weil sie für alle Spaghetti kochen will. Doch diesmal läuft der Film anders. Sie bleibt, aber Konny bewegt sich. Er zwinkert Mitzi im Vorbeigehen zu und verschwindet im Haus. Mama und Papa unterhalten sich weiter, Benni begutachtet auf Mamas Arm das neue Spielzeug.

Konny kommt zurück, verabschiedet sich erstaunlich schnell von den Schlagers und verlässt das Grundstück. Was hat er allein im Holzhaus gemacht? Mitzi weiß es nicht. Sie wendet sich wieder ihrer Barbiepuppe zu. Nach einer Weile bewegen sich Papa mit Benni auf dem Arm und Mama an ihr vorbei.

Wenige Minuten später explodiert das Haus.

Ein Feuerball. Ein Knall.

Und ein schriller Ton, der alles andere schlagartig verschwinden lässt.

Was?

Die Eieruhr in der Küche klingelte. Die fünfzig Minuten waren um. Mitzi riss die Augen auf. Ihr Herz schlug schneller.

Sie brauchte eine Weile, bis sie in der Lage war aufzustehen. Im Türrahmen zur Küche blieb sie stehen. Was war eben geschehen? War das eine vergrabene Erinnerung, die ans Tageslicht gekommen war? Mitzi holte tief Luft und versuchte, wieder ganz in die Realität zurückzufinden. Dabei holte sie sich gedanklich Hilfe. Wie betonte es ihr Therapeut und wie ermahnte sie Agnes: »Nicht abdriften in Phantasiegeschichten, Mitzi. Bei der Wahrheit bleiben, das Leben ist kein Film.«

Aber was war diese Wahrheit denn? Was waren echte und was unbewusst veränderte Bilder in ihrem Kopf? Mitzi schüttelte ihren ganzen Körper wie ein nasser Hund, der die Tropfen auf seinem Fell loswerden möchte. Sie durfte sich nicht hineinsteigern in eine Idee, für die es überhaupt keinen Beweis gab. Tatsache war, dass es auf ihre Fragen im Moment keine Antworten gab.

Ihr Magen knurrte lautstark. Sie schob das eben Erinnerte in ihrem Denken nach hinten. Nach dem Essen würde sie weiterüberlegen. Ob sie reagieren und sich intensiver mit diesem Teil ihrer Vergangenheit beschäftigen sollte.

»Nur nicht hudeln, nur nicht hasten, Buchteln müssen zum Aufgehen rasten.« Nun fiel ihr ein Reim ihrer Großmutter ein, wenn diese Buchteln gebacken hatte. Als Ablenkung rief sich Mitzi das Rezept ins Gedächtnis und nahm sich vor, es die Tage zu versuchen. Wenn ihr die Süßspeise gelang, konnte sie Agnes beim nächsten Treffen welche mitbringen.

Einmal noch schüttelte sie sich und stieß einen lang gezogenen Seufzer aus. Im Anschluss machte sie sich an die weitere Zubereitung der Krautfleckerl. Die Nudeln waren in zehn Minuten fertig. Sie vermengte sie mit dem Kraut und salzte die Mischung nach. Etwas Pfeffer und gemahlener Kümmel rundeten die Würze ab.

»Mmmh, Krautfleckerl«, sagte Mitzi wieder laut zu niemandem im Speziellen.

Sie gab eine große Portion auf einen Teller, nahm sich eine Gabel und kehrte ins Wohnzimmer zurück. Dort nahm sie ihre

Schneidersitzposition am Teppich ein und begann genussvoll zu essen.

Trotzdem konnte sie nicht verhindern, dass in ihrem Kopf der Film nun doch rückwärtslief und sie den grausigsten Tag ihrer Kindheit erneut durchzuspielen begann – einmal, zweimal. Einmal mit und einmal ohne Konrad Eichwaller.

5

Bis Mitzi das Bürohaus mit dem gläsernen Turm im Eingangsbereich betrat, wusste sie nicht, wie sie es überhaupt anstellen
sollte, mit Konrad Eichwaller persönlich zusammenzutreffen.
Aber reden musste sie mit dem Bauherrn.

Die Episode in ihrem Kopf, mit ihm in der Hauptrolle am
Tag des Unglücks, ließ sie nicht mehr los. In der Nacht nach
dem Krautfleckerlkochen hatte sie kaum geschlafen. Um zwei
Uhr morgens hatte sie die Wohnung verlassen und war quer
durch Salzburg gelaufen, bis sie in der Strubergasse und vor
dem Bürogebäude gelandet war. Natürlich war alles dunkel
und still gewesen, aber sie hatte eine Weile ihren Kopf ans
Glas gelegt und in sich hineingehorcht. Etwas an ihrer neuen
Erinnerung hatte mit den damaligen Ereignissen zu tun, sie
war sich sicher.

Das gesamte Wochenende noch zuwarten zu müssen war
Mitzi besonders schwergefallen. Wenn sie sich etwas in ihren
Kopf gesetzt hatte, musste sie es durchziehen, so rasch wie
irgend möglich. Sogar im Internet hatte sie nach den aktuellen Bauprojekten der Firma Eichwaller-baut AG gesucht und
immerhin zwei gefunden. Ein neues erst in Planung in Krems
und ein weiteres im Aufbau in Linz. Wenn sie gewusst hätte,
dass Eichwaller auf einer dieser Baustellen anzutreffen gewesen wäre, Mitzi hätte sich auf den Weg gemacht. Nun hoffte
sie, dass Konrad Eichwaller in seinem Büro in Salzburg war
und sie ihn dort überraschen konnte.

Am Empfang saß diesmal nicht Frau Keks, sondern ein
Mann in mittleren Jahren mit einer Brille. Auf seinem Ja-
ckett prangte statt eines Namensschilds das Firmenlogo, der
schwarze Vogel.

»Grüß Gott, servus und wunderbaren guten Tag.« Mitzi
versuchte zuckersüß und überfreundlich zu klingen. »Ich
müsste zu Herrn Diplomingenieur Eichwaller. Es is dringend.«

Der Mann schob sich die Brille auf seiner Nase zurecht und studierte einen Computerbildschirm, der vor ihm angebracht war. »Ihren Namen bitte. Haben Sie einen Termin?«

»Leider nicht. Aber es dauert nicht lang. Ich husch in sein Büro und bin flugs wieder draußen. Sie würden sich wundern, wie schnell ich sein kann.«

Jetzt erst sah der Mann sie an. »Das tut mir leid. Aber ohne Termin kann ich Sie nicht vorlassen.«

»Es wäre wirklich wichtig.«

»Ich kann da nichts für Sie tun, Frau …?«

»Schlager. Maria Schlager. Ich war mit Herrn Radl hier. Vorletzten Samstag.«

»Da hatte ich keinen Dienst.«

»Aber Frau Keks. Und die würde mich jetzt durchlassen.« Mitzi spürte, wie ihre Ungeduld wuchs. »Sie könnten doch so lieb sein und bei Herrn Eichwaller anfragen, ob ich nicht reinkann. Er is doch schon da, oder?«

Sie spähte in die Richtung des Raums, in dem sie auf Severin Radl gewartet hatte. Zusätzlich versuchte sie sich zu erinnern, wohin Eichwaller und Radl für ihr Gespräch verschwunden waren. Rechts ging es einen Flur entlang, mit mehreren Türen, hinter einer mochte Mitzis Zielperson sitzen. Oder er residierte weiter oben. Mitzi entdeckte im hinteren Bereich einen Fahrstuhl.

»Frau Schlager, ich bedaure. Herr Eichwaller is in einer Konferenz.« Wieder schob der Mann seine Brille Richtung Stirn.

»Immerhin is er anwesend.«

»Schon.«

»Dann warte ich. Den Besucherraum kenn ich ja schon.«

»Nein, das geht nicht.« Er sah Mitzi streng an.

Kurz schwante ihr, dass es hier auch Sicherheitspersonal geben mochte, aber außer dem Bebrillten und ihr war niemand zu sehen. Sie setzte sich in Bewegung.

»Was machen Sie denn?« Das Erstaunen war ihm anzumerken.

Mitzi lief schnurstracks am Besucherraum vorbei, den Flur entlang. Die erste Tür dahinter war als Besuchertoilette gekennzeichnet. Sie öffnete aufs Geratewohl das Zimmer gegenüber. Darin standen ein leerer Schreibtisch und ein mannshoher Spiegel, sonst nichts. Auch hinter der nächsten Tür befand sich nur ein leerer Raum, diesmal sogar ohne Möblierung. Mitzi wunderte sich, doch es blieb keine Zeit, sich Gedanken zu machen. Der Empfangsmann kam hinter ihr her.

»Bleiben Sie stehen, Frau Schlager.« Er hörte sich hilflos an. »Bitte, das dürfen Sie nicht. Ohne Termin.«

Sie stapfte ohne Unterbrechung voran. Am Ende des Ganges führte eine Treppe nach oben.

»Herrgott Sakra, bleiben Sie endlich stehen.« Der Bebrillte steigerte seine Lautstärke. »Ich ruf die Polizei! Hören Sie!«

»Kein Grund dazu. Es dauert nicht lang«, rief Mitzi zurück, ohne sich umzudrehen.

Sie war auf der fünften Stufe, als sich ihr jemand in den Weg stellte.

»Ja, wer stört denn die morgendliche Ruhe mit solchem Geschrei?«

Ein riesiger Kerl baute sich vor ihr auf. Mitzi konnte blondes, zurückgegeltes Haar sehen, blinkende Ohrringe und heute ein azurblaues Einstecktuch an einem hellgrauen Anzugsakko.

Der Geschäftspartner von Eichwaller, der aus Luzern stammte. Valburga oder Valduza, Mitzi wusste den Namen nicht mehr. Nur, dass er sie als Butterblume bezeichnet und dass er einen Sprechlehrer engagiert hatte, um nicht sofort überall als Schweizer erkannt zu werden.

Hinter ihr tauchte schnaufend der Empfangsmann auf. »Ich hab versucht, die Dame zu stoppen, Herr Vadura. Aber sie is einfach losgerannt. Soll ich die Polizei verständigen?«

Vadura, so hieß er. Weil er bei seiner Größe auch noch zwei Stufen über Mitzi stand, musste sie ihren Kopf in den Nacken legen, um ihm ins Gesicht schauen zu können.

»Ich muss zu Herrn Eichwaller.« Sie wollte nicht aufgeben. »Glauben Sie mir, ich geh erst wieder weg, wenn ich ihn gesprochen hab. Ich würd warten, aber ich lass mich nicht abweisen.«

Beat Vadura sah auf Mitzi herunter, dann wanderte sein Blick zu dem Bebrillten. »Nein, keine Polizei, sind Sie verrückt?«

»Ich dachte nur, weil die Dame mich überrumpelt hat. Frau Schlager, hat sie gesagt, is ihr Name, und ich –«

»Das weiß ich. Gehen Sie zurück zu Ihrem Arbeitsplatz. Während Sie Ihre Verfolgungsjagd hier machen, kann vorne jeder ins Gebäude.« Vaduras Stimmorgan wurde noch etwas brummiger.

Der Mann vom Empfang zuckte zusammen. Ohne ein weiteres Wort machte er kehrt und verschwand im Gang. Mitzi blieb standhaft. Obwohl ihr neben der Größe des Schweizers erneut seine ebenfalls riesigen Zähne auffielen. Damit ich dich besser fressen kann, schoss es ihr durch den Kopf, ein Satz aus dem Märchen vom Rotkäppchen und dem Wolf.

Endlich bewegte sich der Hüne die Stufen herunter auf Mitzi zu, ging sogar an ihr vorbei nach unten. Als ihre Köpfe auf gleicher Höhe waren, blieb er stehen. Seine Haltung wirkte angespannt, und seine Mundwinkel waren nach unten gezogen.

»Frau Schlager mit dem witzigen Vornamen, oder?« Er sah ihr in die Augen. Seine waren grün wie die von Mitzi. »Wieso wollen Sie derart ungestüm und unbedingt zu Konny? Hat er Ihnen letztens etwas Ungebührliches zugeflüstert, und Sie haben sich immer weiter darüber echauffiert? Oder hat er sich die Tage sogar gemeldet?«

Mitzi hatte keine Ahnung, was er mit einem solchen Zuflüstern meinte. Sie wollte nachfragen, aber Vadura redete bereits weiter.

»Er verliert bei hübschen Frauen manchmal sein Gleichgewicht. Wobei ich Ihnen versichere, er hat es nett gemeint. Ungeachtet dessen, dass ›nett‹ ein scheußliches Wort ist. Wenn es Ihnen recht ist, dann regeln wir das unter uns. Unter der Hand, ohne Geschrei. Konny ist ein liebevoller Ehemann und

Vater, der jedoch den Blick für die weibliche Schönheit nicht verloren hat, elegant ausgedrückt. Sollte mehr zwischen Ihnen vorgefallen sein, würde ich Sie bitten, mir in mein Büro zu folgen. Auch dafür gibt es eine Lösung. Kaffee gefällig?«

»Nein danke.« Mitzi ließ ihrerseits den Partner von Eichwaller nicht aus dem Blick. Seine ausführliche Ansprache hinterließ ein ungutes Gefühl bei ihr. »Kein Kaffee. Und nein, er hat nichts Böses zu mir gesagt. Wir haben uns ja nur das eine Mal gesehen, als ich Herrn Radl begleitet hab. Heute geht's um eine private Angelegenheit, die mit meiner Kindheit zu tun hat. Doch das is ausschließlich für Herrn Eichwallers Ohren bestimmt. Dabei gibt es nix zu regeln.«

Zum ersten Mal lächelte Vadura. Seine Schultern entspannten sich. »Ach so. Ich muss Sie leider vertrösten. Konny ist nicht anwesend.«

»Aber der Herr am Empfang hat etwas anderes gesagt.«

»Konny hat das Gebäude vor einer halben Stunde durch den Hinterausgang verlassen. Dort am Firmenparkplatz parkt sein Porsche.« Vadura betonte die Automarke, als sollte der Besitz eines Sportwagens Mitzi beeindrucken. »Er musste nach Niederösterreich zu unserer Zweigstelle dort in Krems.«

Enttäuschung erfasste Mitzi. Ihr Schwung und ihr unbedingter Wille, Eichwaller nach ihren Eltern zu befragen, bröckelten. »Wann is er wieder in Salzburg?«

»Frühestens Mitte der Woche. Eher gegen Ende.«

»Aha.«

Sie durchdachte kurz die Möglichkeit, selbst heute noch nach Krems zu reisen, einen Besuch bei einer lieben Bekannten zu machen und einen neuen Versuch mit Eichwaller zu starten. Doch die Angelegenheit brauchte innere Ruhe, wie Mitzi dämmerte. Mit Hektik und ihrem Dickschädel würde sie nicht weiterkommen. Besser sollte sie versuchen, beim nächsten Anlauf einen offiziellen Termin mit ihm auszumachen und sich gründlicher vorzubereiten. Bei einem Kaffee und einer freundlichen Unterhaltung hatte sie mehr Chancen, ihn auf 1997 anzusprechen. Außer er würde sich ungebührlich verhalten, wie Vadura eben angedeutet hatte. Was es für Leute gab.

»… im herrlichen Lilienfeld?«

Der Hüne hatte eine Frage gestellt, die Mitzi nicht mitbekommen hatte. Doch sie ahnte, worum es ging. »Sie meinen mein Grundstück dort? Das Sie auch noch dazukaufen wollten.«

»Richtig. Unser Angebot war nur halb im Scherz gemeint. Herr Radl hat Konny und mir übrigens inzwischen den genauen Standort mitgeteilt.«

»Das hat Herr Radl sicher nicht getan.« Mitzi war empört.

»Warum sollte er nicht, es ist doch kein Geheimnis, oder?« Er lachte, und seine Ohrstecker funkelten. Mitzi überlegte, ob es echte Brillanten waren. »Wollen Sie in dieser Angelegenheit eventuell doch in mein Büro kommen, Frau Schlager? Wir können gerne ein paar Optionen durchgehen. Zehn Minuten könnte ich Ihnen widmen.«

Mitzi verneinte sofort. »Keine Chance. Herr Radl kriegt es.«

»Dann kaufen wir es von ihm.«

»Das wird er niemals tun. Wo soll er denn dann wohnen?«

»Natürlich. Jeder braucht ein Zuhause, oder?« Er neigte sich zu Mitzi hin. Ungebührlich nah, das Wort passte in dem Moment. »Ich mag Lilienfeld. Sehr zu empfehlen. Schloss Klafterbrunn, ganz in der Nähe dort, wäre mein Tipp für einen Aufenthalt.«

»Ich schreib es mir auf.« Mitzi beugte ihren Oberkörper nach hinten, es knackte in den Wirbeln. »Jetzt geh ich aber, Herr Vadura. Bei Herrn Eichwaller melde ich mich noch.«

»Machen Sie das bitte, ohne ihn zu überfallen, Frau Schlager.« Mit Schwung stieg er an Mitzi vorbei die Treppen wieder nach oben, ragte erneut über ihr auf. »Seien Sie mir gegrüßt, Frau Schlager.«

»Auf Wiederschaun.«

»Moment noch.« Er streckte ihr seinen Arm entgegen, ein Stück Papier zwischen seinen Fingern. Mitzi fragte sich, ob er es hinter seinem Einstecktuch hervorgezaubert hatte. »Hier unsere Karte. Darauf finden Sie alle Nummern unserer Dependancen. Baufirma und Immobilienverkauf unter einem Dach. Auch die Zweigstelle in Krems ist angegeben. Mit etwas mehr Abstand können Sie Konny dort später erreichen.«

»Danke.« Mitzi nahm die Visitenkarte. Ein schwarzer Vogel war auf der Vorderseite abgedruckt.

»In Luzern gibt es einen schönen Spruch, Frau Schlager: D'r schnäller isch d'r gschwinder!« Vaduras Stimme wurde durch das Schweizerische höher.

Mitzi hielt ein spontanes Kichern zurück. Der Dialekt passte zu dem Riesen wie ein Lolli zu einem Dinosaurier. »Was soll das denn heißen?«

»Wer zuerst kommt, mahlt zuerst. Sollte man sich merken. Nicht nur in der Immobilienbranche gilt das. Schönen Tag und schöne Woche noch.«

»Nix für ungut.« Mitzi zögerte. »Ihnen auch.«

An der Anmeldung funkelte der Mann mit der Brille Mitzi böse an. »Das nächste Mal hol ich wirklich die Polizei«, murmelte er, als sie an ihm vorbei Richtung Ausgang marschierte.

6

Agnes nahm Petra Hammerls Anruf im Auto an. Kurz entschlossen hatte sie das restliche Wochenende in Innsbruck bei ihren Eltern verbracht.

»Petra, ich bin unterwegs. Auf der Rückfahrt von einem Familienbesuch. Mein Dienst beginnt heute erst am Nachmittag.«

»Alles gut?«

»Bestens. Die zukünftigen Großeltern fühlen sich bereit.«

»Kannst du reden?«

»Über die Freisprechanlage kein Problem. Es kommt gleich eine Raststation, dort halte ich an.«

Agnes meinte zu hören, wie ihre Kollegin eine Tür schloss. »Ich wollte es noch nicht offiziell vor den Kollegen ansprechen, auch wenn Natascha sich schon verplappert hat. Ein bisserl übereifrig is sie.«

»War ich in meinen Anfängen auch.«

Agnes blinkte, fuhr von der Autobahn ab und suchte sich einen Parkplatz hinter einem Restaurant. Erstens wollte sie sich voll und ganz auf dieses Gespräch konzentrieren, zweitens hatte sie Durst, und drittens brauchte sie wieder einmal eine Toilette. Ihre Blase hatte sich durch die Schwangerschaft zu einem überdurchschnittlich aktiven Organ entwickelt, vornehm ausgedrückt.

»Du wolltest doch mit unserer Serientätertheorie zu deinem Vorgesetzten gehen, Petra.«

»Genau. In zehn Minuten bin ich beim Chef.« Petra brummte. »Er wird nicht erfreut sein. Er war schon gegen meinen Vorstoß mit ›Aktenzeichen‹. Eine hohe Aufklärungsquote is ihm wichtig, aber mit so wenig Trara wie nötig.«

»Bei mir vermute ich dasselbe. Revierinspektor Sepp Renner mag es, wenn Kufstein verbrechenstechnisch gesehen ein recht gemütlicher Ort ist.«

»Sind wir uns denn absolut sicher, Agnes? Wenn die Presse und das Netz das Wörterl Serientäter hören, geht's rund.«

Agnes stellte den Motor ab und öffnete das Wagenfenster. Eine schlechte Idee, denn sofort strömte heiße Luft herein. Trotzdem hatte sie das Gefühl, Sauerstoff zu brauchen.

»Das ist mir bewusst.«

»Willst du bei deiner Ermittlung lieber doch noch zuwarten, Agnes?«

»Auf keinen Fall.« Zwei kleine Kinder liefen draußen vorbei. Beide hatten ein Eis am Stiel in der Hand. Agnes leckte sich die Lippen. »Die Chance, dass ich mich bei der SOKO Lara einklinke und unsere Kufsteiner Nelly einbringe, ist das Beste, was passieren konnte. Ich wäre über einen schnelleren Fortschritt froh.«

»Ach herrje, Agnes.« Petra stöhnte. »Wer weiß, wie weit wir von einer Aufklärung entfernt sind. Mich beschäftigt der Mord an Lara schon fünf Jahre.«

»Nun gibt es doch eine Übereinstimmung mit einem zweiten. Meinem.« Agnes ließ eine kurze Pause. »Das Merkmal mit dem fehlenden linken Ohr ist prägnant.«

»Eben ein Serientäter.«

»Genau. Ein Serientäter, der es auf Teenager abgesehen hat. Mädchen.«

Je öfter Agnes das Wort aussprach, umso wuchtiger hörte es sich an. Petra hatte völlig recht, in den Medien würde die Bekanntgabe dieser Neuigkeit eine Lawine an Berichten auslösen. Sie trommelte auf das Lenkrad. »Vielleicht sind die zwei Toten ja nur die Spitze eines Eisbergs.«

»Durchaus möglich, sogar wahrscheinlich.« Petra räusperte sich. »Entschuldige, dass ich frag, Agnes. Wirst du den Fall weiter allein bearbeiten dürfen? Oder werden sich dann die Kollegen aus Innsbruck oder sogar Wien einmischen?«

Agnes saugte die warme Luft hörbar ein. »Können sie gerne. Aber keiner nimmt mir die Ermittlungen ganz weg. Meine Schwangerschaft ist kein Hindernis.«

»Nein, das hab ich gar nicht gemeint.« Petra stieß ihr tiefes

Lachen aus. »Dass du nicht plötzlich zu Zuckerwatte geworden bist, is mir schon klar. Ich dachte eher, dass die Spezialisten sich aufpudeln werden.«

»Petra, du und ich, wir lassen uns die Butter nicht vom Brot nehmen. Oder?«

Agnes schloss das Fenster und stieg aus. Der Lärmpegel war draußen viel höher. Kinder schrien, Hunde kläfften, und das Signalhorn eines Lkws ertönte.

»… Psychotherapeuten in Wien.«

»Was hast du gesagt, Petra? Ich bin raus aus dem Auto und gönne mir gleich ein Eis.«

Wieder lachte Petra. »Mach das, Kollegin. Wenn der Serientäter-Stein erst ins Rollen kommt, haben wir zwei sicher nicht einmal mehr Zeit für ein Cornetto. Ruf mich noch einmal an, wenn du in Ruhe weiterreden kannst. Es geht um eine externe Beratung. Servus.«

Agnes ging Richtung Rastplatzshop. Außen war eine riesige Tafel mit verschiedenen Eissorten mit blumigen Namen angebracht. Der so betitelte »Mizzi-Becher« fiel ihr direkt ins Auge: weiße Schokoladen- und Himbeerkugeln mit Nusskrokant darüber. Für den Moment verdrängte die Eiskreation das Berufliche aus Agnes' Gedanken. Sie machte ein Foto und schickte es an das Original.

7

Die Freundinnen saßen auf der Couch in Agnes' Appartement mit Blick auf die Kufsteiner Festung. Mitzi war überraschend aufgetaucht.

Agnes sah auf die Wanduhr, während sie aus einer Kanne Eistee in die zwei Gläser nachfüllte. »Mitzi, um vier muss ich noch einmal für zwei Stunden in die Polizeiinspektion. Du hast Glück, dass ich schon von meinen Eltern zurück bin und mir sowieso den halben Tag freigenommen hatte.«

Ursprünglich hätte Agnes zum Ultraschall gemusst, aber der Termin hatte sich nochmals verschoben. Agnes' Frauenärztin lag mit einer Sommergrippe im Bett, und bei einem anderen Arzt hatte Agnes die Untersuchung nicht durchführen wollen.

»Entschuldige, dass ich nicht vorher angerufen hab. Hals über Kopf, wie öfter.«

»Schon gut, ich freue mich sehr.«

»Ich mich auch.« Mitzi schlug die Beine übereinander. »Ich war zuerst am Revier, und dein Kollege Bastian hat mich informiert. Dann bin ich gleich hierher. Mir haben heut die ganze Zeit die Worte gefehlt.«

Dafür hast du eben umso mehr und umso schneller geredet, dachte Agnes, doch sie sprach es nicht aus. Auch sie hatte erzählt und Mitzi schließlich ins Vertrauen gezogen. Es war ein nicht ganz korrektes Vorgehen, das war ihr bewusst. Aber erstens hatte Mitzi ohnehin kaum Kontakt zu anderen Menschen, und zweitens war es auch für Agnes erleichternd gewesen, sich jemandem außerhalb aller Ermittlungen zu offenbaren. Dass Mitzi dem toten Mädchen einen Namen gegeben hatte, spielte ebenfalls eine Rolle für Agnes.

»Jetzt noch einmal langsam, Mitzi. Bist du dir sicher, dass dieser Konrad Eichwaller damals bei euch war?«

Mitzi trank ihr Glas, wie schon das erste, in einem Zug leer. »Das eben nicht. Ich kann, wie so oft, nicht unterscheiden, ob ich mir das Ganze nur einbilde, weil der Herr Radl mir davon erzählt hat, oder ob es tatsächlich so war.«

»Das ist normal, Mitzi. Es ist auch der Grund, dass wir uns manches Mal bei Zeugenaussagen schwertun. Ein Unfall oder ein Verbrechen und fünf unterschiedliche Wahrnehmungen.«

»Das hat Dr. Rannacher auch gesagt.«

»Warst du bei ihm?«

»Videosprechstunde. Grauenhaft. Ich will unbedingt beim nächsten Mal wieder zu ihm nach Wien fahren und ihm in Fleisch und Blut gegenübersitzen.«

»Dabei bist du doch ein Streaming-Fan.«

»Mach dich nicht lustig über mich, Agnes.«

Immerhin ließ Mitzi das erste Mal seit ihrem Eintreffen ein kurzes Lächeln aufblitzen. Sie stand auf und ging bis an das Gehege, das Hamster Jo bewohnte. Zu dieser Tageszeit schlief er in seinem Häuschen. Trotzdem kniete sich Mitzi davor.

»Ich nehme dich immer ernst, Mitzi.« Agnes schloss zu ihr auf, blieb aber stehen. Auf Mitzis blonden Haarschopf herunterzuschauen, wie diese den Kopf hängen ließ, machte sie traurig. Ihr war bewusst, dass sich Mitzi nie vollständig von ihrem Kindheitstrauma erholen würde.

»Apropos Dr. Rannacher. Ich habe noch etwas Spannendes für dich, Mitzi. Hast du gewusst, dass dein Therapeut auch die Polizei berät?« Agnes hatte mit dem Themenwechsel sofort Erfolg.

»Wie?« Mitzi sah hoch.

»Vorgestern bei Hauptmann Petra Hammerl in Krems haben wir ja beschlossen, größer an die Öffentlichkeit zu gehen, was die Mädchen betrifft. Wie du jetzt weißt.«

»Ja, wow, ›Aktenzeichen XY‹. Sind inzwischen noch mehr arme Zwutschgerln gefunden geworden?«

»Zum Glück nicht. Leider Gottes müssen wir freilich von einigen Opfern mehr ausgehen. Keine Ahnung, ob wir recht behalten, ich befürchte es allerdings.«

»Meinst, der Böse hat die Mädchen übers ganze Land verstreut, Agnes?« Mitzi senkte den Kopf.

»Darüber habe ich gerade nachgedacht, bevor du mich überrascht hast.«

»In den Filmen bringt ein solches Monster seine Opfer immer an einen bestimmten Ort.«

»Ach Mitzi, was schaust du dir für Sachen an.«

»Machen doch viele.«

»Ich nicht.«

»Versteh ich, Agnes, dass du in deiner Freizeit nicht noch Nervenkitzel brauchst.«

Agnes öffnete die Balkontür. Die Temperatur war zum ersten Mal in diesem Monat angenehm. »Nelly und Lara könnten aber auch die einzigen zwei sein. Was bei all dem Unglück trotzdem besser wäre. Die Zeitabstände sind groß zwischen den beiden Verbrechen. Dazu erscheinen mir die Begegnungen zufällig, obwohl ich nichts vom Zufall halte. Der macht uns Ermittlern die Recherche noch schwieriger.«

»Grausam. Und das mit dem linken Ohrwaschel is noch gruseliger.«

»Dir ist klar, Mitzi, wie streng geheim diese Info ist.«

Mitzi legte ihre Hand ans Herz. »Kein Sterbenswörtchen außerhalb dieser vier Wände.«

»Theatralischer geht es wohl nicht mehr.« Agnes schmunzelte und ging langsam in die Hocke. Mit dem wachsenden Bauch wurden solche Bewegungsabläufe mühsamer. »Wenn wir mit unserer Annahme eines Serientäters richtigliegen, dann könnte es durchaus neue Opfer geben. Mädchen, die von zu Hause weglaufen, wären in noch größerer Gefahr als ohnehin schon. Ein beängstigender Gedanke.«

»Deshalb geht deine Kollegin in Krems ins Fernsehen, nicht?«

»Du sagst es, Mitzi. Durch eine breitere Streuung könnten sich nicht nur weitere Zeugen melden, sondern der Täter aus der Reserve gelockt werden. Nimm den Beitrag die Tage in der ›Zeit im Bild‹, der war schon für einen landesweiten Radius gut. Aber ›Aktenzeichen XY‹ hat, weil es eine auf Verbrechen fokussierte Sendung ist, eine höhere Reichweite, vor allem über Österreich hinaus. So ein Vorgehen hat schon mehrmals funktioniert. Petra Hammerl hat Verbindungen spielen lassen. Am Mittwoch wird es neben einem kurzen Film eine Liveschalte vom Kremser Revier aus geben.«

Nun war Mitzi wieder ganz die Alte. Ihre Augen funkelten vor Neugier. »Klingt aufregend. Besonders, weil du dabei bist.«

»Ich stehe nur im Hintergrund, Mitzi. So haben wir es abgesprochen. Petra wird reden. Sie wird beide Fälle darlegen und um Mitwirkung bitten.«

»Eh besser, weil du schwanger bist. Nicht dass dann ein Irrer hinter dir her is. Wie in den unzähligen Halloweenfilmen.«

»Keine unnötige Sorge, Mitzi. Dieses Szenario gehört ebenfalls eher auf die Kinoleinwand. Dass ich ein Kind erwarte, wird ja nicht öffentlich gemacht. Ich ziehe mir eine weite Bluse über. Außerdem wird kaum jemand auf mich achten. Abgesehen davon werden in den nächsten Wochen Petra in Krems und Inspektor Bastian Klawinder hier alle Außenaktionen übernehmen. Ich bleibe die Recherchefrau, die im Hintergrund die Fäden zieht. Meine Rolle müsste dir doch gefallen.« Agnes ächzte. »Und jetzt hilf mir hoch, Mitzi.«

»Aber klar doch.« Mitzi sprang förmlich auf und reichte Agnes die Hände.

Sie kehrten zur Couch zurück. Agnes ließ sich in die Polster fallen und begann ihre Füße zu massieren. »Sei so lieb und koch uns einen frischen Kaffee, Mitzi.«

Mitzi machte kehrt, holte zwei Tassen aus dem Küchenschrank und stellte sie unter die Maschine. »Welchen Part hat denn nun mein Dr. Rannacher?«

»Wollen wir ihn den undurchsichtigen Psychiater nennen?«

»Langsam wird doch ein Thriller draus.« Mitzi giggelte.

»Wenn du das sagst.« Agnes zwinkerte ihr zu. »Also, Folgendes. Petra hat sich damals an einen Kriminalpsychologen gewandt, wie sie am besten vorgehen soll. Der hat ihr einen weiteren Experten empfohlen. Eben Dr. Rannacher. Allerdings war der seither nicht mehr für die Polizei aktiv. Jetzt macht er für diese Verbrechen eine Ausnahme. Ich habe vor deinem Auftauchen mit ihm telefoniert und werde ihn aufsuchen. Heißt, ich treffe ihn in seiner Praxis.«

»Das is umwerfend. Kann ich mit?« Mitzi drückte einen Knopf, und die Bohnen wurden mit lautem Krachen gemahlen.

Agnes lachte schallend. »Nein, Mitzi. Meine Reise ist rein beruflicher Natur. Am Mittwoch übrigens, vor der Sendung. Ich werde nach Wien fahren und von dort weiter nach Krems. Seine Patienten und Patientinnen gehen mich hingegen nichts an, solange sie keine Straftat begehen. Umgekehrt haben die keine Ahnung von seiner ehemaligen Beratertätigkeit.«

»Ich jetzt schon.«

»Kannst du auch das für dich behalten?«

»Versprochen.« Der Kaffee lief in die Tassen. Währenddessen öffnete Mitzi den Kühlschrank. »Blöd is nur, dass du keine Milch mehr hast. Stattdessen nehmen wir einfach Schlagobers, davon gibt es noch ein Packerl.«

Mitzi servierte den Kaffee und drückte Agnes einen Kuss auf die Stirn, bevor sie sich wieder neben sie setzte. »Danke, dass du mich eingeweiht hast. Ich fühl mich echt besser. Milch hol ich dir später welche.«

»Willst du über Nacht bleiben? Ich warne dich, Axel sagt, seit ich hochschwanger bin, schnarche ich heftig.«

»Das würd ich gerne erleben, aber ich will am Abend zurück.« Mitzi runzelte die Stirn. »Morgen is der Herr Radl noch mal in Salzburg, und ich muss mit ihm ein weiteres Mal über diesen Eichwaller und den Tag damals reden.«

»Mitzi. Ich mache dir einen Vorschlag. Ich nehme diesen Bauherrn unter die Lupe.«

»Darfst du das?« Mitzi riss die Augen auf.

Agnes verschränkte die Arme. »Sagen wir so: Ich werde mich über die Firma schlaumachen und einen Anruf bei ihm tätigen. Mir einen Eindruck verschaffen. Mehr geht nicht.«

»Das is schon viel, danke, Agnes. Sein Kompagnon is auch ein merkwürdiger Vogel.«

»Doch der kann wirklich nichts mit deinen Eltern zu tun gehabt haben, oder?«

»Nein, der nicht.« Mitzi schlang ihre Arme um Agnes. »Du bist die Beste. Wenn du mir danach sagst, dass ich spinne und mir etwas einbilde, wo nichts is, dann nehme ich das an. Ich vertraue dir blind und aus vollem Herzen. Du bist mein Lieblingsmensch.«

Agnes rührten die Geste und die Worte. »Du kannst mir gerne irgendwann einmal den Herrn Radl vorstellen. Die Fotos sagen nichts aus.«

»Den wirst du mögen.«

»Du findest jeden nett.«

»Den Eichwaller nicht.«

»Schluss für den Moment, Mitzi. Komm, wir stoßen mit dem Kaffee auf uns beide an.«

»Auf dass du den bösen Mörder dieser armen Mädchen bald dingfest machst.« Mitzi schwenkte ihre Tasse, und es tropfte auf die Couchtischplatte. »Ach, ich bin patschert.«

»Passt schon, Mitzi. Du bist genau richtig.«

Mitzi tupfte die Kaffeetropfen mit ihrem Zeigefinger auf. »Auf der Fahrt hierher hab ich an eine unheimliche Geschichte denken müssen, die zu Nelly passt.«

Agnes pustete über den Tassenrand. »Welche denn?«

»Der Bäcker in Leibnitz, wo ich aufgewachsen bin und bei dem ich immer für meine Großeltern am Sonntag frische Kipferl geholt hab, hat mir einmal erzählt, dass Kinder, die spurlos verschwinden, vom Sensenmann mitgenommen werden.«

»Der Sensenmann ist doch ein Synonym für den Tod.«

»Stimmt. Aber der Bäcker damals meinte, dass es ebenso eine andere Art von Sensenmann gibt. Der streift durch das Land auf der Suche nach verlorenen Seelen.«

»Mitzi, was für ein Mist.« Agnes verzog das Gesicht. »Der Mann hat dir nur Angst machen wollen. Eine Kinderschauergeschichte. Ich bin viel zu realistisch, um an einen solchen Unfug zu glauben. Abgesehen davon war es von diesem Deppen gemein, dich zu gruseln. Gibt es die Bäckerei noch?«

»Ja.«

»Dann starte ich demnächst eine Rundreise und statte neben diesem Eichwaller auch dem Bäcker einen Besuch ab. Ich wedle mit meiner Polizeimarke und drohe ihm mit einer Lebensmittelkontrolle.«

»Mayer heißt der Mann. August Mayer, genauer gesagt. Er muss inzwischen um einiges älter als Herr Radl sein. Ich bin neugierig, was er zu dir sagen wird, falls er überhaupt noch in der Bäckerei arbeitet.«

»Erde an Mitzi.« Agnes stellte ihre Tasse ab und klatschte in die Hände. »Das war ein Witz.«

Mitzi blinzelte und lächelte leicht. »Damals hat es mich beschäftigt. Ich hab mich danach manchmal gefürchtet, wenn ich allein durch die Gegend gelaufen bin und mich dabei verloren gefühlt hab.«

»Die Story ist ein Schmarren.« Jetzt nahm Agnes Mitzi in den Arm. »Damals ist schon längst vorbei.«

»Heute hab ich dich und den Jo und den Axel.«

»Plus dein zukünftiges Patenkind. Wenn du Glück hast, tritt es mich in der nächsten Stunde und du kannst es spüren.«

»Den Anton Maria.«

»Axel gefällt der Doppelname nicht. Wir müssen ihm einen anderen vorschlagen.«

»Tristan Torben.« Mitzi giggelte wieder.

»Doppelnamen vorne und hinten.« Agnes stimmte ins Kichern ein. »Wigbert-Woltan Kirschnagel-Brecht.«

»Haha, Agnes. Das is es.« Mitzi lachte jetzt Tränen. »Oder die beiden Vornamen nach den Städten, in denen ihr zu Hause seid. Darf ich bekannt machen: Kufstein-Köln Kirschnagel.«

Sie prusteten beide los. Ein wunderbar unbeschwerter Moment.

8

In der Nacht zum Dienstag, nach dem Besuch bei Agnes, träumte Mitzi wieder einmal schlecht. Sie war von Flammen umringt, und eine Riesenspinne verfolgte sie, die das Gesicht dieses Konny Eichwaller hatte. Schweißgebadet und mit klopfendem Herzen erwachte sie gegen fünf Uhr früh und traute sich nicht, wieder einzuschlafen. Als auch noch Severin Radl am Morgen seinen angekündigten Besuch absagte, weil er Rückenschmerzen hatte, schien der Tag gelaufen.

Immerhin kam als Ablenkung ein neuer Auftrag für ein Korrektorat herein, eine Dissertation, bei der es um Landschaftsarchitektur ging. »Schwimmbäder in Privatgärten – Nachhaltige Gestaltung und Nutzung für Mensch, Tier und Pflanzen« war das Thema der Abhandlung, die sich zu Anfang recht ansprechend las.

Mitzi hatte ein Faible für interessante Naturthemen, doch schon im ersten Drittel langweilte sie sich. Am liebsten hätte sie die trockene Schreibweise des Verfassers aufgepeppt, aber das war nicht ihre Aufgabe. Sie korrigierte also mit Tempo und setzte jede Menge Beistriche, ohne sich weiter um den staubigen Inhalt zu kümmern.

Das Honorar konnte sie gebrauchen. Die Auftragslage war ohnehin dünn, sie würde sich nach einem zweiten Job umsehen müssen. Ohne Unterbrechung – sogar eine Jause nahm sie nur nebenbei ein – bearbeitete sie den gesamten Text und stieß einen Seufzer der Erleichterung aus, als sie bereits abends mit dem Manuskript das erste Mal durch war.

Im Anschluss suchte sie erneut nach Wohnungen für Singles in Salzburg und Umgebung und hoffte auf einen Glückstreffer. Umsonst, denn die Angebote waren, wie gehabt, immens teuer, unerschwinglich für ihr Portemonnaie. Bei WG-Zimmern sah es etwas besser aus, aber immer noch würde sie den Gürtel ziemlich eng schnallen müssen. Sie notierte sich einige Offerten und meldete sich online bei zwei Besichtigungen an.

Schließlich ließ sie sich zur Entspannung ein Bad ein. Während sie den Schaum durch ihre Finger gleiten ließ, durchdachte Mitzi andere Möglichkeiten. Agnes spielte dabei eine Rolle und ihre veränderten Umstände, die sich bald in Form eines neuen Erdenbürgers zeigen würden. Aus dem Ein-Zimmer-Appartement würde Agnes nach der Geburt ausziehen müssen, vielleicht kam Axel nach Österreich, und die zwei mieteten sich ein Häuschen im Grünen. Die Wohnung wäre dann frei, und Mitzi könnte sie übernehmen. Warum nicht von Salzburg nach Tirol ziehen? Dort gab es viel zu entdecken und noch mehr Berge zu bewandern. Als Zugabe wäre sie in nächster Nähe zu ihrem Patensohn.

Schade, dass Axel den Namen Anton Maria nicht mochte. Mitzi hätte sich gefreut, wenn der Kleine seinen zweiten Vornamen von ihr bekommen hätte. Obwohl sie sich genauso wenig sicher sein konnte, dass es ein Junge werden würde, blieb Mitzi bei dieser Vorhersage.

»Dann muss der Kleine eben doch Kufstein-Köln Kirschnagel heißen«, rief sie laut und prustete in die Schaumkronen ihres Badewassers.

Nach einem späten Abendessen schaltete sie den Fernseher ein und bedauerte, dass »Aktenzeichen XY« erst am Mittwoch laufen würde. Selbst wenn Agnes nur im Hintergrund stand, würde Mitzi die ganze Zeit auf sie schauen.

Über die bevorstehende Fahndungssendung kamen die Gedanken an Nelly hoch. Das Schicksal des armen Geschöpfs ließ Mitzi wieder traurig werden. Was war dem Mädchen passiert? Wie war sie in diese schreckliche Lage geraten? Wer war fähig, einem anderen Menschen, der fast noch ein Kind war, so etwas anzutun? Eingemauert hatte der Täter die Leiche und verpackt wie ein Stück Müll. So ein Monster verdiente es, aufgespürt und bestraft zu werden.

Der Sensenmann. Der Name passte auf den Mörder. Mitzis Phantasie begann sich zu verselbstständigen, und sie sah eine unheimliche Figur vor sich. Mit einem schwarzen Umhang und einer Kapuze, eine Gestalt, die beim dunklen Mond durch die Straßen der Stadt schlich.

Es klingelte, und sie stieß einen Schrei aus.

Zuerst war Mitzi irritiert, weil sie die Töne nicht einordnen konnte, bis ihr klar wurde, dass das Klingeln vom Festnetztelefon kam. Auf der Nummer riefen höchstens Vertreter und Callcentermitarbeiter an.

»Schlager, hallo.«

»Guten Abend.« Es war Severin Radl. »Hab ich Sie gestört?«

»Sie doch nie, Herr Radl. Ich bin nur überrascht, dass jemand diese Nummer kennt.«

»Ach so.« Er zögerte. »Meine Frau hat sie notiert g'habt. Sie hat sie noch von Ihrer Großmutter Therese, liebe Mitzi. Gott hab sie beide selig.«

Bei der Erwähnung ihrer Oma bekam Mitzi feuchte Augen. Die Trauer kam in Wellen und wirkte jedes Mal wie eine frisch aufgerissene Wunde.

»Die letzten Male haben Sie mich aber doch auf meinem Handy angerufen.« Sie schluckte die aufkommenden Tränen hinunter. »Wissen Sie noch, Herr Radl?«

Severin Radl hüstelte. »Stimmt. Jetzt, wo Sie es sagen. Da auf den Notizzetteln auf der Kredenz steht ja alles. Gott, ich werde vergesslich. Alt werden is nix für Feiglinge. Aber das Mobilteil von der Ingrid hab ich eben erst an den Strom gehängt. Wenn ich jetzt noch eine Stund oder so hätt warten müssen, hätt ich mich nicht mehr getraut, so spät anzurufen. Wenn die Batterien voll sind, schick ich Ihnen endlich auch diese lange Zahlenfolge meiner eigenen Nummer. Das kann sich keiner merken.«

Mitzi wollte den alten Herrn nicht darauf aufmerksam machen, dass er sie ihr bereits am Morgen durchgegeben hatte. Sie fragte auch nicht nach, ob er sich die zugeschickten Fotos angesehen hatte. Beim nächsten Treffen war dafür immer noch Zeit genug. »Herr Radl, Sie können übrigens mit dem Handy telefonieren in dem Moment, in dem der Akku beginnt aufzuladen.«

»Wie unmodern ich alter Depp bin.« Er lachte. »Aber Sie könnten mir später vielleicht einen Text senden, und ich geb Antwort. Dabei kann ich üben.«

»Total gerne, Herr Radl. Geht es Ihrem Rücken besser?«

»Danke der Nachfrage, etwas. Ich hab ihn mit Brennnesselwasser eingerieben, das hilft.« Trotz seiner Aussage stöhnte er. »Weshalb ich anrufe, liebe Mitzi, is wegen Neuigkeiten, die sich ergeben haben.«

»Wissen Sie schon, wann Sie wieder nach Salzburg kommen werden? Ich hätt Ihnen so viel noch zeigen wollen.«

»Nein, das nicht. Aber passen S' auf, wenn es mit dem Vertragsabschluss so weit is, wird mir die Firma Eichwaller-baut ein Fertighäuserl auf das Land in Lilienfeld stellen.«

»Schön.« Wieder eine Information von Severin Radl, die Mitzi bereits vom morgendlichen Telefonat bekannt war. Langsam begann sie sich Sorgen zu machen, wie der alte Bauer in einer neuen Umgebung allein zurechtkommen würde.

»Das is mehr als schön, Mitzi, das is superpraktisch. Eine Sache weniger, um die ich mich kümmern muss. Der Konny Eichwaller wird mir ein paar Modelle zeigen, wenn ich wieder zu ihm geh. Mit einem altersgerecht eingerichteten Badezimmer, was ein Luxus is. Ich bin ganz aufgeregt. Was für ein Abenteuer in meinem hohen Alter.«

»Sie sind doch noch jung, lieber Herr Radl.« Mitzi wollte sich mitfreuen, aber es gelang ihr nicht. »Diese Nachricht is toll, wirklich.«

Sie plauderten etwas, dann verabschiedete sich der alte Mann. Mitzi fragte sich, wie es binnen weniger Tage sein konnte, dass sie bei jeder Gelegenheit mit diesem Eichwaller konfrontiert wurde. Es reichte. Oh nein, dachte sie, Konny, du blöder Krapfn, wirst mir nicht den Abend verderben.

Sie nahm ihr Laptop auf die Knie und gab als Suchbegriff »Lilienfeld« ein. Durch den Anruf von Severin Radl war ihr nicht nur der Bauherr erneut ins Gedächtnis gerufen worden, sondern ebenfalls ihr Erbe. Sich damit zu beschäftigen fiel ihr immer noch nicht leicht, aber der Zeitpunkt war gekommen, sich näher damit zu befassen.

Minuten später war Mitzi versunken in die Bilder, die es von der Gegend gab. Nicht nur Lilienfeld war ein entzückendes Städtchen, sondern auch die Wandermöglichkeiten in der Umgebung. Spaziergänge, Rundwanderwege, Themenwege, Weitwanderwege. Ein Aufstieg auf den Muckenkogel sprang ihr ins Auge, ausgehend von einer Bergstation mit einem Sessellift.

Fast tausenddreihundert Meter hoch war der Berg an der Spitze. Ob sie Agnes überreden konnte, noch einmal ihre Höhenangst zu überwinden und mit hochzufahren?

Mitzis eigenes Grundstück musste zwischen Lilienfeld und Gaisleiten liegen. Sie gab die Adresse ein und versuchte, mit Hilfe des Satelliten ganz nah heranzuzoomen. Es war allerdings unmöglich, die genaue Lage zu erkennen. Aber Wälder gab es dort, einen Fluss, der sich durch die Landschaft schlängelte. Eine Idylle tat sich auf.

»Da muss ich hin«, flüsterte Mitzi. »Oma, das is ja so schön.« Mitzi schickte einen Kuss Richtung Himmel. Früher hatte sie oft mit ihrer Großmutter in Gedanken geredet, doch seit deren Tod hatte sie die Dialoge im Kopf vermieden.

Stattdessen suchte sie auf der Webseite der Österreichischen Bundesbahn eine Verbindung in aller Frühe am nächsten Tag heraus. Danach ging es ans Planen für eine Übernachtung. Mitzi griff nach ihrem Handy.

»Hotel zum Glockenturm, was kann ich für Sie tun?« Eine hohe Stimme meldete sich.

»Maria Konstanze Schlager mein Name. Es geht um eine Übernachtung für morgen.«

»Morgen? Haben Sie unter Ihrem Namen reserviert?«

»Nein, ich hab noch gar nix bestellt. Ich wollt morgen kommen und –«

»Wir sind total ausgebucht.« Die Stimme wurde noch höher, als hätte Mitzi nach einer Unglaublichkeit gefragt.

»Total?«

»Es is August.« Eine Feststellung, die nicht nur stimmte, sondern auch jeden weiteren Kommentar abwürgte.

»Oh weh.« Mitzi ließ ihrer Enttäuschung freien Lauf. »Ich hab mich schon gefreut. Wissen Sie, ich hab einen Grund geerbt bei Ihnen von meiner Oma und wollt mich unbedingt umschauen. Geht es denn am Wochenende?«

»Da sind wir noch voller.«

»Echt?« Mitzi überlegte, wie ein ausgebuchtes Hotel noch überfüllter sein konnte. »Jetzt bin ich ganz schön ang'rührt.«

»Vielleicht probieren Sie es bei den Naturfreunden.«

»Is das ein Wanderverein?«

Ein helles Lachen. »Nein, eine Frühstückspension. Pension der Naturfreunde. Dort arbeitet ein Vetter von mir. Vielleicht haben S' dort mehr Glück.«

»Danke schön.«

Mitzi suchte und fand. Die Pension glich auf den Fotos im Internet einem Mehrfamilienhaus. Die Fassade war in einem hellen Grün gestrichen, der oberste Stock hatte eine Holzverkleidung. Die Balken vor den Fenstern strahlten weiß, und Blumenkästen davor waren üppig bepflanzt. Am Eingang war ein Tisch mit einer bunten Tischdecke abgebildet. Dazu vier Stühle. Die Zimmer wirkten schlicht, aber sauber. Der Frühstücksraum und der Empfangsraum mit Rezeption ebenso.

»Pension der Naturfreunde, was kann ich für Sie tun?« Diesmal eine tiefe Stimme.

»Äh, ich weiß, Sie werden mir das Gleiche sagen wie vorhin die Dame vom Hotel zum Glockenturm. Aber ich wollt morgen zu Ihnen kommen und eine Nacht bleiben. Wirklich nur eine.«

»Was hat Ihnen denn die werte Kollegin gesagt?«

»Das alles voll und noch voller is.«

Ein tiefes Lachen. »Also, bei uns könnten S' noch unterkommen, wenn es vom Mittwoch auf den Donnerstag is.«

»Ehrlich?«

»Ja klar. Aber Ihren Namen müssen Sie mir schon dazusagen.«

Mitzi jubelte innerlich und reservierte die Übernachtung. Dann tippte sie eine Nachricht an Severin Radl.

»Lieber Herr Radl, ich werde morgen nach Lilienfeld fahren. Vielleicht mögen Sie auch kommen?«

Kaum abgeschickt, fragte sich Mitzi, ob Severin Radl überhaupt ein Auto besaß oder wie Mitzi selbst die Bahn und die Öffis benutzte. In Salzburg hatten sie sich am Bahnhof getroffen, weswegen Mitzi angenommen hatte, dass er mit dem Zug angereist war. Sie würde ihn beim nächsten Treffen auch danach fragen. Zusätzlich würde es schwierig werden, für ihn ebenfalls ein Hotelzimmer zu ergattern. Wieder einmal hatte sich Mitzi selbst überholt. Sie schrieb direkt einen zweiten Text.

»Herr Radl. Zum Übernachten wird es schwierig. Also vielleicht doch lieber ein anderes Mal. Geben Sie mir Bescheid.«

Im Anschluss packte sie ihren Rucksack für die kurze Reise.

Bis Mitzi ins Bett ging, kam keine Antwort von Bauer Radl, was sie schmunzeln ließ. Wenn er bis morgen nicht zurückschrieb, würde sie ihn anrufen. Am Festnetz.

Obwohl der Tag gut und angenehm endete, träumte Mitzi wieder vom Feuer.

9

Agnes musste eine Pause machen, bevor sie das letzte Stück Treppe, das in den dritten Stock führte, in Angriff nahm.

»Keine Eile, Frau Kirschnagel, ich harre aus, bis Sie oben sind«, begrüßte sie Dr. Rannacher. Er stand an der offenen Tür und lächelte. »Der Altbau ist zwar frisch renoviert, leider ist trotzdem kein Lift eingebaut worden.«

»Ich wäre eigentlich pünktlich gewesen.« Agnes schnappte nach Luft. »Aber ich wusste nicht, dass Sie umgezogen sind. Man hat mir Ihre alte Adresse gegeben. Erst als ich Ihr Band abgehört habe, wurde die neue Anschrift angesagt.«

»Oh, dann hat meine Helferin bei den Verständigungen anscheinend einige Personen vergessen.« Er machte ein schuldbewusstes Gesicht. »Ich lege ihr eine Notiz hin. Sie kommt heute erst gegen Mittag, hat seit Tagen Zahnschmerzen. Auch der Grund, warum einiges durcheinander ist und Sie nur den Anrufbeantworter am Apparat hatten. Tut mir leid, Frau Kirschnagel.«

»Schon in Ordnung. Dieses Mal bin ich ohne Auto unterwegs und kann deshalb Fahrtzeiten schwerer einschätzen.«

»Sind Sie länger in Wien?«

»Nein, heute Morgen mit dem Zug aus Kufstein angereist.« Sie deutete hinter sich auf den kleinen Rollkoffer. Sein Gewicht hatte ihr beim Treppensteigen zusätzlich zugesetzt. »Im Anschluss fahre ich nach Krems weiter. Zu Petra Hammerl, die heute nicht dabei sein kann. Sie bereitet sich mit den Mädchenmorde-Akten auf die Schalte zu ›Aktenzeichen XY‹ vor.«

»Hauptmann Hammerl hat mir schon von dem geplanten Bericht erzählt. Eine hervorragende Idee. Viele ewig zurückliegende Verbrechen sind durch Sendungen dieser Art aufgeklärt worden. Im österreichischen Fernsehen empfehle ich die Sendung ›Fahndung‹ bei Servus TV.«

»Danke für den Tipp, mit Glück bringt uns ja der heutige Abend fürs Erste weiter.«

»Ich drücke die Daumen. Trotzdem schade, dass Sie nicht bleiben, Frau Kirschnagel. Wien ist im Sommer besonders schön.«

»Ich war einige Male privat zu Besuch. Hab eine ehemalige Schulfreundin, die in Perchtoldsdorf wohnt.«

»Jetzt genug geredet, kommen Sie erst mal herein und erholen Sie sich von den Strapazen der Anreise.«

»Nein, nein. Alles in Ordnung. Eine Zugfahrt ist ja nicht wirklich anstrengend.«

In Wahrheit wäre Agnes lieber mit ihrem Wagen nach Wien gefahren, aber nach einer zu warmen Nacht in ihrer Wohnung und einem morgendlichen Gefühl der Erschöpfung hatte sie sich entschieden, auf die Bahn auszuweichen. Während der Reise hatte sie Mitzi darüber per WhatsApp berichtet. Von ihnen beiden war schließlich Mitzi es, die ausschließlich die öffentlichen Verkehrsmittel benutzte.

»Nun bist du wie ich«, hatte Mitzi begeistert, mit Sternen und Herzen versehen, zurückgeschrieben. »Großartig, mein Therapeut und meine beste Freundin«, lautete der folgende Text von ihr. »Lass ihn unbedingt grüßen!!!«, mit drei Ausrufezeichen.

Agnes fragte sich, ob Mitzi bereits Kenntnis von Dr. Rannachers Praxisumzug hatte.

Der schloss eben die Tür hinter ihnen. »Die neue Adresse in der Mittelstraße ist nicht weit vom Westbahnhof entfernt. Wo sind Sie umgestiegen, Frau Kirschnagel?«

»Ich bin am Hauptbahnhof angekommen, dann mit der Straßenbahn gefahren. Die Schwüle setzt mir zu.«

»Höchste Zeit, dass Sie etwas trinken und sich setzen. Folgen Sie mir.«

In der Praxis war es still und erstaunlich kühl. Dazu roch es nach frischer Farbe.

In einem langen Flur hingen farbenfrohe Bilder an den Wänden, Fotografien, die Menschen aus aller Welt zeigten, meist in entspannten Posen. Eine Frau mit Sombrero in einer Hängematte, ein Greis mit Turban, der im Schneidersitz auf einem Kissen saß und meditierte.

»Die Welt ist schnell, deshalb sollten wir innehalten«, erklärte Dr. Rannacher im Vorbeigehen. Er führte Agnes an einem leeren Wartezimmer und einer verwaisten Anmeldetheke vorbei. »Wir sind unter uns, ich habe mir extra zwei Stunden für Sie freigehalten. Bitte, durch die Tür links.«

Der Raum war ansprechend eingerichtet. Die Möbel aus hellem Holz, eine Truhe und ein Apothekerschrank auf der einen Seite, auf der anderen eine weiße Zweiercouch und ein Ohrensessel mit blau-weiß gestreiftem Überzug gegenüber. An einem Erkerfenster stand eine Zimmerpalme. An Bildern gab es hier drinnen nur ein einziges über der Couch. Ein Wasserfall, umgeben von grünen Farnen.

»Bitte, lassen Sie sich nieder.« Er zeigte auf die Couch, nahm Agnes den Koffer ab und stellte ihn neben die Truhe. »Ich habe Eistee vorbereitet. Pfirsichgeschmack, wenn Sie mögen.«

»Sehr gerne.«

Agnes stellte sich Mitzi vor, wie sie sich in den neuen Räumlichkeiten umsehen würde, und war überzeugt, dass ihre Freundin den Ohrensessel wählen würde. Sie erinnerte sich, dass Mitzi den Therapeuten vom Aussehen her öfter mit Sigmund Freud verglichen hatte. Es stimmte.

Wie ein Kellner servierte Dr. Rannacher eine Karaffe mit Tee und zwei Gläser auf einem Tablett. Er schenkte ein, nahm Platz und faltete die Hände.

»Kommen wir direkt zum Thema, Frau Kirschnagel. Hauptmann Hammerl hatte mich im Fall Lara Fürtl bereits vor ein paar Jahren kontaktiert. Wobei ich inzwischen eigentlich keine Beratungen für die Kriminalpolizei mehr mache. Meine Patienten lasten mich vollkommen aus.«

Agnes setzte sich ebenfalls. »Umso entgegenkommender, dass Sie einem Treffen zugestimmt haben, Dr. Rannacher.«

»Nun, Ihr Fall hängt ja ab sofort mit dem früheren ungeklärten Verbrechen an Lara Fürtl zusammen. Damals hatten

Petra Hammerl und ich einen interessanten Austausch. Leider blieb eine Aufklärung aus. Bis heute. Umso wichtiger, dass sich eine neue Zusammenarbeit ergeben hat. Zwei Tötungsdelikte, die eine klare Verbindung aufweisen.«

»Davon gehen Petra Hammerl und ich aus. Die markante Übereinstimmung lässt, finden wir, keinen anderen Schluss zu.«

»Deshalb habe ich Sie hergebeten, Frau Kirschnagel.« Seine Finger bewegten sich fast unmerklich, als ob ein Zittern durch seine Hände laufen würde. »Die Entfernung des jeweils linken Ohrs ist signifikant. Und das bei nun zwei Opfern. Ein Vorgang, der die logische Folgerung zulässt, dass es sich um ein und denselben Täter handelt. Da gebe ich Ihnen beiden recht. Ich bitte allerdings darum, andere Möglichkeiten niemals ganz auszuschließen.«

»Das tun wir nie, keine Sorge, Dr. Rannacher.« Agnes suchte in ihrer Tasche nach ihrem Notizblock. Wie es schien, hatte sie ihn gestern auf ihrem Schreibtisch vergessen. Es ging auch ohne.

»Dr. Rannacher, diese Geschichte mit dem Ohr muss doch eine spezielle Bedeutung für den Täter haben?«

Er nickte. »Ich habe heute Morgen die frühere Akte von Hauptmann Hammerl und die neuen Informationen aus Ihrer E-Mail studiert. Äußerst interessant. Die Tote, die in Kufstein entdeckt wurde, hat zusätzliches Licht auf die Sache geworfen.«

»Leider konnten meine Kollegen und ich noch nicht die Identität des Opfers aus meinem Revier feststellen. Nelly ist –« Agnes unterbrach sich. »Ich meine natürlich, die unbekannte Leiche.«

»Nelly, ah ja.«

Agnes fiel ein, dass Dr. Rannacher von Mitzi bereits den erfundenen Namen des Opfers kannte. Absolutes Stillschweigen war der Freundin nicht gelungen, aber bei Dr. Rannacher fiel die Information unter die Schweigepflicht. Trotzdem wollte sie in dem beruflichen Austausch nicht auf die Patientin Maria

Schlager zu sprechen kommen. »Es war richtig, dem Mädchen einen Namen zu geben, denke ich.«

»Schon in Ordnung.« Er schlug die Beine übereinander und lächelte wissend, äußerte sich aber ebenfalls nicht näher dazu. »Damit wird ein emotionaler Zugang geschaffen. Das ist für die Ermittlungen prinzipiell nicht schlecht, solange es nicht zu persönlich wird. Eine neutrale Herangehensweise bleibt stets wichtig. Wie ist es für Sie?«

Dr. Rannachers Blick wurde prüfend. Agnes fühlte sich plötzlich nicht mehr ganz so behaglich auf der Couch. Sie war nicht gekommen, um sich selbst sondieren zu lassen. »Ermittler versuchen stets neutral zu bleiben, so gut es eben möglich ist. Ein Name bei einer Unbekannten erleichtert aber, ehrlich gestanden, den Umgang.«

»Einleuchtend.«

»Was ich sagen wollte, war, dass sich bisher niemand konkret zu unseren Aufrufen gemeldet hat. Keinem Menschen scheint das Mädchen zu fehlen. Von ›Aktenzeichen XY‹ erhoffen wir uns mehr. Wir alle.«

»Meinen Sie das Team?«

»Genau. Ich kann nicht verstehen, dass Nelly keinem fehlen soll. Eine Mutter muss es geben.« Agnes spürte wieder die Empörung, gepaart mit Fassungslosigkeit.

»Sicherlich wird und wurde das Mädchen vermisst.« Der Therapeut sah Agnes in die Augen. »Vergleichen wir auch hier, Frau Kirschnagel: Lara Fürtl war eine Ausreißerin. Vor ihrem Verschwinden ist sie einige Male mehrere Tage nicht nach Hause gekommen. Deshalb hat sich die Mutter anfangs nicht sehr gesorgt. Dann gab es noch den Stiefvater, der als verdächtig galt. Eine dysfunktionale Familie. Durchaus möglich, dass Nelly«, er übernahm den Namen, »ebenfalls unter solchen oder schlimmeren Umständen gelebt hat. Ebenso im Bereich des Möglichen, dass sie jemand nach den Veröffentlichungen erkannt hat, sich aber schämt, bei der Polizei vorstellig zu werden.«

»Das ist unvorstellbar für mich, dass jemand sein Kind erkennt, erfährt, dass es ermordet wurde, und sich nicht meldet.«

»Frau Kirschnagel.« Er lehnte sich zurück. »Sie würden sich wundern, was Menschen alles aus Schuldgefühlen tun.«

Agnes stimmte dem Therapeuten zu. Sie musste nur an Mitzi denken, an all ihre Aktionen und scheinbar unsinnigen Handlungen, die aus den Geschehnissen in ihrer Kindheit resultierten.

An solch eine Eventualität hatte Agnes noch nicht gedacht. Wenn sie zurück war, würde sie diese Option mit Bastian Klawinder und Petra Hammerl erörtern. Sie nahm einen langen Schluck vom Eistee. Er schmeckte intensiv nach Pfirsichen.

»Kommen wir zu dem fehlenden Sinnesorgan«, fuhr Dr. Rannacher fort. »Die Sache mit dem abgeschnittenen linken Ohr hat mich bei Lara Fürtl schon beschäftigt, und ich hatte die Vermutung, dass es als eine Art Fetisch oder auch als ein Erinnerungsstück angesehen werden kann.«

»Sie meinen, der Täter hat das Ohr als Andenken mitgenommen?«

»Auch aus Zwang.« Er beugte sich vor. »Bei Lara gab es allerdings eine zweite Option. Petra Hammerl hat damals auch nach einer Verbindung des Stiefvaters zu einem Clan, einer Bande gesucht. Oder ob es eine Feindschaft gegeben hat. Erich Disswart ist ja vorbestraft. Lara hätte wegen möglicher neuer Wettschulden oder aus Rache entführt worden sein können. Das Ohr als eine Art Pfand.«

»Sie sagen es, Dr. Rannacher. Rein anhand der Spuren am Schädel ließ sich nicht mehr rekonstruieren, ob das Organ bei Lara vor oder nach dem Versterben entfernt wurde. Die SOKO hatte jedoch nichts in diese Richtung verifizieren können. Und bei Nelly wissen wir über die Lebensumstände nichts.«

»Ich kann mich gut erinnern, dass ich mit Hauptmann Hammerl bereits die Möglichkeit eines Mehrfachtäters diskutiert habe. Es blieb bei dem einen Fall. Bis zu Ihrem Kufsteiner Fund.«

»Lara Fürtl ist nun nicht mehr die Einzige. Auch nicht die Erste.«

»Zwölf Jahre liegt Nellys Tod zurück, nicht, Frau Kirschnagel?«

»Der Rechtsmediziner hat sich in etwa darauf festgelegt. Auch darauf, dass ihr Ohr post mortem entfernt wurde.«

Dr. Rannacher löste seine Finger und hob sein Glas an. Wieder meinte Agnes ein Zittern zu erkennen. Er nahm einen Schluck. »Der Täter mordet aus einer Obsession heraus, eine Serie startet.«

»Oder die Täterin?«

»Ich tippe auf einen Mann. Mehrfachtäter sind meist männlich.« Der Therapeut nahm die Brille kurz ab und rieb sich das linke Auge. »Frauen, die in Serie morden, sind selten. Sie gehören oft in den pflegerischen Bereich, sind Krankenschwestern, die als Erlöser gelten wollen, Todesengel, wie sie genannt werden. Oder die Schwarzen Witwen, die sich ihrer Ehegatten entledigen.«

»Ich will nur nichts ausschließen, wie Sie vorhin anmerkten.«

»Richtig, Frau Kirschnagel.« Sein Blick ging jetzt an Agnes vorbei Richtung Erkerfenster und Palme. »Sie wissen auch, was das Entdecken der Kufsteiner Leiche bedeutet? Oder aussagen könnte?«

Darüber hatte Agnes bereits von dem Moment an nachgedacht, als Petra Hammerl sich auf die Anfrage im polizeilichen Intranet gemeldet hatte.

Dr. Rannacher redete weiter. »Nelly war vielleicht genauso wenig die Erste. Oder sie war die Erste, und Lara ist nicht unbedingt die Zweite oder die Letzte. Teenager reißen jeden Tag aus, einige von ihnen tauchen nie wieder auf.«

»Durchaus real.« Agnes wurde leise. So gemütlich konnte das Zimmer gar nicht sein, dass ihr bei dem Gedanken nicht wieder eine Gänsehaut über den Rücken lief. »Das Problem ist, dass wir keinen Ansatz haben. Der Stiefvater käme in Frage, allerdings gibt es keine Verbindung zu Nelly. Bisher.«

»Ich denke nicht, dass der Täter im näheren Umfeld zu suchen ist.«

»Nein?« Agnes horchte auf.

»Meine Vermutung – dafür sprechen auch die auseinander-liegenden Fundorte Krems und Kufstein – ist, dass er aus Gelegenheit tötet. Beispiele: Ein Lastwagenfahrer, der die jungen Ausreißerinnen einsteigen lässt. Ein Vertreter, der die Familien durch einen beruflichen Besuch kennenlernt. Jemand, der herumkommt im Land. Oder herumgekommen ist, wenn es mit Lara aufgehört haben sollte.«

»Ihre These würde die Suche nach der Stecknadel im Heuhaufen bedeuten.« Agnes stöhnte leise auf. »Wir werden schnellstmöglich die Mutter von Lara nach Leuten befragen, die in der Zeit vor dem Verschwinden ihrer Tochter die Familie aufgesucht haben.«

»Es kann ein Sozialarbeiter sein, der vor zwölf Jahren in Kufstein tätig war und umgezogen ist nach Krems.«

»Könnten wir überprüfen.«

»Aber zurückkommend auf das Beispiel des Lastwagenfah-rers: Wenn er die Opfer zufällig und per Gelegenheit auswählt, ist er kaum fassbar.«

»Lara wurde vor sechs Jahren ermordet, Nelly vor zwölf. Ist das schon ein Rhythmus?«

»Wieder reine Spekulation. Möglich, dass er alle sechs Jahre zuschlägt.«

»Ist es schon vorbei?«

»Ehrlich gesagt nur, wenn er inzwischen eines natürlichen Todes gestorben ist oder sich aus Schuldgefühlen das Leben genommen hat.«

»Hat denn so einer Schuldgefühle, Dr. Rannacher?«

»Ein Mord verändert den Mörder.«

»Soll heißen?«

»Es beginnt alles im Kopf, Frau Kirschnagel.« Rannacher tippte sich an die Stirn. »Phantasien, unausgelebt, so lange, bis die erste Tat erfolgt. Plötzlich ist man wahrhaftig Herr über Leben und Tod. Fühlt sich vielleicht sogar befreit. Bis der Druck wiederkommt, die nächste Welle anschwillt und sich im nächsten Verbrechen bricht.«

»Dann könnte in Österreich zurzeit eine tickende Zeitbombe durch die Gegend laufen.«

»Malen wir nicht den Tod an die Wand.«

»Den Teufel, meinen Sie.«

»Beides, Frau Kirschnagel.«

Er goss Eistee nach. Ohne Zusammenhang fiel Agnes auf, dass Dr. Rannacher sie bisher kein einziges Mal Inspektorin genannt hatte.

10

Obwohl die Strecke vom Kremser Bahnhof bis zum Gasthof Klinglhuber zu Fuß nur wenige Minuten dauerte, merkte Agnes auch diesen Fußmarsch deutlich im Rücken und an ihren müden Beinen.

»Spatzerl, du machst die Mama ganz schön schlapp«, flüsterte sie ihrem Ungeborenen zu.

Doch der Vorteil des Gehens war, dass Agnes einen besseren Eindruck von der Stadt erhaschte als sonst bei ihren Autofahrten. Ihr fielen erst mal die vielen Kirchen auf und die Häuser mit ihren üppigen Bepflanzungen auf den Balkonen. Sie überquerte einmal den Fluss, die Krems, erfreute sich am Glitzern des Wassers und war am Ziel. Der Gasthof samt Hotel lag an einem Kreisverkehr mit einem Blumendekor in der Mitte. Das Gebäude war cremefarben gestrichen, und eine Terrasse mit einem hell gestreiften Sonnendach versprach ein lauschiges Verweilen im Schatten.

Dazu blieb Agnes keine Zeit. Sie checkte ein und fragte nach Axel Brecht.

»Der Herr is noch nicht da, die Dame. Herren sind doch meist hinterher«, lautete die Antwort des Rezeptionisten, die Agnes amüsierte.

Es war abzusehen gewesen, dass Axel doch später eintreffen würde. Er hatte einen Auftrag für seine Detektei übernommen, der ihn bis nach Brünn in Tschechien führte, wollte es sich aber diesmal nicht nehmen lassen, einen Abstecher zu machen, um seine Agnes endlich wiederzusehen.

Seine Verspätung bedeutete, dass sich Agnes und Axel erst nach der Sendung begegnen würden, was Agnes' Vorfreude nicht minderte. Zwar hätte sie lieber mit ihrem Liebsten einen gemütlichen Nachmittag verbracht, aber die Arbeit ging vor. Bei ihnen beiden.

Das Wetter war, wie in Wien, drückend heiß, und dunkle

Wolken kündigten ein nahendes Gewitter an. Agnes brachte ihre Reisetasche aufs Zimmer und ruhte sich eine Viertelstunde aus. Danach duschte sie und wechselte ihr Oberteil. Für die Schalte zu »Aktenzeichen XY« hatte sie sich extra eine blaue Bluse, die weit über die Hüften fiel, geleistet, damit nicht jeder sofort sehen konnte, dass sie schwanger war. Petra Hammerl würde sprechen und die Fälle darlegen, Agnes als Vertreterin der Kufsteiner Polizei ohnehin nur im Hintergrund neben den Aufstellern der Polizei Krems und Kufstein platziert werden.

Mitzi sendete eine Nachricht, schickte Herzen und ein Video, das einen Papagei zeigte, der bei einer Castingshow eine Arie sang. Agnes vermutete, dass Mitzi in ihrer Euphorie, die Freundin diesen Abend in der beliebten Fahndungssendung zu sehen, vergaß, wie ernst der Hintergrund war. Trotzdem sendete Agnes ein Smiley zurück. Mitzi war eben Mitzi.

Um zur Polizeiinspektion an der rechten Kremszeile zu gelangen, rief sie sich ein Taxi, noch ein Fußmarsch wäre einer zu viel gewesen. Der Taxifahrer ließ leise italienische Musik laufen und hatte die Wagenfenster geöffnet. In Agnes' Bauch strampelte das Baby, für ein paar Minuten vergaß sie alles andere. Die Fahrt empfand sie als wohltuend, sie hätte sich daran gewöhnen können, chauffiert zu werden. Als sie ausstieg, fuhr gerade ein Polizeiwagen los, das Blaulicht wurde eingeschaltet. Die Realität hatte sie wieder.

Kaum am Empfang bei der Polizei angekommen, torkelte ihr Petra totenblass entgegen.

»Servus, Petra.« Agnes vergaß ihre eigenen Unpässlichkeiten. »Um Gottes willen, ist etwas Schlimmes passiert?«

Petra holte tief Luft und stützte sich an der Mauer ab. »Nur keine Angst, Agnes. Mich quält schon seit heute Morgen eine schlimme Migräne. Das is bei mir wetterbedingt, und heute scheint es wieder einmal so weit zu sein.«

»Hast du es mit Kaffee versucht?« Agnes drückte die Kollegin kurz an sich. »Meine Mutter hat von Zeit zu Zeit auch starke Kopfschmerzen, aber nach drei Tassen Mokka braucht sie meistens keine Tablette mehr.«

»Dann is deine Mama eine glückliche Frau.« Petra rieb sich die Schläfen. Ihre sonst tiefe Stimme hatte einen kläglichen Unterton. »Ich könnte literweise pechschwarzen, superstarken Kaffee trinken, mein Kopf würde trotzdem explodieren. Ich muss mir meine klassischen Medikamente einwerfen, manchmal wirken sie, manchmal wird mir nur schlecht davon. Komm mit in mein Büro. Dort hab ich übrigens für uns Donuts und zwei Melange vorbereitet.«

»Auf dich ist Verlass, selbst bei Gewitter im Kopf.«

»Allerdings sind diese zwei Kaffees aus dem Automaten. Trotzdem nicht schlecht, vertrau mir.« Petra warf einen Blick Richtung Eingang und Himmel. »Wenn die schwarzen Wolken sich entladen, geht es mir wahrscheinlich schlagartig besser.«

Agnes folgte Petra in deren Büro, das im Parterre lag und ein Treppensteigen diesmal nicht nötig machte. Nachdem die Kollegin die Tür hinter ihnen geschlossen hatte, ließ sie sich mehr in ihren Bürostuhl hinter dem Schreibtisch fallen, als dass sie sich setzte. »Sag, Agnes, wie war es in Wien? Auch wenn ich anders wirke, es interessiert mich brennend.«

»Spannend.« Agnes streckte sich einmal, bevor sie Platz nahm. »Dr. Rannacher hat mich mit ein paar Theorien versorgt, die mich beschäftigen und die wir mit einbeziehen können.«

»Schieß los, wie wir Polizisten gerne sagen!« Petra lachte auf, kniff aber sofort die Augen zusammen. »Diese Kopfschmerzen gehen zulasten meines Humors.«

Sie öffnete eine Schublade und holte ein Röhrchen heraus, entnahm zwei kleine Tabletten und schluckte sie mit dem ersten Schluck ihrer Melange hinunter.

Agnes rührte ihren Kaffee um, trank zuerst aus dem Wasserglas, das daneben angerichtet war. Danach schnappte sie sich einen der vier Donuts, die in einem Körbchen lagen. Zwei rosa, zwei mit Schokoladenglasur. Nach einem herzhaften Biss in einen rosafarbenen startete sie mit ihrem Bericht. Sie schilderte das Zusammentreffen mit dem Psychotherapeuten und versuchte seine Thesen exakt wiederzugeben. Petra hörte intensiv zu, fasste sich nur hin und wieder an die Stirn.

Erst als Agnes geendet hatte, nahm Petra einen Schokodonut in die Hand. »Also, kurz gesagt denkt er auch, dass wir richtigliegen.«

»Die Sache mit dem abgetrennten linken Ohr lässt auch seiner Meinung nach den Schluss auf einen Serientäter zu. Obwohl er uns rät, andere Optionen nicht völlig unter den Tisch fallen zu lassen.«

»Tun wir nicht.«

»Hab ich betont. Unsere Chefs müssen jetzt allerdings auf jeden Fall mit der Serientäter-These umgehen.«

»Du sagst es, Petra.«

Die jeweiligen Vorgesetzten der beiden Ermittlerinnen, Revierinspektor Sepp Renner und Chefinspektor Peppo Maric, bereiteten sich auf den Ansturm der Medien vor. Eine Schlagzeile würde die andere jagen. Doch immerhin hatten beide Bosse den Inspektorinnen keine Steine in den Weg gelegt, mit den neuen Entwicklungen schon heute an die große Öffentlichkeit zu gehen.

»Dr. Rannacher wird noch ein mögliches Täterprofil erstellen, Petra.« Agnes trank von ihrer Melange. Sie war inzwischen lauwarm, aber schmeckte.

»Sehr gut. Das hat er schon bei Lara Fürtl getan. Hoffen wir, dass es noch präziser wird und diesmal mehr bringt.«

»Ob überhaupt und wann der Täter wieder zuschlagen könnte, dabei kann uns Dr. Rannacher klarerweise nicht weiterhelfen. Dass es in der Vergangenheit durchaus weitere Opfer gegeben hat, liegt für ihn auf der Hand.«

Petra nickte. »Denke ich auch. Wenn ich mir die Anzahl der vermissten Mädchen allein in den letzten sechs Jahren in unserem Land ansehe, bekomme ich zur Migräne einen Schüttelfrost.«

»Die meisten tauchen wieder auf.«

»Einige wenige leider nicht.« Petra legte das letzte Drittel ihres Donuts zurück in den Korb. »Ich hoffe auf unsere Falloffenlegungen heute. ›Aktenzeichen XY‹ hat eine hohe Einschaltquote in Deutschland, in der Schweiz und ebenfalls bei uns. Viele Fälle sind darüber schon gelöst worden. Selbst nach Jahrzehnten.«

»Ich bin etwas aufgeregt.«

»Aber geh, Agnes. Du warst doch in Kufstein schon mehrfach bei Pressekonferenzen am Podium. Auch in diesem Fall.«

»Noch nie vor so vielen Zuschauern.«

»Die siehst du ja nicht. Außerdem übernehm ich das Reden, und du stehst dekorativ im Hintergrund. Wie die geschmückte Tanne, wenn wir unsere Weihnachtsgrüße samt Ermahnungen an die Bevölkerung aufnehmen.«

»Mit einem Baum bin ich noch nie verglichen worden.«

Über Petras Scherz musste Agnes lauthals lachen.

Sie mochte Petra. Kein Herumreden um den heißen Brei, mit nichts hinterm Berg halten und sich so lange in einen Fall verbeißen, bis er gelöst war. Es war hoffentlich ein gutes Omen, dass sie erneut gemeinsam agierten. Agnes würde nicht ruhen, bis das Verbrechen an Nelly aufgeklärt war, wie auch Petra die Suche nach dem Schuldigen bei Lara Fürtl schon seit fünf Jahren am Laufen hielt. Mord verjährte nie.

»Liebe Petra. Leider habe ich keine Christbaumkugeln im Gepäck. Die hole ich erst aus dem Schrank, wenn der Sommer vorbei ist und es die ersten Spekulatius beim Hofer gibt.«

Jetzt brach Petra in Gelächter aus, das jedoch nach wenigen Sekunden nahtlos in ein Würgen überging. Sie hielt sich die Hand vor den Mund, sprang von ihrem Bürostuhl hoch und raste aus dem Zimmer.

Eine Stunde später, als die Schalte zu »Aktenzeichen XY ... ungelöst« stand und die Sendung kurz vor ihrem Start war, war Petra Hammerl immer noch nicht einsatzbereit. Sie lag mit einem feuchten Tuch über Stirn und Augen in der Ausnüchterungszelle.

»Das wird noch«, hauchte sie Agnes zu, die neben ihr stand.

»Petra, geh nach Hause.«

»Nein, ich lass dich nicht allein.«

»Wenn du vor laufender Kamera speiben musst, werden wir aus anderen Gründen Aufmerksamkeit erregen.«

Petra zeigte ein dünnes Lächeln. »Du hast recht. Mir is echt blümerant. Der Schokodonut war einer zu viel. Und gewittert hat es draußen doch nicht. Dafür donnert es umso heftiger in meinem Schädel.«

Agnes tätschelte Petras Hand. »Also, pass auf, Petra. Ich habe mich vorhin mit deinem Boss kurzgeschlossen. Er hat vorgeschlagen, dass einer aus deiner SOKO Lara übernehmen soll, aber das habe ich abgelehnt. Meinen Fall kennen deine Leute zu wenig. Dass er und ich uns abwechseln, wollte der zugeschaltete ZDF-Redakteur nicht, er meinte, das bringt zu viel Unruhe. Deshalb werde ich beide Fälle darlegen. Der Einspieler davor ist ohnehin nur über Laras Tod, danach rede ich über Nelly. Am Ende fasse ich beide Verbrechen zusammen und erläutere unsere Serientäter-Vermutung. Fertig.«

»Das hört sich für mich in Ordnung an. Es tut mir leid, Agnes.«

»Du kannst ja nichts dafür, Petra. Allerdings bin ich ab sofort noch ein Stück nervöser. Ich hab gegoogelt. Mehr als fünf Millionen sehen die Sendung.«

»Rudi Cerne is ein toller Moderator. Der führt das Gespräch und strahlt Ruhe aus. Denk einfach daran: Je mehr Menschen zuschauen, desto größer is die Wahrscheinlichkeit, dass uns jemand mit einem Tipp weiterbringt.« Petra keuchte. »Ich kann beim besten Willen nicht. Mir wird schon wieder übel.«

Agnes' Handy unterbrach das Gespräch. Mitzi erschien auf dem Display.

»Mitzi.« Agnes machte zwei Schritte von Petra weg und drehte sich gegen die Wand. Dort hatte einer mit einem Kugelschreiber ein Galgenmännchen gezeichnet. Nicht die einzige Botschaft.

»Agnes, ich bin in Lilienfeld, wollt ich dir schnell sagen. Ich seh dich gleich auf einem riesigen Fernseher in einem Hotelzimmer.«

»Du bist wo?«

»In Lilienfeld, wo mein Grundstück liegt.«

»Hast du dich spontan auf den Weg gemacht?«

»Dr. Rannacher hat mir geraten, es mir anzusehen. Hast du ihn grüßen lassen von mir?«

Agnes hatte es nicht vergessen, sondern bewusst darauf verzichtet. Sie wollte Mitzi nicht enttäuschen, aber auch nicht lügen. »Weißt du, Mitzi, es ist so.«

In dem Moment kam einer der Kollegen von Petra in die Ausnüchterungszelle. »Die vom Fernsehen brauchen euch.«

Petra zog sich den feuchten Lappen vom Gesicht und winkte damit. »Agnes regelt alles.«

»Soll ich deine bessere Hälfte anrufen?« Er sah mitleidig auf Petra herunter.

Sie ächzte. »Ja, Dennis, sei so lieb.«

»Aber eine von euch muss jetzt mit mir mit.« Er zeigte auf Agnes. »Die Aufsteller stehen, die Kamera is positioniert. Eine Tonprobe muss schleunigst gemacht werden.«

Für Agnes war es der perfekte Augenblick, das Gespräch mit Mitzi zu beenden. »Du, Mitzi, ich muss. Mein Beitrag wird doch größer sein, als nur im Hintergrund zu stehen.«

»Hey, das is toll. Ich hab Soletti und einen Almdudler aus der Minibar. Das leiste ich mir. Großes Kino mit Agnes.«

»Wir reden später, Mitzi.«

»Baba und toi, toi, toi. Und keine Aufregung, du schaffst das.«

»Servus, Mitzi. Es ist alles bestens.«

Das stimmte nicht ganz. Agnes spürte ein intensives Rumoren im Bauch, das diesmal nicht vom Baby verursacht wurde.

11

»Liebling, kannst du nicht schlafen?« Axel öffnete die Balkontür, die vom Hotelzimmer nach draußen führte.

»Die Nacht ist wunderschön, bald ist Vollmond. Schau in
den Sternenhimmel, Axel.« Agnes stand im Nachthemd am
Geländer und hatte den Kopf in den Nacken gelegt. Die Wolken hatten sich vollends verzogen, ohne dass es ein Gewitter
gegeben hatte.

»Du bist mein hübschester Stern.« Er umfasste sie von hinten und gab ihr einen Kuss auf den Nacken.

Agnes kuschelte sich an ihren Freund, der nur Boxershorts
trug. »Es ist unglaublich, dass du extra für diese eine Nacht
den weiten Weg von Brünn auf dich genommen hast.«

»Keine Grenzen und keine Entfernungen halten mich auf,
wenn es um dich geht, Agnes.« Er schlug einen pathetischen
Ton an, der in ein Grinsen überging. »Im Ernst: Ich wollte
dich sehen, und voilà, hier bin ich. Leider habe ich deinen
Auftritt bei ›Aktenzeichen XY‹ verpasst. Ich werde ihn mir
in der Mediathek ansehen.«

»Axel, du bist schon wie Mitzi.« Agnes löste sich und setzte
sich auf einen der Balkonstühle. »Das war kein Auftritt, sondern berufliche Notwendigkeit. Petra hatte Migräne, und einer
musste vor die Kamera.«

»Wenn ich ganz ehrlich bin, wäre mir lieber gewesen, eure
Fälle wären auf die nächste Sendung verschoben worden.«

Sie hatten vorhin bei einem späten Abendessen darüber
diskutiert. Axel war dagegen, dass sich Agnes einer immer
breiteren Öffentlichkeit aussetzte. Dafür hatte er einen guten
Grund angeführt.

Die Pressekonferenz in Kufstein vor einigen Tagen hatte
den Ermittlern, neben ein paar eher dürftigen Hinweisen, zusätzlich zwei Bekennerschreiben eingebracht. Agnes und Inspektor Bastian Klawinder hatten sie ziemlich rasch als Fake-

Geständnisse enttarnen können, aber in einem dieser Schreiben hatte der Absender mit »Und diese depperte Inspektorin mit der Wampn is die Nächste, Kopf ab!« geendet.

Agnes hatte einen Scherz darüber gemacht. Bastian, wie später bei ihrem Telefonat ebenso Axel, hatte die Drohung ernster genommen. Inzwischen war es Bastian gelungen, den Mann ausfindig zu machen, er würde wegen Beleidigung einer Polizeibeamtin angezeigt werden.

»Wir hätten Zeit verloren, Axel.«

Axel ging vor ihr in die Hocke. »Liebling, die unbekannte Nelly ist seit über einem Jahrzehnt tot, und auch der Mord an dem anderen Mädchen hier in der Wachau liegt ewig zurück. Da kommt es auf einen Monat mehr nicht an.«

»Aber wir sind gerade in Schwung gekommen.« Agnes strich durch Axels schwarze Haare. »Als sich Petra gemeldet hat und ebenfalls einen Mord mit einem abgeschnittenen Ohr hatte, wusste ich sofort, das ist etwas Größeres.«

»Ihr nehmt an, dass es mehr Opfer gibt, nicht?«

»Ich hoffe es nicht. Aber einer, der zweimal tötet, hat nichts mehr zu verlieren. Dr. Rannacher, ein Psychologe und ehemaliger Polizeiberater in Wien, hat eine Person skizziert, die sich möglicherweise die Ohren als eine Art Fetisch mitnimmt.«

»Wer zum Teufel macht so etwas!« Axel richtete sich auf. »Ich hatte viele eigenartige Kundinnen und Kunden und weiß Gott seltsame Beobachtungen und Recherchen in meinen Jahren als Privatdetektiv, aber das geht mir zu weit. Ich will nicht, dass du dich damit belastest. Nicht in deinem Zustand.«

Agnes verschränkte die Arme. »Das ist mein Job. Dem Baby geht es gut. Ich mache nichts Gefährliches. Ich recherchiere bloß. Wenn wir einen Treffer landen, wird ganz sicher jemand anderes einen Außeneinsatz oder die Verhaftung vornehmen.«

»Trotzdem.«

»Axel, hör auf. Du kennst mich.«

»Genau deshalb mache ich mir so meine Gedanken.«

»Schatz, das brauchst du nicht.«

»Tu ich aber.«

Um das Gespräch nicht in einen Streit ausarten zu lassen, schwiegen beide. In Sichtweite des Gasthofs floss ein Kanal, das Licht des zunehmenden Mondes spiegelte sich im Wasser. Es roch nach einer Mischung aus Heu und Gegrilltem, und aus der Ferne klang mehrstimmiges Lachen.

Axel setzte sich neben sie und nahm ihre Hand. Agnes dachte, dass er ihr einen Heiratsantrag machen würde, und ihr Herz schlug schneller. Sie hatte keine Ahnung, ob sie Ja oder Nein sagen sollte oder wollte.

»Ich werde eine Dependance in Kufstein eröffnen, Agnes.«

»Was wirst du?«

»Die Detektei Brecht in Köln läuft bestens. Mein Sohn Patrick ist so weit, dass er voll in den Laden einsteigen kann. Ich habe Mitarbeiter, auf die ich mich verlassen kann. Einen smarten Privatschnüffler braucht man auch in Tirol.«

»Wieso denn Kufstein?« Agnes war erleichtert und ein wenig enttäuscht. »Ich will dort nicht ewig bleiben. Wollte ich nie.«

»Die ersten Jahre von unserem Kind wären wir drei dort bestens aufgehoben. Die gute Luft, die Berge.«

»Du liebst Köln, Axel.«

»Stimmt. Aber die Spiele des ersten FC kann ich mir im Sportkanal ansehen. Kisten mit Kölsch lasse ich einfliegen, und wenn der WDR die Karnevalssitzung live überträgt, verdrücke ich ein Tränchen beim Mitschunkeln. Meinen Eltern in der Eifel ist es egal, ob ich aus Köln oder aus Kufstein für einen Besuch bei ihnen anreise.«

»Nein.« Agnes zog ihre Hand aus seiner, gab ihm stattdessen einen Kuss auf den Mund. Sein Bart kitzelte leicht. Nur eines der vielen Dinge, die sie an Axel liebte.

»Wie, nein?«

»Bitte, Axel. Ich brauche noch etwas Zeit.«

»Überlege bitte: Wenn das Baby erst einmal auf der Welt ist, dann sollten wir als Mama und Papa nicht hinterherhinken.«

Agnes stellte sich vor, dass sie in nicht allzu ferner Zukunft von einem wunderbaren Geschöpf Mama genannt werden würde. Gegen die Aufgabe, ein Kind großzuziehen, erschien ihr die Liveschalte im TV vor Millionen Zuschauern auf einmal wie ein Fingerschnippen. Trotzdem hatte sie ihre eigenen Vorstellungen.

»Ich glaube, dass sich die Dinge natürlich entwickeln werden, Axel. Wie bisher auch. Alles ist anscheinend zur rechten Zeit gekommen, unser Kennenlernen, meine Schwangerschaft. Ich liebe dich von ganzem Herzen, aber ich wiederhole es: Bitte, gib mir Zeit. Vielleicht ändere ich meine Meinung nächste Woche schon und rufe selbst einen Immobilienmakler an, doch was ich im Moment überhaupt nicht brauchen kann, ist Druck. Ich will mich mit dem Kind und mit dir und allem, was noch kommt, frei fühlen. So bin ich immer gewesen. Vielleicht ist das falsch oder kurzsichtig, trotzdem geht es mir dabei besser.«

Die Pause zwischen ihnen wiederholte sich. Diesmal blieb es still in der Umgebung, nur das Plätschern vom Kanal her war zu hören.

»Was erwartest du von mir?« Axel hörte sich hilflos an.

Sie wollte ihn weder kränken noch verärgern, aber es war höchste Zeit, ihren Standpunkt klarzumachen. »Dass du der beste Papa der Welt wirst.«

Endlich hörte sie ihn leise lachen. »Patrick meint, das bin ich jetzt schon. Ich habe mir also Vorschusslorbeeren verdient.«

»Er vertraut dir und ich auch. Nun fehlt nur noch dein Vertrauen in unser Kind und in mich.«

»Okay, Agnes.« Er sah zum Mond hoch. »Darf ich wenigstens Windeln schon mal voreinkaufen und bei dir stapeln?«

»Danke, Axel.«

Unvermittelt schob sich der Fall, schoben sich die Fälle mit Macht zurück in Agnes' Gedankengang. »Ich will mich nicht vor dem Gespräch mit dir drücken, aber weil du eben deinen großen Sohn erwähnst …«

»Der sich übrigens schon wie narrisch freut, ein großer Bruder zu werden. Verstehst mi, Dirndl?«

Agnes tätschelte seine Wange. »Ich sag es dir gerne immer

wieder: Red du nicht österreichisch, das hört sich immer wie eine Halskrankheit an.«

»Ich gebe auf, du hast recht, Liebling. Was kann denn Patrick für dich tun?«

»Nicht für mich im Speziellen, sondern für die Fälle von Petra und mir.« Sie wurde wieder ernst. »Bei Lara Fürtl gibt oder besser gab es einen Stiefvater, der das Mädchen wohl nicht gut behandelt hat, vorsichtig ausgedrückt. Er ist nach dem Auffinden der Leiche und der Trennung von seiner Frau untergetaucht. Petra wollte ihn nun erneut einbestellen, hat aber bei der Suche bisher kein Glück gehabt. Die SOKO Lara bleibt natürlich am Ball, doch die Beamten müssen sich auch um aktuelle Vergehen kümmern. Patrick könnte mit einer Nachforschung schneller sein. Der Mann ist deutscher Staatsbürger, aus Dortmund.«

»Du weißt, dass Patrick und ich eine Schwäche für den BVB haben.«

»Umso besser. Dann gebe ich euch einen Grund, euch dort umzuschauen.«

»Du schickst mir morgen alle Informationen nach, Agnes. Dazu ein möglichst aktuelles Foto, das ich an ihn weiterleiten kann.«

»Aktuell ist relativ. Fünf Jahre alt ist das letzte, das Babette Fürtl den Beamten gegeben hat. Das ist die Mutter von Lara. Sie hat das Mädchen öfter verprügelt. Ach, Axel, manche Verhältnisse lassen einen an der Welt und den Menschen verzweifeln.«

»Das ist wohl wahr. Patrick arbeitet übrigens mit einer Gesichtserkennungssoftware, die ebenso die Polizei nutzt. Die Gesichter können damit älter gemacht oder es können andere mögliche Veränderungen wie Glatze, Übergewicht und so weiter eingepreist werden. Damit könnte er ihn im Netz, auch in den sozialen Medien suchen.«

»Prima. Petra Hammerl kennst du ja.«

»Kann man sagen.«

»Sie ist sicher über jede Unterstützung froh.« Agnes überlegte. »Wenn sie wieder fit ist, gebe ich ihr deine Karte und kläre sie über unser Verhältnis auf.«

»Wie du das sagst, Agnes, klingt es fast erotisch.« Er schmunzelte. »Jetzt Schluss mit dem Ernst des Lebens. Lass uns unser Zusammensein genießen. Der Gasthof Klinglhuber soll ein phantastisches Frühstücksbuffet haben.«

»Aber die Nacht ist noch nicht vorbei, Axel.« Agnes erhob sich und setzte ein keckes Lächeln auf. »Kommst du wieder rein?«

»Wie Sie wünschen, Fräulein Agnes.«

»Bitte, nenn mich nicht Fräulein. Zu meiner Mitzi passt diese Bezeichnung perfekt, zu mir überhaupt nicht.«

12

Diesmal war es anders.

Diesmal war nicht das Verlangen sein Motor. Er hatte nicht begonnen, sich umzuschauen, zu sondieren, zu warten, bis sich Gelegenheit und Schicksal fanden. Seit langer Zeit schon schlief die gefährliche Schlange in seinem Herzen. Er hoffte, dass sie vielleicht sogar tot sein könnte und er von seinem Drang zu töten befreit war.

Stattdessen hatten seine Alarmglocken zu bimmeln begonnen.

Die Lage hatte sich geändert. Nach all der Zeit, in der er sich oft getrieben, aber nie wahrhaft schuldig gefühlt hatte, hatte er Angst.

Schon einmal hatte er befürchten müssen, entdeckt zu werden. Er erinnerte sich an diese Wochen der Schlaflosigkeit und des Erschreckens vor jedem Klingeln, ob Telefon oder Haustür. Erst nach und nach, als die Ermittlungen schließlich ins Leere liefen, hatte er sein alltägliches Leben fortgeführt, unerkannt unter den Mitmenschen. Die Welt drehte sich weiter, er sich mit ihr.

Jetzt erneut. Es war wie eine Wiederholung, und doch kam die Gefahr diesmal näher. Er fühlte es, roch es, er schwitzte es aus. Das Bimmeln.

Erst leise, dann, vor allem nachts, lauter, ihm die Ruhe raubend. Er starrte zur dunklen Zimmerdecke, er machte Atemübungen, er fokussierte sich auf den folgenden Tag. Nichts half. Dazu die Augusthitze, kein Lüftchen wehte zum Fenster herein und verschaffte Abkühlung. Tropennächte, wie sie es im Wetterbericht nannten. Eine von vielen, wenn die Vorschau stimmte.

Letzte Nacht nun der Traum.

Kein Mädchen, sondern eine erwachsene Frau, die ihm den Weg abschnitt, sich vor ihm aufbaute, wuchs und ihn überragte wie ein hoher Baum. Die Dinge drehten sich, er wurde vom

Täter zum Opfer. Er war der Verfolgte, den die baumgroße Frau fangen, umschlingen und nie mehr loslassen wollte.

Schließlich war er aufgestanden, um die Geister des nahenden Vollmonds zu vertreiben. In der Küche hatte er Wasser aus dem Hahn getrunken, auch das schmeckte schal und lauwarm. Er hasste diesen Sommer.

Am Ende war er draußen vor dem Eingang gelandet.

Hier war es kühler. Er saß auf der zweiten Stufe, das Gesicht in den Händen vergraben. Irgendwoher erklang Ticken, als würde ihn jemand anzählen. Ein Knistern erschreckte ihn. Etwas huschte vorbei. Die Mäuse waren zu schlau für Fallen. Nicht einmal Speck half.

War er dabei, in eine Falle zu geraten?

Er war sich sicher, dass kein konkreter Verdacht oder Beweis gegen ihn vorlag, aber alles rund um die wiederaufgenommenen Fälle hatte ihn mehr als aufgewühlt. Die Nachrichten waren schon länger voll von den zwei Mädchen, und spätestens seit der Fahndungssendung war ihm klar, dass die Ermittler einen Zusammenhang hergestellt hatten, eine mit der anderen verbunden hatten.

In Kufstein und Krems war die Sensation erwacht, die hinter der Betroffenheit lag. Ein Wort war gefallen, das ihn selbst fassungslos machte, obwohl es auf ihn zutraf.

Serientäter.

Er sprach es nicht laut aus, aber in seinem Kopf wiederholte es sich wie ein krank machendes Mantra. Ein Ohrwurm, der sich wie im Wahnsinn krümmte und vorwärtskroch.

Das Fehlen des linken Ohrs bei den Opfern war mit keinem Wort erwähnt worden, aber er war nicht so dumm zu glauben, dass es der Polizei nicht aufgefallen war. Die Ermittler hielten dieses Detail zurück, um die Irren herauszufiltern, die sich nur allzu gern stellten, um ihre fünfzehn Minuten Ruhm zu erhaschen.

Zweimal hatte er die Leichen an Ort und Stelle belassen. Zweimal nur, aus Not geboren, konnte man sagen. Es wäre viel zu riskant gewesen, eine wie die andere damals wegzuschaffen.

Er hielt sich zugute, dass er trotzdem umsichtig gewesen war. Zumindest danach. Davor hatten sich die Gelegenheiten einfach ergeben. Er hatte sie als schicksalhafte Fügungen angesehen. Ohne Aufwand, ohne Nachhelfen waren die Mädchen an den Strand seines Verlangens gespült worden.

Dass er seine spezielle Mischung stets bei sich getragen hatte, griffbereit sozusagen, fand er bis heute genial. Sein Glücksbringer war der diskrete Flachmann gewesen, der doch nie mit Schnaps befüllt worden war.

Ein anderes Mal war es ebenfalls verdammt knapp gewesen, erinnerte er sich jetzt, auf der Treppe unter einem Mond sitzend, dem nur noch ein kleines Stück zur Vollendung fehlte. Er hatte den leblosen Körper einer jungen Frau aus seinem Kofferraum heben wollen, um ihn zu schultern.

»Servus, Freunderl«, hatte eine Stimme zu ihm gesagt.

Ein Jogger war in aller Herrgottsfrüh unterwegs gewesen, mit Stirnlampe und Gewichten in den Händen. Einer von den Verrückten, die Sport als ihren Gott ansahen.

»Grüß Sie«, hatte er kaltblütig geantwortet und seelenruhig den Kofferraum wieder geschlossen. Aber sein Herz hatte einen irren Tanz aufgeführt, er hatte sich schon entlarvt gesehen. Bereit gewesen war er, dem Mann notfalls eins über den Schädel zu ziehen. Kollateralschaden, war ihm durch den Kopf geschossen. Der nächtliche Sportler war weitergelaufen, ahnungslos.

Doch dieses »Servus, Freunderl« hatte noch heftig in seinen Nerven vibriert, während er schließlich die Mädchenleiche entsorgt hatte. An dem Ort, der sein persönlicher Friedhof geworden war. Dort war seine Sammlung verwahrt. Sicher bis in alle Ewigkeit. Hatte er gedacht.

Das Bimmeln wurde zu einem Dröhnen.

Er schlug den Kopf einmal gegen das Treppengeländer. Und wieder. Ein drittes Mal. Der Laut war dumpf. Der Schmerz wie ein Schluck einer Limonade, die durch seine Mischung veredelt worden war. Er wurde ruhig, ja schläfrig sogar.

Es konnte einfach nicht sein, dass die Ermittler auch nur

den Hauch einer Ahnung hatten. Oder? Allen voran diese Inspektorin. Sie hatte den Alarm in seinem Kopf und Herzen ausgelöst. Das immer lauter werdende Bimmeln hatte mit dieser Frau zu tun. Seit den überhitzten Tagen und Nächten führten alle seine Wege zu ihr hin.

Sie zu töten war keine Option. Er würde es schlicht und einfach nicht durchführen können. Es passte nicht in seinen Ablauf, sie war nicht der Typus, um den es ging, bei dem seine Zwänge und seine Besessenheit ansprangen. Sie gehörte nicht in den Raum in seinem Kopf, in dem sein Opfermuster existierte.

Ein Aufbrechen seines Rituals kam einer Blasphemie gleich.

Er ließ seine rechte Hand seitlich nach unten gleiten. Seine Finger berührten das Holz der Treppenstufe, auf der er hockte. Seine Nägel kratzten. Mit Daumen und Zeigefinger seiner linken Hand begann er zugleich sein Ohr zu reiben.

Es musste etwas getan werden, definitiv.

Flucht. Ein nächstes Wort, das ihn erschreckte. Er wollte nicht weg. Doch wenn er dem Bimmeln folgte, gab es vielleicht nur diese Lösung. Abhauen, neu beginnen.

Er lachte leise. Diese Idee war ein Witz und möglicherweise zugleich der einzige Weg, der ihn vor Handschellen bewahren mochte. Was aber, wenn die Inspektorin schneller war als ein Fluchtplan, der noch nicht einmal in seinem Kopf Gestalt angenommen hatte?

An der Ecke raschelte es. Vermutlich wirklich eine Maus. Wo eine war, kamen immer andere dazu. Das mochte auch für neugierige Polizisten gelten.

Er schloss die Augen und dachte an die Box, die er gut versteckt und mit einem Vorhängeschloss versehen hinter vergessenem Kramuri deponiert hatte. Im Inneren Inhalte, Tropfen sowie Tabletten, aus denen er eine frische Mixtur herstellen konnte. Ein Fläschchen neu zu befüllen könnte ihm neues Glück bringen.

Eine schlaue Maus und eine schlaue Inspektorin. Für beides galt es, eine Lösung zu suchen.

13

Mitzi konnte nicht einschlafen. Obwohl es im Zimmer der Pension der Naturfreunde angenehm kühl war und der Blick auf einen fast vollen Mond Ruhe ausstrahlte, wälzte sie sich im Bett hin und her.

Schließlich kapitulierte sie und beendete ihren Versuch, ins Reich der Träume abzugleiten. Zuerst sah sie noch mal fern, dann surfte sie im Internet und suchte nach Neuigkeiten Nelly betreffend.

In den sozialen Medien fand sie bereits Kommentare zu »Aktenzeichen XY … ungelöst«, die einerseits die Ermittlungsarbeit lobten und ihr Mitgefühl ausdrückten, andererseits die Gelegenheit nutzten, um die Polizei im Allgemeinen zu verunglimpfen. Unter den ersten Onlineberichten der Zeitungen entdeckte sie schon wuchtige Schlagzeilen. »Polizei redet von Serientäter: Wie können wir unsere Kinder schützen?« Oder: »Wer hat es auf unsere Mädchen abgesehen?«

Ein Artikel eines Boulevardblatts sprang ihr förmlich ins Auge: »Spuken die toten Mädchen in den Alpen? Touristen filmten grausigen Geist.« Dazu eine verschwommene Aufnahme, die so gut wie alles an jeglichen Orten darstellen konnte. In dem dürftigen Text unter der angeblichen Erscheinung stand, dass die junge Inspektorin Kirschnagel gut daran täte, ein Medium hinzuzuziehen.

Bei den topaktuellen Einträgen tauchte stets Agnes' Name auf, dazu Bilder, wie sie in der Fahndungssendung mit ernsthafter Miene die Fakten vortrug. Agnes' Kollegin aus Krems wurde beiläufig erwähnt, zusammen mit zwei weiteren Ermittlern. Hauptmann Petra Hammerl – der Rang beeindruckte Mitzi – schien in den Augen der Journalisten keine bedeutende Rolle mehr zu spielen.

Agnes stand im Mittelpunkt. Mitzis Meinung nach strahlte ihre Freundin eine perfekte Mischung aus Strenge und Sympathie aus. Wenn es nach ihr ginge, hätte sie Agnes sofort für eine Beförderung vorgeschlagen.

Nach ihrer Presseschau stellte sich Mitzi an die offene Balkontür und sah sich eine Weile den Himmel an. Der Mond war fast voll, der Himmel klar. Als ihr eine Gelse um Nase und Ohren surrte, gab Mitzi ihren Beobachtungsposten auf.

Auf dem Schreibtisch lagen bunte Prospekte, die sie durchzublättern begann. Ihr war die Schönheit des Mostviertels schon auf der Fahrt hierher aufgefallen. Die Wanderwege mussten eine Pracht sein. Im zweiten Heft stach ihr der Aufstieg zur Traisnerhütte ins Auge. Von dort sollte man einen herrlichen Rundblick auf Schneeberg, Rax, Hochschwab, Gesäuse, Ötscher, Totes Gebirge, Traunstein und Nebelstein haben.

Eine sensationelle Vorstellung. Mitzi schloss die Augen und sah sich oben ankommen. Sie würde sich drehen und versuchen, all die Berge zu identifizieren, die im Prospekt aufgezählt waren.

Allein die Aussicht auf einen solchen Ausflug ließ sie lächeln. Oft hatte sie beim Gehen, beim Wandern, in der Gleichmäßigkeit der Schritte ihr Gleichgewicht wiedergefunden. Spontan beschloss sie, morgen früh ihren Aufenthalt um eine Nacht zu verlängern, in der Hoffnung, dass das Zimmer frei war.

Apropos Nacht. Im letzten Abschnitt des Textes entdeckte Mitzi etwas, das sie noch mehr erfreute. Die Hütte stand wohl in einem, laut einer Studie, besonders lichtarmen Gebiet. Das bedeutete, man konnte dort den Sternenhimmel in größerer Pracht bewundern. Sogar Sternkarten lagen in der Hütte auf.

Morgen würde sie sich aber zuerst noch einmal auf den Weg zu ihrem Grundstück machen. Es mit einer Portion Glück hoffentlich auch finden.

Denn daran war sie heute, nach ihrer Ankunft, gescheitert.

Natürlich hatte sie sich die Adresse aufgeschrieben, an der Marktler Straße lag es laut Besitzurkunde. Mitten in der glühenden Mittagshitze war sie vom Bahnhof aus direkt hinmarschiert. Mit roten Wangen und einem heißen Kopf angekommen, hatte Mitzi festgestellt, dass sich dort Wiesen mit Feldern und Wald abwechselten. Schön anzusehen, leider vollkommen ohne Begrenzungen oder Zäune.

Mitzi war einen Pfad hochgelaufen, der sie zu einem ausgedehnten Acker mit Maisstauden geführt hatte. Dahinter wieder Wald. Ratlos hatte sie sich auf den Boden gesetzt, außer Atem und überhitzt. Sie hatte überlegt, wie sie wohl in Erfahrung bringen konnte, welcher nun ihr Besitz war. Zurück an der Marktler Straße hatte sie erwogen, bei den Häusern gegenüber zu klingeln und nachzufragen, ob jemand von den Bewohnern eine Ahnung hatte, sich aber dagegen entschieden. Am Ende war sie weiter planlos herumspaziert, hatte ein paar Gänseblümchen gepflückt und versucht, sich trotzdem zu freuen, Omas Erbe näher gekommen zu sein.

Sie scrollte noch einmal durch die Fotos, die sie geschossen hatte. Wenn sie ehrlich war, hätten die überall in Österreich entstanden sein können. Wald, eine Wiese, Glockenblumen, eine Hummel, ein Weg mit Mohnblumen, ein Acker, ein anderer Pfad im Sonnenschein. Wenigstens hatte Agnes die Bilder mit vielen Smileys kommentiert, obwohl sie durch die Sendung in einem ziemlichen Stress gewesen war.

Gerne hätte sich Mitzi jetzt bei Agnes persönlich gemeldet, aber ein Blick auf die Uhr zeigte, dass es bereits weit nach Mitternacht war. Immer noch verspürte sie kein bisschen Müdigkeit. Sie wechselte nun doch ganz hinaus auf den Balkon ins Freie. Der Mond hatte einen Feenkranz bekommen, was Mitzi als gutes Omen empfand.

Einem schnellen Entschluss folgend, kehrte sie ins Zimmer zurück und zog sich wieder an. Sie musste einfach los. Nicht so weit, um sich in der fremden Umgebung zu verirren, aber weit genug, um den Himmel auf offenem Feld über sich aufzusaugen. Danach würde sie einschlafen können, dessen war sie sich sicher.

An der Rezeption tat ein anderer Hotelangestellter seinen Dienst als bei Mitzis Ankunft. Wobei der Nachtportier auf seinem Sessel hinter dem Tresen eingenickt war. Sein Kopf war nach hinten gebeugt, sein Mund weit offen, und eine Speichelspur hing ihm am rechten Mundwinkel. Dazu erklang ein sanftes Schnarchen.

Mitzi fand den Anblick köstlich und widerstand dem Impuls, ihr Handy zu zücken, um ihn zu fotografieren. Sie schlich auf Zehenspitzen vorbei bis zur Eingangstür. Dort konnte sie einer neuen Versuchung jedoch nicht mehr widerstehen. Mit Schwung machte sie kehrt, streckte, an der Empfangstheke angekommen, die Hand aus und schlug auf die Tischglocke.

Der Nachtportier schreckte mit einem schrillen Quieken hoch, sodass Mitzi ihre Aktion sofort wieder leidtat.

»Was is? Was war?« Er stammelte und wischte sich die Spucke vom Kinn. »Wo brennt's?«

»Hallo und servus. Und Entschuldigung.«

Mitzi musterte den Mann genauer. Er trug ein kariertes Hemd und darüber eine Lederhose, deren Latz mit Edelweißmotiven bestickt war. Er ähnelte in seinem Outfit den meisten männlichen Models in den Broschüren, die sie im Hotelzimmer durchgeblättert hatte. Sein braunes Haar war kurz geschnitten. An seinem Hals konnte Mitzi den Beginn eines Tattoos sehen, das eine Schlange darzustellen schien. Am faszinierendsten war der Spitzbart am Kinn des Mannes, der ebenfalls braun war und sich nach oben wölbte. Mitzi musste an das Märchen vom König Drosselbart denken und fand den ganzen Kerl nun auch im wachen Zustand originell.

»Verzeihen Sie, dass ich Sie geweckt hab.« Mitzi konnte sich ein Grinsen kaum verkneifen. »Nirgends brennt es.«

Er blinzelte und sah Mitzi erstaunt an. »Wie spät is es?«

»Halb zwei.«

»In der Früh?«

»Was sonst?«

»Ja genau.« Er schnalzte mit der Zunge. »Nicht umsonst heißt die Berufsbezeichnung offiziell Night Porter. Obwohl ich genauso am Tag im Einsatz bin.«

»Sie haben grad geschlafen.«

»Wenn nix los is, überkommt es einen manchmal.« Jetzt musterte der Mann Mitzi. »Was kann ich für Sie tun, Mylady?«

»So hat mich noch keiner genannt.« Sie kicherte.

Er zuckte mit den Schultern. »Ich find gnädige Frau oder Fräulein oder gar Madame so gestelzt.«

»Aber Mylady nicht?«

»Nicht in der Nacht.«

Mitzi stützte sich am Tresen ab. Der Nachtportier gefiel ihr auf Anhieb. »Ich bin Maria Konstanze Schlager, ich hab das Zimmer 9.«

»Doch Sie schlafen dort drinnen nicht, weil Sie ja um halb zwei Uhr früh hier unten bei mir stehen und mich zu Tode erschrecken.«

»Tut mir echt leid.«

»Frau Schlager.«

»Mitzi.«

»Ich red die Gäste selten mit Vornamen an.«

»In der Nacht können Sie eine Ausnahme machen, Mylord.«

Jetzt lachten sie beide. In dem leeren Empfangsraum klang es ziemlich laut.

»Ich bin der Rudolfo. Nicht Rudi. Eben Rudolfo. Rudolfo Sommer.« Er streckte Mitzi eine Hand entgegen und strich sich mit der anderen über seinen Spitzbart. »Im Ernst. Is was g'schehn, weil Sie mitten in der Nacht aufgestanden sind?«

Mitzi winkte ab. »Ich konnte nicht schlafen, war am Balkon und hab den tollen Mond gesehen.«

»Der is heut einmal wieder unübertroffen, das is wahr.«

»Da wollte ich hinaus aufs freie Feld.«

»Im Finstern? Ohne Lampe?«

»Ich hab mein Handy dabei. Mit dem Display leuchte ich mir den Weg.«

»Um diese Zeit? Ich sag Ihnen ehrlich, Mylady, das is eine blöde Idee. Sie rennen in die Nacht hinaus, und ich muss später die Feuerwehr rufen, weil Sie sich verirrt haben, oder die Bergwacht, weil Sie irgendwo hinaufgestiegen und heruntergefallen sind. Hier gibt's ein Handynetz, aber drum herum finden sich viele Stellen, wo nix mehr geht und Sie nicht einfach den Notruf antippen können. Planen Sie eine geführte Nachtwanderung, Sternenkunde inklusive. Is sicherer und besser.«

»Dazu muss ich meinen Aufenthalt verlängern.«

»Machen S' das.« Er hob den Daumen. »Bei uns is es so schön, bei uns kann man sesshaft werden.«

»Das hab ich vorhin grad gedacht. Ich hätte sogar Grund und Boden hier, werde aber verkaufen.«

»Ah geh, wo denn?«

»An der Marktler Straße, dort in einen der Feldwege rein. Es müsste eine Wiese nahe am Waldrand sein. Klingt ungenau, is aber meins.«

Er überlegte angestrengt. »Aha.«

»Der Herr Radl, Severin Radl, is schon öfter dort gewesen. Der wird das Land von mir abkaufen. Sagt Ihnen der Name etwas?«

»Nein.«

»Hätt ja sein können.«

»Wollen S' denn jetzt verlängern, dann trag ich Sie ein und sorge dafür, dass Sie auf demselben Zimmer bleiben können, Mylady.«

»Das is aber lieb. Eine Nacht dazu.« Mitzi schnippte mit den Fingern. »Ach was, zwei.«

»So is recht.« Rudolfo, nicht Rudi, der Nachportier, wandte sich dem Computer zu. Er bewegte die Maus.

Mitzi spielte mit den Fingern an der Tischglocke, traute sich jedoch nicht, sie noch einmal zu betätigen. Neben der Glocke lag eine Zeitung von gestern. Zu Mitzis erstaunter Freude entdeckte sie im unteren Drittel der Titelseite ein kleines Foto von Agnes und einen Sendehinweis dazu. Sie legte den Finger darauf.

»Diese armen Tauberln«, sagte Rudolfo, während er sich weiter durchklickte.

Mitzi stoppte. »Tauberln?«

»Na, die Mäderln. Was es für Menschen gibt. Ich möchte nicht in der Haut von derer da stecken.« Er zeigte ebenfalls auf das Porträt.

»Wie meinen Sie das, Rudolfo?« Mitzi spürte eine Empörung aufkommen. Nur kein schlechtes Wort über Agnes.

»Überlegen S' einmal. Laut der Polizei sind die Mädchen schon vor Ewigkeiten gestorben. Da find man doch nix mehr. Bei der einen wissen die noch immer nicht, wer sie überhaupt war. Ich hab mir ›Aktenzeichen XY‹ angeschaut, wie diese Polizistin ein Phantombild in die Kamera gehalten hat. Im Nachklang zur Sendung hat sich aber zu dem Bild keiner gemeldet. Bisher zumindest. Hartes Stück Arbeit wird das für diese Frau Inspektor.«

»Diese Frau Inspektor is meine Freundin. Und sie is eine der Besten. Wenn eine den Mörder fasst, dann sie. Ich würd mit Ihnen wetten, dass sie in kurzer Zeit wieder vor die Presse tritt und den Bösen präsentiert.«

»Was? Sie kennen die aus dem Fernsehen? Das is ja toll.«

Sofort ärgerte sich Mitzi, dass sie ins Plappern gekommen war. Allerdings tat es gut, stolz auf eine Freundin zu sein und es lautstark kundzutun. Bis Mitzi Agnes getroffen hatte, war so etwas nie möglich gewesen. Schlicht und einfach, weil Mitzi durch ihre eigenbrötlerische Art keinen engen Freundeskreis hatte.

»Ich darf nichts über die Fälle sagen.« Mitzi senkte die Lautstärke. »Aber es is ziemlich gruselig.«

Rudolfo hatte seine Tätigkeit am Computer unterbrochen. Er strich sich erneut mehrmals über seinen Spitzbart und schien sehr interessiert. »Wissen Sie denn etwas mehr darüber, Frau Schlager?«

»Nein, ich weiß nix und will auch nix wissen.« Schon wieder war ihr ein Satz zu viel herausgerutscht. Außerdem hatte der Themenwechsel zu Mord und Totschlag die Stimmungslage getrübt. Mitzi versuchte eine Kehrtwende. »Vielleicht besucht mich Inspektorin Agnes Kirschnagel hier, ich würde ihr dieses wunderschöne Fleckerl Erde gerne zeigen.«

»Das wär superklasse, Frau Schlager. Mag sie auch im Finstern in der Gegend herumlaufen?«

»Das nicht, aber ich könnte sie bei der Gelegenheit überreden, in der Nacht an Ihren Tresen zu kommen, Rudolfo. Vielleicht mag sie Ihnen etwas über Ermittlungsarbeit im Allgemeinen erklären.«

»Ich stehe jederzeit zwei Myladys zur Verfügung, oder wie auch immer die Mehrzahl von diesem Wort is.«

»Das stimmt so.«

»Sicher?«

»Ich korrigiere Texte – beruflich.«

»Echt? Ich hätte Sie ganz woanders eingeordnet.«

»Wo denn?«

»Fledermausforscherin oder Vampirin.« Er zwinkerte Mitzi zu.

»Sie haben mir meine Schlaflosigkeit versüßt, Rudolfo.«

»Das is schön. Und jetzt bleiben S' bitte hier in unserer Pension, gehen S' aufs Zimmer und ab in die Heija.«

14

Hätte Mitzi jemand prophezeit, dass Agnes am nächsten Vormittag Konrad Eichwaller gegenübersitzen würde, hätte sie es nicht geglaubt, obwohl Mitzi ein Faible für eigentümliche Vorhersagen hatte.

Diese Entwicklung kam auch für Agnes überraschend.

Bastian Klawinder meldete sich am Morgen, nachdem Axel aufgebrochen war, mit neuen Informationen. Agnes saß immer noch beim Frühstück. Sie hatte sich gerade einen zweiten Besuch am Buffet im Gasthof Klinglhuber geleistet, das so hervorragend wie üppig war.

»Griaß di, Agnes. Du, ich hab da was.« Bastian klang am Handy noch verschlafen.

Agnes hörte auf, an einem Glas Orangensaft zu schlürfen. »Morgen, Basti. Endlich ein Hinweis, der etwas gebracht hat?«

»Leider nein, aber etwas Interessantes trotzdem. Mein Kumpel, der Arno Brandtner, der die Leiche in der Münchner Straße gefunden hat, hat inzwischen noch ausgesagt, dass die Immobilienfirma Krass und Söhne ihn bei seinem Wohnungskauf extra darauf hingewiesen hat, die Kellerräume auf keinen Fall zu verbinden.«

»Ach geh. Auffällig, finde ich. Du nicht, Basti?«

»Ja und nein. Ich hab mit denen telefoniert. Sie haben das damit erklärt, dass der Bauleiter mitgeteilt hat, diese Wand wäre eine tragende. Und dass das Gebäude instabil hätte werden können.«

»Bei mir hat sich bisher nur der Anwalt der Firma gemeldet. Immerhin hast du direkten Kontakt herstellen können.«

»Mit juristischem Larifari und Firmenanwalt sind die mir auch wieder gekommen. Also hab ich mich nach dem Gespräch über die Stadtverwaltung in Luzern und den Schweizer Verband über dieses Immobilienbüro schlaugemacht.«

»Sehr gut, Basti. Und?« Agnes biss in eine frische, duftende Brioche, ihre zweite.

»Isst du?«

»Ich frühstücke. Weiter im Text, Basti.«

»Guten Appetit, Agnes. Dabei krieg ich gleich Hunger. Folgendes: Peter Krass, der Eigentümer, lebt schon lange nicht mehr. Seine Söhne sind ebenfalls nicht mehr im Spiel. Der neue Boss heißt Beat Vadura und pendelt zwischen Luzern und Salzburg, wo er ebenfalls ein Partner einer Baufirma is.«

»Beat Vadura, sagst du?« Bei dem Namen klingelte es in Agnes' Ohren. »Die Firma in Salzburg heißt nicht etwa Eichwaller-baut AG?«

Bastian stutzte. »Doch. Woher weißt du das?«

»Hat mit einer anderen Geschichte zu tun, ist aber sehr interessant. Was noch?«

»Ich wollte jetzt unsere Aufforderung verschärfen und nicht nur den Anwalt, sondern dazu noch diesen Vadura einbestellen.«

»Sehr gute Idee, Basti. Lass den Herrn unbedingt bei uns antanzen. Wenn er Zicken macht, setze ihn auf die Liste möglicher Verdächtiger.«

»War genau meine Überlegung, Kollegin. Ich wollte es vorher mit dir absprechen. Du warst gestern übrigens spitze im TV. So smart.«

»Hör auf, Basti, darum geht es doch nicht. Hat sich durch die Sendung wirklich noch nichts getan?«

»Wart's ab. Es sind weitere neue Hinweise zu Nelly eingegangen. Bin grad dran.«

»Danke, Basti. Sobald ich zurück in Kufstein bin, hast du wieder eine Unterstützung am Schreibtisch neben dir.«

»Nur net hudeln, Agnes. Alles läuft super ohne dich.«

»Das ist aber nett.«

»Nein, so war's nicht gemeint.« Agnes konnte hören, wie sich Bastian entweder auf Stirn oder Wange schlug. »Ich will sagen, beste und liabste Kollegin, mach halblang. Selbst unser Chef hat vorhin grad noch g'sagt, dass du dir nach den Strapazen heut und morgen, vielleicht noch übermorgen einmal freinehmen solltest.«

»Aber die Hinweise aus der Bevölkerung könnten uns weiterbringen.«

»Die trudeln auch ohne dich ein.« Er wurde leiser. »Uns allen liegt Nelly am Herzen. Ein Vorschlag zur Güte, Agnes. Ich versprech dir, ich mach bei dir alle paar Stund Meldung. Wenn was Wichtiges passiert, hol ich dich persönlich ab dort, wo du grad bist. Bitte mach frei und gib Ruhe.«

»Noch bin ich in Krems, Bastian.«

»Wurscht, wo, ich würd kommen. Aber bis dahin, *cool down* bei der Hitz.«

Damit brachte er Agnes zum Lachen. »Du bist ein Schatz, Basti. Ich werde es in Erwägung ziehen. Okay?«

»Zieh nicht, mach's.«

Während Agnes über Bastians Vorschlag nachdachte, rief sie die Internetseite der Eichwaller-baut AG auf. Bei ihrem Kollegen hatte sie weder Mitzi noch deren Kontakt zu der Baufirma ins Gespräch bringen wollen. Agnes würde sich zuerst einmal allein darum kümmern.

»Eichwaller-baut AG, schönen guten Tag, was kann ich für Sie tun?«

»Inspektorin Kirschnagel am Apparat. Ich hätte gerne Konrad Eichwaller gesprochen.« Agnes betonte ihren Polizeititel.

Die Frau am anderen Ende räusperte sich. »Den Herrn Diplomingenieur?«

»Gibt es noch einen anderen?«

»Äh. Nein.«

»Dann den, bitte.«

»Sie würden ihn in Krems erreichen.«

»Wie bitte? Krems?«

»Genau. Im Büro dort. Soll ich Ihnen die Nummer geben?«

»Das wäre nett.«

»Kirschnagel ist Ihr Name, sagten Sie?«

»Vollkommen richtig. Inspektorin Kirschnagel.«

Agnes notierte, und ihre Gedanken liefen. Konrad Eichwaller. Beat Vadura. Dass Mitzi beide Männer bereits kannte, war erstaunlich. Sogar unheimlich, dass wieder einmal einer der Fäden eines Verbrechens Richtung Mitzi laufen könnte.

Sie tätigte noch einen Anruf, diesmal in Krems selbst, beendete ihr Frühstück und ließ sich wieder ein Taxi kommen.

»Danke, dass Sie so schnell Zeit für mich hatten, Herr Eichwaller.«

Agnes sah sich in dem Büro um. Ein schmuckloser Raum mit zwei Regalen voller Ordner, einem Schreibtisch mit PC darauf und zwei Besucherstühlen, von denen Agnes sich für den rechten entschieden hatte.

Mitzi hatte ihr berichtet, dass die Räumlichkeiten der Eichwaller-baut AG in Salzburg ziemlich nobel gewesen waren. Hier nun, in der Dependance in Krems, war davon nichts zu merken. Eine privat wirkende Wohnung im Erdgeschoss eines schlichten grauen Wohnhauses, ein unscheinbares Klingelschild am Eingang.

Konrad Eichwaller hatte Agnes, nachdem sie sich telefonisch vorangekündigt hatte, höchstpersönlich empfangen. Durch einen kurzen Flur waren sie in eines von drei abgehenden Zimmern eingetreten. Der Ausblick aus dem einen Fenster ging auf einen Innenhof mit Mülltonnen.

»Entschuldigen Sie die spontane Frage, Frau Inspektorin Kirschnagel, aber kann es sein, dass ich Sie gestern im Fernsehen gesehen hab?«

Agnes hätte am liebsten aufgestöhnt. Eichwaller war bei Weitem nicht der Erste, der sie darauf ansprach. Nicht nur die Anrufe und Textnachrichten von Verwandten und Freunden danach – vorhin an der Hotelrezeption hatten sich sogar für Agnes völlig Fremde bemüßigt gefühlt, ihr zur Schalte in der Sendung zu gratulieren. Als ob sie etwas gewonnen hätte.

Dabei ging es einzig darum, ob sich unter den Millionen Zuschauern, die anscheinend regelmäßig die Sendung sahen, einer oder eine befand, der oder die zur weiteren Aufklärung einen Beitrag leisten konnte. Dann hätte Agnes die kurze Berühmtheit ihrerseits mit Leichtmut ertragen.

»Sie irren sich nicht, Herr Eichwaller.«

»Gestern Deutschland, heute Niederösterreich, eine Weltenbummlerin. Noch dazu eine recht attraktive.«

Er warf ihr einen Blick zu, der bewundernd wirken sollte, jedoch einen unangenehmen Beigeschmack hatte. Seine Augen wechselten zwischen ihrem Gesicht und ihren Brüsten hin und her.

»Gestern war ich aus dem Polizeirevier zugeschaltet, Herr Eichwaller.« Agnes reagierte schroffer, als sie es sich anfangs vorgenommen hatte. »Moderne Technik.«

»Super! Was nicht alles möglich is heutzutag. Die hübschen Damen werden einem online geliefert wie eine Pizza.« Er rieb sich genüsslich die Hände.

Agnes fand seine Taxierung ihrer Figur und seine Art, über Frauen zu sprechen, nun richtig ekelhaft. Schon allein für den Spruch gehörten ihm Handschellen angelegt. »Kommen wir zur Sache.«

»Sehr gern. Was verschafft mir die Ehre, Inspektorin Kirschnagel?«

Mitzi hatte das Gespräch zwischen Beat Vadura und ihr ausführlich geschildert, die wiederholten Nachfragen, ob denn Eichwaller zudringlich geworden wäre. Jetzt, Auge in Auge mit dem Chef der Baufirma, verstand Agnes die Besorgnis des Kompagnons. Eichwaller trug einen Ehering, seine Frau konnte einem leidtun.

»Ihr Partner, Beat Vadura. Eigentümer der Immobilienfirma Krass und Söhne in Luzern. Kompagnon der Eichwallerbaut AG.«

Eichwaller blinzelte. Endlich blieben seine Augen auf Agnes' Gesicht gerichtet. »Was is mit ihm?«

»Ist er denn ebenfalls heute hier in Krems?«

Eichwaller sah zur Tür, als ob sein Partner gleich eintreten würde. »Nein. Beat is in Salzburg. Oder schon wieder in Luzern. Ein Pendler zwischen den Ländern.«

Er rieb sich wieder die Hände, doch diesmal sichtlich vor Nervosität. Das gefiel Agnes wesentlich besser als sein Machogehabe. »Wie lange sind Sie beide bereits Geschäftspartner, Herr Eichwaller?«

»Noch nicht lange. Der Beat is vor zwei Jahren eingestiegen. Nein, drei. Oder auch vier. Die Zeit rast ja.«

»Gehen wir in etwa zwölf Jahre zurück, Herr Eichwaller. Hatten Sie da bereits Kontakt mit Herrn Vadura?«

»So lang kennen wir uns nicht.« Er bewegte die Finger, als würde er nachzählen.

»Eine Renovierung von einem Mehrfamilienwohnhaus mit Keller in Kufstein. Krass und Söhne waren damals die Auftraggeber. Sagt Ihnen das etwas, auch wenn Ihre Firma dabei nicht offiziell angeführt wurde?«

»Zwölf Jahre? Das is ewig her. Keine Ahnung, Frau Inspektor. Das müsste meine Sekretärin eruieren. Die hat sich allerdings heut krankgemeldet. Ich glaub, wir hatten in den letzten Jahren nie Aufträge in Tirol. Aber ich kenn das Städtchen ganz gut.«

»Glauben heißt nicht wissen, Herr Eichwaller. Münchner Straße. Genau gesagt beim Bahnhof.«

Unvermittelt duckte er sich wie unter einem Schlag. »Da geht's doch um den Fall, den Sie gestern bei ›Aktenzeichen‹ gezeigt haben, hab ich recht?«

»Sie sagen es.«

»Der mit dem anderen Fall hier in Krems zusammenhängt.« Er wurde blass.

Agnes nickte. »Die zwei ermordeten Mädchen.«

»Wie bitte? Was soll das denn?«

»Herr Eichwaller, die Polizei spürt nur Querverbindungen nach.«

»Zu mir? Teufel noch einmal eini!« Mit einem Ruck sprang er hoch.

Rasch erhob sich Agnes ebenfalls, machte einen Schritt zurück. »Immer mit der Ruhe, Herr Eichwaller.«

»Ich sag nichts ohne einen Anwalt. Sie hängen mir keine

zwei Morde an.« Er spuckte beim Sprechen. Seine Finger ballten sich zu Fäusten. Wieder sah er kurz zur Tür hin.

»Warum so aufbrausend, Herr Eichwaller? Ich wollte Sie überhaupt nicht beschuldigen. Setzen wir uns wieder. Atmen Sie durch.«

Er starrte Agnes an, blieb noch einige Sekunden stehen und ließ sich schließlich auf seinen Bürostuhl zurückfallen, aber ohne seine Hände zu entspannen. »Tut mir leid, Frau Inspektor. Ich bin nur so erschrocken, weil ich den Bericht von Ihnen gestern im Fernsehen schrecklich fand.«

»Die Taten sind ja auch grausam.«

»Ich hab selbst vier Kinder. Zwei davon Mädels. Die älteste grad vierzehn. Da pumpt das Vaterherz, wenn man von solch einem perversen Irren hört. Um so einen zu kriegen, würd ich viel tun, glauben Sie mir.«

»Würden Sie eine DNA-Probe abgeben?«

Wieder setzte er an, aufzuspringen, blieb aber am Stuhl sitzen. »Wozu denn das? Eine Unverschämtheit.«

»Wenn Sie ehrlich meinen, was Sie eben gesagt haben, dann würden Sie die Polizei bei ihren Ermittlungen damit unterstützen.«

Eichwaller schüttelte den Kopf, nickte aber im Anschluss. »Wenn es hilft. Ich hab mir nix, auch schon gar nix vorzuwerfen.«

»Mein Kollege Bastian Klawinder aus Kufstein oder auch Hauptmann Petra Hammerl, hier in Krems, werden sich melden. Jetzt zu Ihrem Partner Beat Vadura.«

Langsam löste er seine verkrampften Fäuste. »Er is Schweizer und hat Geld. Als ich in Not war mit meiner Baufirma, hat er mir die Partnerschaft angeboten. Sie können unseren Vertrag überprüfen, alles legal. Und nein, davor hatte ich nie mit ihm zu tun. Ich hab keine Ahnung, warum Sie nach ihm fragen, aber der Beat interessiert sich nicht für Frauen oder Mädchen, wenn Sie verstehen.«

»Er ist homosexuell.«

»Jetzt is es heraus.«

»Haben Sie damit ein Problem?«

»Nein, um Gottes willen.«

Für einen Moment dachte Agnes darüber nach, Konrad Eichwaller auch nach seiner Verbindung zur Familie Schlager 1997 zu befragen, aber sie entschied sich dagegen. Sie hätte keinen Grund anführen können, ohne auf Mitzi zu kommen, und ein privates Thema anzuschneiden war völlig unpassend. Bei einer anderen Gelegenheit würde Agnes sich Eichwaller noch einmal zur Brust nehmen. Im Augenblick stand die Aufklärung im Vordergrund.

»Herr Eichwaller, ein wenig mehr wird Ihnen doch noch einfallen zu Ihrem Geschäftspartner. Sie reden, und ich höre zu.« Agnes zog den Besucherstuhl zu sich heran, vergrößerte dadurch den Abstand zu dem Bauherrn und nahm wieder Platz.

Doch Konrad Eichwaller machte keine Anstalten mehr, aufzubrausen oder Agnes mit Machogehabe zu belästigen. Mitzi hätte sich darüber gefreut, den Mann eingeschüchtert zu sehen.

15

Severin Radl, der heute mit einem Wanderstock unterwegs war, stapfte voran, Mitzi wie ein Hündchen hinter ihm her.

Er hatte dieselbe Hose an wie bei ihrer Begegnung in Salzburg, darüber ein leichtes Leinenhemd. Auf seinem Kopf thronte der Steirerhut. Dazu der Wanderstock aus Holz und mit einer Lederschlaufe, die glänzte, als hätte er sie eingerieben. Am Rücken trug er einen braunen Rucksack, der wesentlich älter und abgetragener aussah als der gelbe von Mitzi.

Radl hatte sich schon früh am Morgen über sein Handy gemeldet. »Was sagen S', liebe Mitzi. Ich hab das Teil meiner Ingrid aufgeladen und benutze es.«

Überhaupt hatte er geistig wacher und frischer geklungen als beim vorherigen Telefonat. Mitzi hatte sich gefreut, dass der Tag so gut anfing, obwohl sie nur wenige Stunden geschlafen hatte.

»Herr Radl, ich sitz tatsächlich in Lilienfeld in einer Pension beim Frühstückskipferl«, hatte sie ihm erzählt.

Als sie danach ihre Probleme schilderte, den richtigen Ort zu finden, hatte er ihr vorgeschlagen, zu ihr zu kommen.

»Das wäre zu viel verlangt, Herr Radl.«

»Aber nein, liebe Mitzi. Ich hab grad überlegt, ob ich heut nicht einen Ausflug machen soll, deshalb passt mir das schon. Ich brech direkt auf. Bin ja schon munter und parat. Ein kleines Abenteuer für einen Rentner.«

»Es is eine weite Fahrt, Herr Radl. Und es wird wieder ziemlich heiß.«

»Wurscht. Heut fühl ich mich jung. Wenn meine Ingrid noch leben würd, würd sie sich über was Spontanes freuen. Hatten wir eh selten.«

»Ehrlich?«

»Ja, ehrlich. Ich meld mich noch wegen der Zeit.«

Sie hatten sich schließlich vor dem Bahnhof getroffen und waren losmarschiert.

Jetzt blieb Severin Radl stehen. Mücken umschwirrten sie beide. Mitzi spürte den Schweiß unter ihren Achseln. Sie würde sich im Ort in einem der Läden später ein frisches T-Shirt zum Wechseln kaufen. Ein wenig sorgte sie sich um den alten Bauern, obwohl er ihr versichert hatte, dass er Hitze und Anstrengung gewohnt war.

»Ich dürft Ihnen Ihr Erbteil gar nicht zeigen, liebe Mitzi.« Er drehte sich zu ihr um. »Sonst wollen Sie das Stückerl Erde am Ende behalten, und ich fall durch alle Stühle. Muss dann in ein Altersheim.«

»Niemals, Herr Radl.« Mitzi schüttelte heftig den Kopf. »Ich breche meine Versprechen nie.«

»Das weiß ich doch. War nicht ernst gemeint. Sie sind Ihrer Großmutter so ähnlich.«

»Danke, das gefällt mir. Ich wollt halt das Stückerl Land sehen, das die Oma mir vermacht hat, bevor es weg is.«

»Ach, liebe Mitzi, ich bin dann drauf, mit meinem Häuserl. Und werd Sie gern einladen, mich zu besuchen.«

»Darauf freu ich mich jetzt schon.« Sie sah sich um. »Gestern bin ich ziellos durch die Landschaft gelaufen und hab bei jeder freien Wiese gedacht, das is es jetzt. Die Adresse is zu wenig, es gibt keine Schilder, die in der Landschaft die Grundstücke ausweisen. Deshalb is es umso toller, dass ich Sie heute dabeihab. Ihnen, beziehungsweise Ihrer Frau, hat es ja sowieso einmal gehört. Man kann sagen, Sie erhalten es zurück.«

Der alte Bauer stampfte mit dem Stock auf. »Bitte schön, wir stehen drauf.«

»Wie?« Mitzi blieb stehen.

Sie waren auf der Marktler Straße um eine enge Kurve gebogen und auf einem ausgetretenen Trampelpfad entlangspaziert, der Mitzi gestern nicht aufgefallen war. Weiter eine leichte Steigung hoch, an einem Kukuruzacker vorbei, über eine Wiese, die durch einen fast ausgetrockneten Bach zweigeteilt war. Danach ging es leicht abwärts.

Nun hatten sie neben einem nächsten Maisfeld gestoppt,

dessen Ende durch die hohen Stauden nicht zu erkennen war. Mitzi war sich unsicher, ob es dieselbe Stelle war, bis zu der sie gestern bereits gelangt war, nur von der anderen Seite aus. Weit vorne endete der Weg an einem Wäldchen. Linker Hand lag eine mit einem Elektrozaun eingefasste Grasfläche. In deren hinterem Drittel war ein künstlich aufgeschütteter Erdhügel angelegt mit einem Zugang aus Steinen und einer Holztür am Ende, die mit Pflanzen überwuchert war und recht urig wirkte.

»Na, der Kukuruz vor Ihnen, liebe Mitzi.« Radl zeigte ein breites Lächeln, seine Falten um Mund und Augen verdoppelten sich. »Dazu war und bin ich zu sehr Bauer, als dass ich brauchbare Erde brachliegen lass. So haben es meine Ingrid und ich mit Ihrer Großmutter auch abgesprochen, liebe Mitzi. Damals hat ein Handschlag noch gegolten, müssen Sie wissen.«

»Eine gute Vereinbarung.«

Ein ganz klein wenig war Mitzi enttäuscht. Sie hätte sich gewünscht, dass ihr Noch-Eigentum eine der blühenden Wiesen gewesen wäre. Sie dachte an alte Bäume, zwischen denen eine Hängematte angebracht werden konnte, um darin zu schaukeln und ein Buch zu lesen. Nicht nur eines, Tausende Bücher an Tausenden Tagen. Die Seele baumeln und heilen lassen. Doch auch ein Feld voller Maisstauden war völlig in Ordnung.

Mitzi breitete die Arme aus und drehte sich einmal im Kreis. »Hier zu sein is wie ankommen. Danke, Herr Radl.«

»… Eichwaller.«

Der Name katapultierte sie unsanft aus dem Tagtraum.

»Sagten Sie eben ›Eichwaller‹, Herr Radl? Konrad Eichwaller?«

»Genau. Der Herr, den Sie ja auch kennen. Der Sie kennt. Von früher eben.«

»Weiß ich doch, Herr Radl. Ich war nur ein bisserl überrascht, dass der Namen schon wieder gefallen is. Er scheint mich regelrecht zu verfolgen.« Sie zwinkerte, um einen Scherz zu signalisieren, obwohl es ihr ernst war.

Mitzi lag es auf der Zunge, Radl von ihrem zweiten Besuch

in der Strubergasse in Salzburg und ihrem Zusammentreffen mit dem Kompagnon, dem Riesen mit Einstecktuch, zu erzählen, aber sie verkniff es sich. Severin Radl sollte keinen schlechten Eindruck von der Firma und den beiden Männern bekommen, schließlich gab es noch einen wichtigen Vertrag für ihn abzuschließen.

»Was is denn mit dem?«, fragte sie so neutral wie möglich nach.

»Wenn mich mein altes Hirn nicht täuscht, hat der auch in dieser Gegend Land aufgekauft. Für ein Mostviertler-Bauprojekt. Ja. Ganz sicher hat die Eichwaller-baut AG ein Büro in der Wachau.«

Mitzi erinnerte sich an Beat Vaduras Ansage, dass Eichwaller in Niederösterreich war, und die Visitenkarte, auf der auch das Kremser Büro aufgelistet war.

Radl stützte sich auf seinen Wanderstock. »Der Eichwaller hat gemeint, er kennt das Grundstück.«

»Er war schon einmal hier?« Mitzi traute ihren Ohren nicht. »Wozu?«

»Keine Ahnung. Vielleicht hat er das auch einfach so behauptet. Weil wir über mein Häuserl geplaudert haben. Dafür muss zuerst der Kukuruz abgeerntet werden, eh klar. Warum sind Sie denn so erschrocken, liebe Mitzi?«

»Bin ich gar nicht.« Mitzi winkte ab.

Dass Severin Radl extra nach Lilienfeld gefahren war, um ihr den Grund zu zeigen, war ein Geschenk. Der Tag sollte sonnig und schön weitergehen. Sie zwang sich zu einem Lächeln. »Eigentlich is es doch so, lieber Herr Radl, dass all der Mais noch mir gehört. Ganz abgesehen von all den Maiskörnern in den letzten Jahrzehnten. Haha!«

»Wenn er abgeerntet is, kann ich ihn Ihnen nach Salzburg schicken lassen in einem oder zwei Lastwägen, liebe Mitzi«, witzelte Radl zurück.

Mitzi nahm die Flachserei auf. »Und ich esse die nächsten Jahre ausschließlich Maisbrot.«

Erneut hätte die Stimmung nicht besser sein können. Aber

sofort kam in Mitzi eine neue Sorge um den alten Bauern hoch. »Is denn das Ackern und Ernten nicht längst viel zu mühsam für Sie?«

Radl blieb gelassen. »Is alles geregelt. Ein Bauer hier vor Ort hat die Arbeit übernommen und erhält dafür den dreiviertelten Gewinn. Wenn der Herbst voranschreitet, war's das ohnehin mit Kukuruz, und es wird gebaut. Mit einem Fertigbau geht das ganz flott, hab ich mir erklären lassen. Sobald ich dann meinen Bauernhof verlasse, reißen die alles in der Steiermark ab, starten mit deren Siedlungsprojekt, und ich, ja ich setz mich hier zur Ruhe. Das wird der letzte Ort sein. Hoffentlich bleib ich gesund genug. Konny Eichwaller hat mir zugesichert, mich auch beim Umzug voll zu unterstützen.«

Doch wieder Eichwaller, aber diesmal hörte sich die Einigung zwischen Radl und ihm fair an. Trotzdem versuchte sie einen Themenwechsel. »Was is denn das dort nebenan eigentlich?«

»Was meinen Sie?«

»Der Hügel und die Tür unterm ganzen Grün? Schaut aus wie eine Hobbithöhle.«

»Eine was?«

»Das is aus ›Herr der Ringe‹.«

»Nie gehört.«

»Darüber gibt es ganz berühmte Bücher und großartige Verfilmungen.«

Mitzi begann über ihre Leidenschaft für phantastische Geschichten zu erzählen. Sie versuchte in der Kürze, dem alten Mann den Inhalt zu erklären und über Frodo und die Hobbits zu plaudern.

Severin Radl schloss, während sie redete, die Augen und drehte sein Gesicht dem Himmel zu. Dieser August schien eine unendliche Anzahl an Sonnenstunden zu haben. Die Landwirtschaft ersehnte längst Regen, doch noch blieb es Tag für Tag beim Badewetter. Als Mitzi die Erzählschleife wieder zurück zu der Tür und dem Hügel lenkte, senkte Radl seinen Kopf und blinzelte.

»Spannend, was Sie alles wissen, Mitzi. Das dahinten is aber ein völlig normaler Erdkeller.«

»Sehen Sie, so was kenn ich wieder nicht.«

»Der wird für Vorräte genutzt, und hier in der Gegend haben viele einen. Dort hat mein Nachbar nicht nur tief gegraben, sondern auch aufgeschüttet. Schaut von außen recht solide aus, find ich. Innen is es praktisch.«

»Sehr hübsch.« Mitzi hob die Finger an die Stirn, um das Sonnenlicht abzuschirmen. »Dort is ein Vorhängeschloss angebracht, oder?«

»Ja? Meine Augen sind dafür nicht mehr gut genug. Kann sein.«

»Wer is denn der Nachbar?«

»Lassen S' mich nachdenken … Ein Herr Sommer.«

»Rudolfo Sommer?« Mitzi horchte auf. Der Nachtportier mit dem Drosselbart fiel ihr ein.

»Keine Ahnung.« Radl kratzte sich am Kopf, der Steirerhut rutschte in eine schiefe Lage. »Oder is der Herr Sommer schon gestorben, und wer anderer hat's gekauft? Ich weiß es nicht.«

»Spielt keine Rolle, Herr Radl. Sommer gibt's viele.«

»Sie sagen es, Mitzi.«

»Wieso is denn der Grund mit einem Elektrozaun umgeben? Das find ich ein wenig unfreundlich von Ihrem Nachbarn.«

»Unfreundlich? Aber gar nicht. Es is ein Weidezaun, ganz harmlos. Schauen Sie, man braucht nur ein Hinweisschild auf stellen wie das dort vorn.« Er deutete auf eine Tafel auf der anderen Seite, die Mitzi erst jetzt wahrnahm. »Selbst wenn man den Zaun streift, knackelt's ein bisserl, mehr nicht.«

»Was, wenn es regnet. Strom und Wasser.«

»Die Wassermenge und die Spannung sind zu gering, liebe Mitzi.«

»Dann hab ich heute eine Menge dazugelernt.«

»Von Zeit zu Zeit weiden darauf Schafe das hohe Gras ab. Die sollen praktischerweise nicht davonlaufen. Es gibt einzelne

Tiere, die strawanzen gern und tauchen oft erst nach Monaten wieder auf. Die wiederzufinden is dann wie die Suche nach Vermissten.«

Unvermutet musste Mitzi an Nelly denken. »Meine beste Freundin is Inspektorin. Die sucht gerade nach einer jungen Frau. Also, richtig gesagt: nach deren Mörder. Agnes Kirschnagel heißt sie. Gestern bei ›Aktenzeichen XY … ungelöst‹ hat sie den Zuschauern alles erläutert.«

»Die Sendung schau ich nicht.« Severin Radl holte tief Luft. »Ich vermeid Nachrichten, die sind immer nur schlecht. Überhaupt könnt ich den Fernseher auch aufn Misthaufen stellen, die Hühner würden mehr glotzen als ich. Die Ingrid und ich haben gern Radio gehört. Aber schön, dass Sie so gute Freunde haben.«

»Die eine, Herr Radl.« Mitzi hob den Daumen. »Hoffentlich kann ich Ihnen Agnes einmal vorstellen. Sie könnte vielleicht kommen und sich die Ecke anschaun. Ich werd es ihr vorschlagen, ganz spontan. Sie is grad in Krems, das wär ein Katzensprung.«

Der Gedanke, dass Agnes im Moment tatsächlich keine sechzig Kilometer entfernt war, ließ Mitzis Herz hüpfen. Der Moment wäre günstig, und sollte man nicht Gelegenheiten beim Schopf packen? Mitzi musste sich beherrschen, um nicht sofort ihr Mobiltelefon zu zücken.

»Also, heut sicher nicht.« Radl schüttelte den Kopf, der Steirerhut wackelte mit. »Ich will wieder heim.«

Mitzi stellte die Idee mit Agnes zurück. »Um Gottes willen, das is zu anstrengend, Herr Radl. Bleiben S' wenigstens über Nacht. In der Pension, in der ich untergekommen bin, is mit Glück noch ein Zimmer frei. Ich lad Sie ein. Morgen könnten wir gemeinsam frühstücken.«

Der alte Mann klopfte mit dem Stock gegen seinen Rucksack. »Ich mag keine fremden Betten. In meim Rucksackl drin hab ich Wurstbrote und was zum Trinken, das reicht. Wenn ich auf der Rückfahrt müd werd, gönn ich mir ein Natzerl.«

»Wie Sie wollen. Darf ich Sie trotzdem wenigstens auf einen

Kaffee einladen? Mit einem Eis oder Kuchen? Damit es sich auszahlt, dass Sie hergekommen sind.«

»Das gern. Falls es das Café noch gibt, an das ich grad denk, haben die einen saugutten Birnenstrudel.« Er rieb sich den Bauch. »Lassen Sie uns zurückgehen.«

Wie beim Treffen in Salzburg schwankte er leicht, seine Vitalität schien wieder zu schrumpfen. Er setzte sich in Bewegung, machte zuerst aber ein paar Schritte zu den Maisstauden am Feldrand hin und griff nach den Blättern. »Das wird ein gutes Jahr. Zumindest für den Kukuruz.«

»Ich verstehe nix vom Mais. Kaufe ihn meistens fertig im Glas. Eine Portion reicht für mich.«

»Ach ja? Seit meine Ingrid gestorben is, bin ich es immer noch nicht gewohnt, allein zu leben. Wie is es denn bei Ihnen? Gibt es keinen Liebsten?«

Ein weiteres Mal fragte der alte Bauer nach etwas, das Mitzi ihm längst verraten hatte. Sie wollte ihn nicht korrigieren. »Nicht mehr, Herr Radl. Ich wohn noch in seiner Wohnung, muss mir aber schleunigst eine neue Bleibe suchen.«

Severin Radl drückte eine Staude nach unten und riss einen der Maiskolben ab. Er biss hinein, spuckte die Körner schnell wieder aus. »Zu unreif. Später kann man den Kukuruz direkt so essen. Der schmeckt.«

Mitzi hatte Angst um die Zähne des alten Mannes. Sie berührte seinen Oberarm und zog ihn in Richtung des ausgetretenen Pfades.

Den Rückweg zur Marktler Straße fand Mitzi anstrengend. Wolken schoben sich vor die Sonne, und die bekannte Schwüle setzte ein. Sie bewegten sich in einem wesentlich gemächlicheren Tempo.

»Ein so hübsches Maderl wie Sie, liebe Mitzi, hat sicher Dutzende Verehrer, die nachts vor ihrem Fenster musizieren.«

»Aber nein, Herr Radl.« Mitzi musste über diese Beschreibung kichern. »Ich hab keinen Einzigen, der je für mich gesungen oder gespielt hätte.«

»Ach was! Was übrigens Ihre Wohnungssuche betrifft«,

er blieb stehen, »reden Sie einmal mit dem Diplomingenieur Eichwaller. Der baut ohne Unterlass. Der kann Ihnen sicher helfen. Wo er doch Ihren Papa gekannt hat.«

Wie eine der lästigen Mücken surrte sich Eichwaller zurück in das Gespräch. »Wenn ich zurück in Salzburg bin, dann meld ich mich bei ihm, Herr Radl.«

»Liebe Mitzi, passen S' auf. Ich hab die Handynummer von dem, so wie Ihre. Mein Handy is in Wahrheit das meiner Ingrid. Eines hat für uns beide gereicht. Nach ihrem Tod hab ich es behalten und auf mich umschreiben lassen. Immerhin hab ich es aufgeladen, bevor ich zu Ihnen gefahren bin. Soll ich nachschaun?«

All diese Dinge wusste Mitzi bereits. Sie ließ es sich wieder nicht anmerken, nickte nur. Doch als Radl sich den Rucksack von den Schultern nehmen wollte, hielt sie ihn zurück.

»Zuerst ein Platzerl im Schatten, Herr Radl.«

16

»Agnes, komm. Ich such dir ein Zimmer, das klappt schon irgendwie, versprochen. Lilienfeld is herrlich. Der Bauer Radl war heut auch schon da und hat mir alles gezeigt. Leider konnt ich ihn nicht überreden zu bleiben.«

»Dann bist du doch ohnehin verplant.«

»Der is längst wieder weg. Hör mir zu, Agnes. Bitte, komm. Hier kannst du dich entspannen. Und dem Butzerl würd es auch gefallen.«

»Mal schauen. Ich verspreche nichts.«

»Aber ein Zimmer reserviere ich.«

»Nein, nicht auf deine Kosten, Mitzi.«

»Ich verkauf Grund und Boden, wie eine reiche Gutsbesitzerin.«

»Ach, Mitzi. Bleib realistisch.«

»Ich melde mich später noch mal, Agnes.«

Es musste an Agnes' aufkommenden Muttergefühlen liegen, dass sie Mitzis Betteln eben am Handy niedlich fand. »Kaum zu glauben, dass Mitzi älter als ich ist«, murmelte sie, während sie ihren Koffer packte.

Ihren Besuch bei Konrad Eichwaller hatte sie mit keinem Wort erwähnt. Das Versprechen, sich um Mitzis Vergangenheitsaufarbeitung zu kümmern, würde Agnes ein anderes Mal einlösen.

Jetzt war es höchste Zeit, den Gasthof Klinglhuber zu verlassen, Agnes hatte wegen ihres Abstechers das Auschecken längst überzogen. Zeit für einen Aufbruch. Petra Hammerl hatte ihr eben mitgeteilt, dass sich ihre Migräne wieder verzogen hatte und sie sich mit neuem Schwung auf die Auswertung der Hinweise stürzen würde.

Bei Bastian in Kufstein und Petra in Krems waren die ungeklärten Mordfälle wirklich und wahrhaftig in guten Händen,

Agnes hätte die Ermittlungen problemlos einen Tag oder zwei laufen lassen können. Weder bei Nelly noch bei Lara Fürtl war Eile geboten, trotzdem fiel es ihr schwer, loszulassen.

Beim Packen sinnierte sie über die Gespräche nach, die sie geführt hatte.

Sie begann mit Dr. Rannacher und seinen Theorien. War es möglich, dass sich eine Mutter derart schämte, dass sie sich nicht bei der Polizei meldete, obwohl sie aus den Medien erfuhr, dass das Opfer eines Verbrechens ihre vor über einem Jahrzehnt verschollene Tochter war? Oder ein Vater? Nicht in Agnes' Welt, aber Agnes wusste auch, dass es viele Formen des Miteinanders in Familien gab oder, besser formuliert, des Gegeneinanders. Nicht immer gingen Verwandtschaft und Liebe Hand in Hand, Grausamkeiten gegenüber Kindern waren an der Tagesordnung. Wobei es bei Nelly nicht einen einzigen Hinweis zu ihrer Herkunft gab. Es war zum Verzweifeln.

Sie unterbrach das Zusammenpacken und musste förmlich ins Badezimmer rasen. Wieder einmal meldete sich ihre übervolle Blase. Nach der ersten Morgenübelkeit hatte ihr die Schwangerschaft wochenlang überhaupt keine Probleme bereitet, aber je weiter sich das Kind entwickelte, desto mehr Unannehmlichkeiten traten auf. »Spatzerl, du setzt der Mama zu.«

Agnes war noch im Bad, als ihr Handy erneut klingelte. »Mitzi, es reicht!«, rief sie und ließ die Mailbox angehen.

Wie sie Mitzi kannte, schaffte sie es nicht, auf eine Entscheidung zu warten, sondern wollte ein nächstes »Bitte, bitte, komm doch« hinterherschieben.

Lilienfeld war gewiss ein schöner Ort und Agnes nicht abgeneigt zu fahren. Noch aber wog sie ab.

Von Krems aus war es selbst mit dem Zug ein Katzensprung nach Lilienfeld, damit hatte Mitzi recht. Ein Nachmittag, ein Abend zu zweit würde Agnes auf jeden Fall gefallen. Eine nächste Übernachtung in einer netten Pension, keine Arbeit und am nächsten Tag wieder ein Frühstücksbuffet. Spazieren gehen und plaudern. Mitzi würde wie ein Wasserfall reden und Agnes es genießen, einmal nur Freundin zu sein.

Ihr Hamster Jo fiel Agnes ein. Bastian hatte sich gestern um das Tier gekümmert und ihr ein Selfie geschickt, wie er selbst am Boden lag und seine Nase durch die Gitterstäbe steckte. Jo im Hintergrund hatte den lustigen Onkel überrascht beobachtet. Falls Hamster überhaupt zu so einem Gefühl fähig waren. Alles in allem schien sich Bastian mit dem Tier angefreundet zu haben. Er würde Agnes sicher noch einen Tag länger behilflich sein.

Seele baumeln lassen, Sommerhitze im Schatten ertragen, ein Eis in der Hand. Der Name Lilienfeld hörte sich noch dazu sehr hübsch und erholsam an.

Eine Miniauszeit einzulegen wurde von Sekunde zu Sekunde attraktiver, doch Agnes würde es Mitzi nicht sofort mitteilen. Erst aus dem Zug würde sie ihr eine Nachricht schicken und ihre Ankunftszeit durchgeben. Ein wenig Erziehung konnte bei Kindern und eben auch bei den Mitzis dieser Welt nicht schaden. Dieser Gedankengang erheiterte Agnes, sie ließ das Mobilteil, ohne den Anruf zu checken, auf dem Bett liegen.

Erst kurz bevor sie das Hotelzimmer verließ, sah sie auf das Display. Die Mailbox zeigte nicht Mitzi, sondern eine deutsche Nummer an. Agnes drückte auf Rückruf.

»Detektei Axel Brecht, Patrick Brecht am Apparat.«

Axels erwachsener Sohn. Nicht dunkelhaarig, sondern blond, ansonsten jedoch das Ebenbild seines Vaters.

»Hallo, Patrick, hier Agnes. Du hast eben versucht, mich zu erreichen.«

»Agnes, ein Servus nach Austria. Habe die Ehre, küss die Hand und grüaß di.« Sein Versuch, nach einem Österreicher zu klingen, scheiterte ebenso kläglich wie die Anläufe seines Vaters.

»Ehrlich, Patrick, ich würde mir wünschen, dass nicht jeder bei euch sich an unserem Dialekt vergehen würde.«

»Sorry, Agnes, es sollte lustig sein.«

»Schon gut. Es war unfreiwillig komisch.«

»Wenn du einmal länger bei uns in Köln bist, dann wird es dich ebenfalls jelöste, Kölsch zu schwade.«

»Nein, das denke ich nicht.« Agnes lachte. »Was gibt es? Axel ist früh los und nicht mehr bei mir.«

Patrick wurde ernst. »Darum geht es nicht. Sondern um den Gefallen, um den du Papa gebeten hast.«

»Der Stiefvater von Lara Fürtl, der sich nach Deutschland abgesetzt hat? Hast du ihn aufspüren können? So schnell?« Der Kremser Polizei war es bisher nicht gelungen, Erich Disswarts neuen Aufenthaltsort ausfindig zu machen.

»Wenn ich ehrlich bin, war es einfacher als gedacht.«

»Du solltest zur Polizei wechseln, Patrick. Junge Männer wie dich kann die Truppe brauchen.«

»Danke, Agnes.« Er klang geschmeichelt. »Zurück zu den Erkenntnissen. Erich Disswart lebt nicht mehr in Dortmund, sondern ist zurück nach Krems gezogen.«

»Was sagst du?« Agnes konnte es für den Augenblick nicht fassen. »Das gibt es doch nicht.«

Petra Hammerl würde Augen machen.

»Ich habe übrigens seine neue Adresse in Niederösterreich bereits an deine Kollegin weitergeleitet, Agnes.«

»Ach …«

»Als du nicht an dein Handy gegangen bist, dachte ich, du bist wahrscheinlich noch im Kremser Polizeirevier. Papa hatte mir den Namen der dort zuständigen Ermittlerin durchgegeben. Ich habe mich zu Hauptmann Haumerl durchstellen lassen. Ich hoffe, das ist okay für dich.«

»Hammerl. Und perfekt, Patrick.«

»Oh, Hammerl also.« Er lachte kurz. »Übrigens hat sie ein mächtiges Organ, wie ein tiefer Gong.«

Agnes hätte Patrick gern mehr von Petra Hammerl erzählt, aber Erich Disswart war wichtiger. »Wie bist du Disswart auf die Spur gekommen?«

»Wie gesagt, es war ein Kinderspiel.« Ein Schmunzeln in seiner Stimme blieb. »Ich habe seine Mutter angerufen.«

»Seine Mutter?«

»In Dortmund, ja.«

»Verstehe ich nicht. Ich gehe davon aus, dass die Polizeibeamten ebenso auf diese Idee gekommen sind.«

»Sind sie auch, Agnes. Aber ich habe Iris Disswart eine Geschichte erzählt, die sie dazu bewogen hat, mir die Adresse ihres Sohnes durchzugeben.«

»Du hast gelogen.«

»So ist es, Agnes. Als Zugabe habe ich mit ihr auf die Bullen geschimpft, die ihren armen Sohn nicht in Ruhe lassen können.«

»Welche Schwindelei hast du vorgebracht?«

»Trick siebzehn, könnte man sagen. Dass ich Erich noch Geld schulde und es ihm zurückzahlen möchte. Dass wir uns aus dem Knast kennen. Ganz von früher.«

»Mehr war nicht nötig?«

»Manchmal läuft es einfacher, als man denkt.«

Agnes musste Patrick recht geben. »Wobei ich selbst oder ein anderer Polizeibeamter nicht zu einer solchen Finte gegriffen hätte. Erzähl weiter.«

»Einmal gestartet, war Mutti Disswart nicht zu bremsen. Gemeldet ist bei der Adresse in Krems allerdings nicht er, sondern seine neue Freundin. Die ist über zehn Jahre jünger als er. In deren Café jobbt er gelegentlich. Fun Fact am Rande: Im Facebookprofil besagter Freundin ist er mit ihr auf Fotos zu sehen. Sie postet jede Menge aus ihrem Café. Ich schicke dir direkt die Bilder und meine Notizen, wenn du willst.«

»Unbedingt, Patrick.«

Ein Klopfen in ihrem Smartphone kündigte einen neuen Anruf an. »Patrick, ich bedanke mich sehr. Jetzt muss ich weitermachen.«

»Melde dich wieder, wenn du mich brauchst, Agnes. Tschüss.«

Sie wechselte zu dem neuen Anrufer. Es war Petra Hammerl.

»Hallo, Petra, ich habe es eben erfahren.«

»Du hast ja besondere Verbindungen, Agnes.« Sie schnaubte.

»Erich Disswart wohnt wieder in Krems. Ich konnte es nicht glauben, bis wir es gerade selbst überprüft haben.«

Für einen Moment überlegte Agnes, Petra zu erzählen, wie Patrick an die Information gekommen war, doch sie hob es sich für ein anderes Mal auf, wenn mehr Ruhe bei den Ermittlungen eingetreten war. »Das heißt, Petra, ihr habt ihn schon?«

»Zwei Beamte sind zur angegebenen Adresse. Er war direkt am Telefon, als ich angerufen hab. Ich glaube, er war ebenso überrascht wie ich vorher.«

»Nicht dass er flieht.«

»Ich gehe nicht davon aus, dass er uns abpascht, Agnes. Ich hab ihm die Lage erklärt und ihm gesagt, dass es um eine Befragung und nicht um eine neue Vernehmung geht. Er war bereit, aufs Revier zu kommen. Ich fand es allerdings besser, wenn er abgeholt wird.«

Agnes' sonstige Pläne verschoben sich nach hinten. »Du meinst, er wird gleich bei euch sein?«

»Bist du noch in Krems, Agnes?«

»Das bin ich.«

17

Als Agnes den Raum betrat, in dem die Befragung stattfand, war Petra Hammerl bereits anwesend. Mit ihr ein junger Beamter, der seinen Stuhl für Agnes frei machte und sich stattdessen hinter die Kamera stellte, die in kurzer Distanz zum Tisch aufgebaut war.

»Herr Disswart, das is Inspektorin Agnes Kirschnagel vom Revier in Kufstein. Damit wären wir komplett.« Petra ordnete Blätter, während sie Agnes vorstellte. »Danke auch, dass Sie sich einverstanden erklärt haben, dass wir unser Gespräch mitschneiden dürfen.«

»Hätte ich eine andere Wahl gehabt?«

Erich Disswart wirkte älter, als er war.

Seinen Personalien zufolge hatte er vor zwei Wochen seinen vierzigsten Geburtstag gefeiert, aber das Leben schien nicht zimperlich mit ihm umgegangen zu sein. Oder er mit seinem Leben. In seinem Gesicht waren zwei Narben zu sehen, eine zog sich von der Stirn bis in die dunklen Haare hinein, die andere verlief seitlich am Kinn. Auf dem Foto von vor fünf Jahren hatte es noch keine Verletzungen gegeben, Agnes fragte sich, was ihm in der Zwischenzeit wohl zugestoßen war.

Geboren und aufgewachsen in Dortmund, hatte der Mann seine deutsche Staatsbürgerschaft stets behalten. Seine Ex-Frau, die Mutter von Lara Fürtl, hatte sich nach dem Auffinden ihrer ermordeten Tochter von ihm getrennt. Seither war er vom Radar der Polizei verschwunden.

Bei der näheren Betrachtung von Erich Disswart konnte Agnes nicht nachvollziehen, wie sich überhaupt jemand in seiner Nähe wohlfühlen konnte. Kalte Augen, dachte sie, gefühllose Augen. Ihm würde sie ein Verbrechen zutrauen, ebenso einen Übergriff auf eine Minderjährige. Aber ob ihr ein Serientäter gegenübersaß, würde nicht leicht herauszufinden sein.

Sie setzte sich. »Grüß Gott, Herr Disswart.«

Er murmelte etwas Unverständliches.

Petra startete. »Herr Disswart, es war schwierig, Sie aufzuspüren. Keine Nachsendeadresse nach Deutschland. Ihre Mutter hat für Sie gelogen, was Ihren Aufenthaltsort anging. Dazu Ihre Rückkehr nach Krems. Warum haben Sie sich hier nicht wieder angemeldet? Das is kein großer Aufwand.«

»Ich bin erst seit diesem Februar zurück in der Stadt.«

»Und davor? Die ganze Zeit im Nachbarland verbracht?«

Er kratzte sich an einer seiner Narben, die Haut rötete sich leicht. »Nach der schlimmen Sache war ich fertig. Wollte nicht in Krems bleiben. In Wien habe ich eine Zeit lang gelebt, in Lilienfeld, dann noch einmal nach Dortmund. Schließlich ist es wieder die Wachau geworden. Wo es eben Arbeit gibt. Ich kann anpacken und bin kein Weichei, mach auch Scheißhäuser sauber.«

Bei der Erwähnung von Lilienfeld musste Agnes sofort an Mitzi denken. »Lilienfeld?«, hakte sie nach.

»Genau. Dort war ich aber nur drei Wochen. Ich habe bei der Maisernte geholfen, letztes Jahr.«

»Hört sich fleißig an. Können Sie uns eine Liste Ihrer Arbeitgeber aufschreiben?«

»Nein, das kann ich nicht. Es waren beschissene Aushilfsjobs.«

Schwarzarbeit, dachte Agnes, beließ es aber dabei.

Petra fuhr fort. »Was arbeiten Sie zurzeit?«

Um Vertrauen zu dem Mann aufzubauen, erwähnte Petra nicht, dass die Ermittlerinnen durch Patricks Gespräch mit Disswarts Mutter Iris bereits einen ersten Überblick hatten. Die Polizei hatte nicht viel in der Hand, um den Mann auf dem Revier zu behalten. Auch zu einer DNA-Probe konnten sie ihn nicht zwingen. Aufschlussreich würde allerdings sein, wie er sich bei einem solchen Ansuchen verhielt.

Erneut kratzte er sich. »Meine Freundin hat ein kleines Café in Stein. Sie bedient, und ich helfe in der Küche. Unentgeltlich. Das können Sie scheiße finden, aber es ist so. Dort mache ich auch die Klos sauber, wie ich vorhin gesagt habe.«

»Sind Sie auch in der Backstube tätig?«

»Nein, dort ist die Scheißhitze zu groß.« Er hustete. »Wie haben Sie mich eigentlich gefunden?«

»Ihre neue Freundin postet viel auf Facebook. Auf einigen Bildern sind Sie ganz gut zu erkennen«, mischte sich Agnes wieder ein. Sie ließ die Mutter in Dortmund ebenfalls unerwähnt.

»Scheiße. Seid ihr jetzt stolz auf euren beschissenen Treffer?« Das Sch-Wort schien zu seinen Lieblingsausdrücken zu gehören.

»Dazu gibt es keinen Grund, Herr Disswart.«

»Egal. Weiter im Text. Ich habe nicht den ganzen Tag Zeit.«

»Wollten Sie nie Ihre Ex-Frau wiedersehen, seit Sie wieder hier leben?«

»Nein. Sie mich sicher auch nicht.«

»Ihre Jungs fehlen Ihnen nicht?«

»Babette hat das Sorgerecht. Das ist gut.«

»Obwohl Ihre Ex-Frau Ihre Kinder nicht gerade fürsorglich behandelt hat?«

Agnes erinnerte sich gut an das Aussageprotokoll von Babette Fürtl: »Hin und wieder haben das Mädel und die Buben eine Watschn gefangen, manchmal halt mehr. Die brauchen das.« Mit ihrem Ex-Mann wollte sie nichts mehr zu tun haben.

»Und wenn Ihre Kinder einmal auf Sie getroffen wären, Herr Disswart? Krems ist keine große Stadt.«

»Die können sich doch nicht mehr an mich erinnern. Nach der Scheidung hat Babette Scheiße über mich erzählt und die Jungs auf Distanz gehalten. Sogar ein Kontaktverbot erwirkt. Zahlen hätte ich aber müssen.« Er deutete ein Ausspucken an. »Dann sollen sie doch alle ihr beschissenes Leben weiterleben.«

Erich Disswart sah von Agnes zu Petra. »Hören Sie, ich habe etwas Besseres zu tun, als hier dumme Fragen zu beantworten. Ich werde mich offiziell anmelden, und damit hat sich die Sache erledigt.«

»Geben Sie uns noch ein paar Minuten, Herr Disswart.« Petra öffnete eine Mappe, die am Tisch lag. »Sie sind nicht bei uns, weil Sie die Meldepflicht umgangen haben. Sondern weil wir den Fall Ihrer Stieftochter Lara Fürtl neu aufrollen.«

Diesmal rieb er sich die Narbe am Kinn, bis sie feuerrot wurde. »Lara?«

»Haben Sie noch andere Stieftöchter?«

»Meine jetzige Freundin hat zwei. Acht und zwölf.«

Noch zwei Mädchen, die in Reichweite des Mannes mit den kalten Augen waren, dachte Agnes. Laras beste Freundin hatte damals angedeutet, dass Erich Disswart sich seiner Stieftochter ungebührend genähert haben sollte. Leider ohne Beweise dafür zu haben. Trotzdem stand es im Raum. Für einiges hatte Agnes im Laufe ihrer Dienstausübung Verständnis aufbringen können, bei Schutzbedürftigen gab es ausnahmslos keine Entschuldigung, für nichts.

»Hören Sie, alles, was damals über mich gesagt worden ist, waren beschissene Lügen«, sagte er unvermutet laut, als hätte er Agnes' Gedanken erraten und müsste dagegen angehen. »Es gibt keinen Grund, mich festzunageln. Es tut mir heute noch leid, was mit Lara passiert ist. Ich mochte das Mädchen. Nicht die Scheiße, die Sie jetzt denken.«

»Wenn dem so ist, Herr Disswart«, Agnes übernahm wieder, »dann wären Sie vielleicht einverstanden, wenn wir Sie um eine DNA-Probe bitten würden?«

Erich Disswart streckte seinen Rücken durch und spannte seine Arme an. Jetzt erst kamen unter dem weiten T-Shirt seine Muskeln zum Vorschein.

»Warum? Gibt es neue Spuren?« Plötzlich schien er noch nervöser zu werden. Er trommelte mit den Fingern auf die Tischplatte und begann mit dem linken Oberschenkel zu wippen. Er fixierte dabei Agnes. »Kenne ich Sie nicht?«

»Ich bin Inspektorin am Revier Kufstein in Tirol. Haben Sie dort auch gelebt?«

»Nein, nie.« Er musterte sie. »Im Fernsehen. Gestern. Oder?«

»Stimmt, Herr Disswart.«

»Da war ein Film über Lara. Mit einer Schauspielerin, die

ihr ähnlich gesehen hat. Deshalb habe ich überhaupt eingeschaltet. Es war makaber. Und dann war die Rede von noch
einem zweiten Mädchen.«

»Richtig.«

»Was bedeutet das? Hat sich ein Scheißzeuge gemeldet und
mich angeschwärzt?«

Die Aufregung war ihm nun gänzlich anzumerken. Er war
auf die Kante des Stuhls vorgerückt. Wippen und Trommeln
beschleunigten sich.

»Wie kommen Sie auf die Idee?« Agnes tauschte einen
schnellen Blick mit Petra.

»Wer? Meine Ex?« Erich Disswarts Stimme überschlug sich.
»Hat sie mich heimlich gesehen in der Stadt, oder hat ihr eine
ihrer beschissenen Freundinnen gesteckt, dass ich zurück bin
und eine Neue habe? Hat Babette bei der Polizei angerufen?
Ist die Scheiße so gelaufen? Was hat sie gesagt?«

»Herr Disswart.« Petra blieb die Ruhe selbst, sie nahm zwei
Fotos aus der Mappe und legte sie vor Disswarts trommelnde
Finger. »Schauen Sie.«

Ein Bild zeigte die Überreste von Lara. Ihren Schädel mit
den Löchern im Hinterkopf. Die andere Aufnahme war von
Nelly. Die mumienähnliche Leiche, das Gesicht mit der ein-
gefallenen Haut.

»Ach du Scheiße.« Erich Disswart erstarrte. »Was ist das
denn?«

»Hier Lara. Und hier die Unbekannte, von der meine Kollegin gestern in der Sendung gesprochen hat. So sehen sie tatsächlich aus, nicht wie das nette Bild, das der Phantomzeichner
gemacht hat, oder wie die junge Darstellerin. Fürs Fernsehen.«

»Das ist fürchterlich.« Er wurde kreidebleich.

Agnes nutzte seinen Schock. »Wenn Ihnen an Lara etwas
gelegen hat, wie Sie behaupten, dann stimmen Sie einer DNA-
Probe zu.«

Erich Disswart umfasste die Tischkante und schnellte unerwartet hoch.

Agnes und Petra sprangen ebenfalls auf. Agnes machte einen

Schritt zurück und hielt schützend die Hände vor ihren Bauch. Der junge Polizeibeamte verließ seinen Posten an der Kamera und umrundete den Tisch. Doch statt sich gegen die Ermittlerinnen zu wenden, krümmte Erich Disswart seinen Oberkörper nach unten. Seine Stirn berührte die Fotos, einmal und noch einmal mit mehr Schwung. Das Auftreffen verursachte ein dumpfes Geräusch.

»Das halt ich nicht aus. Nicht noch einmal. Mir tut es leid, genügt das nicht?« Er schluchzte. »Ich will meine Ruhe haben, verstehen Sie? Meine Scheißruhe.«

Der junge Polizist packte Disswarts Arme und zog sie auf den Rücken.

Petra schloss zu ihm auf. »Setzen S' sich bitte wieder, Herr Disswart.«

Der Stiefvater von Lara gehorchte, ließ den Kopf aber weiter hängen. Die Haut auf seiner Stirn hatte einen rötlichen Ton angenommen.

Agnes blieb auf Distanz. »Jetzt beruhigen wir uns alle wieder und fangen noch einmal von vorne an. Einverstanden, Herr Disswart?«

Eine halbe Stunde später saßen Agnes und Petra allein im Vernehmungsraum. Das Fenster war geöffnet, und eine leichte Brise wehte herein.

»Was meinst?« Petra hatte sich ihre Jacke ausgezogen und trug darunter nur ein ärmelloses T-Shirt, das Schweißflecken an den Achseln erkennen ließ.

Agnes sog die frischere Luft ein. »Schwer zu sagen. Der Kerl könnte uns auch eine große Show vorgespielt haben.«

»Möglich, Agnes.«

»Ich hab ihm während der Befragung in die Augen geschaut, Petra. Abgeklärt und kalt.«

»Der Ausbruch wirkte auf mich echt. Obwohl man es bei solchen Menschen nie genau wissen kann.«

»Die anschwellende Beule auf seiner Stirn hat er verdient.«

Petra musste über Agnes' Bemerkung lachen. Es klang mehr

wie ein tiefes Brummen. »Was man alles erlebt. Ich hätte ihn gerne über Nacht hierbehalten. Ihn Scheißzellenluft schnuppern lassen, wie er sagen würde.«

»Für mehr haben wir keine Handhabe.«

»Aber wir haben die Probe, die schon unterwegs is. Das zählt.« Nach einer nächsten Runde mit Fragen und Nachbohren hatte Erich Disswart zugestimmt. »Wir warten auf den Vergleich.«

»Zu Dr. Krempl in Innsbruck habe ich volles Vertrauen.«

»Wenn Disswarts DNA wirklich zu einer der bei deiner Nelly gefundenen passt, dann schleif ich ihn persönlich zurück aufs Revier. Dann gibt es kein Pardon.«

»Hoffentlich nimmt er uns nicht wieder Reißaus, bis wir ein Ergebnis haben.«

»Eine Streife bleibt vor seinem Haus.« Petra begann die Fotos einzusammeln und in die Mappe zu schieben. »Mehr is im Moment nicht drin.«

Agnes fuhr sich durch die Haare und erhob sich langsam. »Ich mache mich auf den Weg. Im Schildkrötentempo. Alles wird mühsamer.«

»Wart's ab, bis du erst in die letzten Tage kommst.« Petra klopfte ihr sanft auf die Schulter. »Du kannst gerne noch bleiben. Wir verfassen den Bericht gemeinsam. Abends koche ich was und mache dir meine Gästecouch fertig. Nicht so edel wie ein Hotel, aber bequem.«

»Danke nein, ich will weiter.« Agnes atmete durch. »Ich freue mich auf eine gemütliche Zugfahrt. Abschalten und ein Nickerchen machen.«

»Wann geht dein Zug nach Tirol?«

»Ich bin noch unentschlossen, ob ich nach Hause fahre oder zu einer ganz lieben Freundin, die mich sehnlichst erwartet.«

»Freunde sind wichtig.«

»Wobei mich in Kufstein zumindest ein Hamster vermisst.«

Wieder lachte Petra ihr gongähnliches Lachen. »Eine schwere Entscheidung.«

18

Zufall
Substantiv, maskulin (der)
Der Zufall, also: etwas, das man nicht vorausgesehen hat, das nicht beabsichtigt war, das unerwartet geschehen ist.
Ein Ereignis, das ohne jegliche Ahnung eintritt. Ein Zusammentreffen, das ohne Vorwarnung zustande kommt.

Über glückliche Zufälle freuen wir uns. Wir reden von Schicksal und dem Wunder, dass uns etwas zur richtigen Zeit erreicht, etwas punktgenau vor unseren Füßen landet.

Wir denken an einen lieben Menschen, den wir ewig nicht mehr gesehen haben, und keine fünf Minuten später ruft er an. Wir suchen eine neue Bleibe und begegnen in der Bäckerei den Nachbarn aus der Querstraße, die einen Nachmieter suchen, weil sie umziehen werden. Ein Artikel im Internet, der uns bisher noch nie untergekommen ist, erklärt uns Rückenübungen, die tatsächlich unsere Nackenschmerzen besser werden lassen.

Manchmal grenzt der Zufall auch fast schon an ein Wunder.

Ein Fremder in der Straßenbahn sinniert über das Leben, wir steigen ein in ein Gespräch, und am Ende stellt sich heraus, dass er ein weit entfernter Verwandter von uns ist. Und diese Story geht noch weiter. Denn dieser weit entfernte Verwandte wird ein Jahr später zu unserem Lebensretter, als wir eine Knochenmarkspende brauchen.

Kann es das geben? Ist das möglich? Welche Rädchen des Schicksals haben sich dabei ineinandergedreht?

Vollkommen egal – total wurscht!

Hurra, wir leben noch.

Viele kennen solche kleineren und großen Zufälle, die meisten haben schon einmal etwas in der Art erlebt, erzählen davon mit glänzenden Augen.

»Es gibt keinen Zufall«, mögen andere sagen, freuen sich aber doch, wenn sie das letzte Stück ihres Lieblingskuchens in der Konditorei ergattern.

Esoteriker nennen den Zufall Vorherbestimmung oder Vorsehung, rufen ihre Wünsche ins Universum und harren der Dinge, die daraus folgen mögen.

Seltsam glückliche, wundersame Zufälle.

Aber was ist mit den anderen?

Den schlimmen und verhängnisvollen. Den Zufällen, die uns an den Strand der Verzweiflung oder darüber hinaus spülen. Die eine Kette von Ereignissen ins Gang setzen, die wir rückblickend niemals erwartet hätten.

Was ist damit?

Was is damit?, fragte sich Mitzi in der Rückschau oft.

»Ich bin's wieder. Komm doch. Komm nach Lilienfeld.«

Drei Sätze.

»Bitte, bitte!«

Zwei Bitten.

»Und?«

Eine Frage zu einer Entscheidung Richtung Katastrophe.

Zufall. Fällt zu.

19

Agnes blieb auf ihrem Weg stehen, als sich Christian Krempl, der Rechtsmediziner aus Innsbruck, meldete.

»Dr. Krempl.« Sie schirmte ihre Stirn gegen das grelle Licht ab, weit und breit gab es kein schattiges Plätzchen. »Die neue DNA-Vergleichsprobe ist auf dem Weg zu Ihnen.«

»In Ordnung.« Es fiepte in der Leitung, Agnes konnte ihn nur schwer verstehen. »Deshalb rufe ich nicht an, Inspektorin Kirschnagel. Sondern weil die Analyse des eingedickten Mageninhalts der unbekannten Toten fortgeschritten ist.«

»Ja und?« Agnes spürte trotz der Hitze einen Schauder über ihren Rücken laufen. Plötzlich hatte sie das Gefühl, gleich etwas Neues und enorm Wichtiges zu erfahren.

»Es waren noch Spuren eines Betäubungsmittels zu finden, wobei dieses eigentlich nur eine Halbwertszeit von maximal siebeneinhalb Jahren hat. Erstaunlich.«

»Haben Sie sich bei der Angabe der Jahre seit dem Mord geirrt?«

»Nein. Ich denke, wir hatten etwas Glück, dass noch minimale Restmengen vorhanden waren. Das bedeutet aber auch, dass eine große Menge des Mittels zugeführt wurde. Vermutlich eine Mischung aus mehreren Stoffen, welche im Einzelnen jedoch nicht mehr nachzuweisen sind.«

»Das heißt, Nelly, also dem Opfer, wurden K.-o.-Tropfen verabreicht?«

»Diesen Schluss kann man ziehen, ja.«

»Doch ein Sexualdelikt?«

»Nicht verifizierbar, Frau Kirschnagel. Dass eine Betäubung stattgefunden haben muss, steht für mich jedoch fest. Spekulativ sogar in einer Dosis, die ich als letal ansehen würde.«

»Das heißt, der Schlag auf den Schädel war nicht die Todesursache, Dr. Krempl?«

»Mit dem Schlag wollte der Täter vielleicht sichergehen.

Dass das Opfer tot ist, meine ich. Als Vorbereitung, um das Ohr zu entfernen. Diese Annahme ist jetzt ein reines Gedankenspiel meinerseits.«

»Danke, Dr. Krempl.« Agnes bekam weiche Knie. Es musste an der hohen Temperatur liegen, obwohl sie immer noch fröstelte. »Ich bin unterwegs und würde mich später noch einmal melden. Könnten Sie mir bitte Ihre Informationen und die Analyse als E-Mail senden?«

»Natürlich.«

»Sehr gut. Ich leite sie dann an meine Kollegen weiter.« Es folgte ein lang gezogener Ton. »Hallo? Dr. Krempl?«

Die Leitung war unterbrochen.

Agnes versuchte, Dr. Krempl ihrerseits zu erreichen, doch der Anruf kam nicht durch. Kein Balken zu sehen. Sie würde auf die E-Mail warten müssen, um sich dann mit Petra Hammerl zu besprechen.

In der Zwischenzeit hielt sie nach einem Lokal oder Café Ausschau. Weiter vorne kam zumindest ein Parkplatz mit hochgewachsenem Gestrüpp. Sich für einige Minuten dort auszuruhen erschien ihr im Moment genau das Richtige. »Gott, es ist einfach zu heiß«, schimpfte sie halblaut.

Unerwartet meldete sich das Handy doch ein weiteres Mal. Ihr Kollege Bastian war diesmal am anderen Ende. »Agnes, alles klar?«

»Komm direkt zur Sache, Basti, ich verschmore grad in der Sonne. Außerdem ist das Netz hier instabil.« Wie zur Bestätigung ihrer Worte setzte ein Rauschen ein. »Hallo?«

»Ja, Agnes, hallo. Ich wollt dir nur mitteilen, dass wir einen konkreteren Hinweis haben unter all den Anrufern, die die Sendung im Fernsehen gesehen haben.«

Agnes stoppte ein zweites Mal.

»Wirklich?«

»Eine Anruferin hat sich gemeldet. Sie hat früher bei uns in Kufstein gewohnt, zurzeit in Rosenheim. Sie ist der festen Überzeugung, dass sie unsere Nelly gesehen hat. Meint, unser Opfer durch das Phantombild wiedererkannt zu haben. Vor zwölf Jahren, Spätsommer, denkt sie, is sich aber unsicher. Es muss wohl sehr früh am Morgen gewesen sein, und sie hat sich gewundert, dass ein so junges Mädchen fast noch mitten in der Nacht unterwegs is. In der Münchner Straße war es. Einen Wolkenbruch gab es, das is ihr noch eingefallen.«

»Angehalten hat die Frau nicht?«

»Warte, es kommt noch was.« Bastians Sätze hörten sich verzerrt an. »Die Frau is zuerst weitergefahren, hat dann aber hinter der Brücke umgedreht, weil es ... geregnet ... Und ...«

»Was? Sag's bitte noch einmal, ich verstehe dich kaum noch.«

Es fiepte und knackte. »... da war Nelly nicht mehr allein.«

»Oha.« Agnes vergaß die glühende Hitze für den Moment.

»So hab ich auch reagiert, Agnes. Ein Mann war angeblich bei ihr. Recht groß, mit einem Bauhelm auf dem Kopf. Er hatte ...«

Eine Unterbrechung folgte. Agnes musste warten, bis endlich wieder zwei Balken auf ihrem Handy erschienen.

»Hallo, da bin ich wieder. Was weiter?«

»Die Zeugin hat nach ein paar hundert Metern noch einmal einen U-Turn gemacht, doch danach war niemand mehr auf der Straße. Ich werde sie aber ... mit unserem Zeichner zusammensetzen ... sie löchern, was ihr alles ... einfällt.«

»Sehr gut, Basti. Ich melde mich später noch mal, okay?«

Keine Antwort, nur noch Fiepen und Rauschen, dann nichts mehr. Diesmal fiel die Netzverbindung auf Dauer aus.

Nach mehreren vergeblichen Rückrufversuchen spürte Agnes beginnende Kopfschmerzen. Sie musste endlich raus aus der Sonne und dringend etwas trinken.

»Hallo«, sagt jemand. »Frau Inspektorin Kirschnagel? Sind Sie es wirklich?«

Überraschung liegt in der unbekannten Stimme.

Agnes dreht sich um.

III.

AlmdudlerPanik

Der Hop-on-hop-off-Bus in Salzburg schluckt Mitzi wie ein Walfisch den Krill. Sie wird quasi eingesogen. Im Traum ist der Bus riesig und Mitzi winzig klein. Sie sitzt wie eine Fliege direkt auf der Fensterscheibe und kann die Sehenswürdigkeiten erkennen, die draußen an ihr vorbeiziehen.

Über den Mirabellplatz geht die Fahrt, an der Andräkirche, dem Mozartplatz und dem Landestheater vorbei, auch hier über einen Fluss, die Salzach. Dann mit Tempo durch die Getreidegasse. Am Siegmundstor hält der Bus, und Mitzi wird ausgespuckt, als ob sie ungenießbar wäre.

Auf der Straße steht eine Limousine in Schwarz. Mitzi ist klar, dass es sich dabei nur um einen Leichenwagen handeln kann. Dort wird sie nicht einsteigen, noch nicht. Dasselbe Gefühl wie auf der Fähre überkommt sie, dass sie lebt und nichts mit den Toten gemein hat, außer dass sie alle in ihrer Erinnerung mit sich trägt, manche tief in ihrem Herzen.

Die schwarze Limousine fährt ohne Mitzi los, gibt Gas und verschwindet um die nächste Ecke. Mitzi spürt Tropfen auf ihrer Haut, der typische Salzburger Schnürlregen setzt ein. Zeit, nach Hause zu gehen.

Mitzi läuft los, kommt aber nicht von der Stelle. Die Straße vor ihr zieht sich gummiartig in die Länge, und jeder Schritt wird schwerer als der vorherige. So wird sie nie ankommen. Der Hop-on-hop-off-Bus ist wieder da. Doch Mitzi will nicht wieder verschlungen werden. Sie geht auf die Knie und rollt sich ein wie ein Igel. Eine gute Idee, denn mit einem Mal kann sie sich vorwärtsbewegen. Sie dreht sich, und oben wird unten und umgekehrt.

»Kann ich bittschön endlich wach werden?«, flüstert sie.

1

In der Zeit danach würde Mitzi steif und fest behaupten, sie hätte eine Vorahnung gehabt. Aber an diesem frühen Abend wurde sie nur von starken Bauchschmerzen geplagt, die mit dem Trinken eines Krügerls Most zu tun haben konnten.

Nachdem sie mit Severin Radl noch eine Stunde unter einem Sonnenschirm in einem Café zusammengesessen hatte, hatte er sich verabschiedet und war, auf seinen Wanderstock gestützt, zurück in den Sonnenschein und die Hitze hinausmarschiert. Mitzi hatte sich angeboten, ihn zu begleiten, aber Radl hatte abgelehnt.

»Es reicht, wenn einem von uns wieder das Wasser bis ins Popscherl rinnt«, hatte er flachsend gemeint, sich vorgebeugt und ihr einen Kuss auf die Stirn gegeben. »Bleiben S' so, wie Sie sind, liebe Mitzi.«

Die Geste hatte Mitzi gerührt, und zumindest auf das Übernehmen der Rechnung hatte sie bestanden.

Anfang nächster Woche würde sie den alten Mann wiedersehen, dann wollten sie einen Kaufpreis festlegen und einen Vorvertrag fixieren. Wenn alles wie geplant lief, konnte die Überschreibung des Eigentums der verstorbenen Therese Schlager, das Erbe ihrer Enkelin Maria Konstanze Schlager, auf Severin Radl direkt stattfinden. Der Notar, der Omas Nachlass abgewickelt hatte, hatte ihr den Vorschlag unterbreitet, auch, um Bearbeitungs- und Grundbucheintragskosten zu sparen.

Wie viel sie überhaupt für das Stück Land verlangen sollte, wusste Mitzi nicht. Gern hätte sie es Bauer Radl geschenkt, aber sie brauchte das Geld. Wenn Mitzi ehrlich war, hätte sie sich diesen Miniurlaub in Lilienfeld eigentlich nicht leisten dürfen.

»Noch was bestellen, Fräulein?«, fragte die Kellnerin, die eine Bluse trug, auf die passenderweise Lilien aufgedruckt waren. Mitzi war entzückt.

Rührung und Verzückung, dachte sie, jetzt fehlt nur noch ein drittes wohliges Gefühl. Sie überlegte und horchte in sich hinein, aber es fiel ihr partout nichts ein.

Die Lilienkellnerin wurde ungeduldig. »Vielleicht als Abwechslung einen Eiskaffee?«

Trotz des Wochentags war die Terrasse mit Gästen ausgelastet. Mitzi war bewusst, dass sie nicht bei einer inzwischen leeren Tasse sitzen bleiben konnte, wollte aber noch nicht aufbrechen. Bereit, sich eine zweite Melange zu bestellen, überkam sie ein völlig anderer Gusto. Schließlich befand sie sich im Mostviertel.

»Haben Sie auch Most?«

»Ja, freilich. Sogar einen feinen Birnenmost könnt ich Ihnen heut empfehlen.«

»Den nehm ich.«

»Ein Krügerl?«

»Genau. Dazu eine Brezel.«

Während Mitzi auf die neue Bestellung wartete, checkte sie ihr Handy. Beim Treffen mit Bauer Radl hatte sie es leise gestellt. Nun freute sie sich auf eine Meldung von Agnes, in der Hoffnung, dass ihr Betteln gewirkt hatte und ihre Freundin auf dem Weg hierher war. Ein halber Tag, eine Übernachtung, ein Frühstück und ein zweiter halber Tag mit Agnes würden wie ein verfrühtes Geburtstagsgeschenk sein. Mitzis zweiunddreißigster kam in greifbare Nähe.

Die Enttäuschung folgte auf dem Fuße, es gab keine Nachricht. Davon ließ sich Mitzi nicht entmutigen und drückte auf den grünen Button für einen nächsten direkten Anruf. Es klingelte eine Weile, dann wurde abgenommen, doch die Verbindung brach direkt wieder ab.

Funkloch, mutmaßte Mitzi und beschloss, ein wenig zuzuwarten.

Sie ging auf die Suchmaschine und gab »Birnenmost« ein. Eindeutig hatte ihr die Kellnerin eine europaweite Rarität angeboten. Überall sonst gab es den Most aus Äpfeln, hier hatte das Getränk aus Birnen Kultstatus. Mitzi las über das

MostBirnHaus im Stift Ardagger, zu dem es sie sofort hingezogen hätte, wenn es näher an Lilienfeld gelegen hätte. Vielleicht konnte sie Agnes morgen dazu überreden. Aber mit ihr einfach in einem netten Café zu sitzen und zu plaudern wäre genauso herrlich.

Mit einem »Bittschön« servierte die lilienblusige Kellnerin Most und Brezel. Mitzi trank und war fasziniert vom Birnengeschmack. Sie riss ein Stück von der Brezel ab, und während sie kaute, wählte sie noch einmal Agnes' Nummer. Diesmal klingelte es so lange, bis die Mailbox ansprang.

»Agnes, fahr los und komm. Dalli, dalli«, hinterließ Mitzi nach der Ansage.

Kaum zurück in der Pension der Naturfreunde kamen die Bauchkrämpfe.

Mitzi raste die Treppen hoch in ihr Zimmer. Gerade noch schaffte sie es auf die Toilette. Es war somit bewiesen, dass sich Kaffee und Kuchen nicht mit Most und Brezel vertrugen, dachte sie währenddessen, zumindest nicht in dieser Reihenfolge.

Kurz danach lief sie im Zimmer auf und ab. Einerseits, weil sie das Bauchweh immer noch plagte, aber auch, weil sich Agnes nicht zurückgemeldet hatte und auch nicht überraschend angekommen war. Es war überhaupt nicht ihre Art, sich stumm zu stellen. Selbst wenn ihr etwas dazwischengekommen wäre, hätte sie Mitzi Bescheid gesagt.

Mitzi dachte an einen Autounfall, bis ihr einfiel, dass Agnes mit dem Zug unterwegs war. Sie rief die ÖBB-Seite auf und sah sich die Möglichkeiten an, von Krems nach Lilienfeld beziehungsweise bis nach Marktl zu kommen. Wieder ließ sie es bei Agnes klingeln, hinterließ eine neue Nachricht auf der Mailbox, wartete. Sie rieb sich den Bauch, der grummelte, als hätte sie Kieselsteine verschluckt.

Nach einer halben Stunde und drei weiteren Versuchen rief Mitzi Axel an.

»Mitzi, hallo.« Er klang verwundert.

Mitzi verzichtete auf Erklärungen. »Is Agnes bei dir?«

»Nein. Warum?«

»Ich kann sie nicht erreichen.«

Axel überlegte kurz. »Also, ich denke, sie ermittelt. Wir haben uns heute früh verabschiedet.«

»Du warst in Krems?«

»Ja.« Er räusperte sich. »Ich habe in Brünn zu tun und einen Abstecher zu ihr gemacht. Musste jedoch zeitig los. Was gibt es?«

»Es is komisch, dass sie sich nicht meldet. Kannst du es versuchen?«

»Sie arbeitet, Mitzi. Mein Sohn Patrick hatte vor ein paar Stunden noch Kontakt zu ihr. Diese zwei alten Fälle nehmen wieder Fahrt auf. Du wirst sicher bald von ihr hören.«

»Schon, aber ich hab Bauchweh.« Es stimmte absolut, wenn es auch nicht ausschließlich mit Agnes zu tun hatte. »Vielleicht geht sie bei dir ran, Axel.«

»Ich versuche es und ruf dich wieder an. Moment.«

Der Moment dauerte.

Nach einem zweiten Toilettengang fühlte sich Mitzi leichter und zugleich beunruhigter. Axel hätte längst Bescheid geben müssen. Seine Nummer war nun besetzt.

Mitzi trank einen Schluck Leitungswasser vom Wasserhahn im Bad und erfrischte ihr Gesicht. Dann verließ sie mit dem Handy in der Hand das Zimmer und lief zur Rezeption. Rudolfo Sommer dort zu sehen erleichterte sie ohne Grund.

»Servus, Rudolfo.«

»Ah, guten Tag und grüß Gott, Frau Schlager.« Er nannte sie nicht mehr Mylady. Mitzi zog den Schluss, dass es bei Tageslicht zwischen Gast und Portier offiziell bleiben musste. »Alles in Ordnung?«

»Hat eine Agnes Kirschnagel eingecheckt in der letzten Stund? Oder zumindest angerufen?«

Rudolfo tippte in den Computer. »Kirschnagel? Ihre berühmte Inspektorfreundin, von der Sie mir erzählt haben und die gestern im Fernsehen war?«

»Ja, genau die. Sie könnte sich ein Zimmer reserviert haben, um mich zu überraschen.«

Er scrollte. »Also, ich find diesen Namen nicht. Allerdings haben wir keine Einzelzimmer mehr. Im August is es schwierig, überhaupt etwas zu buchen. Sie, liebe Frau Schlager, hatten enormes Glück.«

»Vielleicht hat sie zumindest angefragt?«

»Mein Dienst hat erst vor zehn Minuten begonnen, ich könnt mich noch beim Peter erkundigen. Eine Minute.« Er verschwand durch eine Tür hinter der Rezeption.

In dem Moment meldete sich Mitzis Handy, in Sekundenschnelle hatte sie es am Ohr. »Agnes!«

»Nein, Axel noch einmal. Sorry, es hat gedauert. Hier laufen mehrere Sachen parallel.«

»Und?«

»Ich hatte ebenfalls kein Glück.«

»Kann es sein, dass sie zu ihren Eltern is?«

»Ist sie nicht. Weil du mich nervös gemacht hast, habe ich es dort versucht. Ihre Schwester weiß ebenfalls nichts. Die hat sich netterweise direkt dahintergeklemmt und Agnes' Freundeskreis angerufen. Bis auf eine hat sie alle erreicht. Aber Sophie ist auf Urlaub in Spanien.«

»Was is mit dem Kufsteiner Revier?«

»Ich habe mich bei ihrem Kollegen gemeldet, der sich sofort schlaugemacht hat. Er hat die Info, dass Agnes noch bei der Polizei in Krems bei einer Vernehmung anwesend war. Von dort aus ist sie weiter, ohne ihr Ziel bekanntzugeben. Im Hotel, in dem wir übernachtet haben, hat sie ausgecheckt.«

»Meinst, es is ihr etwas geschehen?«

»Pass auf, Mitzi. Wir warten noch eine Weile.«

»Wie lange?«

»Sagen wir, eine Stunde.«

»Was weiter?«

»Dann fange ich an, die Krankenhäuser in Krems und Umgebung durchzutelefonieren.«

»Okay.«

»Wo bist du?«

»In Lilienfeld. Ich hab sie ermuntert, zu mir zu kommen. Ich wollt ihr die Gegend zeigen.«

»Welche Strecke hätte sie nehmen müssen mit dem Zug?«

»Zweimal umsteigen. In St. Pölten und in Traisen. Keine Ahnung, wann sie losgefahren is. Sie hat mir keine Ankunftszeiten durchgegeben. Oder ob sie überhaupt Krems verlassen hat. Oder wo sie sonst hin is. Oder, oder – ich bin ganz durcheinander. Sie fährt doch immer mit dem Auto, vielleicht sitzt sie im falschen Zug. Und ich hab ihr zum Bahnfahren geraten.«

»Mitzi, reg dich nicht auf und bleib vernünftig. Warum sollte sie denn im falschen Zug sitzen?«

»Das sagst du so. Is mir schon passiert.«

»Es kann immer noch einen ganz einfachen Grund geben, warum sie nicht zu erreichen ist. Ihr Mobiltelefon könnte kaputt sein. Banaler: Der Akku leer. Warten wir etwas zu.«

»Axel, sie is schwanger.«

Plötzlich wurde er lauter. »Meinst du, das ist mir nicht bewusst, Mitzi?«

»Entschuldige. Ich bin panisch geworden.«

»Sorry, ich entschuldige mich.« Er setzte eine Pause. »Wir machen es anders: Ich breche meine Zelte hier verfrüht ab. Fahre zuerst nach Krems zurück. Im Anschluss weiter nach Kufstein. Das wird einige Stunden dauern, die Strecke ist nicht gerade kurz. Wir bleiben in ständigem Austausch. Sobald du etwas hörst, meldest du dich und umgekehrt.«

Mitzi legte ihre Hand auf ihr Herz. »Axel, leg nicht auf.«

»Was denn noch, Mitzi?« Sie hörte ihn rumoren. »Ich muss rasch ein paar Dinge regeln. Einer meiner Detektive muss meinen Job in Brünn übernehmen. Der, der eigentlich von Anfang an für die Klientin tätig sein sollte. Komische Entwicklung.«

»Du fährst also über Krems nach Kufstein?«

»Ich frage bei den Angestellten im Gasthof Klinglbuber persönlich nach, in dem wir die letzte Nacht verbracht haben. Mache einen Zwischenstopp bei der Polizei. Sag bitte, worauf du hinauswillst.«

»Lilienfeld is nicht weit von Krems entfernt, Axel. Es is ein klitzekleiner Umweg. Vor allem mit dem Auto.« Mitzi merkte, dass sie bettelte. Ähnlich wie bei Agnes, nur aus einem völlig anderen Grund. »Für den Fall, dass Agnes doch noch auftaucht, geb ich dem Portier in meiner Pension Bescheid, der is nett und verlässlich. Hoffe ich. Also wenn du bitte –«

»Kurzum, Mitzi. Ich soll dich abholen und mitnehmen, nicht?«

2

Mitzi beobachtete das Mienenspiel der beiden Männer, die im Großraumbüro der Kufsteiner Polizei zugange waren.

Detektiv Axel Brecht und Inspektor Bastian Klawinder standen sich gegenüber und tauschten erste Informationen aus. Axels Augenbrauen waren eng zusammengezogen, seine Mundwinkel gingen nach unten. Agnes' Kollege hingegen blinzelte auffallend oft.

Die Sonne war längst in einem orangefarbenen Feuerball untergegangen, eine laue Sommernacht angebrochen. Regen, Nebel oder auch Sturm hätten besser zur Lage gepasst, fand Mitzi.

»Danke, Inspektor Klawinder, dass Sie Ihren Feierabend für uns unterbrochen haben.« Axel streckte zum zweiten Mal seine Hand aus, die Agnes' Kollege erneut ergriff.

»Bastian, bitte.«

»Und ich bin Axel.«

»Weiß ich doch. Griaß di.«

Mitzi fragte sich, ob es den beiden überhaupt auffiel, wie intensiv sie sich die Hände schüttelten.

Axel hatte Mitzi wie versprochen bei der Pension der Naturfreunde abgeholt. Leider gab es nichts Neues zu berichten. Weder hatte sich Agnes nach ihrem Auschecken noch einmal im Gasthof in Krems blicken lassen, noch war ein Lebenszeichen von ihr eingegangen. Auf ihrem Handy sprang immer wieder die Mailbox an.

Während der über vierstündigen Fahrt hatte Axel mit seinem Sohn Patrick telefoniert wegen einer raschen Ortung. Doch das GPS an Agnes' Handy war nicht an.

»Kann dein Sohn sie nicht einfach so ausfindig machen?« Mitzi hatte von Agnes schon von Patricks manchmal illegalen Technikkünsten gehört.

»Du meinst die Funkzellenauswertung. Das geht ohne GPS,

aber die Standortbestimmung ist nicht sehr genau. Er hat es mit einer speziellen SMS-Nachricht versucht.«

»Heißt?«

»Mit einer sogenannten ›stillen SMS‹, die muss vom Besitzer nicht erlaubt werden. Eigentlich dürfen das ausschließlich Behörden, der Benutzer bekommt davon gar nichts mit. Die Polizei sendet eine stille SMS und erhält als Antwort darauf die Cell-ID der Funkzelle, in der das Handy zuletzt eingeloggt war. In Großstädten ist die Ortung recht präzise, aber auf dem Land werden daraus schnell mehrere Kilometer. Ein Aufwand, der dauert und wenig bringen könnte. Und sollte sie sich inzwischen in einem Funkloch befinden, kann man sie überhaupt nicht mehr orten, Mitzi.«

»Oje!«

Axels folgende Anrufe von unterwegs hatten erneut Agnes' Eltern und ihrer Schwester gegolten, ohne Treffer. Die Familie hatte inzwischen auch den gesamten weitläufigen Verwandten- und Bekanntenkreis abgefragt. Mitzi hatte ihr eigenes Mobiltelefon verkrampft in den Fingern gehalten, sinnlos auf Tasten gedrückt, Apps geöffnet und geschlossen und darum gebetet, dass es klingeln möge.

Bastian löste jetzt den Handshake als Erster. »Üblicherweise warten wir immer eine gewisse Zeit, wenn eine erwachsene Person als vermisst gemeldet wird. Oft taucht sie von allein wieder auf.«

»Versteh ich, Bastian.« Axel zupfte an seinem Bart. »Aber Agnes ist einer der verlässlichsten Menschen, die ich kenne. Dass sie sich weder bei mir noch bei Mitzi meldet, ist ungewöhnlich und mehr und mehr besorgniserregend.«

Bastian ging zu einem der Schreibtische.

Mitzi fiel auf, dass Axel sie nicht extra vorgestellt hatte und Bastian nicht nach ihrem ganzen Namen fragte. Die Sorge um Liebste und Kollegin blendete den normalen Ablauf aus. Wenn Mitzi einfach aus der Tür gegangen wäre, wäre es den Männern höchstwahrscheinlich nicht aufgefallen.

»Dass der Akku ihres Handys leer is und sie unterwegs nix

zum Aufladen hat, hast durchdacht, Axel?« Bastian hatte sich gesetzt und fuhr den Computer hoch.

»Längst schon.« Axel stützte seine Handflächen auf der Tischplatte ab. »Mein Sohn Patrick versucht, Agnes' Smartphone zu orten, zumindest den Standort, an dem es sich zuletzt eingewählt hat. Er bleibt dran. Wenn sie schon im Zug gesessen hat, gibt es leider immer einige White Spots, weiße Flecken mit miserablem oder überhaupt keinem Empfang.«

»Für eine ermittlungsbehördliche Abfrage kann ich mich an den Netzbetreiber wenden. Bei Gefahr im Verzug brauchen wir keinen richterlichen Auftrag.«

»Das hilft uns bei einem Funkloch nichts. Auch nicht, falls ihre SIM-Karte kaputtgegangen ist.«

»Stimmt. Ich hab aber mit Agnes kurz telefoniert wegen eines Hinweises zu der Sendung. Schlechte Verbindung, die abgerissen is.«

»Wann?«

»Früher Nachmittag.«

»Noch in Krems?«

»Hat sie nicht gesagt. Das könnten wir nur rückverfolgen. Da beißt sich die Katz in den Schwanz. Was is mit einem Unfall?«

»Bei einem Bahnunglück hätte es eine Meldung dazu gegeben. Und die Krankenhäuser haben wir schon alle durch.«

»Krems war also deines Wissens die letzte Station, Axel?«

»So weit ja. Ich bin heute Morgen nach Brünn zu einem Auftrag. Als sie nicht zu erreichen war, habe ich mich sofort wieder ins Auto gesetzt und bin über die Wachau hierher.«

Bastian begann zu tippen, Axel redete weiter.

Mitzi blendete die Stimmen aus und sah sich im Großraumbüro um.

Neben dem Schreibtisch, an dem Axel und Bastian zugange waren, gab es noch zwei Arbeitsplätze. Nach kurzem Überlegen war sich Mitzi sicher, dass Agnes' Reich das direkt an der Fensterfront sein musste. Sie hatte das Gefühl, sich wie in Zeitlupe darauf zuzubewegen.

Ein Tisch, darunter ein PC, darauf ein Bildschirm, eine Tastatur, eine dreiteilige Ablage, in der zuunterst ein paar Blätter lagen. Ein Kaktus mit einer lilafarbenen Blüte. Agnes hatte Mitzi erzählt, dass sie zwar ein Händchen für Hamster, aber keines für Pflanzen hätte, weil sie diese immer vergaß zu gießen. Dazu passte der Kaktus.

Jo schoss Mitzi als Nächstes durch den Kopf. Wenn sie hier fertig waren, mussten sie schleunigst in Agnes' Wohnung und den Hamster versorgen. Wenn Agnes für längere Zeit abwesend bleiben sollte, würde Mitzi Jo nach Salzburg mitnehmen und sich um ihn kümmern. Bastian hatte Jo das ein oder andere Mal versorgt, fiel Mitzi ein, aber sie traute sich nicht, ihn im Moment damit zu stören. Sie konnte sich nicht vorstellen, dass einer der Männer in dieser Situation den Kopf für ein unbedeutendes Tierchen frei hatte. Dass Agnes nicht wiederkommen würde, war ebenso unvorstellbar. Oder?

Der Gedankengang erschreckte sie unwillkürlich. Mitzi schüttelte den Kopf. Nein, es war ein Missverständnis, eine unglückliche Verkettung von Umständen, die Agnes aufhielten und davon abhielten, sich zu melden.

Sie zog den Schreibtischstuhl zu sich und setzte sich.

Der Sessel gab leicht nach. Sie fasste nach unten und erspürte einen Hebel, mit dem man ihn verstellen konnte. Langsam drehte sie sich einmal im Kreis. Die Wand mit einem hohen Regal und drei gerahmten Urkunden glitt an ihrem Gesichtsfeld vorbei, ebenso wie die beiden Männer, die weiterhin miteinander sprachen, dabei gestikulierten, der dritte freie Arbeitsplatz und schließlich das Fenster, vor dem sie saß und hinter dem sich draußen die Dunkelheit breitmachte.

Ihr Blick kehrte zurück zum Tisch. Der Kaktus, kein Foto, dafür ein blauer Aschenbecher aus Ton, in dessen Boden in schwarzer Schrift »Rauchfrei – Juhu« geschrieben stand. Mitzi stoppte, beugte sich vor und berührte ihn. Sie strich langsam an dem glatten, kühlen Material entlang.

Neben der Tastatur lagen ein Block und ein weißer Kugelschreiber. Aus einem spontanen Impuls heraus griff sie sich den Stift und begann, auf dem Papier Zahlen ab eins aufwärts aufzuschreiben, einem Einkaufszettel ähnlich. Es erschien ihr zwar sinnlos, aber trotzdem wie ein winziger Trost, mit etwas Persönlichem ihrer besten Freundin zu hantieren.

»Mitzi!«

Sie schreckte hoch.

Axel hatte den Kopf zu ihr gedreht. »Mitzi, wann hast du das letzte Mal mit Agnes geredet?«

»Um die Mittagszeit oder kurz danach. Ich hab mich davor mit Severin Radl getroffen. Das is der alte Bauer, der mein Grundstück für seinen Ruhestand kaufen will und –«

»Bitte nur die Fakten. Keine Geschichten.« Axel klang angespannt.

So hatte ihn Mitzi noch nie erlebt. Bei den Malen, wo sie mit ihm und Agnes zusammen gewesen war, hatte er Scherze gemacht, die Frauen mit kölschen Sprüchen unterhalten und einmal sogar Nudeln mit einer pikant leckeren Käsesauce gekocht. Sie war irritiert von dem ungewohnt harschen Ton, verstand jedoch die tiefe Besorgnis, die dahinterstand.

Sofort sah sie in ihrem Anrufprotokoll nach, doch die Liste war leer. Anscheinend hatte sie den Verlauf, ohne nachzudenken, gelöscht. Einzig die WhatsApp-Nachrichten vom Vortag waren noch zu lesen, fröhlich und mit all den Emojis versehen.

Der Geschmack des Birnenmosts stieß ihr auf. Mitzi überlegte angestrengt, konnte sich aber an die Uhrzeit nicht erinnern. Sie wusste nicht einmal mehr, wann ihr aufgefallen war, dass Agnes sich in Luft aufgelöst zu haben schien. »Es tut mir leid, genauer geht's nicht.«

»Mit Petra Hammerl hat Agnes ja die Vernehmung des Verdächtigen geführt. Der Zeitraum is protokolliert.« Bastian tippte Axel auf die Schulter.

Axel wandte sich rasch wieder Bastian zu. »Stimmt. Ich habe noch in Krems mit Hauptmann Hammerl sprechen können. Dabei handelte es sich um Erich Disswart, den Stiefvater des Opfers aus Krems. Mein Sohn hat seinen Aufenthaltsort recherchiert. Nach der Vernehmung hat sich Agnes von Petra verabschiedet, hat aber der Kollegin kein Ziel genannt.«

Ich könnte das Ziel gewesen sein, wollte Mitzi sich einbringen, schwieg aber. Aus Angst, eine nächste Rückfrage nicht exakt beantworten zu können, hielt sie lieber den Mund.

»Der Verdächtige wurde entlassen?« Wieder Bastian.

Axel bejahte. »Laut Hammerl wäre rechtlich nichts anderes möglich gewesen.«

»Ich werde mich mit der Kollegin Hammerl kurzschließen. Sie könnte diesen Erich Disswart morgen vor Ort aufsuchen und ihn noch mal in die Mangel nehmen.«

»Mach das, Bastian.«

Es war, wie einem Ping-Pong-Spiel zuzusehen. Mitzi wechselte von Bastian zu Axel und wieder zurück. Sie selbst war dabei nur Zuschauerin und wurde nicht von den Männern einbezogen.

Bastian war an der Reihe. »Lass uns jeden Schritt und Kontakt durchgehen, zur Sicherheit auch alles von gestern. Wo war Agnes, bevor sie die Schalte zu ›Aktenzeichen XY‹ gehabt hat?«

»Das kann ich dir sagen, Bastian.« Axel zupfte wieder an seinem Bart. »Sie war erst in Wien, hat mit einem Psychiater oder Psychotherapeuten geredet, der die Polizei öfter berät. Einem Dr. Rannacher.«

»Das war schon gestern? Is mir durchgerutscht, Axel.«

Mitzi hätte jetzt gern gewusst, was Agnes mit dem Therapeuten besprochen hatte und ob sich Dr. Rannacher anders gab, wenn er Ermittler bei Verbrechen beriet. Ob sie ihn persönlich anrufen und nach Agnes fragen sollte?

»Sonst noch jemanden?«, fuhr Axel fort.

»Wart.« Bastian konzentrierte sich auf den Bildschirm. »Ich hab ihr einen Namen weitergeleitet, der im Zusammenhang mit einer Schweizer Immobilienfirma gefallen is: Beat Vadura. Darum kann sie sich aber noch nicht gekümmert haben.«

Mitzi hielt den Atem an. Der Riese mit den Ohrringen und den Einstecktüchern. Was hatte Agnes mit dem zu schaffen?

Oder andersherum gefragt: Was hatte der Mann mit den Fällen zu tun?

Weiter musste Mitzi direkt an Konrad Eichwaller denken. Wenn Agnes Mitzis wegen bereits Kontakt zu dem Bauherrn aufgenommen hätte, hätte sie ihr davon erzählt. Oder? Ihr Halbwissen machte Mitzi zu schaffen. Nichts konnte sie mit Sicherheit behaupten, nur mit einem Vielleicht und einem Oder plus einem Fragezeichen als Zusatz versehen. Es war zum Haareraufen.

»Außerdem werd ich Agnes' Fälle der letzten Wochen recherchieren.« Bastian tippte wieder. »Ihre eigenen und unsere gemeinsamen. Morgen mach ich eine Aufstellung. Sollt es dabei eine Person geben, die mir nicht ganz koscher vorkommt, nehm ich sie mir vor.«

»Okay.«

»Die Meldungen nach der Sendung gehe ich alle ein zweites Mal durch. Plus die nach unserer ersten Pressekonferenz nach dem Auffinden der Kellerleiche. Da war einer dabei, der von uns eine Anzeige kriegt wegen eines beleidigenden Kommentars.«

»Davon hat mir Agnes erzählt. Gute Idee.« Axel nieste einmal kräftig.

»G'sundheit.«

»Danke, Bastian. Wenn du Unterstützung brauchst, ich bleibe in Tirol.«

»Das is gut. Vielleicht kommt sie heut noch oder morgen durch die Tür und hat eine unglaubliche Geschichte parat. Mir is auch schon einmal was Schräges passiert.«

Schräges passte nicht zu Agnes. Und wieder ein Vielleicht. Obwohl diesmal positiv gemeint, begann Mitzi dieses Wort zu hassen. Sie stieß die angehaltene Luft mit einem Seufzen aus.

»Okay, Axel. Meinen Chef, Revierinspektor Sepp Renner, werde ich ebenfalls informieren.« Bastian klang erschöpft. »Wenn's hart auf hart kommt und Agnes vermisst bleibt, dann sollten wir eine österreichweite Fahndung planen.«

»Ich mag nicht daran denken, Bastian.«

»Zuerst werde ich alles Interne in Bewegung setzen und bespreche das morgen mit dem Sepp.«

Morgen klang zu spät. Morgen bedeutete, für heute aufzugeben.

Mitzi staunte, wie unglaublich es war, dass all die Ereignisse an ein und demselben Tag stattgefunden hatten: der Spaziergang zu ihrem Maisfeld, das Mosttrinken, ihre Unpässlichkeit, Agnes' Verschwinden, die Fahrt mit Axel und der Besuch an Agnes' Arbeitsplatz. Sie nahm ihre Umhängetasche von der Schulter und steckte Block und Kuli ein.

Die erste Nacht brach an, nachdem Agnes der Welt abhandengekommen war.

3

Als Mitzi und Axel die Polizeiinspektion verließen, waren von den Bergen, die Kufstein umgaben, nur noch Umrisse zu erkennen. Darüber thronte der volle Mond. Eine Kulisse wie für einen Film gemacht.

Mitzi dachte bei den Gipfeln an schlafende Titanen, wie sie in den griechischen Sagen beschrieben wurden. Wenn sich einer von ihnen erhoben hätte, aus einem Felsen eine Gestalt getreten wäre, mit Donner und Brausen über der Kufsteiner Festung, wäre es Mitzi recht gewesen. Es hätte als Ablenkung dienen können, um die rotierenden Gedanken anzuhalten.

Zurück in der Fußgängerzone auf dem Weg zu Agnes' Wohnung machten ihr hingegen die künstliche Helligkeit und der Lärm zu schaffen. Die vielen Touristen, die in den Biergärten der einzelnen Lokale saßen und plauderten, fröhliche Urlauber, stießen mit ihren Gläsern an, lachten und genossen den Augustabend. Keiner von ihnen wusste von Agnes Kirschnagel, von ihrem Ungeborenen, ihrem Freund Axel und ihrer besten Freundin Mitzi. Ein Kleeblatt, von dem die Hälfte gerade fehlte, wodurch das Glück im Keim erstickt wurde.

In der Marktgasse drehte Mitzi sich mehrmals um, in ihr wuchs das Gefühl, dass Axel und sie beobachtet oder sogar verfolgt wurden. Sie zupfte an Axels Hemdsärmel und öffnete ihren Mund, um ihrem Empfinden Ausdruck zu verleihen, ihm im Anschluss doch noch von Konrad Eichwaller zu erzählen. Jedes Detail war wichtig, jede Information konnte der entscheidende Hinweis sein, hatte Inspektor Bastian Klawinder beim Verabschieden gemeint.

»Denken wir genau nach«, hatte er zusätzlich gemahnt. »Rekapitulieren wir alles. Wenn's sein muss, bis uns der Schädel raucht.«

Trotzdem hatte er sich hauptsächlich mit Axel kurzgeschlossen, Mitzi nur als Person im Hintergrund wahrgenommen. Er hatte nicht einmal zu erkennen gegeben, dass er eigentlich wissen müsste, wer sie war. Wobei das sogar der Grund sein mochte, warum er sie nicht ernsthaft einbezogen hatte.

Axel blieb vor einem geschlossenen Souvenirladen stehen. Hier war es etwas ruhiger. Mitzi konnte Schweißperlen auf seiner Stirn erkennen, sie glitzerten sanft im Licht der Straßenlaterne. Bei dem Anblick fiel ihr der eigene Geruch auf, sie brauchte eine Dusche. Gegessen hatte sie ebenfalls zu wenig, aber ihr war mehr danach, Wasser zu trinken, als Nahrung aufzunehmen.

»Axel, ich muss noch was loswerden.«

»Wir sind gleich bei Agnes' Bude, Mitzi«, stoppte er sie. »Lass uns dort reden.«

Aber sie wollte nicht warten, es war ein Fehler gewesen, sich im Revier ins Abseits schieben zu lassen. »Axel, es ist wichtig, mein ich.«

Sein iPhone meldete sich. Mit einer schnellen Bewegung hatte er es am Ohr.

»Ja?« Seine Schultern spannten sich an, um sofort wieder nach unten zu sacken. »Ach, du bist es, Katja.«

Katja war Agnes' Schwester. Mitzi hatte sie erst einmal getroffen. Überhaupt kannte sie Agnes' Familie nur aus den Beschreibungen und Anekdoten, die Agnes ihr ausgebreitet hatte. Dazu Fotos und das ein oder andere Video.

»Katja, nein, es gibt noch nichts Neues.« Axel hatte sich von Mitzi abgewandt und stützte sich mit seinem Arm an der Hausmauer ab.

Er schottet sich ab, dachte Mitzi. Mich lässt er weiter außen vor.

Rasch wischte sie den Gedanken fort, sie war ungerecht. Axel litt wie Mitzi selbst, es war nicht möglich, ihre Sorgen und Befürchtungen gegen seine aufzuwiegen.

»Sag deinen Eltern, dass die Polizei alles unternehmen wird, was möglich ist. Wenn Agnes morgen nicht wieder bei uns ist, startet eine Suchaktion. Krems ist dabei und natürlich Kufstein.«

Ich weiß, dass Agnes auch Freunde bei der Polizei in Salzburg hat, die werden sich sicher ebenfalls die größte Mühe geben. Auch wenn es unwahrscheinlich ist, dass sie dorthin wollte.« Er pausierte und lauschte. Mitzi meinte, ein leises Schluchzen am anderen Ende der Leitung zu vernehmen. Sie betrachtete erneut den Mond. Spielte die Mondphase eine Rolle? Hieß es nicht, dass gerade in Vollmondnächten die Rate derer stieg, die durchdrehten?

»Ich bin noch in Kufstein, Katja.« Axel setzte das Gespräch fort. »Nein, ich bleibe … Jetzt noch? … Ja, könnte ich … Nein … Aber gerne, Katja. Sag deinen Eltern, dass ich unterwegs bin.«

Nach Ende des Telefonats hob er den Kopf und schien verwundert, dass Mitzi noch hinter ihm stand. »Mitzi«, er klang erschöpft, »wir fahren weiter nach Innsbruck.«

»Warum das denn?«

»Agnes' Mutter hatte einen Zusammenbruch.«

»Jessas.«

»Keine Sorge. Es geht ihr schon wieder besser. Die drei wünschen sich jetzt, dass wir wenigstens alle zusammenkommen.«

Von mir hat Katja nichts gesagt, dachte Mitzi weiter. Wieder eine Feststellung, die im Gesamtbild jedoch unwichtig war. Agnes zählte. Das war alles.

Axel setzte sich in Bewegung. Mitzi hielt ihn zurück.

»Axel, denk an Jo.«

»An wen?«

Mitzi hatte es geahnt. In dieser Situation spielte Agnes' Hamster höchstens eine Statistenrolle. Aber Agnes liebte das Tier.

»Na, der Johann, der Hamster.« Sie versuchte, heiter zu klingen. »Oder auch Joachim. Die Agnes wechselt selbst manchmal hin und her. Das macht Spaß und tut dem Süßen nix. Er hört eh nur auf die Kurzform Jo, wenn überhaupt.«

»Okay.« Er nickte müde. Mitzi konnte selbst im Licht der Straßenlaterne die dunklen Ringe unter seinen Augen erkennen. »Wir gehen in ihre Wohnung, geben Jo Futter und Wasser und fahren dann weiter.«

»Nein, Axel.« Mitzi versuchte so bestimmt wie möglich zu klingen. »Ich begleite dich zurück zum Wagen und hole meinen Rucksack aus dem Kofferraum. Du gibst mir die Schlüssel für Agnes' Wohnung. Ich bleibe und kümmere mich um das Tierchen. Du spendest der Familie Trost.«

»Dann bleibst du aber ganz allein hier, und keiner von uns sollte jetzt allein sein.« Dass er diesen Satz zu ihr sagte, machte Mitzi für einen Moment wieder glücklich. Sie umarmte Axel innig.

»Weißt du, Axel, ich bin ganz gerne nur mit mir, also solo, unterwegs. Das macht mir nichts aus. Und Jo is ja da. Der freut sich. Außerdem halte ich damit die Stellung, falls Agnes heimkommt.«

»Ach, Mitzi.« Er legte seinen Kopf auf ihre rechte Schulter. »Es wird alles gut, meinst du nicht? Wir schieben völlig umsonst Panik.«

»Viell…« Mitzi wollte das gemeine Wort nicht in den Mund nehmen. »Ich bleib positiv.«

»Mein Wunsch wäre, ich könnte die Zeit zurückdrehen, Agnes nach dem Frühstück heute Morgen packen, über die Schulter werfen und nach Brünn entführen.«

»Als ob Agnes sich von dir kidnappen lassen würde.«

Mitten in der Umarmung erstarrten sie beide. Die Sätze waren gefährlich nah an einer Wahrscheinlichkeit, die nicht vollkommen auszuschließen war. Agnes konnte verschleppt worden sein. Der Grund ließ sich zwar im Moment nicht erkennen, aber auch diese Eventualität durfte man, beim Job einer Polizeibeamtin, nicht außer Acht lassen.

Axel schob Mitzi von sich. »In Ordnung. Machen wir es so, Mitzi. Wenn sich nichts Neues ergibt, dann komm ich morgen Nachmittag wieder nach Kufstein.«

Danach lief er rasch und mit großen Schritten den Weg zurück. Mitzi hatte Mühe, ihm zu folgen.

Eine halbe Stunde später saß sie immer noch auf einer Bank am Ufer des Inns.

Ihr Rucksack stand neben ihr, ihre Umhängetasche hatte Mitzi auf dem Schoß.

Sie beobachtete das dunkle Wasser, das mit einer rasanten Geschwindigkeit floss, und die Schaumkronen, die sich auf den Wellen bildeten. Verzerrt zeichnete sich der Mond auf der Oberfläche ab, wurde von den Bewegungen zerrissen und wieder zusammengesetzt.

Von ihrem Sitzplatz aus konnte Mitzi die Brücke sehen, die vom Bahnhof in die Fußgängerzone führte. Dort hatten sie sich das erste Mal getroffen, Agnes und Mitzi. Genau an der dritten Laterne hatte ihre Geschichte ihren Anfang genommen. Mitzi blendete die Umstände aus, sie erinnerte sich nur an das erste Zusammentreffen zwischen ihr und der taffen jungen Polizeibeamtin, die Mitzi sofort ins Herz geschlossen hatte.

Ein Pärchen kam händchenhaltend die Uferpromenade entlang. Kurz vor Mitzi blieben sie stehen.

»Wow«, sagte sie. »Das Wasser sieht ganz schwarz aus. Unheimlich.«

»Schwarz wie die Nacht«, gab er zur Antwort. Dann legte er ihr den Arm um die Schulter.

Sie lachte. »Oder schwarz wie deine Seele, mein Bärchen.«

»Pass nur auf, Mausi, am End bin ich der Sensenmann, der dich abholen kommt heut Nacht.« Auch er amüsierte sich hörbar.

Mitzi ließ die beiden an sich vorüberschlendern, bevor sie aufstand. Ihr war eiskalt geworden, Tropennacht hin oder her.

4

»Der Sensenmann war früher einer wie du und ich. Nein, nicht wie du, Kinderl, er war ja schon erwachsen. Eigentlich war er auch kein wirklich schlechter Mensch, aber das Schicksal hat's eben nicht gut mit ihm gemeint. Was da genau passiert is, das weiß keiner mehr, aber danach is es losgegangen. Besser g'sagt, er is losgegangen. Immer am Abend, wenn's finster g'worden is, hat er sich auf den Weg gemacht. Mit einem schwarzen Umhang und einer schwarzen Kapuze. Damit ihn bei Nacht keiner so richtig sieht. Und wenn er dann auf ein Mäderl oder Buberl getroffen is, das so spät noch draußen war, hat er's mitgenommen. Ob die sich gewehrt haben und er sie g'schlagen hat oder ob die sogar freiwillig mit ihm mit sind, weiß ich nicht. Möglich wär beides. Denn wenn ein Mäderl oder Buberl solche Fratzen sind und im Finstern herumrennen, dann haben die das verdient, dass der Sensenmann sie holt. Und deshalb, Mitzilein, sei immer schön brav.«

Diese verworrene, aber trotzdem unheimliche Geschichte hatte einst August Mayer, der die Bäckerei in Leibnitz geführt hatte, der kleinen Mitzi erzählt und sie damit verschreckt.

Der Gustl, wie ihn Mitzis Großvater gerufen hatte, hatte am Ende zusätzlich seinen Finger gehoben und ihn hin und her geschwenkt. Opa hatte sich hin und wieder zum Kartenspielen mit dem Kumpel verabredet, in seiner Gegenwart hatte der Bäcker die Story jedoch nie zum Besten gegeben. Nur im Geheimen, wenn Mitzi oder andere Kinder allein im Laden aufgetaucht waren.

Wie konnte ein Erwachsener kleine Kinder nur derart freudig mit einer solchen Schauergeschichte ängstigen? Einfach gedankenlos und eine Spur grausam. Alpträume hatte Mitzi davon gehabt. Allerdings waren die Träume vom Sensenmann immer noch leichter zu ertragen gewesen, als das Unglück ihrer Familie schlaflos wieder und wieder durchzuspielen.

Schluss mit der Vergangenheit!

Mitzi unterstrich mit einem dreifachen Klatschen ihren Willen, sich nicht von aufkommender kindlicher Furcht ängstigen zu lassen. Die Gegenwart war im Moment schlimm genug.

Inzwischen war sie sogar ein wenig froh, dass sie in Kufstein und allein in Agnes' Wohnung geblieben war. Jo war gefüttert, und Mitzi hatte trotz der späten Stunde und der Müdigkeit geputzt, Staub gesaugt und das Badezimmer geschrubbt. Nicht, weil es schmutzig war, sondern weil sie sonst nichts tun konnte.

Der Fernseher lief, und nach der Säuberungsaktion zappte sie ziellos durch alle Kanäle. Einmal und noch einmal. Bevor sie zum dritten Mal von einer Diskussionsrunde auf einen Actionfilm, den sie längst kannte, zu einem Bericht über eine Großfamilie kam, schaltete sie das TV-Gerät aus.

Die Stille war unangenehm, aber besser auszuhalten als Wiederholungen und Gerede. Sie holte sich aus dem Kühlschrank einen Almdudler, vier Flaschen standen darin. Die Kräuterlimonade zu trinken erinnerte sie an ihre Oma genauso wie an Agnes. Beide hatten stets dieses Getränk zu Hause auf Vorrat gehabt.

Als am Ende ein Aufstoßen aus Mitzis Magen kam, kicherte sie und schluchzte zugleich. Sie umklammerte die leere Flasche und stellte sich einen Flaschengeist vor, der ihr drei Wünsche erfüllen konnte. Nein, nicht drei, einer reichte. Nur einer. Ihr Herz legte einen Trommelwirbel hin, sie schnappte nach Luft und drückte derart fest gegen das Glas, als ob sie es zerbrechen wollte.

Die Panikattacke legte sich so schnell, wie sie gekommen war.

Schließlich putzte sich Mitzi die Zähne, rollte sich auf der Couch ein und wickelte sich in die Tagesdecke, die unter einem der Polster gelegen hatte. In Agnes' Bett zu schlafen fand sie ungehörig. Es war für Agnes reserviert, wenn sie zurückkam. Schneller als vermutet nickte sie weg, die Erschöpfung holte sie ein.

Um exakt drei Uhr drei war Mitzi erneut hellwach, und in ihrem Kopf begann ihr eigenes Fernsehprogramm. Der Sensenmann war wieder präsent. Mitzi stellte sich vor, wie er durch die Gassen schlich auf der Suche nach neuer Beute.

Sie wusste, dass diese Geschichte nur erfunden war, trotzdem musste sie, seit Nelly und die zweite Leiche gefunden worden waren, immer wieder daran denken. Die Mädchen waren schon im Teenageralter gewesen, aber anscheinend noch nicht alt genug, um zu wissen, welche Gefahren im realen Leben lauern können.

Der Sensenmann. Mitzi holte die Figur aus dem erfundenen Schauermärchen und setzte sie mit dem Menschen gleich, der die Mädchen auf dem Gewissen hatte. Dieser Wechsel ergab sich für sie fast zwingend.

Jahre war dem Bösen keiner auf die Schliche gekommen, und nun hatte Agnes seine Spur aufgenommen. Er hatte von ihr gelesen. Nein, Mitzi schüttelte im Dunkeln den Kopf. Er hatte sie bei »Aktenzeichen XY« gesehen. Das war es. Wie hatte Agnes auf ihn gewirkt? Hatte sie ihn in Panik vor Entdeckung und Verhaftung versetzt?

Für Mitzi hatte Agnes stets eine wilde Entschlossenheit ausgestrahlt, vor allem, wenn es darum ging, Tätern das Handwerk zu legen. Mitzi rekapitulierte den Beitrag in der Sendung. Agnes hatte ihre Locken nach hinten gebunden gehabt, zusammen mit der blauen Bluse streng gewirkt. Wenn man es nicht wusste, war ihre Schwangerschaft nicht zu erkennen gewesen. Agnes hatte frontal gestanden, einige Male hatte die Kamera sie herangezoomt, ein Ausschnitt mit Kopf und Brust. Kompetent und klar hatte sie die Fälle dargelegt, das ermittelnde Team in den Fokus gerückt, die SOKO Lara und die Kufsteiner Beamten. Gegen Ende hatte sie durchblicken lassen, dass es sich durchaus um einen Serientäter handeln könnte. Sie hatte die anzunehmende Verbindung zwischen dem unbekannten Mädchen und Lara Fürtl angeführt.

All das hatte dem Sensenmann Angst gemacht, spann Mitzi weiter. Er musste sie ab diesem Moment ins Visier genommen haben. Lebte er in Krems, oder war er am nächsten Tag von Kufstein aus dorthin gereist wie Agnes selbst zuvor? Wohnte er hier ums Eck? Mitzi erschauderte, warf einen Blick zur gekippten Balkontür. Wie auch immer, er hatte Agnes verfolgt, sich auf die Lauer gelegt, um ihre nächsten Schritte zu erkunden und im passenden Moment zuzuschlagen.

Stopp! Mitzi unterbrach diese unerfreuliche Gedankenkette wie vorhin das Abdriften in die Kindergruselgeschichte des Bäckers Gustl.

Denn diese Spekulation führte zu Ungereimtheiten. Der Zeitfaktor stimmte nicht. Die Spanne zwischen TV-Sendung und Agnes' Verschwinden war zu kurz, um eine Beobachtungsaktion durchzuführen. Ganz abgesehen davon, hätte sich Agnes niemals von einem Fremden einfach so entführen lassen. Selbst als Schwangere war sie immer noch in der Lage, sich zu verteidigen.

Es sei denn – Mitzi hielt kurz die Luft an –, sie war hinterrücks überfallen worden. Zusammengeschlagen. In ein Auto gezerrt. Mitzis Herz begann zu trommeln, ihr Kopfkino zeigte Agnes als hilfloses Opfer.

»Schluss und aus«, rief sie und scheuchte mit neuem lauten Klatschen im dunklen Zimmer die Bilder fort.

Ihre Ideen führten in eine Sackgasse. So kam sie nicht weiter. Und doch fand sie die Theorie, dass die beiden toten Mädchen und die vermisste Agnes zusammenhingen, in der Sekunde plausibel. Mitzi drehte sich zur Seite und begann noch mal von vorne, versuchte aber mehr Professionalität in ihre Spekulationen fließen zu lassen.

Agnes hatte den Serientäter unter Zugzwang gebracht. Der hatte sie ausfindig gemacht und schließlich überwältigt. Weil sie kurz davor gewesen war, ihn zu enttarnen. Mitzi ächzte. Das war die einzige Erklärung für Agnes' Verschwinden. Sie hatte ermittelt, wer er war, ihn gestellt und war von ihm überwältig worden.

Nein, wieder zu schnell in eine Richtung gedacht. Agnes hätte ihre Kollegen verständigt, und es hätte eine ordentliche

Verhaftung gegeben. Keine dieser Mitzi-Kopfgeburten hatte eine Basis in der Realität.

Die Ermüdung ließ Mitzi endlich in einen kurzen, unruhigen Schlaf fallen. Traumfetzen setzten ihr zu. Sie lief und suchte und wusste nicht, wen oder was. Deshalb beschleunigte Mitzi das Tempo, um dann festzustellen, dass sie wie Hamster Jo in einem Rad lief, ohne Chance, jemals einer Lösung näherzukommen.

Zwei Stunden später, immer noch war es dunkel, schlug sie die Augen auf und fühlte sich wahrhaftig wie gerädert.

Bei ihrer ersten Tasse Kaffee war sie doch wieder überzeugt, dass sie mit ihrer letzten Theorie recht hatte. Agnes hatte den Täter verhaften wollen. Er hatte sie ausgetrickst. Es ging nun darum, herauszufinden, wer hinter dem Sensenmann steckte.

Gab es eine Chance, dass Mitzi die richtigen Schlüsse zog? Leider kaum, gestand sie sich ein. Sie wusste über die bisherige Aufklärungsarbeit zu wenig, kannte keine Ermittlungsansätze der Polizei. Das Detail des entfernten linken Ohrs war makaber, aber brachte Mitzi einem ganzheitlichen Bild nicht näher.

Doch auch Agnes waren bei ihren Recherchen meist nur Teile einer Straftat bekannt. Bruchstücke, die sie zusammensetzte, bis daraus Beweise wurden. Insofern konnten ein paar weitere Vermutungen nicht falsch sein.

Nachdem sich Mitzi zum Kaffee einen Apfel geholt hatte, nahm sie die Tagesdecke und legte sie sich um die Schultern, obwohl es ziemlich warm im Zimmer war. Sich einzukuscheln hatte etwas Beruhigendes.

Sie griff sich Block und Kugelschreiber, die sie von Agnes' Schreibtisch mitgenommen hatte. Schon im Großraumbüro hatte sie Zahlen aufgeschrieben. Jetzt setzte sie eine erste Person hinter die Eins.

Konrad Eichwaller. Wen sonst. Er war binnen weniger Tage ihr ganz persönlicher Sensenmann geworden. Seinen Namen zu notieren fühlte sich erleichternd an.

»Was hast du Schlimmes getan, du Eichwaller-baut-

Konny?«, fragte sie in Richtung des Geschriebenen. »Früher und jetzt?«

Sie setzte ein paar kurze Sätze dazu: »war 1997 bei meinen Eltern, ist anlassig zu Frauen, sagt sein Kompagnon«.

Der Partner der Firma. Nummer zwei wurde der riesige Beat Vadura. Zu ihm fielen Mitzi nur Luzern und Einstecktuch ein. Dazu seine Sorge um den Ruf seines Partners.

Der Verdächtige, den Bastian und Axel erwähnt hatten, schoss ihr durch den Kopf. Mitzi überlegte, wie er hieß, erinnerte sich, dass sein Name mit einem D begonnen hatte, auf das ein Zischlaut gefolgt war. Dess oder Diss. Letzter Teil war ein -wart oder -art gewesen. Sie entschied sich für Dessart.

Gab es eine Nummer vier? In Ermangelung weiterer Personen schrieb sie Dr. Rannacher auf die Liste. Er beriet die Polizei, vielleicht hatte er selbst seine Abgründe. Nein, völlig an den Haaren herbeigezogen, schalt sie sich, strich das Geschriebene trotzdem nicht durch.

Damit war Mitzi bereits am Ende ihrer Aufzählung. Es war absurd. Doch ein Ziehen in den Eingeweiden blieb. Ein Bauchgefühl, wie es auch Agnes hatte, wenn sie Verbrechern auf der Spur war. Nun musste Mitzi die Suchende, die Aufspürende sein. Mit Namen, die sie willkürlich aus dem Hut gezaubert hatte. Scherben, die sie nicht zusammensetzen konnte. Aber würde sie nicht auch ein tausendteiliges Puzzle erst mal mit drei Einzelteilen beginnen? Ja, eindeutig ja.

Mitzi stand auf. Die Dämmerung hatte eingesetzt. In der Glasscheibe des Balkonfensters spiegelte sich Mitzi mit einer leichten Verzerrung. Ihre Haare standen zu Berge, und die Tagesdecke auf ihren Schultern wirkte wie ein Umhang.

Seien wir ehrlich, dachte sie, so besehen könnte auch ich der Sensenmann sein.

5

An diesem Freitag im August ging die Sonne über Österreich um fünf Uhr siebenundvierzig auf.

Die Temperatur am Morgen betrug achtzehn Grad plus in Krems, fünfzehn in Kufstein, zwanzig in Salzburg und bacherlwarme dreiundzwanzig in Wien.

Revierinspektorin Petra Hammerl saß bereits um sieben an ihrem Computer und schrieb eine Sammel-E-Mail an ihre Kollegen. Sie teilte eine Truppe ein, die sich systematisch auf die weitere Suche nach Agnes machen sollte. Einer an den Bahnhof, ein anderer zum Gasthof Klinglhuber. Die Polizeischülerin Natascha sollte noch einmal alle Notaufnahmen durchtelefonieren und in den anderen Revieren in Niederösterreich nachhorchen, ob irgendwo ein Unfall gemeldet worden war.

Die Presse musste letztlich ebenfalls verständigt werden. Eine Suchmeldung sollte zum Laufen gebracht werden, am besten landesweit. Petra würde sich mit Agnes' Dienststelle und Vorgesetzten abstimmen. Agnes würde erneut mediale Aufmerksamkeit erregen, aber diesmal in der einmaligen Position einer Vermissten.

Petra selbst wollte, zusammen mit einem Kollegen, Erich Disswart aufsuchen und ihn zu Agnes befragen. Dabei würde sie nicht zimperlich vorgehen. Obwohl sie sich schwer vorstellen konnte, dass der Mann Agnes nach seiner gestrigen Vernehmung gefolgt war und sie entführt hatte, hatte sie das starke Bedürfnis, etwas zu tun.

Die Nacht über hatte Petra ebenfalls Theorien gesponnen, die sie im Licht des neuen Tages alle wieder verwarf. Aber eine Nachverfolgung der letzten bekannten Schritte von Agnes war immerhin etwas, das unternommen werden konnte.

Die Kufsteiner Kollegin war Petra ans Herz gewachsen,

nicht auszudenken, wenn ihr und dem Ungeborenen etwas zugestoßen war.

Inspektor Bastian Klawinder in Kufstein war eigentlich ein Langschläfer an seinem freien Tag. Aber heute fielen Freizeit und Ausschlafen aus, er war seit halb acht im Polizeiwagen unterwegs. Nicht völlig ohne Ziel, sondern er fuhr Strecken ab, die er sich gestern im Internet auf der Karte um Kufstein herausgesucht hatte.

Ob seine Aktion Sinn machte, vermochte er nicht zu beurteilen, doch er hatte sich an einen Fall erinnert, bei dem ein Wanderer von einem Wagen mit überhöhter Geschwindigkeit angefahren worden und einen bewaldeten Abhang heruntergerollt war. Ohne Bewusstsein hatte der Mann dort zwei Tage gelegen, bis ein aufmerksamer Polizist im Vorbeifahren etwas Rotes aufblitzen sah und dem Mann schließlich das Leben rettete.

Agnes war laut Aussage ihres Freundes Axel mit dem Zug unterwegs gewesen, ihr Auto stand abgeschlossen in der Nähe ihrer Wohnung. Aber es bestand die Möglichkeit, dass sie nach ihrer eventuellen Rückkehr nach Kufstein noch einen Spaziergang gemacht hatte.

Bastian mochte Agnes sehr, war bis heute ein wenig verliebt in sie. In den ersten Wochen nach ihrem Dienstantritt hatten sie ein kurzes Gspusi gehabt, von dem er sich mehr versprochen hatte. Sollte sie ihres Privatdetektivs überdrüssig werden, würde er sie zurück in sein Leben lassen. Mit Kind und allem, was sie von ihm verlangen würde. Er stellte sich vor, wie er ihr durch die dunklen Locken fahren und sie noch einmal innig küssen würde. Sofort rief er sich zur Ordnung, er musste sich auf die Umgebung konzentrieren.

Als er durch die Landschaft fuhr und im Licht des neuen Tages die Sonne an den Bergspitzen glitzern sah, wurde ihm um Agnes derart weh ums Herz, dass er anhalten musste. Tränen machten ein Weiterfahren für einige Zeit unmöglich.

Privatdetektiv Axel Brecht telefonierte an diesem Morgen mit seinem Sohn Patrick. Er fühlte sich wie erschlagen. Gegen die Verzweiflung hatte er gestern zu viel getrunken und war irgendwann auf dem Gästebett der Familie Kirschnagel eingeschlafen. Heute hatte er einen Kater und einen verspannten Nacken.

»Und Agnes' Handy, Patrick?«

»Papa.« Axels Sohn klang geduldig und wacher, als Axel sich fühlte. »Ich checke es jede Stunde. Keine Rückverfolgung möglich. Es ist ausgeschaltet oder funktionsuntüchtig.«

»Hast du die Verbindungen zu den Funkmasten abgestimmt?«

»Hat nichts gebracht. Wenn sie GPS aktiviert hätte, könnte ich sie in Sekunden orten.«

»Wenn, wenn, wenn.« Axel hustete. »Ich bin völlig groggy, sorry.«

»Papa, wir finden sie.«

»Wenn du es sagst.«

»Ich werde alle Daten, die ich von ihrer Nummer noch nachverfolgen kann, sammeln, vergleichen und versuchen, ihren letzten Standort weitläufig einzukreisen.«

»Ja, mach das.«

»Zusätzlich habe ich mich in den Polizeifunk in Tirol und Niederösterreich eingeklinkt. Sollte es eine Meldung geben, gebe ich dir sofort Bescheid.«

»Du bist der Beste, Patrick.«

»Papa, Kopf hoch.«

»Ja, ja, natürlich.« Axels Schädel brummte.

»Papa, keinen Alkohol mehr. Der hilft dir nicht.«

Immerhin entlockte Patrick seinem Vater mit der Ermahnung ein Lächeln.

Kaum hatte er allerdings aufgelegt, ergriff Axel wieder die Verzweiflung, die unerträglich erschien. Meine Liebste, mein Baby, dachte er, und der Kummer drohte ihn zu überwältigen.

Aber er trank keinen Tropfen mehr.

Katja Kirschnagel, Agnes' Schwester, stand im Wohnzimmer und betrachtete ihre Eltern, die Arm in Arm auf der Couch eingeschlafen waren. Dem Vater war die Brille verrutscht, und die Mutter hatte den Mund geöffnet wie zu einem stummen Schrei.

Sie sind alt geworden, dachte Katja, ohne dass Agnes und ich es bemerkt hätten.

Plötzlich wurde sie von einer so starken Liebe zu ihren Eltern und ihrer Schwester erfasst, dass sie sich am liebsten von ihrem Verlobten stante pede getrennt hätte und wieder in ihr Elternhaus gezogen wäre. In den ersten Stock, in ihr altes Zimmer, neben dem von Agnes. Am kommenden Sonntag würden sie zu viert den »Tatort« anschauen, mit Moritz Eisner und Bibi Fellner, wie die zwei nach einer vermissten Kollegin suchten.

Im Fernsehen dürfte die Rolle der Vermissten unter einer Bedingung Agnes heißen, nämlich wenn es ein garantiertes Happy End gab.

In einer kleinen Wohnung in Kufstein war jemand wach, der sonst den Morgen wie auch den gesamten Tag verpennte.

Er nahm wahr, dass etwas nicht in Ordnung war, wie Tiere eben Veränderungen rein instinktiv erspüren können.

Jo, Agnes' Hamster, war in die Jahre gekommen, doch immer noch stattlich und bei guter Gesundheit. Er lief in seinem Gehege im Kreis, nicht einmal sein Rad nahm er in Anspruch. Nach einiger Zeit hielt er erschöpft an, trank und fraß ein paar Körner vom Trockenfutter, das ihm sein Frauchen noch vor ihrem Weggang in den Napf gegeben hatte. Die frischen Möhrenstückchen von der anderen, die gestern aufgetaucht war, rührte er nicht an.

Er starrte beim Knabbern durch die Gitter Richtung Couch. Ein möglicher Beobachter hätte geschworen, dass er genau jene andere anstarrte, die nachts im Schlaf gestöhnt hatte und immer noch anwesend war. Ihm freundlich gesonnen war sie, aber eben nicht sein Frauchen.

Als ob Gefahr drohte, flitzte er unvermutet in sein Haus, nur um wenige Minuten später wieder herauszukommen und weiterzuhetzen. Grade so, als wäre er auf einer Suche.

Nun könnte die Liste der Personen an diesem Morgen zu Ende sein, aber einen gibt es noch, der intensiv über Agnes nachdenkt.

Er hat nicht gewollt, was geschehen ist, aber er hatte keine Wahl. Zumindest sagt er sich das seit dem Zusammentreffen, das ihn fast ebenso überrollt hat wie die zweite Beteiligte.

Wie es weitergehen soll, weiß er nicht.

Er kann die Inspektorin nicht gehen lassen, er will sie aber auch nicht töten. In einer Zwickmühle stecken, haargenau das tut er. Je länger er zuwartet, desto wahrscheinlicher ist es, dass sie aufwacht. Und dann?

Dann muss er eine Entscheidung treffen.

Sein linkes Ohr juckt, er fasst sein Ohrläppchen und zieht daran.

Die Sonne stieg höher, die Temperaturen auch.

Agnes blieb verschwunden.

6

Das Buchcafé im Lippotthaus war eine Mischung aus Kaffeehaus und Buchhandlung und deshalb einer von Mitzis Lieblingstreffpunkten in Kufstein. Sie hatte extra einen der beiden Tische in der Mitte gewählt. Der Grund war banal: Mittig hatte sie nie mit Agnes zusammengesessen. Sie hatten sich stets freie Plätze am Fenster oder vor dem Regal mit den Kinderbüchern ausgesucht.

Als Axel eintrat, winkte sie ihm aufgeregt.

»Hallo, Mitzi.« Er drückte sie kurz, aber inniger, als er sich gestern spät verabschiedet hatte.

Mitzi konnte ihre Ungeduld kaum verbergen. »Servus, Axel. Was meinst du zu meiner Theorie und der Aufzählung, die ich dir geschickt hab?«

Er rieb sich die Augen. Die Müdigkeit war ihm anzusehen. Ebenso wie Mitzi schien er kaum geschlafen zu haben. Statt sich zu ihr zu setzen, ging er an die Theke und gab direkt seine Bestellung auf. Erst dann ließ er sich ihr gegenüber nieder.

»Ich würde dir lieber von Innsbruck berichten, Mitzi. Dazu die Neuigkeit, dass die Suche jetzt offiziell eingeleitet ist.«

»Gott sei Dank, mir geht alles nicht schnell genug.« Sie rührte ihre Melange um. »In Tirol Today Live hab ich schon eine Meldung gesehen. Ich hab extra den Sender gesucht, weil ich dachte, dort bringen sie es zuerst.«

»Nicht nur dort. Revierinspektor Sepp Renner wird heute zu einigen Medienvertretern sprechen. Bastian hat wiederum einen Aufruf über die Accounts der Polizei in den sozialen Netzwerken gestartet. Du kannst es dir ansehen, wenn du willst.«

»Das is schon alles richtig. Hat sich denn wenigstens irgendwas getan?«

»Nichts Konkretes. Und bitte, Mitzi, mach dich auf einige Kommentare gefasst, die höhnisch sind und sehr gemein. Manche freuen sich, dass eine Polizistin vermisst wird.«

»Warum sind Menschen nur so?«

»Keine Ahnung. Warum gibt es überhaupt Verbrechen?« Axel zuckte mit den Schultern. »Ich versuche, positiv zu bleiben.«

»Ich doch auch.« Mitzi klopfte dreimal auf die Tischplatte. Die Bedienung brachte einen doppelten Espresso und ein trockenes Brötchen für Axel. Nach einem ersten Schluck riss er ein Stück ab und kaute lustlos.

»Die haben hier wunderbare Kipferl, ofenwarm.« Mitzi versuchte ein aufmunterndes Lächeln.

»Ach, Mitzi.« Er schluckte. »Mein Magen macht mir zu schaffen. Das erste Mal seit langer Zeit, dass ich wieder Sodbrennen habe. Je trockener das Gebäck, desto besser vertrage ich den Espresso. Wenn Agnes gesund gefunden wird, spendiere ich allen in Kufstein warme Kipferl.«

»Was sagen denn Mama und Papa Kirschnagel?«

»Sind verzweifelt, besorgt, traurig, aber voller Hoffnung. Agnes' Vater hat gemeint, seine Tochter wäre eine Kämpferin. Was immer geschehen ist, so leicht lässt sich Agnes nicht unterkriegen. Mama Frida hat hinzugefügt, dass sie fest daran glaubt, dass es unserem Baby ebenfalls gut geht. Sie haben alle nicht geweint, auch Katja nicht. Zumindest, solange ich dort war.«

»Tapfer.«

»Sie lassen dich übrigens grüßen, Mitzi.«

»Ehrlich?«

»Ja, ehrlich. Alle drei Kirschnagels haben betont, dass sie, wenn die schwere Zeit überstanden ist, dich und mich und den Rest der Familie zu einem großen Festessen einladen. Schließlich haben sie schon so viel von dir gehört, dass es höchste Zeit wäre, dich persönlich kennenzulernen.«

Familienfestessen, ein Wort, das in Mitzis Herz aufging wie eine Blüte. Unter anderen Umständen hätte sich einer ihrer Träume erfüllt. »Ich würde den Nachtisch machen.«

»Gehen wir davon aus, dass es bald dazu kommen wird.« Axel hob den Daumen, sein Blick blieb betrübt.

»Jetzt kommen wir zu meinen Überlegungen.« Länger konnte Mitzi nicht mehr abwarten. Sie holte Agnes' Block und Stift aus ihrer Umhängetasche und legte sie in die Mitte des Tisches.

»Ich hab es gemacht, wie Agnes mir oft erzählt hat. Wie sie vorgeht, wenn sie es mit einem neuen Fall und Verdächtigen zu tun hat. Gestern war ich nicht in der Lage, es anzusprechen, doch in der Nacht bin ich in Gedanken alle Leute durchgegangen, von denen ich denke, dass ich sie, auch im weitesten Sinne, undurchsichtig finde. Dr. Rannacher mag ich eigentlich, aber Agnes war am Tag der TV-Sendung bei ihm. Wer weiß, was die geredet haben. Diesen Stiefvater dürfen wir keinesfalls ausklammern, den hat sie doch sogar kurz vor ihrem Verschwinden befragt, wie ich bei euch mitgehört hab. Der is da auf Nummer drei. Dann gibt es noch zwei Personen, die nicht nur mit Agnes, sondern ebenso mit mir zu tun haben. Die haben sich eigentümlich benommen und sind mir suspekt. Agnes hatte mir im Vorfeld gesagt, sie wird mit einem von denen noch reden, Konrad Eichwaller heißt er. Schau, der steht an erster Stelle. Seinen Firmenkompagnon, den Bastian gestern angesprochen hat, hab ich ebenfalls aufgeschrieben, Nummer zwei. Immerhin vier Namen.« Mitzi tippte mit dem Zeigefinger auf jeden einzelnen.

»Ich habe bei deinen Sprachnachrichten nicht verstanden, wie und warum du dich auf diese vier fixierst.« Axel trank seinen Espresso aus und kaute weiter an seinem Brötchen.

»Fixieren nicht. Wegen meiner Theorie is es die Gruppe geworden.«

»Welche Theorie?«

»Das hab ich dir doch erläutert, Axel.«

»Mitzi, du hast mir mehrere lange Voicemails geschickt, und das in aller Herrgottsfrühe. Ich bin jedes Mal zusammengezuckt, weil ich dachte, es ist eine Information von der Polizei zu Agnes.«

»Oh weh!« Mitzi tätschelte Axels Handrücken. »Das wollt ich nicht. Es erschien mir nur wichtig.«

»Schon gut. Erklär es mir noch einmal bitte.«

»Nelly.« Mitzi atmete tief ein. »Es geht um Nelly. Der alte oder neue Fall. Und der andere Mord in Krems. Der Serientäter.«

»Nicht so laut, Mitzi, wir sind nicht unter uns.«

»Der Sensenmann.« Mitzi flüsterte.

»Der was?«

»Ich nenne ihn so.« Mitzi hob die Hände, als wollte sie um Verständnis bitten. »Ich muss den Dingen Namen geben, um sie einzuordnen. Die eingemauerte Tote habe ich Nelly getauft. Agnes fand es richtig.«

»Okay. Weiter.«

»Also, der Irre, der Ohren abschneidet und Mädchen umbringt, das is für mich der Sensenmann.«

»Du weißt von dem linken Ohr?«

»Agnes vertraut mir.« Mitzi blinzelte. »Ich weiß, das glaubst du nicht, aber ich kann Geheimnisse für mich behalten.«

»Ich glaube es dir, zufrieden?«

»Darum geht es nicht. Sondern um meine Annahme. Der Sensenmann hat Agnes bei ›Aktenzeichen‹ gesehen, und dann war ihm klar, dass er dran is. Und ich sag noch zu Agnes vor der Sendung: Nicht dass dich ein Irrer verfolgt. Verstehst du?«

»So weit schon. Doch was dieser Täter, oder auch diese Täterin, mit Agnes' Verschwinden zu tun hat, leuchtet mir nicht ein. Es gab bisher keine konkrete Spur. Keinen wirklich relevanten Verdächtigen.«

»Den Stiefvater.«

»Petra Hammerl kümmert sich um den, Mitzi.«

»Die Ermittlungen haben ihn aufgeschreckt, sag ich doch.«

»Wenn er etwas damit zu tun hätte, wüssten wir es schon. Hammerl ist eine hervorragende Polizeibeamtin.«

Mitzi spürte, wie ihre Wangen zu glühen begannen. Je länger sie mit Axel darüber redete, desto wahrscheinlicher kam ihr die Schlussfolgerung vor, die sie nun wiederholte. »Fazit: Ich bin mir fast sicher, dass ich diesen schrecklichen Menschen auch kenne.«

Axel stutzte. »Wieso du?«

»Na, weil …« Sie begann zu stocken. »Weil eben diese vier mir … wie soll ich sagen, undurchsichtig vorkommen.« Sie verdrehte die Augen. »Nein, nicht alle. Mein Therapeut, Dr. Rannacher, den kenn ich schon länger. Aber ich hab ihn eben trotzdem auf die Liste genommen. Weil … ach, ich weiß auch nicht mehr.«

»Hör mal, Mitzi.« Axel schüttelte den Kopf. »Ich hatte in den letzten Wochen ebenfalls mit einem delikaten Auftrag zu tun und mit schrägen Vögeln als Klienten. Deshalb verdächtige ich diese aber nicht, Serientäter zu sein. Überlege bitte: Agnes hat durch ihre Recherchen sicher mit einigen Personen mehr Kontakt gehabt, die du überhaupt nicht kennst. Ja, es könnte mit dem aktuellen Fall zu tun haben. Da widerspreche ich dir nicht. Petra Hammerl und Bastian Klawinder recherchieren in Krems und in Kufstein unter anderem genau dazu. Aber Agnes war im Fernsehen, und Millionen Menschen haben sie gesehen. Nach deiner Überlegung kann es genauso jeder Einzelne von denen sein.«

»Die meisten schauen die Sendung nur, weil sie Gänsehaut haben möchten. Aus Sensationsgier.«

»Mitzi! Was du dir mit der Aufzählung ausgesponnen hast, hat weder Hand noch Fuß.«

Erneut zeigte Mitzi auf die einzelnen Namen. »Doch. Ich glaube, er is einer von denen.«

»Dann setze ich dagegen: Es ist einer in diesem Café. Weder das eine noch das andere ist zu beweisen.« Axel stand auf. »Entschuldige. Ich muss auf Toilette und bestelle mir noch einen Muntermacher-Espresso. Mein Magen wird brennen wie die Hölle, aber das macht nichts.«

In den Minuten allein konzentrierte sich Mitzi auf die anderen Gäste im Lokal. Eine Frau am Fenster kaute an ihrem Daumennagel. Ein Pärchen plauderte. Ein junger Mann mit einem Kinderwagen blätterte in einer Zeitschrift. Keiner zeigte eine Auffälligkeit, doch niemandem konnte man hinter die Fassade blicken.

Unrecht hatte Axel nicht. Laut ausgesprochen klang Mitzis Idee unausgegoren und unglaubwürdig. Trotzdem war sie sich letzte Nacht sicher gewesen. Agnes hatte ihr oft vom klassischen Bauchgefühl erzählt und dem Instinkt, auf den man hören sollte. Allerdings hatte Agnes hinzugefügt, dass jede Spekulation eine handfeste Recherche brauchte.

Mit einem nächsten Espresso, den er sich selbst servierte, kam Axel zurück.

»Pass auf, Mitzi. Ich denke, wir sollten auf die Polizei vertrauen.«

»Das hat Agnes auch zu mir gesagt. Öfter.«

»Siehst du. Daran solltest du dich halten.« Diesmal zuckerte er den Kaffee und rührte um. »Schmeckt mir besser. Ich habe uns noch Kuchen bestellt, als Stimmungsaufheller. An der Theke habe ich einen Marillenstreusel gesehen und Hunger bekommen. Für dich eine zweite Melange dazu. Agnes hat nichts davon, wenn wir uns völlig aufreiben. Wird uns beiden guttun.«

»Wirst du die vier Namen auf meiner Liste mit deiner Detektei noch mal überprüfen?« Mitzi wollte nicht aufgeben. »Zur Sicherheit?«

»Ganz ehrlich? Nein, Mitzi.«

7

Mitzi konnte erst nicht sprechen, lediglich schluchzen.

»Hallo? Hallo?« Severin Radl war erst nach ewigem Klingeln ans Handy seiner Frau gegangen. »Wer is denn da?«

Er hörte sich verschlafen an, und Mitzi sah unter ihrem Tränenschleier auf die Wanduhr über der Küchenzeile. Es war erst kurz nach acht, aber der ehemalige Landwirt mochte es gewohnt sein, früh ins Bett zu gehen. Sie hatte es bereits am Festnetz versucht, dort war das Band angesprungen. Die Ansage stammte noch von Radls verstorbener Frau Ingrid. Ihre Stimme darauf zu vernehmen hatte Mitzi noch trauriger gemacht.

Gedanken an Unglück, Krankheit und Tod wirbelten in ihrem Kopf.

»Hallo?« Noch einmal fragte Radl nach.

»Mitzi.« Mehr als das eine Wort brachte sie nicht heraus, dann weinte sie wieder bitterlich.

»Frau Schlager? Mitzi Schlager?« Jetzt schien er hellwach zu sein. »Um Gottes willen, was is denn g'schehen?«

Nach dem Treffen mit Axel hatte Mitzi eingekauft und war zurück in Agnes' Wohnung. Axel war auf dem Weg nach Krems, hatte dort ein Treffen mit Petra Hammerl vereinbart. Ohne Mitzi. Er hatte sie nicht gefragt, und sie hatte sich das Bitten erspart. Ob er danach nach Kufstein zu Mitzi oder noch einmal zu den Kirschnagels nach Innsbruck fahren würde, hatte er offengelassen. Ebenso, ob er Agnes' Kollegin etwas von Mitzis Überlegungen weitergeben würde.

Mitzi machte sich nichts vor, Axel nahm ihre gedanklichen Querverbindungen nicht ernst und würde höchstwahrscheinlich nicht einmal ihren Namen erwähnen.

Sie ging zur Spüle und riss sich ein Blatt einer Küchenrolle ab. Damit wischte sie sich übers Gesicht und schnäuzte sich am Ende.

»Sind Sie noch dran, liebe Mitzi?«

»Herr Radl, ich hab nicht gewusst, bei wem ich mich melden soll.«

»Alles in Ordnung?«

»Bei mir schon. Aber die Agnes …« Wieder Schluchzen, ein nächstes Küchenrollenblatt als Taschentuchersatz. Das Papier war rau und brannte auf der Haut um Nase und Augen. »Die Agnes gilt als vermisst.«

»Ich kann Ihnen leider nicht folgen, Mitzi.«

Mitzi zog die Nase hoch, ihre Oberlippe zuckte. »Ich hab Ihnen doch von meiner besten Freundin erzählt. Der Inspektorin Agnes Kirschnagel.«

»Ich erinnere mich. Leider nicht genau an alles, verzeihen Sie. Was is denn mit ihr?«

Schlagartig wurde Mitzi bewusst, dass Severin Radl nicht nur vergesslich war, sondern durchaus keine Ahnung haben konnte, dass Agnes vermisst wurde. Zwar war die Meldung durch die Medien gelaufen, doch der alte Mann war kein Freund der Nachrichten, wie er ihr in Lilienfeld erzählt hatte.

Ihm die gesamte Lage in aller Kürze zu erklären war nicht leicht. Sie schilderte die Mordfälle, zu denen Agnes ermittelte, und ihre eigene Vermutung über die Zusammenhänge. Ob der alte Bauer Mitzi wirklich folgen konnte, war ihr in dem Moment egal. Als sie fertig war, fand sie es ungemein erleichternd, dass ihr Severin Radl nicht wie Axel widersprach.

»Zwei Kinder tot? Wie schrecklich.« Er klang konsterniert.

»Teenager waren's. Die Lara und die andere. Alles lang her, aber trotzdem so traurig. Hoffentlich kriegen s' den Mörder. So einer verdient es, lebenslang im Gefängnis zu sitzen.«

»Da geb ich Ihnen recht, liebe Mitzi. Die armen Mäderln. Man findet kaum Worte.«

»Und jetzt is Agnes auch weg. Wie vom Erdboden verschluckt. Deshalb bin ich so verzweifelt.«

»Jessas, liebe Mitzi. Ihre arme Freundin, das Hascherl. Noch dazu, wo sie ein Kind erwartet. Wie fürchterlich das alles is.«

»Ach, Herr Radl. Am Mittwoch war sie ja noch im Fernsehen.«

»Warum denn?«

Mitzi erinnerte sich, dass sie Severin Radl davon erzählt hatte, doch sein Gedächtnis hatte schon mehrmals Lücken gezeigt. Noch dazu hatte er keinen Bezug zu Agnes. Sie versuchte, ihm auch Agnes' Beteiligung an der Sendung zu erklären. Durch das Reden ging es ihr zunehmend besser, obwohl ein Schluckauf einsetzte.

»Entschuldigung, ich hab Schnackerlstoßen.« Sie hielt die Luft an. Ihre Oma hatte ihr diese Methode dagegen beigebracht. Mindestens dreißig Sekunden, ohne einzuatmen, und dabei einige Male kräftig schlucken.

»Schon gut, liebe Mitzi.«

Nach dem letzten Schlucken sog Mitzi die Luft kräftig ein. Es schien zu helfen. »Ich entschuldige mich auch, dass ich Sie belästigt habe.«

»Das brauchen S' ebenfalls nicht.« Es rauschte in der Leitung, dann ging eine Tür auf und wieder zu. »Ich war noch im Gemüsegarten zugange. Die Kürbisse werden immer dicker. Deshalb hab ich das Läuten vorhin so spät gehört.«

»Überall bauen Sie etwas an, lieber Herr Radl. In Lilienfeld den Mais und in der Steiermark den Kürbis.«

»Früher haben wir die Felder alle bestellt. Erntehelfer hatten wir auch. Obwohl meine Ingrid alles immer selber machen wollte. Für uns zwei hat es später dann gereicht, einen Garten anzulegen. Groß Geld verdient haben wir eh nie. Die Ingrid hat unser Gemüse bei einem Standl am Kaiser-Josef-Platz verkauft. Im Winter waren ihre Finger steif von der Kälte. Kennen Sie den Markt?«

»Gegenüber von der Oper, ich weiß.« Mitzi bekam ein schlechtes Gewissen, weil sie die ganze Zeit über nur von sich und Agnes geredet hatte. »Wie geht's Ihnen denn?«

»Mein Kreuz tut weh vom Bücken.« Er hüstelte. »Ziemlich geärgert hab ich mich.«

»Ja? Worüber denn?«

»Über den Eichwaller.«

»Oh nein.« Mitzi stöhnte. »Der schon wieder.«

Lieber hätte sie sich die Probleme von Severin Radl angehört, ohne dass dieser Mensch darin vorgekommen wäre. Der Kerl stand an oberster Stelle auf ihrer Liste und schien sie regelrecht zu verfolgen, seit sie ihn das erste Mal in seiner Baufirma getroffen hatte. Oder richtiger formuliert, das zweite Mal. In der Vergangenheit hatte er möglicherweise schon eine dubiose Rolle in ihrem Leben gespielt.

»Ich will Sie nicht aufhalten, liebe Mitzi.«

»Herr Radl, Sie haben mich plappern lassen, jetzt bin ich für Sie da.«

»In Ordnung.« Er stieß einen Seufzer aus. »Ich glaub, der Eichwaller und der Vadura, die wollen mich übers Ohr hauen.«

»Wie das?«

»Ich hab den Vertrag zugeschickt bekommen. Das Durchlesen macht mich schwindlig. Da drin hab ich eine Unterklausel entdeckt, in der steht, dass der Abriss von meinem Bauernhaus und dem Stall zu meinen Lasten vom Kaufpreis eingezogen wird. Das heißt doch, ich muss dem seine Arbeit bezahlen, dabei wird er es über seine Firma durchführen.«

»Gibt's doch nicht.« Mitzi merkte, wie auch in ihr Verärgerung aufstieg.

»Ich denk schon, dass ich richtig gelesen hab.«

»Haben Sie einen Rechtsbeistand, Herr Radl?«

»Na ja. Bei Eichwaller-baut AG regeln alles zwei Firmenanwälte. Den Notar, der mich berät, den hat mir der Herr Eichwaller selbst empfohlen.«

»Das is schlecht. Sie müssen sich eigene Hilfe holen.«

»Vielleicht irre ich mich und hab's falsch verstanden, aber es beschäftigt mich sehr. Ich glaub, ich brauch wirklich eine neue Rechtshilfe.«

»Unbedingt. Die sind wie Heuschrecken. Die bei Eichwaller-baut AG wären ja sogar auf das Grundstück in Lilienfeld scharf. Die würden es sofort kaufen, und Sie hätten das Nachsehen.«

Ein leiser Ausruf, den Mitzi nicht verstand. »Jetzt schlagt's aber dreizehn. Das is mein Alterssitz. Wo soll ich denn hin, wenn nicht dort!«

»Bitte, regen Sie sich nicht auf.« Es tat ihr sofort wieder leid, nicht den Mund gehalten zu haben. »Das kommt für mich nicht einmal im Traum in Frage. Ich hab es Ihnen versprochen und halte mein Wort.«

»Danke. Sie sind eine liebe Person.«

»Aber dem Eichwaller trau ich keinen Meter über den Weg, das sag ich Ihnen. Bei dem zieht sich mein Mund zusammen wie nach einem Bissen in eine Zitrone.«

»Bloß nicht, Mitzi. Das macht Falten.« Radl stieß ein Ächzen aus. »Oh weh.«

»Was is, Herr Radl?«

»Mich sticht's in der Hüfte. Vom Ernten. Ich mach Schluss für heute. Alt und verbraucht, das bin ich.«

»Holen Sie sich Beistand. Beim Verkauf und bitte auch bei der Arbeit, Herr Radl.«

»Das schaff ich schon, ich hab ja Zeit, und der Kürbis rennt net davon. Alles Gute für Sie und Ihre Freundin, liebe Mitzi.«

»Danke, dass Sie mich haben reden lassen.«

»Das beruht auf Gegenseitigkeit.«

»Halten Sie mich auf dem Laufenden, Herr Radl?«

»Mach ich. Uns legt der Eichwaller nicht rein, gell?«

»Niemals, Herr Radl.« Mitzi ballte die freie Hand zu einer Faust. Wut war besser als Tränen.

8

Im August findet im Salzburger Land jedes Jahr das traditionsreiche Preberseeschießen statt. Das Besondere an diesem Ereignis ist, dass die Schützen dabei nicht auf eine entfernte Schießscheibe zielen, sondern auf das Spiegelbild auf der Wasseroberfläche. Absolut faszinierend wird es, wenn das Geschoss im besten Falle so sehr vom Wasser und den moorigen Schwebeteilchen abgelenkt wird, dass es nicht versinkt, sondern abprallt und tatsächlich die Zielscheibe am Ufer trifft.

Auf über tausendfünfhundert Metern ist der Prebersee bei Tamsweg gelegen. Dazu weit über die Grenzen des Salzburger Lungaus hinaus als heilsamer Moorsee bekannt. Nicht nur der See ist ein phantastisches Wanderziel, sondern ein spannender Lehrpfad informiert auch über seltene Pflanzen wie den seltenen Sumpfenzian. In der bewirtschafteten Almhütte werden den Wanderern selbst zubereitete Schmankerln serviert.

Mitzi war mit ihrem Ex-Freund Freddy in ihrem ersten Jahr in Salzburg dorthin gewandert. Gelegen in einer wunderschönen Landschaft, in einem noch intakten Ökosystem. Viel Wald, und das Wasser war kristallklar gewesen, erinnerte sie sich. Der Berg Preber und der blaue Himmel hatten sich darin gespiegelt.

Nach einer langen Wegstrecke, einem mühsamen Aufstieg, hatte der See sie mit einer Abkühlung gelockt, gaukelte Wonne und Labsal vor, lud ein, einzutauchen und die müden Wanderknochen zu erfrischen.

Mitzi hatte sich die Kleider vom Leib gestreift und war mit einem gewagten Sprung ins Nass gehechtet.

Doch in Wahrheit war das Wasser eiskalt gewesen.

Eine Kälte, die sie bis ins Mark traf. Ein Gefühl, als würden sich die Schweißperlen auf der Haut direkt zu Eiskristallen verdichten und das Herz mitten in seinem Galopp anhalten und eine Vollbremsung hinlegen, kein Schlag mehr möglich.

Der Atem blieb ihr weg, Luft konnte nicht mehr eingesogen werden. Als würde sie schockgefrostet.

Eine Millisekunde hatte sie ein Gefühl beherrscht, dass das Ende erreicht war. Nicht der Zielpunkt der Wanderung, sondern die letzte Station vor der Auflösung. Erst ein Luftschnappen, dann ein Stoß mit Armen oder Beinen hatten das Geschenk des Lebens zurückgeholt.

Nun wieder die Kälte eines Bergsees und dazu ein Schießen. Nicht wortwörtlich, aber trotzdem nicht weniger real.

Mitzis überbordende Emotionen hatten sich verabschiedet. Keine Tränen mehr, kein wildes Schluchzen wie bei dem Telefonat mit Severin Radl. Ihr Innenleben glich dem Sprung ins eiskalte Wasser des Moorsees damals. Frost bis tief in ihr Denken hinein. Die Hoffnung schien ihr entglitten. Sie war umgeben von einer Einsamkeit, die sich grenzenlos ausbreitete.

Keine Hilfe von Axel. Keiner da, der ihr Glauben schenkte. Agnes war es immer gewesen, die Mitzis seltsame Ideen und Querverbindungen zumindest fürs Erste ernst genommen hatte. Agnes hatte sich gekümmert, wenn Mitzi auf Abwege kam und sich im Dschungel des Lebens verirrte.

Doch Agnes war weg. Höchste Zeit, selbst das Ruder in die Hand zu nehmen. Oder besser gesagt, das Schießen zu beginnen.

Mitzi ging zum Angriff über.

Allerdings ohne sich örtlich zu verändern. Immer noch war sie in Agnes' Zuhause, saß auf dem Teppich am Boden. Vor ihr lagen ihre Waffen ausgebreitet. Der Notizblock, der Kugelschreiber und eine Visitenkarte, die eine Reihe von Nummern auswies, klein gedruckt, schwer zu entziffern. Ihr Handy bildete den Abschluss in der Viererkette. Sie griff danach, umklammerte es fest. Sie stellte sich vor, dass das Mobilteil eine Pistole wäre, die sie lud. Ein Revolver, den sie benutzen wollte.

Es klingelte am anderen Ende.

»Konrad Eichwaller, grüß Gott.«

Er war direkt in der Leitung.

»Maria Konstanze Schlager hier.« Mitzi säuselte. »Wie geht's Ihnen, Konny?«

Ein Atemzug Pause, ein Nachdenken, das hörbar war. »Ah, ich erinnere mich. Frau Schlager. Das Mädel von früher. Und jetzt die fesche Mitzi, nicht wahr?«

»Genau die, die Herrn Radl begleitet hat und die einmal allein vorbeigekommen is.«

»Hab ich gehört.« Kein Wort mehr dazu, obwohl Mitzi sich nicht vorstellen konnte, dass sein Kompagnon ihm nicht geschildert hatte, wie aufgeregt ihr Benehmen gewesen war. »Was kann ich für Sie tun?«

»Ich wollte Sie in Salzburg treffen. Dort war halt nur Ihr Partner, der Schweizer, anwesend.«

»Herr Vadura.«

»Genau der.«

»Beat is zurzeit ebenfalls in Krems.«

»Und ich rufe zurzeit aus Kufstein an, Konny. Könnte aber nach Krems kommen. Oder sonst wohin. Ich bin flexibel.«

»Aha.«

Wieder eine Pause.

»Frau Schlager? Mitzi?«

»Bin noch dran, Konny. Lassen S' uns Tacheles reden. Noch einmal kommen Sie mir nicht aus.«

»Sehr lustig.« Eichwaller ließ eine Mischung aus Hüsteln und Lachen los. »Geht es um das Grundstück in Lilienfeld? Haben Sie es sich anders überlegt? Wir könnten uns treffen, und ich besichtige es. Ich könnt Ihnen einen Eindruck vom Wert geben. Ohne natürlich Herrn Radl in die Quere kommen zu wollen. Aber er is ja versorgt nach seinem Verkauf.«

»Lassen wir Herrn Radl außen vor.«

»Wie Sie meinen, Mitzi.«

So eisig sich Mitzis Hirn und Herz anfühlten, so glühend heiß wurde das Handy in ihrer Hand. Im Bild der Pistole bleibend, zielte sie jetzt.

»Kommen wir auf den Punkt: Ich weiß es, Konny.«

Eine Pause. Dann ein leises: »Bitte?«

»Ich weiß alles. Das von früher und das von jetzt.«

»Was?«

Mitzi war zu einem ersten Warnschuss bereit.

»Konrad Eichwaller, Sie machen unlautere Geschäfte. Sie setzen einen alten Menschen unter Druck, Ihnen Hab und Gut zu veräußern, und tricksen dabei. Das is Betrug.«

»Wie bitte?« Schon lauter.

Nachladen und Zielen. »Wenn das alles wär, wäre es schon zu viel. Doch ich weiß noch mehr über Sie und Ihre schrecklichen Taten.«

»Taten, welche Taten, was reden S' denn?« Er wurde aggressiver. »Haben Sie den Verstand verloren?«

Mitzis nächster Schuss war einer ins Blaue, den sie vorneweg allerdings genau einkalkuliert hatte. »Sie haben zwei Mädchen auf dem Gewissen, Konny. Eine Unbekannte in Kufstein vor zwölf Jahren und Lara Fürtl vor sechs.«

»Ich hab was?« Eichwallers Stimme überschlug sich.

Der dritte Schuss sollte schließlich ins Schwarze treffen. »Inspektorin Agnes Kirschnagel is Ihnen auf die Schliche gekommen, deshalb haben Sie sie entführt und halten sie als Geisel gefangen.«

»Wenn das ein Scherz is –«

»Mund halten und zuhören!« Mitzi hatte noch nie derart zu einer anderen Person gesprochen, harte Zeiten erforderten jedoch ungewöhnliche Maßnahmen.

Ein Schnauben am anderen Ende der Leitung. »Ich glaub, Sie spinnen. Ich lass mir solche Anschuldigungen nicht bieten. Ich lege auf.«

Aber er hielt die Verbindung, wie Mitzi feststellte.

Eine letzte Patrone war im Lauf. Auch diese musste raus. »Noch dazu hab mich erinnert, was damals mit meinen Eltern passiert is. Ich weiß wieder, dass Sie anwesend waren an dem Tag, zu der Stunde. Für dieses Unglück werden Sie ebenso büßen.«

Fast war ihr, als könnte sie einen Einschlag auf einer Wasseroberfläche spüren. Eine Kugel, die abprallte und Richtung

Zielscheibe gelenkt wurde. Die ganze Zeit über blieb Mitzi unheimlich ruhig.

»Hören Sie, Sie depperte Funzn.« Nun verlor Eichwaller endgültig die Nerven. »Ich zeige Sie an. Sie sind ja irre. Eine Stalkerin. Sie gehören eingesperrt im Hefn. Aber was red ich, ab nach Steinhof, ins Irrenhaus.«

»Ich schlage Ihnen einen Deal vor, Herr Eichwaller. Wenn Sie Agnes freilassen und ich von ihr höre, dass alles in Ordnung is, dann geb ich Ihnen einen Vorsprung, obwohl Sie ins Gefängnis gehören, nicht ich.«

»Es reicht. Das Gespräch is beendet.«

Diesmal legte er tatsächlich auf.

Mitzi machte ein Häkchen an Konrad Eichwallers Namen.

Sie starrte auf die kurze Liste. Nach Eichwaller hätte sie am liebsten die restlichen drei Männer ebenso lautstark und offensiv beschuldigt, aber für jeden war eine eigene Vorgehensweise nötig. Die würde sie sich in den nächsten Stunden zurechtlegen. Ihr würden Wege einfallen, diese sogenannten »üblichen Verdächtigen« aufzumischen. Wenn einer aus der Deckung kam, wäre sie in dem Spiel einen wichtigen Zug vorangekommen, kalkulierte Mitzi.

Axel und Bastian Klawinder fielen ihr ein. Wie würden die beiden reagieren, wenn sie von ihrer Aktion erfuhren? Beide Männer nahmen sie nicht ernst, waren jedoch bereit, für Agnes alles zu tun. Indessen gab es noch jemanden, den Mitzi sich ins Gedächtnis rief und den sie aufsuchen konnte. Selbst wenn sie eine Anzeige, sogar eine Haftstrafe zu fürchten hatte, Kopf und Kragen riskierte, würde sie weitermachen.

Mitzi blieb noch eine Weile auf dem Teppich sitzen und imaginierte sich auf dem Grund eines Bergsees. Sie atmete das eisige Wasser ein und fühlte sich für den Moment kaltblütig.

Eine Eigenschaft, die überhaupt nicht zu ihr passte.

9

»Ich stör Sie nicht lange, Frau Hammerl.«

Mitzi knetete ihre Umhängetasche zwischen ihren Fingern. Die Frau vor ihr schüchterte sie völlig ein, obwohl sie um einen Kopf kleiner als Mitzi war. Sie wirkte dünn, aber unter den Ärmeln ihres grünen Poloshirts waren durchtrainierte Oberarme zu erkennen.

Sie waren an der Anmeldung der Polizeiinspektion aufeinandergetroffen, nachdem Mitzi mit einer Schwindelei nach der Ermittlerin verlangt hatte.

»Wo brennt es denn?« Die Stimme von Petra Hammerl war wirklich beeindruckend, gab Mitzi Agnes im Stillen recht. Tief und brummig, gewohnt, Anweisungen zu geben und diese auch befolgt zu wissen. »Wenn Sie schon bei meinem Kollegen fordern, mich unter vier Augen zu sprechen, und das dringend, muss es ja enorm wichtig sein. Es geht um meinen Bruder, haben Sie gesagt.«

»Genau, Frau Hammerl, ich –«

»Hauptmann Hammerl, bitte.«

»Selbstverständlich, Frau Haupt–«

»Ach was, kommen Sie zur Sache.« Sie stemmte die Hände in die Hüften. »Übrigens hab ich keinen Bruder, sondern drei Schwestern.«

Mitzis Flunkerei war aufgedeckt. Kein guter Einstand. Sie nahm all ihren Mut zusammen.

»Entschuldigen Sie. Ich wollte mit Ihnen allein reden. Unbedingt. Wie ich vorhin schon gesagt hab. Bitte. Es eilt wirklich.« Sie wurde leiser. »Es geht um Agnes Kirschnagel.«

»Agnes?« Petra Hammerl musterte Mitzi. »Folgen Sie mir in mein Refugium.« Sie winkte Mitzi und ging mit raschen Schritten quer durch den Eingangsbereich der Kremser Polizeiinspektion.

Mitzi trippelte hinter ihr her und weiter durch eine blinde

Glastür, hinter der sich ein geräumiges Büro auftat. Der Raum war hell, und eine Pflanze am Fensterbrett trug rote Blüten. Es war im Gegensatz zu draußen angenehm kühl, in der Ecke neben einem Regal voller Ordner drehte sich ein Ventilator.

Petra Hammerl zeigte auf einen Sessel vor einem Schreibtisch. Sie selbst nahm auf einem Drehstuhl dahinter Platz. Sie klappte das Laptop, das darauf stand, zu und schob es zur Seite.

Mitzis Aufregung ließ sie auf der Kante des ihr zugewiesenen Sitzes Platz nehmen. »Mein Name is Maria Konstanze Schlager. Ich wohne in Salzburg, bin jetzt aber aus Kufstein angereist.«

»Schöne Städte.«

»Auch Krems is toll. Ich war schon einige Male hier.«

»Genug Small Talk, Frau Schlager. Sie wollten mir etwas über Inspektorin Kirschnagel mitteilen.«

»Sie kennen mich von einem anderen Fall her.«

Petra Hammerl legte den Kopf schief. »Ich erinnere mich noch sehr genau. Mitzi, nicht?«

»Genau die bin ich.«

»Tut mir leid für Sie.« Sie schlug einen milderen Ton an. »Wir alle stehen unter Schock, könnte man sagen. Ich kann Ihnen versichern, dass wir alles in unserer Macht Stehende tun, um die geschätzte Kollegin heil wiederzufinden.«

»Deswegen bin ich nicht hier.«

»Sondern?«

»Ich hab einen Verdacht. Das heißt, ich vermute, ich geh nach meinem Bauchgefühl, ich spinne so rum. Wie Agnes es auch immer tut. Nur bin ich keine Inspektorin.«

»Verdacht also?« Petra Hammerl verschränkte die Arme. »Immer heraus damit.«

»Es is so …« Mitzi zögerte.

Sie kam sich unbeholfen vor. In ihrem Kopf hatte sie sich die Begegnung leichter vorgestellt. Ihre Entschlossenheit nach dem Anruf bei Konrad Eichwaller schrumpfte im Sekundentakt. Petra Hammerl gegenüberzusitzen ließ Mitzi an ihren Disput mit Axel denken. Eine Polizeibeamtin würde ihr höchstwahrscheinlich noch viel weniger Glauben schenken als ein Privatdetektiv. »Was ich gleich sage, is die reine Spekulation.«

»Ohne die würden wir kaum einen Fall lösen, Frau Schlager. Ich fresse Sie nicht.«

Petra Hammerl war Mitzi bei Weitem nicht so sympathisch, wie ihr Agnes von Anfang an gewesen war, aber sie fasste neben Courage etwas Zutrauen.

»Ich denke, es hängt mit Nelly zusammen.« Mitzi korrigierte sich. »Ich meine das tote Mädchen in Kufstein. Der erste, der alte Mord.«

»Nelly reicht, Frau Schlager. Agnes hat sie mehrfach so genannt. Wie kommen Sie auf die Idee?«

»Also, nicht nur mit Nelly, sondern auch mit der anderen, die in Ihren Zuständigkeitsbereich fällt. Die Lara Fürtl. Ein so hübsches Mädel, ich hab das Foto bei ›Aktenzeichen XY‹ gesehen und war ganz hingerissen. Zugleich verschreckt, weil sie derart jung sterben hat müssen.«

»Bitte weiter.«

»Verzeihen Sie, wenn ich nervös bin, red ich zu viel.« Sie rutschte auf der Sitzfläche nach hinten, ihre Oberschenkel hatten bereits zu zittern begonnen. Sie fixierte ihre Finger auf ihren Knien. »Frau Hauptmann Hammerl, ich denke, dass der Ohrenabschneider sie hat.«

»Von einem Halsabschneider hab ich schon gehört, aber noch nie von einem Ohrenabschneider.«

Mitzi sah hoch. »Agnes mag einen Fehler begangen haben, weil sie es mir erzählt hat. Bitte sehen Sie es ihr nach, wenn sie heile und ganz gefunden wird. Ich kenne dieses Detail über den Serienmörder, das nicht veröffentlicht worden is.«

»Ah ja, Frau Schlager.«

»Diese Bezeichnung is mir vorhin im Zug eingefallen, als ich mir überlegt habe, wie ich diesen gruseligen Menschen bei Ihnen benennen soll.«

Unerwähnt ließ Mitzi den Sensenmann, von der Geschichte brauchte hier niemand etwas zu wissen.

Petra Hammerl nickte. »Völlig in Ordnung, wenn es für Sie stimmt und Ihnen hilft.«

»Das tut es.« Mitzi wagte sich weiter vor. »Ich glaube, dass der Mörder aufgeschreckt worden is und durchgedreht hat. So viele Jahre sind seine Taten unbemerkt geblieben. Er war frei und hat vielleicht noch mehr arme Mädchen ermordet. Vielleicht hat er sich unbesiegbar gefühlt. Dann gibt es die Tote in Kufstein, und Sie und Agnes verbinden den Fall mit dem aus Krems. Plötzlich steht er unter Druck, kriegt Panik. Sehen Sie, Agnes war im Fernsehen und in allen Medien. Dadurch weiß der Ohrenabschneider, wer sie is und mit was sie sich beschäftigt. Deshalb hat er sie aus dem Verkehr gezogen.«

Ohne dass sie es merkte, liefen Mitzi während ihrer Rede die Tränen über die Wangen. Petra Hammerl öffnete eine Schublade ihres Schreibtisches und fischte ein Taschentuch heraus.

»Nehmen Sie es und schnäuzen Sie sich.« Sie klang streng. »Platzen hilft nicht, nur handeln.«

»Richtig, Frau Hauptmann Hammerl.« Mitzi wischte sich über Augen und Nase. »Jetzt komm ich ins Spiel. Ich hab mir überlegt, dass es noch eine Gemeinsamkeit geben könnte. Dass es dabei zu einer Überschneidung gekommen is. Nämlich, dass ich mit dem Bösen auch schon zu tun hatte. Und er jemand is, den ich ebenfalls kenne. Deshalb hab ich ein paar Namen notiert. Es kann vielleicht nicht schaden, diese Männer zu überprüfen.«

Mitzi wartete, aber von Petra Hammerls Seite erfolgte keine Gegenrede. Ermutigt davon, öffnete sie ihre Umhängetasche und kramte nach dem Notizblock. »Sie können mich gleich hinausschmeißen, wenn Sie Wichtigeres zu tun haben, Frau Hammerl, nein, Hauptmann, mein ich. Ich bin einfach froh, dass ich ihn aussprechen kann, meinen Verdacht. Denn wenn an dem etwas dran is und ich wäre damit nicht zu Ihnen gekommen, dann würde ich mir ewig Vorwürfe machen.«

Eine Weile herrschte Schweigen zwischen den Frauen. Mitzi legte den Block zwischen Petra Hammerl und sich.

Von draußen war das Klingeln mehrerer Telefone zu hören,

dann Fetzen eines Gesprächs von Männern, die an der Tür vorbeigingen. Mitzi wagte es nicht, weiter das Wort zu führen. Sie rutschte erneut vor an die Kante. »Soll ich lieber wieder gehen?«

»Sicher werden Sie hier nicht übernachten, Frau Schlager.« Petra Hammerl warf einen schnellen Blick auf Mitzis Liste. »Diese vier?«

»Ganz genau, diese vier. Heißt das, Sie glauben mir und unternehmen was?« Mitzi schluckte neue Tränen hinunter.

»Ehrlich gesagt, Frau Schlager, glaub ich Ihnen nicht.« Petra Hammerl griff nach dem Block und riss den obersten Zettel ab. »Allerdings habe ich mir in meinen Dienstjahren angewöhnt, jeder noch so kruden Idee wenigstens ein bisserl Aufmerksamkeit zu schenken.«

»Danke, Frau Hauptmann Hammerl. Danke vielmals.«

»Hier steht Dr. Rannacher drauf. Sie meinen doch nicht den Wiener Psychologen Rannacher?«

»Genau den. Er is mein Therapeut. Mir ein klein wenig suspekt. Er is eher in Ermangelung anderer Möglichkeiten in der Aufzählung gelandet.«

»Hören S' auf. Niemals der Dr. Rannacher.« Petra Hammerl stieß ein Lachen aus, wurde aber sofort wieder ernst. »Der hat früher jahrelang die Polizei beraten. Bei Lara Fürtl war er dabei. Ich kenne ihn gut.«

»Agnes hat ihn zurate gezogen.«

»Auf meine Vermittlung hin.« Petra Hammerl begann mit den Fingern auf ihrem geschlossenen Laptop zu trommeln. »Das kommt mir sehr abwegig vor.«

Mitzi sah ihre gerade gewonnenen Felle davonschwimmen. »Is eher unwahrscheinlich, richtig. Bleiben immer noch drei.«

»Lara Fürtls Stiefvater haben wir bereits im Auge, Frau Schlager. Erich Disswart, nicht Dessart. Auch wir sind nicht untätig gewesen. Er wird überwacht, obwohl ich nicht denke, dass er mit Agnes' Verschwinden zu tun hat. Wie Sie sehen, schließe ich ihn trotzdem nicht aus.«

»Super. Dann die zwei noch.«

»Konrad Eichwaller und Beat Vadura.«

»Eichwaller-baut AG. Die haben ihren Firmensitz in Salzburg und ein Büro hier in Krems. Inspektor Bastian Klawinder hat den anderen Namen selbst erwähnt.«

Das Fingertrommeln ging weiter, und Mitzi geriet immer mehr unter Druck. Sie versuchte, die Konzentration zu halten. »Agnes wollte die Baufirma überprüfen, hat sie mir versprochen. Warum Inspektor Klawinder den Herrn Vadura im Blick hat, weiß ich leider nicht.«

»Soso!« Petra Hammerl klappte das Laptop auf und tippte.

Mitzi zögerte, weil sie nicht wusste, wie sie Petra Hammerl ihren Anruf bei Eichwaller erklären sollte. Ihr impulsiver Vorstoß konnte noch zum Problem werden. »Bei dem einen hab ich eine Art Übergriff begangen, Frau Hauptmann.«

»Übergriff? Bei welchem denn?«

»Ich hab Konrad Eichwaller telefonisch beschuldigt. Womöglich zeigt er mich deshalb an.«

Petra Hammerl tippte ungerührt weiter. »Das werden wir dann ja sehen, Frau Schlager. Das Erste, was ich tun kann, ist, mich gleich wieder mit dem Kollegen in Kufstein in Verbindung zu setzen. Kann gut sein, dass Inspektor Klawinder diesen Beat Vadura bereits überprüft hat. Als Nächstes kümmere ich mich um Konrad Eichwaller.«

»Beide Herren sind grad in der Kremser Dependance der Baufirma.«

»Also hier vor Ort. Passt.«

»Ich werd Ihnen ewig dankbar sein, dass Sie meine komischen Ideen ernst nehmen.«

»Ganz so komisch sind die nicht, Frau Schlager.« Agnes' Kollegin ließ ein minimales Seufzen hören. »Dass unsere Ermittlungen den Serientäter aufgeschreckt haben könnten, is klarerweise einer unserer Ansätze. Noch dazu habe ich seit einer Stunde eine neue Information aus der Rechtsmedizin Innsbruck zur Todesursache des Kufsteiner Opfers.«

Mitzi horchte auf. »Welche denn?«

»Mehr kann ich dazu nicht sagen, Frau Schlager.«

»Schon klar.« Mitzi biss sich auf die Lippen. »Ich vertraue auf die Polizei, ja, das tue ich.«

»Was nicht stimmt, Frau Schlager, sonst hätten Sie sich nicht Ihre eigenen Gedanken gemacht.«

»Erwischt.«

»Geben wir die Hoffnung nicht auf, Frau Schlager. Noch sind es keine vierundzwanzig Stunden, dass die Kollegin unauffindbar is. Das is keine lange Zeitspanne, wenn auch in Agnes' Fall definitiv zu lange. So, jetzt ruft die Arbeit.« Petra Hammerl erhob sich.

»Ich bin schon weg.« Mitzi sprang ebenfalls hoch. »Kann ich den Block wieder mitnehmen?«

»Sicher.« Petra Hammerl umrundete den Schreibtisch, öffnete die Tür. »Übrigens, Frau Schlager. Sie haben mit ihrem Bluff vorhin doch ins Schwarze getroffen. Ich habe einen Bruder.«

Trotz der ernsten Lage musste Mitzi lächeln, darüber, dass sie ebenfalls beschwindelt worden war. »Also keine drei Schwestern?«

»Doch, die auch.«

10

Mitzi konnte einfach nicht zurück nach Salzburg fahren.

Der Gedanke, in ihrer eigenen Wohnung zu sitzen und nichts tun zu können, außer zu warten, war unerträglich. Wie so oft in diesen Stunden holte sie ihr Handy hervor und hoffte auf ein Lebenszeichen von Agnes. Es gab nur eine Textnachricht von Axel.

»Ich entschuldige mich, dass ich im Café so abweisend war, Mitzi. Meine Nerven sind blank wie deine auch. Ich bin in Kufstein, in Agnes' Wohnung. Liebe Grüße von mir und Jo.« Dazu ein Foto des Hamsters, wie er durch die Gitterstäbe seines Geheges mit seinen Knopfaugen nach draußen sah.

Mitzi war sofort bereit, Axel zu verzeihen. Sie wusste, wie schwer die Situation auch für ihn war. Schnell schickte sie ihm drei Herzen in drei verschiedenen Farben, danach suchte sie eine Zugverbindung von Krems nach Kufstein heraus. Sie würde die nächste Reisemöglichkeit nehmen.

Doch am Bahnhof angekommen, entschied sie sich um. Agnes' Bude war ein Ein-Zimmer-Appartement. Mitzi würde zwar wieder auf der Couch schlafen, und Axel könnte das Bett nehmen, aber Privatsphäre für den Einzelnen gab es nicht. Sie würden quasi bei allen Tätigkeiten übereinander stolpern. Noch dazu würden sie sich in ihrer Traurigkeit und Anspannung ergänzen, und keinem wäre geholfen.

Kufstein würde demnach nicht ihr nächstes Ziel sein und ebenfalls nicht Salzburg. Bauer Radl geisterte durch Mitzis Kopf. Sie könnte in die Steiermark aufbrechen und ihn in seinem Bauernhaus überraschen. Davor Oma am Friedhof besuchen. Danach sich zum früheren Grundstück ihrer Familie begeben, sich dort ins Gras legen und noch einmal die Erinnerungen ordnen rund um den Tag des Unglücks.

Alle diese Optionen verwarf Mitzi.

Die Gegenwart verlangte ihre gesamte Aufmerksamkeit,

jetzt abzudriften in Geschehnisse, die nicht mehr rückgängig zu machen waren, war kontraproduktiv. Mitzi durchdachte die Alternative, an Ort und Stelle in Krems zu bleiben, sich ein Zimmer zu nehmen und morgen erneut Petra Hammerl aufzusuchen, um sich nach Fortschritten zu erkundigen. Die Polizistin noch einmal um die Informationen zu den neuen Erkenntnissen aus der Rechtsmedizin zu bitten, die Mitzi beschäftigten.

Ebenfalls eine schlechte Idee, bei Hauptmann Hammerl aufdringlich zu werden. »Jede Ermittlung braucht ihre ganz eigene Zeit«, hatte Agnes einmal zu Mitzi gesagt.

Zeit, die Agnes fehlte, darüber durfte Mitzi nicht zu grübeln beginnen. Besser war es, sich einen Ort auszusuchen, an dem sie die Abläufe noch einmal Punkt für Punkt durchgehen und sich neue Maßnahmen überlegen konnte sowie deren rasche Durchführung. Tag zwei nach Agnes' Verschwinden ging auf den Abend zu, Mitzi hätte alles für ein Lebenszeichen gegeben.

Wohin also?

Es blieb ein Ort übrig, an dem sie sich gerade erst für eine minimale Zeitspanne glücklich gefühlt hatte, bevor sie ein nächstes Unglück eingeholt hatte. Lilienfeld. Noch dazu hatte sie ihr Zimmer in der Pension der Naturfreunde in der ersten Nacht um zwei Tage verlängert, das bedeutete, sie hatte sogar eine fixe Übernachtungsmöglichkeit dort. Ein wenig Freude kam zwischen all den Sorgen auf.

Die Abfahrt erfolgte in zwanzig Minuten, zweimal würde sie umsteigen müssen. Mitzi besorgte sich ein Käsebrötchen und einen Eistee. Während der Fahrt sah sie aus dem Fenster. Zugfahren hatte sie stets beruhigt. Man kam voran und ließ Dinge hinter sich, ohne Anstrengung. Die Landschaft zog an einem vorbei, die Welt vor dem Zugfenster zeigte sich im Sonnenschein. Wiesen, Wald, Kühe, Schafe, ein Ort, eine Stadt, Häuser, Straßen, Brücken, ein Fluss, Berge und der Himmel, der sich zu bewegen schien. Alles kam in Sichtweite und löste sich wieder auf, nichts gab es zum Festhalten.

Mitzi döste weg. Die Erschöpfung und die Sorgen fielen

von ihr ab, sie hatte das Gefühl, im Rhythmus des fahrenden Zuges gewiegt zu werden wie auf einer Schaukel.

Etwas blitzte auf.

Ihr Kopf kippte nach vorn, während sie ihren Oberkörper nach oben streckte. In ihrem Rücken gab es einen leichten Stich. Mitzi war von einer Sekunde zur anderen hellwach. Sie rieb sich mit einer Hand den unteren Rücken, mit der anderen die Stirn.

Im hypnotischen Halbschlaf war ihr etwas aufgefallen, eingefallen. Etwas war an den Rand ihres bewussten Denkens gerückt, das sie irritierte. Ein Satz. Nein, eine Bemerkung, die nicht gepasst hatte.

Welche war das gewesen?

»Verdammt.« Mitzi strengte ihr Denken an. Es war wie ein neues Puzzleteil, das überhaupt erst ein korrektes Zusammensetzen des Gesamtbildes möglich machte.

Sie kam nicht darauf. Im wachen Zustand versteckte sich das Teilchen, schien das Licht zu scheuen wie ein Vampir das Kreuz. Schließlich lehnte sie sich im Sitz zurück und versuchte, den losgelösten Zustand wiederherzustellen. Sie zwang sich, den Atem tiefer werden zu lassen, die Augen zu schließen. Ihre Gedanken sammelten sich zu Klumpen, zerflossen, nahmen neue Gestalten an.

Keine Chance. Die Ungereimtheit, die ihr aufgestoßen war, ließ sich nicht mehr blicken. Mitzi stöhnte.

Eine Weile gab sie sich dem Rhythmus der Reise hin. Als sie Hunger bekam, holte sie ihr Käsebrötchen aus der Tasche und aß ohne Appetit. Langsam schlürfte sie den Eistee, versuchte erneut, an nichts Bestimmtes zu denken, um genau das eine Bestimmte wiederzufinden. Wieder Fehlanzeige. Sie presste die Lider zusammen, fester jetzt, was einzig zur Folge hatte, dass helle Streifen auf dunklem Hintergrund in ihrem Sichtfeld auftauchten. Der Kiefer verspannte sich, dann der Nacken.

Als letzten Versuch holte sie Block und Stift aus der Tasche. Sie schrieb noch einmal die Namen auf, malte jeweils einen Kreis um die vier und tippte dann mit dem Zeigefinger auf jeden einzelnen. Vom Käsebrötchen war ihr Zeigefinger fettig, er hinterließ vier Flecken auf dem Papier.

»Die Fahrkarte, bittschön.«

Die Zugbegleiterin zeigte sich. Eine Frau in ihren mittleren Jahren mit einer hochtoupierten Frisur, die an Fotos aus den Sechzigern erinnerte.

Mitzi zückte ihr Mobilteil. »Ich hab ein Handyticket.«

»Na toll. Dann das.« Die Frau wirkte genervt, als ob die elektronische Fahrkarte für sie mehr Mühe und Plage bedeutete. Mitzi hielt ihr das Display unter die Nase. Es dauerte enorm lange, bis das Scannen abgeschlossen war. »Das hätten wir, gute Reise.«

»Entschuldigen Sie.« Mitzi überkam das Bedürfnis, sich mitzuteilen. »Ich bin vorhin eingeschlafen.«

»Passiert öfter.« Die Zugbegleiterin wollte weitergehen.

Mitzi hob die Hand. »Was ich sagen will, ich hab ein Schlaferl gemacht, und dabei is mir was Wichtiges durch den Kopf geschossen.«

»Aha. Schön für Sie.«

»Eben nicht. Etwas enorm Wichtiges is hochgekommen. Glaub ich zumindest. Jetzt is es weg.« Mitzi verzog den Mund. »Es war so bedeutend, dass ein Menschenleben davon abhängen könnt. Mir is ganz blümerant.«

»Herrje!« Die Frau zeigte ein besorgtes Gesicht. »Kann ich helfen? Is Ihnen nicht wohl?«

»Nein, nein. Alles okay. Ich musst es nur loswerden. Einfach jemandem erzählen. Dass ich vielleicht einen Teil der Lösung im Schlaf gefunden hab, es mir aber partout nicht wieder einfallen will.«

»Mein Ratschlag«, die Zugbegleiterin zeigte ein wenig Interesse, »probieren S' es doch mit Wein.«

»Wein?«, hakte Mitzi nach.

»Bei mir is es so: Nach ein oder zwei Glaserln von einem deliziösen österreichischen Wein wird mir immer leicht schummrig. Dann fall ich in einen Zustand zwischen Dasein und schon Fortsein. Mein Mann lacht dann und zwickt mich.«

»Ich glaub, Sie haben mir eben geholfen.« Mitzi packte spontan die Hand der Frau und schüttelte sie. »Ich weiß, was ich heut Abend machen werde. Danke.«

»Ja dann. Gern geschehen!« Sie zupfte am Ansatz ihrer hochtoupierten Haare. »Vielleicht brauchen S' auch drei oder vier Glaserl.«

In Lilienfeld, und dort zurück in der Pension der Naturfreunde, war Mitzi enttäuscht, dass nicht Rudolfo mit seinem Drosselbart hinter der Rezeption stand. Es war ein anderer Angestellter, dem Mitzi bisher überhaupt noch nie begegnet war.

»Was kann ich für Sie tun?« Der junge, schlaksige Mann trug eine Lederhose über einem gestreiften T-Shirt. Die Kleidungsstücke passten nicht zusammen.

Mitzi verkniff es sich, die Tischklingel zu drücken.

»Folgendes: Ich hätte nach vorgestern auch noch gestern in Ihrem wunderbaren Haus residieren sollen. Wegen eines Notfalls bin ich aber aus Lilienfeld fort, und das Bett is die ganze letzte Nach unbenutzt geblieben. Ich bezahl es selbstverständlich, ich hab die Nummer neun. Der Herr Rudolfo war so nett und hat die Reservierung getätigt, dann is was Schlimmes passiert, und ich musste nach Tirol. Heute bin ich von Krems hierher zurück, weil ich nicht nach Salzburg wollte.«

»Ich kann Ihnen nicht folgen, wenn ich ehrlich bin.« Er sah Mitzi konsterniert an.

Mitzi winkte ab. »Das is auch nicht nötig. Nummer neun, bitte. Wann kommt denn der Rudolfo?«

»Erst gegen zehn heut Abend.«

»Kann ich eine Flasche Wein aufs Zimmer mitnehmen?«

»Einen Wein?« Der Schlaksige runzelte die Stirn. »Unser Shop hat schon zu. Oder Sie nehmen sich was aus der Minibar.«

»Das kostet aber mehr.«

»Ich könnt Ihnen ein Glas hier unten servieren. Einen herrlichen Grünen Veltliner. Manchmal trinken Gäste hier oder draußen noch was.«

»Is das ein Weißer oder Roter?« Mitzi hatte wenig Ahnung von Weinen.

»Ein Weißer natürlich. Von einem Weingut ums Eck in Traisen.«

»Macht der schläfrig?«

Erneutes Stirnrunzeln. »Je nachdem, wie viel Sie trinken. Ein Achterl is sicher zu wenig. Ein Viertel vielleicht?«

»Ich probiere es zur Sicherheit erst einmal mit einem Glaserl. Ich trinke so gut wie nie Alkohol.«

»Also, ein Achterl Grüner Veltliner. Kommt sofort.« Er verschwand durch die Tür des Frühstücksraums.

Während Mitzi sich nach draußen setzte, an den Tisch, der ihr schon auf der Internetseite der Pension der Naturfreunde gefallen hatte, fragte sie sich, ob es funktionieren konnte. Ein Glas Wein trinken oder zwei und dann nach oben ins Zimmer. Sie würde das Fenster öffnen, den Geräuschen lauschen, die Nacht hereinbrechen sehen und versuchen, sich noch einmal wie im Zug zu entspannen. In ihrer momentanen Aufgeregtheit würde es ein schwieriges Unterfangen werden.

»Komm, Agnes«, hatte Mitzi gesagt. »Komm nach Lilienfeld.« Danach war etwas geschehen. Etwas Schlimmes.

Mitzi musste das Puzzleteil wiederfinden. Sie musste.

11

»Frau Inspektor, Sie schaun so blass aus.«

»Danke, geht schon wieder. Es ist die Hitze.«

»Vielleicht auch das Kleine in Ihrem Bauch.«

»Kann sein.«

»Noch ein Schluck?«

»Nein danke. Jetzt ist es genug. Mir geht es wirklich besser.«

»Gut, dass ich was zum Trinken dabeihatte. Vorhin hab ich meinen Augen nicht getraut, dass ich Ihnen begegne. Deshalb hab ich direkt angehalten.«

»Das war sehr freundlich, noch mal danke.«

»Ein schicksalhaftes Zusammentreffen.«

»Na ja, eher Zufall, dass ich grad mit Ihnen hier an diesem Ort zusammentreffe.«

»Wollen Sie sich ins Auto setzen, Frau Inspektor?«

»Nein, alles gut.«

Als Erstes fiel Agnes die Kälte auf.

Wo war ihre Bettdecke, hatte sie sie wie schon oft von sich gestrampelt?

Sie versuchte, ihren Arm nach unten auszustrecken und danach zu tasten, aber ihre Muskeln gehorchten nicht den Anweisungen aus ihrem Gehirn. Ein seltsamer Zustand, den sie dem Halbschlaf zuordnete. Immer noch gefangen in der Traumwelt, war der erste Erklärungsversuch ihres Verstands.

Es war nicht nur kalt um sie herum, sondern auch feucht. Hatte sie die Balkontür offen gelassen? Hatte es einen nächtlichen Schauer gegeben, und der Wind hatte die Tropfen bis zu ihrem Bett getrieben? So etwas war in all den Jahren, seit sie ihr kleines Appartement in Kufstein bewohnte, erst einmal vorgekommen, sie konnte sich jedoch gut daran erinnern.

Trotzdem lag ein eigentümlicher Nebel über ihrem Denken. Es war nicht so, dass sie nicht wusste, wer sie war. Inspektorin Agnes Kirschnagel, im zweiten Jahr bei der Polizei in Kufstein, Tirol. Sie konnte ihr Gesicht im Spiegel imaginieren, sich ihren Körper vorstellen. Sie dachte an ihre Eltern, an ihre Schwester Katja. Sie sah ihren Liebsten Axel vor sich, sein Antlitz wechselte zu dem ihres Kollegen Bastian Klawinder und ging dann zu ihrem Chef, Revierinspektor Sepp Renner, über. Am Ende tauchte aus der Reihe von Personen, die durch Agnes' Gedächtnis marschierten, ihre Freundin Mitzi auf. Die gute Mitzi, die sich oft in ziemlich prekäre Situationen manövrierte. Agnes hätte gern gelächelt, doch ihre Lippen taten ihr den Gefallen nicht.

Die Zeitspanne vor dem Erwachen war in der Rückschau hingegen wie ausgelöscht.

Was war geschehen? Warum fühlte sich ihr Körper wie mit Gewichten beschwert an? Wie am Boden angetackert?

Während Agnes angestrengt überlegte, schaffte sie es zumindest, die Augen zu öffnen. Dabei hatte sie eine Empfindung wie Blei auf den Lidern.

»Alles, was wir sehn und scheinen, ist nur ein Traum in einem Traum.« Völlig zusammenhangslos dachte Agnes an das Zitat von Edgar Allan Poe.

Um sie herum war Dunkelheit, was hieß, dass es immer noch Nacht sein musste. Sie versuchte, sich auf die Seite zu drehen, was unmöglich war. Diese körperliche Starre verursachte ein mulmiges Gefühl. Agnes konzentrierte sich, wollte mit Gewalt eine Bewegung herbeiführen. Doch ihre Muskeln weigerten sich, Befehle auszuführen.

Es mochte sich um eine Schlafparalyse oder Schlafstarre handeln, die kurz vor dem Aufwachen eintreten konnte und verhinderte, dass geträumte Bewegungen ausgeführt wurden. War man sich dessen bewusst, erzeugte dieses Gefühl des Gelähmtseins eine Heidenangst. Doch es dauerte in der Regel nur wenige Sekunden an. Am besten war, sie würde ihre Augen wieder schließen, ruhig atmen und langsam bis zehn zählen, dann war der Spuk sicher vorbei.

Bereits bei vier stockte Agnes. Ein Kribbeln machte sich

bemerkbar, begann an ihren Fersen, lief die Waden und die Schenkel hoch und verteilte sich über den gesamten Rücken. Am Genick machte es halt, sie meinte ein Klicken zu hören, als würde etwas zwischen Nacken und Hinterkopf einrasten. Fast parallel dazu erspürte sie mit einem Mal unter Schultern und Po einen bretthartern Boden. Niemals konnte sie zu Hause und in ihrem Bett sein.

»Und der rote Tod hatte sie alle in seiner Gewalt.« Wieder Poe in ihrem Hirn. Dann ein erschrecktes inneres Aufbäumen.

Oh Gott, oh Gott, ich muss mich rühren, ich muss aufstehen. Sofort.

Die Stimme im Kopf wurde lauter, drängender, ängstlicher. Noch keine Panik, das nicht, aber die Unsicherheit türmte sich auf wie eine anschwellende Welle. Es war Agnes schlicht unmöglich, sich aufzurichten, unmöglich, auch nur zu erahnen, was ihr zugestoßen war.

Wo zum Teufel war sie?

Wieder bedurfte es einer Kraftanstrengung, die Augen zum zweiten Mal zu öffnen. Selbst Blinzeln schien in Zeitlupe zu geschehen. Sie starrte ein Loch in die Luft, die sie umgab. Das Atmen verursachte keine Probleme, Sauerstoff schien ausreichend vorhanden zu sein. Je öfter sie blinzelte, desto leichter wurde es. Und noch eine Besserung trat ein: Die Dunkelheit um sie herum war nicht mehr allumfassend. Agnes hätte es als tiefste Dämmerung beschrieben, eine bewölkte Nacht ohne Mond und Sterne. In der dunkelgrauen Suppe meinte sie Konturen zu erkennen, schwarze Türme oder Hügel um sie herum.

Auf einmal Bilder wie Risse in ihrem Kopf. Szenen, die wechselten, allerdings in einer derartigen Geschwindigkeit, dass Agnes keinen Zusammenhang herstellen konnte. Im Gegenteil, die rasante Abfolge erschreckte sie, sie konnte den Wirbel eine Weile nicht anhalten.

Ein Schrei, nein, mehr ein Wimmern. Hatte sie selbst diese Laute ausgestoßen?

Nun ließ sich die Panik nicht mehr aufhalten.

Was geschieht mit mir? Wo bin ich? Wie bin ich hierhergelangt? Warum kann ich mich nicht bewegen?

Die Fragezeichen häuften sich an.

Das Ein- und Ausatmen wurde automatisch schneller. Agnes konnte ein Keuchen hören, das definitiv aus ihrem Mund kam. Sie meinte, den Hauch ihrer Atemluft vor ihren Augen aufsteigen zu sehen. Dazu die Feuchtigkeit und der unnachgiebige Untergrund.

Das war kein Traum, kein Alp. Agnes war wach und an einem ihr unbekannten Ort, unfähig, auch nur eine winzige Bewegung – außer blinzeln – auszuführen. Sie fror, sie atmete zu schnell, sie war dabei, die Nerven zu verlieren.

Und sie war schwanger. Ein Blitz, der durch ihre Gedanken fuhr. Hochschwanger.

Das Kind. Oh Gott, oh Gott, was ist mit meinem Baby? Die ganze Energie, die ganze Kraft ihres Denkens lenkte Agnes auf ihre Mitte, auf ihren Bauch, auf das neue Leben, das in ihr wuchs.

Doch wie zu den anderen Teilen ihres Körpers konnte sie auch dazu keine Verbindung herstellen. Tote Leitung, totes Gleis, toter Winkel. Wimmern und Keuchen, Keuchen und Wimmern.

Spatzerl?, dachte sie. Nein!, schrie sie in ihrem Kopf, in ihrem Herzen. Nichts, absolut nichts. Die Panik wuchs – nun eine unaufhaltsame Woge –, stülpte sich über all die anderen Gedanken und Gefühle und über alles, was dieses Erwachen an Schrecklichkeit ausmachte.

Nein! Wieder meinte Agnes innerlich zu kreischen. Nein und nein.

Sie durfte sich nicht aufgeben und der Angst das Feld überlassen. Furcht war kein guter Ratgeber, Panik kein Begleiter, der einen heil aus dem Chaos führte. Zu oft schon hatte Agnes erlebt, wie Opfer oder Zeugen sich einschüchtern ließen, den Mut verloren, so manches Mal sogar die Kraft, nach einer Tat weiterzuleben. Agnes brauchte ihren ganzen Willen, um über die kalte Dämmerung hier zu triumphieren.

Mitzi! Wieder an Mitzi zu denken half. An die liebenswerte und doch so verquere Mitzi. Kein Wunder bei deren hartem Schicksal. Trotz allem hatte sie sich durchgesetzt im Leben. Noch dazu war sie die auserkorene Patentante des Ungeborenen. Anton Maria sollte der Bub heißen, obwohl außer der begleitenden Ärztin keiner von ihnen wusste, welches Geschlecht das Baby haben würde.

Das Baby! Das Butzerl! Das Spatzerl! Da waren sie erneut, die Ängste. Agnes musste ihre überbordenden Emotionen mit Gewalt von ihrem Kind abwenden, um nicht völlig durchzudrehen.

Ihr Beruf als Inspektorin war jederzeit einen guten Gedanken wert. Polizistin und Ermittlerin war sie mit Leib und Seele und Leidenschaft. Einige Fälle hatte sie gelöst, darunter drei Kapitalverbrechen.

Im Moment war sie dabei …

Ihr Denken gefror.

Der Fall. Der Fall und ihre schlimme Lage hingen zusammen. Agnes hielt die Luft an.

In der nächsten Sekunde spürte sie ein starkes Ziehen in der linken Wade. Ihr Bein begann unkontrolliert zu zucken. Ihre Muskeln taten wieder Dienst. Die Freude darüber dauerte nicht einmal eine Sekunde. Ein Krampf entstand. Nicht nur in der Wade, sondern auch im Oberschenkel und im Gesäß.

Der Schmerz war so groß, dass Agnes das Wasser aus den Augen schoss. Sie öffnete ganz weit den Mund, und endlich kam ein richtiger Schrei aus ihrer Kehle.

Agnes schrie gegen die Kälte und Dunkelheit und die Angst um ihr Ungeborenes an.

IV.

KukuruzKiller

Noch wacht Mitzi nicht auf. Nicht, bevor sie in diesem Traum zu dem einzigen Ort gereist ist, der ihr vor Mord und Totschlag sicher scheint. Wobei auch hier ein Verbrechen geschehen ist, aber das wiegt weniger als die Freundschaft zu Agnes.

Mitzi ist auf der Festung in Kufstein und sieht sich um. Das Bergpanorama ist atemberaubend, obwohl die Spitzen unter Nebel verborgen sind.

Sie springt auf den Rand der Befestigungsmauer und schaut nach unten. Keiner zu sehen, Nebelfetzen ziehen auch durch die Fußgängerzone. Das Buchcafé im Lippotthaus kann Mitzi erkennen, dort hat sie sich wohlgefühlt. Agnes' Wohnhaus sieht sie. Doch das Fenster und die Balkontür sind dunkel. Sie möchte nach unten laufen oder fliegen oder schweben, aber sie kann sich keinen Millimeter mehr bewegen. Mit einem Mal steigt eine solche Beklemmung in ihrer Brust hoch, dass sie nicht einmal mehr atmen kann.

Etwas Schlimmes kündigt sich an.

»Anhalten!« Mitzi ruft. So laut, dass es zu den Bergen hochdringt und als Echo widerhallt. »Aufwachen!«

Gleich wird sie, schweißgebadet und mit klopfendem Herzen, das Traumland verlassen.

1

Als Mitzi an der noch geschlossenen Stiftstaverne vorbeiging, rieb sie sich unwillkürlich die Schläfen. Drei Gläser Wein waren es gewesen. Zwei zu viel, nach dem ersten Achterl.

Zweimal hatte sie sich nachschenken lassen, hinterher war sie auf ihr Zimmer geschlichen, taumelig im Kopf, ob vom Alkohol oder dem nicht enden wollenden Drama um Agnes. Den Portier Rudolfo Sommer mit dem Drosselbart hatte Mitzi verpasst, was sie zwar bedauerte, was aber keine Rolle spielte.

Leider hatte das Trinken seinen Zweck verfehlt. Mitzi war einfach ins Hotelbett gefallen, hatte weder eine Erkenntnis gehabt noch etwas geträumt. Zumindest nichts, an das sie sich erinnern konnte. Der neue Tag war angebrochen ohne Neuigkeiten. Dazu passend zeigte sich die Sonne heute nicht, der Himmel war bewölkt.

Axel hatte sich gemeldet. »Bei dir etwas Neues, Mitzi?«
»Nein. Und bei dir?«
»Als wäre Agnes von einem Wal verschluckt worden.«

Noch ein paar Sätze dazu, belanglos und unbedeutend unter der Last der Ereignisse oder besser Nichtereignisse.

Denn nichts tat sich. Absolut und unfassbar nichts. Sechsunddreißig Stunden. Mitzi hatte es an den Fingern nachgezählt, wobei der Zeitraum nicht exakt zu definieren war. Keiner wusste, wann genau sich Agnes Donnerstagnachmittag in Luft aufgelöst hatte.

Nach einem traurigen Frühstück war Mitzi losgelaufen, sie brauchte frische Luft.

Das Zisterzienserstift Lilienfeld hatte zum Glück schon geöffnet. Mitzi huschte hinein. Der mittelalterliche Bau aus dem 13. Jahrhundert galt als kulturelles wie auch spirituelles Zentrum der Region und war noch dazu die größte erhaltene zisterziensische Klosteranlage Mitteleuropas.

Mitzi hatte bereits bei ihrem ersten Besuch in Lilienfeld

darüber gelesen und das Stift von außen bestaunt, hatte es aber nicht betreten. Heute schien es ihr der einzige Ort, der ihr etwas Herzenstrost bringen konnte. Außerdem hatte sie vor, für Agnes eine Kerze anzuzünden. Mit dem oder der da oben zu reden und zu bitten. Inniglich um Hilfe und Beistand zu flehen.

Beim Eintreten in die Stiftskirche kam es Mitzi so vor, als würde sich ihr eine andere Welt öffnen. Sie mochte Kirchen und heilige Stätten, diese Mischung aus Erhabenheit und Stille. Dort fühlte sie sich klein und doch groß, einsam und trotzdem als Teil einer Gemeinschaft.

Das Innere war in Schwarz, Weiß und Gold gehalten. Atemberaubend schwangen sich die hellen Bögen in die Höhe. Die goldenen Verzierungen hoben sich von dem schwarzen Marmor der Nebenaltäre ab und leuchteten im Licht des neuen Tages. Der Hauptaltar war besonders prächtig. Die dunkelbraunen Kirchenbänke wirkten hingegen schlicht.

Mitzi bewegte sich mit Bedacht durch das Kirchenschiff und an den ersten Arkadenbögen vorbei.

Ihre festen Schuhe erzeugten bei jedem Schritt ein schmatzendes Geräusch, das ihr unangenehm war. Deshalb ging sie die letzten Meter auf Zehenspitzen und kam in der hintersten Bank zum Sitzen. Noch war sie die einzige Anwesende, aber es war anzunehmen, dass es nur eine Frage der Zeit war, bis andere Besucher und vor allem Touristen auftauchen würden.

Sie war eigentlich nicht gläubig, auch wenn sie getauft war und ihre Großeltern sie als Kind hin und wieder zu einem Gottesdienst mitgenommen hatten. Am schönsten hatte sie die Weihnachtsmetten gefunden, es war aufregend gewesen, aus der Dunkelheit in die erleuchtete Kirche zu gelangen und nach der Bescherung in die kalte Winternacht hinauszulaufen.

Jetzt faltete Mitzi ihre Finger, betete jedoch nicht. Sie versuchte, an nichts zu denken und einfach loszulassen. Ein Zustand wie der Halbschlaf im Zug, als ihr der wichtigste Gedanke der letzten Stunden weggerutscht war.

Inzwischen war sich Mitzi fast gewiss, dass genau diese

Eingebung die Lösung beinhaltete. Ihrer Meinung nach zu beidem: dem Sensenmann und Agnes' Verschwinden.

»Ich könnt Ihnen ein paar Geheimnisse verraten, wenn Sie mögen.« Ein Flüstern von der Seite.

Mitzi erschrak derart, dass sie hochschoss und einen Sprung zur Seite machte. Sie drehte den Kopf und sah eine Frau, die sich neben sie gesetzt hatte.

»Es gibt keinen Grund, sich grad vor mir zu fürchten.« Ein Hauch von einem Lachen folgte.

Die Frau war geschätzt um die vierzig, hatte aber bereits weißes Haar. Oder es war so blond, dass es im Licht, das durch die hohen Bogenfenster fiel, weiß wirkte. Sie trug ein rosa Kleid mit helleren Tupfen.

»Sonst bin ich immer die Erste, heute haben Sie mich überholt.« Noch ein Flüstern. »Ich bin die Else.«

Mitzis erster Schreck legte sich sofort wieder. An jedem anderen Tag hätte sie sich gefreut, mit jemandem ins Gespräch zu kommen, doch diesmal war es ihr alles andere als recht. Sie war nicht hier, um zu plaudern, sie war hier, um sich in höchster Not zu erinnern.

»Ich brauch etwas Ruh.« Mitzi hob entschuldigend die Hände. Sie wollte die Besucherin nicht vor den Kopf stoßen. »Wissen Sie, ich möcht allein sein. Unbedingt. Dankschön.«

»Also, passen S' auf! Ich verrat Ihnen ein paar hübsche Kostbarkeiten.« Es war so, als hätte die Frau neben Mitzi sie nicht gehört. Sie zwinkerte ihr zu und rutschte näher. Ihr Flüstern wurde etwas lauter. »Es gibt zwei Stiftungsurkunden aus dem Jahr 1209. Eine vom 7. und eine vom 13. April. Beide werden hier aufbewahrt.«

Mitzi sah sich um, außer ihnen beiden war immer noch kein Mensch in der Kirche. Sie wurde deutlicher. »Interessant, aber ich wollt wirklich ein bisserl nachdenken, Else.«

Die Frau deutete nach vorne, einer Fremdenführerin gleich. »Beim Hochaltar finden Sie das aufgebaute Grabdenkmal von Babenbergerherzog Leopold VI. Was soll ich Ihnen sagen, es ist leer. Tatsächlich leer. Deshalb handelt es sich nicht um einen

Sarkophag, sondern um einen Kenotaph. Keno statt Sarko, und Taph statt Phag, verstehen S'?« Wieder das gehauchte Lachen. »Der Poldi, wie ich ihn gerne nenne, liegt unter der linken Chorschranke begraben. Ohne Grabstein.«

In Mitzi stieg Ungeduld hoch. »Hören Sie, es is nicht böse gemeint, Else, aber lassen S' mich, ja? Ich muss nachdenken und um etwas bitten.«

»Nur ein winziges letztes Detail, wenn ich darf?« Elses Lachen mit Hauch. »Es macht mir so Freude, diese Geheimnisse mit anderen zu teilen. Dadurch gelangen sie in die ganze Welt, is das nicht himmlisch?«

Zu jedem anderen Zeitpunkt hätte Mitzi der Frau recht gegeben und sich noch viel mehr für solche Originalitäten begeistert. »Na gut. Bitte. Nur noch ein einziges.«

»Versprochen. Dann setz ich mich woandershin.«

Weil die Frau weder verrückt noch böse wirkte, gab Mitzi nach. Vielleicht war die Besucherin schlicht einsam. Damit kannte sich Mitzi aus. »Ich höre zu.«

»Wunderbar«, rief Else im rosa gepunkteten Kleid und klatschte in die Hände, dass es in der Kirche widerhallte. Danach legte sie ihren Zeigefinger auf die Lippen. »Pscht. Ich bin oft zu laut und red zu viel.«

»Das kenn ich.« Jetzt stahl sich sogar ein winziges Lächeln auf Mitzis Lippen, was sie bei all der Sorge nicht mehr für möglich gehalten hatte. »Erzählen S' weiter.«

»Das Stift hat ursprünglich Mariental geheißen, nach der Jungfrau Maria. Allerdings hat sich der Name Lilienfeld durchgesetzt. Nach den Herren von Lilienfeld.«

»Ich heiß übrigens Maria. Maria Konstanze. Mitzi ruft man mich.«

»1810 gab es einen Brand.« Else mit dem weißen Haar ging auf Mitzis Einwurf nicht ein, sondern formte mit den Händen eine Kugel, deren Bedeutung Mitzi nicht verstand. »Hernach sollten die Mönche von Lilienfeld eigentlich nach Säusenstein übersiedelt werden. Die haben sich geweigert. Deshalb sind alle immer noch hier.«

»Aber keiner von denen lebt mehr, Else.«

»Natürlich nicht.« Noch einmal die Geste einer Kugel. »So ist der Lauf der Welt. Die einen gehen, die anderen kommen.«

Plötzlich war er da.

Der Gedanke. Der Satz, an den sich Mitzi im Zug erinnert hatte, den sie aber nicht hatte festhalten können.

»Ach du lieber Gott«, sagte Mitzi viel zu laut.

Denn was der erinnerte Satz auslöste, war ungeheuerlich.

»Ich hab Sie übrigens im Fernsehen bewundert, Frau Inspektor.«

»Das hat anscheinend ganz Österreich.«

»Sie sind jetzt eine Berühmtheit.«

»Blödsinn. Es geht um Verbrechensaufklärung.«

»Und, wer war es?«

»Wie meinen Sie?«

»Wissen Sie es schon, Frau Inspektor?«

»Was soll diese Frage? Über laufende Ermittlungen kann und will ich keine Auskunft geben.«

»Sind Sie deshalb hier?«

»Wie kommen Sie denn darauf?«

»Auf Fragen kommen Gegenfragen. Machen Sie es so bei der Polizei?«

»Ach, wissen Sie, die Vorstellungen der Leute sind meist vollkommen falsche, was Polizeiarbeit betrifft.«

»Oje, Frau Inspektor, Sie sind ja jetzt sogar blasser geworden als vorhin schon. Kann ich Ihnen mit sonst etwas helfen?«

»Danke, nein. Ich werde mich wieder auf den Weg machen.«

»Sie sehen aber so aus, als könnten Sie keine paar Meter mehr laufen.«

»Ehrlich gesagt fühl ich mich auch so. Ich muss telefonieren.«

»Bleiben S' bei mir. Ich stütz Sie.«

»Nein, das möchte ich nicht.«

»Sie schwanken ja.«

»Lassen Sie mich!«

»Wenn Sie umfallen, tun Sie sich und dem Kind weh.«

»Was haben Sie mir zu trinken gegeben?«

»Nur keine Angst.«

»Was war das eben? Ich möchte Sie darauf hinweisen, dass ich ein Mitglied der Polizei bin und Sie eine schwere Straftat begehen, wenn Sie mich mit einem Getränk unter Drogen setzen.«

»Aber geh, Frau Inspektor, wie streng Sie reden. Ich glaub, Sie brauchen einfach nur ein Mützerl Schlaf.«

»Wagen Sie es nicht, mich anzufassen. Nicht anfassen, nicht …«

Das Baby bewegte sich in Agnes' Bauch. Es versetzte ihr einen heftigen Tritt gegen die Bauchdecke, was Agnes zu sich kommen ließ. Mitten in den Krämpfen und der Panikattacke hatte sie das Bewusstsein verloren.

Nun hatte sie das Lebenszeichen in ihrem Körper zurückgeholt. Ein Felsbrocken der Erleichterung fiel von ihrem Herzen.

Die Situation hatte sich leider nicht geändert. Agnes lag an einem unbekannten Ort im Dunkeln auf einem harten Boden. Doch ihr Körper gehorchte ihr eine Winzigkeit mehr. Das Augenaufschlagen gelang immerhin mühelos. Der Rest fühlte sich wie unter bleischweren Gewichten begraben an.

Agnes streckte mit einem Stöhnen das linke Bein aus, es stach und zog in der Wade. Sie spannte das Gesäß an, was eine erneute Muskelkontraktion auslöste, die aber beim Loslassen abebbte. Erst hob Agnes einen, dann den anderen Arm. Sie führte die Finger nah ans Gesicht und konnte sie als dunkelgraue Bewegungsmuster wahrnehmen. Alles an ihr fühlte sich an, als ob sie verprügelt worden wäre oder wie bei einem schweren Muskelkater.

Als Letztes drehte sie den Kopf langsam von links nach rechts, der Nacken war steif wie ein Brett. Vorsichtig hob sie ihn an, konnte ihn wenige Sekunden halten, bevor die Anstrengung zu viel wurde. Sterne kreisten in ihrem Blickfeld, verschwanden mit einem Aufblitzen.

Wieder machte sich das Kind bemerkbar. Sanfter als beim ersten Mal. Es war ein Wunder. Sie legte schützend ihre Arme um ihren Bauch und spürte Tränen über ihre Wangen laufen.

»Mein Spatzerl«, flüsterte sie. »Geht es dir gut, ja? Die Mama holt uns hier raus, mein Spatzerl.«

Die nächste Kraftanstrengung folgte. Agnes rollte sich auf die rechte Seite. Sie zog die Knie an und verharrte in dieser Position. Die Fötushaltung gab ihr Sicherheit in dem Meer aus Unwägbarkeiten, in dem sie gelandet war. Eine neue Woge der Erschöpfung erfasste sie, und sie dämmerte eine Weile vor sich hin, ohne jedes Gefühl für Zeit. Es war ein Wechsel zwischen Dösen und Denken.

Zusammenhänge gedanklich zu greifen fiel ihr schwerer als vorhin bei ihrem ersten Erwachen. Die Erinnerungen rutschten weg, und Konkretes festzuhalten schien unmöglich. Sie registrierte, dass sie im Schritt nass war, doch es spielte keine Rolle. Sie roch Schweiß und schmeckte Tränen. Ihre Zunge war angeschwollen, ihre Lippen spröde. Der Geschmack im Mund war ein unangenehm schaler. Schmerzen kamen und gingen, geisterhaft und nicht lokalisierbar.

Jahre blieb Agnes liegen. Oder nur Minuten.

Ihr war kalt, dann wieder warm, sie schwebte, um im nächsten Moment den Boden unter sich als Qual zu empfinden.

Immer und immer wieder versuchte sie, ihre Augen weiter offen zu halten und ins Dunkle zu starren. Wieder meinte sie Konturen zu erkennen, ein Objekt in ihrem Sichtfeld mochte eine Kiste oder ein großer Sack sein. Schließlich gab sie auf, etwas identifizieren zu wollen, es machte ihr nur Kopfschmerzen. Sie erlag dem Bedürfnis, sich treiben zu lassen.

Erinnerungsfetzen zu ihrer Schwangerschaft mischten sich in das Grau, das sie umgab.

Das Ultraschallbild ihres Kindes, Axel, wie er grinste und versuchte, das Geschlecht des Babys zu erraten, dazu sie selbst, wie sie ihn lachend daran hinderte. Das Gesicht ihrer Mutter, die nach der Ankündigung, Oma zu werden, einige Freudentränen verdrückte. Agnes' Vater, der sich eine Pfeife stopfte und zufrieden brummte. Ihre Schwester Katja, die ihrem Verlobten einen Stups in die Rippen versetzte, wie als Aufforderung, endlich auch in die Babygänge zu kommen. Agnes und Mitzi im Auto bei Nacht, als Agnes es der Freundin als Allererster gestanden hatte.

Die Szenen wechselten und zogen Agnes tiefer in die Vergangenheit. Sie sah sich beim Maturaball mit ihrem damaligen Schwarm Wubbel tanzen. Wie hatte der süße Kerl wirklich geheißen? Wolfgang oder Werner? Nahtlos glitt sie in ihre alte Volksschulklasse, in der sie Susie als beste Freundin gehabt hatte. Die hatte sich heimlich in der Zoohandlung einen Hamster besorgt, Agnes dabei ihre Liebe zu diesem entzückenden Haustier entdeckt. Der Hamster war ein trächtiges Weibchen gewesen, und Susie hatte ihrer überraschten Mutter bei ihrer Beichte einen Wäschekorb mit vier rosa Hamstergeschöpfen vor die Nase gestellt.

»Agnes.« Jemand sprach sie an.

Nicht real und doch klar und deutlich.

»Du musst jetzt langsam aufstehen, Agnes.« – Wer sagte das? »Nicht liegen bleiben, auf keinen Fall liegen bleiben.«

Wenn sie gekonnt hätte, hätte Agnes diese Aufforderung befolgt, es ging leider nicht. Durstig war sie, so verdammt durstig. Hungrig ebenfalls, aber das war Nebensache. Für einen Schluck Wasser wäre sie meilenweit gelaufen, was ein Witz war, über den sie lachen wollte, ohne dazu fähig zu sein.

Musik erklang von irgendwoher. Sang jemand? Nein! Alles war, wie auch die Stimme, nur in ihrem Kopf.

Agnes lauschte trotzdem.

Ein Lied schwebte durch den grauen Äther.

Ein Kinderlied.

Es tanzt ein Bi-Ba-Butzemann
in unserm Haus herum, fidebum,
es tanzt ein Bi-Ba-Butzemann
in unserm Haus herum.

Ein Butzemann – war damit nicht ein Kobold oder sogar ein Dämon gemeint? Hatte Agnes nicht als Mädchen Angst vor diesem Lied gehabt? Oder war es Mitzi gewesen, die darüber geredet hatte?

Er rüttelt sich, er schüttelt sich,
er wirft sein Säckchen hinter sich.
Es tanzt ein Bi-Ba-Butzemann
in unserm Haus herum.

Nein, kein Butzemann, sondern der Sensenmann, Mitzis Sensenmann. Der Tod. Der Tod tanzte.

Er wirft sein Säcklein her und hin,
was ist wohl in dem Säcklein drin?
Es tanzt ein Bi-Ba-Butzemann
in unserm Haus herum.

In seinem Sack sind Knochen und Haut. Eine Mumie. Eine oder zwei oder viele, viele Mädchen mehr.

Es tanzt ein Bi-Ba-Butzemann …

Halt!
Ich mag es nicht, dachte Agnes weiter. Ich will dieses Lied nicht hören.
Doch wie ein Ohrwurm krochen Melodie und Text tiefer in Agnes' Inneres und setzten sich in ihrem Herzen fest. Stetige Wiederholungen der letzten Zeile machten sie mürbe.
»Steh auf!« Wieder rief jemand diesen Befehl.
Ihr Körper wurde von einem Schüttelfrost erfasst. Agnes zog die Knie enger an ihren Leib und presste ihre linke Handfläche fest an ihr linkes Ohr.
Linkes Ohr. Wie ein Echo aus einer anderen Realität hallten die zwei Worte nach, wurden zurückgeworfen und schoben das Lied beiseite.
»Linkes Ohr, linkes Ohr.« Agnes' Murmeln war kratzig, ihr Kehlkopf tat weh, beim Sprechen und beim Schlucken.
Nur ein wenig Wasser, bitte, nur einen Tropfen.
Verdammtes linkes Ohr.
Ihr Zustand, ihre Lage hatte etwas mit ihrem linken Ohr zu

tun. Nein, nicht mit ihrem. Auch nicht mit einem einzelnen Organ, sondern mit mehreren.

Sie imaginierte einen Hörsaal und eine Frau in einem roten Kleid.

»Die Funktionsweise unseres Ohrs, liebe Studierende«, dozierte diese, und ihr Mund ging dabei rasend schnell auf und zu, nicht zu dem Gesprochenen passend. »Das Ohr ist ein komplexes Organ. Es empfängt Informationen und leitet diese zur Verarbeitung an das Gehirn weiter, sodass wir mit der Umwelt kommunizieren können. Außerdem ist ein Teil des Ohrs für den Gleichgewichtssinn verantwortlich.«

Aus der Dozentin wurde ein schlaksiger, hochgewachsener Mann mit einem Mundschutz, den er kurioserweise über den Augen trug. Sein Kittel war giftgrün. »Am Knochen zeigen sich typische Einkerbungen, die darauf schließen lassen, dass das Ohr post mortem entfernt wurde.« Er quakte beim Sprechen in seiner grünen Montur wie ein Frosch. »Ich würde die Tote auf fünfzehn Jahre schätzen.«

Nelly war ein Teenager, ebenso Lara. Vielleicht bin ich deshalb noch am Leben und durfte beide Ohren behalten.

Diese eine klare Überlegung hob sich aus den wabernden Gedanken heraus. Noch konnte Agnes sie nicht direkt zuordnen, aber es holte sie ein Stück zurück. Nelly? Lara? Wer noch?

Agnes drückte die Handfläche unter ihrem Ohr gegen den Boden. Sie stellte sich einen Hebel vor, der verrostet war und wieder in Schwung gebracht werden musste. Ein Karussell begann. Die Dunkelheit drehte sich im Kreis. Trotzdem gelang es ihr, sich aufzusetzen.

»Ja, ja, ja« – da war die autoritäre Stimme wieder – »komm hoch, komm hoch.«

Danach Stille.

Wieder war es Agnes, als würde sie Jahre oder Minuten verharren. Warten. Lauschen. Atmen. Sich nach Wasser sehnen. Den Bauch streicheln. Wieder mehr zu einer ganzen Person werden, mit klarem Verstand.

Der Schwindel legte sich.

Agnes fasste nach dem Stoff ihres T-Shirts und wischte sich über das Gesicht, das von Tränen und Rotz verklebt war. Endlich war sie fähig, die Situation einzuschätzen. Ihr Handy, ihre Tasche und ihr Rollkoffer fehlten. Ganz abgesehen von ihrem Polizeiausweis. Oder lagen die Sachen hier irgendwo im grauen Finstern herum? Sie tastete sich ab. Ihre Kleidung war nicht zerrissen, sie stank nur heftig. Ansonsten schien Agnes körperlich unversehrt. Keine Wunde, keine Verletzung, keine Beule an der Stirn oder am Kopf. Aber das Hirn wie Brei und Strudelteig in einem.

Agnes war betäubt worden. Keine andere Erklärung möglich.

Der Mageninhalt des toten Mädchens. Zwölf Jahre lang hatten sich die Stoffe darin zersetzt. Eine so hohe Menge an Betäubungsmittel, dass Dr. Krempl immer noch etwas davon hatte feststellen können. Eine tödliche Dosis?

Warum war Agnes dann noch am Leben?

Vielleicht, weil sie zwar aus dem Weg geräumt, aber nicht getötet werden sollte. Möglich, dass der Serientäter seine Flucht plante und Zeit brauchte.

Der Täter. Der Serientäter.

Sie musste hier raus, wo auch immer hier war.

Agnes kam auf alle viere, dann zum Knien, und schließlich stand sie. Der Schwindel kehrte zurück, heftiger als zuvor. Kein Karussell, sondern eine Fahrt mit der Achterbahn. Sie taumelte vorwärts, obwohl es um sie herum keine Richtungen zu geben schien.

»Hilfe!« Agnes versuchte ein Rufen und noch eines. »Hilfe! Hilfe!«

Dann rannte sie gegen etwas.

Jetzt schrie sie vor Schmerz und Überraschung. Sie drehte sich und stolperte dabei. Sie fiel, und ihr Kopf knallte gegen einen schwarzen Klumpen, der alles hätte sein können.

Die Landung auf dem Boden war hart und gnadenlos.

Es tanzt ein Bi-Ba-Butzemann
in unserm Haus herum, fidebum,
es tanzt ein Bi-Ba-Butzemann
in unserm Haus herum.

3

Die nächsten Stunden verbrachte Mitzi mit Wandern und Nachdenken. Wie stets, wenn sie etwas beschäftigte, war Gehen das beste Mittel für sie, die sich überholenden Gedankenstränge in geregelte Bahnen zu führen.

Die Begegnung mit der weißhaarigen Frau mit dem getupften Kleid hatte eine Erkenntnis aus den Tiefen von Mitzis Bewusstsein hervorgebracht, die sie bis ins Mark erschütterte.

Ein Satz war es gewesen. Der nicht stimmte in der Vielzahl der anderen gefallenen Sätze. Doch reichte ein Satz wirklich aus, um daraus Schlüsse auf einen Serientäter zu ziehen?

Ja.

Nein.

Vom Stift Lilienfeld marschierte sie direkt zur Talstation des Sessellifts am Muckenkogel. Die Möglichkeit, sich schaukelnd hochbringen zu lassen, ließ sie ungenutzt. Sie brauchte die Anstrengung und machte sich weiter zu Fuß auf den Weg.

Fast meinte Mitzi beim Gehen, man müsste Rauchfäden aus ihrem Hirn steigen sehen, so intensiv grübelte sie. Jede Silbe, jeden Augenaufschlag nahm sie wieder und wieder unter die Lupe. Mit jedem Schritt glaubte sie, die Wahrheit zu erkennen hinter der Fassade, auch wenn es ihr vorkam, als würde die Aufklärung sie geradewegs in ihr ganz persönliches Fegefeuer führen.

Ein Satz, der logischerweise die anderen Aussagen als Lügen demaskierte. Was, wenn sich Mitzi irrte und der eine Satz eine Folge ihres eigenen Geplappers gewesen war. Hatte sie selbst das Verfängliche preisgegeben?

Ja, immer möglich.

Nein, ausgeschlossen.

Von der Talstation aus erreichte Mitzi den Großen Wasserfall.

Ein steiler Pfad mit Seilgeländern und einer Metalltreppe

brachte sie weiter nach oben bis zum Kleinen Wasserfall. Die Schönheit der umgebenden Natur stand im krassen Gegensatz zu Mitzis Überlegungen, in denen es um Verrat und den Tod ging.

Idyllischer Pfad gegen einen, zwei oder mehr Morde.

Geschichten erzählen, sich mit Schwindeleien durchs Leben schlagen, manchmal eben lügen. Mitzi stellte ihren eigenen Umgang mit der Wahrheit auf den Prüfstand. Am Ende hatte sie es verdient, das Opfer eines Betrugs zu werden, der einen Rattenschwanz an schlimmsten Konsequenzen nach sich zog. Wie schon so oft kramte sie dabei ihre persönliche Schuld aus der Tasche, quälte sich selbst mit dem bösen Spitznamen ihrer Kindheit.

»MörderMitzi«, so hatte man sie gehänselt, aus gutem Grund, oder? Ihre Versuche, einem anderen das Unglück, das ihre Familie ausgelöscht hatte, zuzuschreiben, war jetzt in der Rückschau lächerlich und dreist. Sie war es gewesen, sie hatte das Gas aufgedreht.

Sieben Jahre alt und schon schuldig. Die Explosion war eine Folge ihrer Aktion gewesen. Ihr Leben seither eine Aneinanderreihung von Unwahrheiten, die sie über sich und das Leben ausstreute wie Konfetti. Kein Wunder also, dass sie andere anzog, die ebenfalls logen und täuschten und tricksten, um ihre schrecklichen Taten zu vertuschen.

Ja, sich selbst zu geißeln machte die Angst vor der Wahrheit kleiner.

Nein, an der Wahrheit führte kein Weg vorbei.

Denn um Mitzi ging es gar nicht. Viel Größeres musste auf einen Punkt gebracht werden, um Agnes zu retten. Nichts anderes hatte Vorrang.

Aber noch mal und ein nächstes Mal gefragt: Was, wenn Mitzi schlicht und einfach falschlag?

Ein Satz, nebenbei gesprochen, hatte den Stein ins Rollen gebracht, den Mitzi nun zu fassen versuchte.

Sie stieg hinauf, eine Treppe, einen Weg, eine Anhöhe. Der Stein rollte nach unten und nahm an Größe und Geschwindigkeit zu. Das Rauschen der Wasserfälle war das passende Geräusch zum Tosen in ihrem Kopf. Wieder und wieder ging sie jede Einzelheit durch, horchte jeder Silbe nach, zerpflückte jede Geste.

Dasselbe Ergebnis zeigte sich.

Mitzi verwarf alles und fing von vorne an, zerlegte die Erinnerungen in Einzelbilder. Das erneut gleiche Fazit machte sie grimmig. Wütend, empört, fassungslos, panisch, rasend. Tausend Empfindungen zur selben Zeit.

Sie wanderte nicht mehr, sie stapfte voran, als gäbe es einen Preis für den schnellsten Aufstieg zu gewinnen. Die Wanderer und Ausflügler, denen sie unterwegs begegnete und die sie einen nach dem anderen überholte, warfen sich verwunderte Blicke zu über diese junge Frau, die mit geballten Fäusten und zusammengezogenen Augenbrauen schnaubend und keuchend an ihnen vorüberhetzte.

An der Lilienfelder Hütte hielt Mitzi das erste Mal an. Doch statt sich die herrliche Panoramaaussicht anzusehen oder einzukehren, umrundete sie das Ausflugslokal und suchte sich einen Platz unter einer Gruppe von Tannen. Sie war schweißgebadet und vollkommen außer Atem, als sie am nadelübersäten Waldboden zum Sitzen kam. Mitzi zog die Knie an, umschlang sie mit ihren Armen und legte den Kopf darauf.

Hätte sie es ahnen können von Anfang an?

Nein und ja.

Nein, getreu der Weisheit: Man kann keinem in die Seele schauen. Ja, weil die Erlebnisse aus der Vergangenheit ihr gezeigt hatten, dass jeder Mensch zu allem fähig sein konnte.

Mitzi setzte den einen ominösen Satz auf eine Seite und was bisher geschehen war, auf die andere. Ein Gefühl, als wäre sie ein verrückt gewordener Wetterhahn, der sich in wechselnden Windböen wild in alle Richtungen drehte, kam in ihr hoch. Noch einmal stellte sie sich die Frage aller Fragen: War er der Serientäter, den sie in ihm vermutete?

Sie stutzte. Seit ihrem Losmarsch hatte Mitzi die Bezeichnung Serientäter verwendet, als ob es das Normalste auf der ganzen Welt wäre. Menschen waren gestorben, Leben zu früh beendet worden. Dazu galt es, ihre liebste Freundin Agnes zu finden, bitte, bitte und ein drittes Mal bitte, lieber Gott, lebendig und unversehrt.

Zurück zu dem ... – Mitzi hielt die Luft an.

Für den Augenblick strich sie die Bezeichnung aus ihrem Sprachschatz. Auch den richtigen Namen dieses Menschen wollte sie nie wieder in den Mund nehmen, wenn sich ihr Verdacht als richtig herausstellte. Nie wieder. Sensenmann könnte sie ihn nennen. Ohrenabschneider, wie bei Petra Hammerl. Diese Anreden waren für Mitzi allerdings nach dem möglichen Lüften seiner Identität kaum auszuhalten. Ab sofort würde sie ihn als »der böse Kerl« betiteln. Es klang fast zu harmlos, hielt aber die Angst etwas in Zaum.

Der böse Kerl also: So nah war sie ihm gewesen. Oder er ihr. Sie hatte ihm in die Augen gesehen und darin nichts ablesen können.

Wie aber konnte eine Seele mit einer Last wie Mord leben? Wie atmen, wenn man anderen den Atem nahm? Wie viele außer Nelly und Lara waren es gewesen?

Auf diese Fragen gab es keine Antworten. Es spielte eigentlich keine Rolle. Weder für Mitzi noch für Agnes. Sollte Mitzi wider Erwarten einem Irrtum erlegen sein, würde sie die Konsequenzen tragen. Das Schlimmste war im Moment, zu lange zuzuwarten, als Wichtigstes galt es zu handeln.

Während sie nach ihrem Handy suchte, wog sie Optionen ab. Petra Hammerl, dann Bastian Klawinder, schließlich Axel anrufen. Die Polizei, die Feuerwehr und am besten noch dazu die Bergwacht alarmieren. Oder zumindest aufspringen und losrennen und ins nächste Polizeirevier stürzen, um eine Aussage zu machen, den bösen Kerl zu outen.

Ihr Körper bewegte sich keinen Millimeter. Denn alle Aktionen konnten zum Scheitern verurteilt sein.

Aus zwei Gründen. Der erste lag auf der Hand: Würde man ihr überhaupt Glauben schenken? Nach den Erfahrungen der letzten zwei Tage war sich Mitzi unsicher, ob eine neue

Geschichte sofort eine polizeiliche Aktion auslösen würde. Sie dachte an Axels »Nein«, als sie ihm vorgeschlagen hatte, die Namen auf ihrer lächerlich kurzen Liste durchzugehen. An Bastians Konzentration auf Axel, Mitzi im Hintergrund ignorierend. Selbst Petra Hammerl, die ihr Unterstützung zugesagt hatte, würde nicht direkt einer neuen Theorie folgen, die nur auf einem Satz beruhte, den Mitzi aus dem Gedächtnis hervorgelockt hatte.

Das Zweite, das noch viel bedeutender war, war eine grausame, bittere Schlussfolgerung: Das wahre Böse aufzudecken bedeutete noch lange nicht, den Ort zu kennen, an dem sich Agnes befinden mochte. Nelly und Lara waren tot, Agnes musste am Leben sein. Sie musste. Musste sie?

Der Gedanke an Agnes' mögliches Ende durfte Mitzi nicht lähmen. Tief in ihrem Herzen wusste sie doch schon seit ihrem Aufstieg, wie sie final handeln würde.

Sie sah hoch. Die Welt um Mitzi herum war dunkler geworden, und zwar im wahrsten Sinn des Wortes. Die Wolken am Himmel hatten sich verdichtet, es sah noch nicht nach einem Gewitter aus, aber eine Entladung nach der Hitzewelle konnte durchaus folgen.

Ihr Mobilteil zwischen den Fingern, verharrte sie. Vor dem Abend würde sie keine Chance haben, dem bösen Kerl Auge in Auge gegenüberzustehen. Eine Lunte konnte sie hingegen sofort legen und anzünden. Hatte sie recht, würde später noch eine Bombe explodieren.

Du musst durchhalten, Agnes, ein bisserl noch, dachte Mitzi, und ihre Finger zitterten. Sie scrollte mit einer Hand, während sie die andere ans Herz legte.

Ich könnt mich irren, aber ich glaub's nicht.

Zwei Wegstrecken und Zeiträume galt es abzuschätzen. Zwei Formulierungen zu entwerfen, die sich ähnelten, in ihrer Bedeutung freilich nicht unterschiedlicher sein konnten. Zwei Nachrichten würde sie absetzen. Die Zahl Zwei schien heute von besonderer Wichtigkeit zu sein.

Mitzi tippte voll banger Hoffnung die erste: »Lilienfeld.

Frag nicht. Fahr los und komm. Pension der Naturfreunde. Um Agnes willen. Bitte.«

Voll starker Abscheu die nächste: »Lilienfeld. Ich weiß es. Alles. Aber ich werde schweigen. Um Agnes willen. Bitte.«

Doch beide Nachrichten ließen sich nicht senden. Kein Balken, kein Netz, keine Verbindung. »Mist!« Sie erinnerte sich an die möglichen Funklöcher. Rasch stand sie auf und wischte sich die Tannennadeln vom Hinterteil.

Die weitere Strecke bis zur Bergrettungshütte legte Mitzi erneut in einem ziemlich flotten Tempo zurück. Über ein flaches Almgelände gelangte sie bis zur Bergstation. Ohne eine Pause marschierte sie vom Muckenkogelgipfel zur Hauswiese und weiter zur Traisnerhütte auf der Hinteralm. Danach ging es durch den Schwarzwald zur Klosteralm. Über den Kolm und das Hölltal gelangte sie zurück zum Ausgangspunkt.

Genau diese Wanderung hatte sie für sich und Agnes herausgesucht.

Agnes, lebst du noch?

Ja. Nein. Vielleicht.

Nach ihrer Rückkehr vom Berg war das Netz immer noch instabil, aber teilweise wieder da. Die Schwankungen mochten auch am nahenden Gewitter liegen. Die Wolkenberge hatten sich nicht verzogen, sondern verdichtet. Trotzdem schienen beide Texte inzwischen ihre Adressaten erreicht zu haben.

Eine Antwort kam schneller, als Mitzi es erwartet hätte. Ein Zeitpunkt, eine Ortsangabe wurden ihr mitgeteilt. Präzise, nüchtern, ohne falschen Schnickschnack.

Es war für sie eine Bestätigung ihrer Vermutung, die trotz allem ihr Herz bluten ließ.

Sie nahm sich vor, nach dem Warum zu fragen, und hatte Angst vor der Antwort. Bei all den Lügen, die sich entblätterten, musste Mitzi darauf vorbereitet sein, einem ihr völlig Fremden zu begegnen, egal, was davor stattgefunden hatte – dem bösen Kerl eben.

4

»Pscht, Frau Inspektor, alles gut.«

»Nix is gut. Steh wieder auf, Agnes!«

»Wirklich blöd, dass wir uns unter diesen Umständen begegnet sind, Frau Inspektor.«

»Agnes! Du kühlst aus, du driftest ab, du fällst in eine Art Koma.«

»Alles hätte anders laufen können, wenn Sie nicht im Fernsehen gewesen wären, wenn Sie diese Verbrechen ruhen ließen.«

»Reiß dich zusammen, denk an das Butzerl …«

»Kommen S', trinken S' noch ein Schluckerl … Glauben Sie wirklich, Frau Inspektor, ich möchte nach all den Jahren noch eingekastelt werden? Im Gefängnis landen? Sehen Sie, wie viel Hochachtung ich vor Ihrer Arbeit hab, dass ich Ihnen zutraue, mich zu entlarven. Hallo, Frau Inspektor? Lassen Sie sich fallen, ich halte Sie, versprochen. Schon im Reich der Träume? Schön is dort, gell?«

»Agnes, wenn du nicht sofort aufstehst, fang ich an zu schreien wie eine Sirene und hör nicht mehr auf. Du kennst mich, ich mach das.«

Ein lang gezogener greller Ton erklang, er hörte sich fies an, wie Nägel auf Blech. Er schien aus den Wänden zu kommen oder erneut direkt aus Agnes' Hirnwindungen.

Ein nächster Krampf, diesmal im rechten Oberschenkel, katapultierte Agnes endgültig ins Bewusstsein zurück. Sie rang nach Luft, drehte sich auf den Rücken, hob beide Beine in die Höhe, umfasste den verkrampften Muskel mit den Händen und massierte ihn, so gut es ging. In ihrem Kopf hämmerte es wie verrückt. Vor ihren Augen verformte sich die Dunkelheit zu Spiralen, die schneller und immer schneller zu kreiseln begannen.

»Mitzi?«, krächzte Agnes in das Chaos hinein. »Mitzi, bist du das?«

Langsam ließ der Spasmus nach. Völlig erschöpft blieb Agnes, alles von sich gestreckt, noch eine Zeit liegen. Ihr körperlicher Zustand war weiterhin desolat, elend. Zugleich spürte sie einen nächsten heftigen Drang ihrer Blase, dem sie nachgeben musste.

Wenigstens herrschte mehr Klarheit in ihrem Denken, eine geistige Präsenz, die blieb. Sie konzentrierte sich auf ihre Fähigkeit, wieder strukturiert abwägen zu können und Überlegungen festzuhalten. Auch wenn die letzte Begegnung vor ihrem Knock-out nicht in ihrem Gedächtnisspeicher abrufbar war, versuchte sie, die Dauer ihrer Gefangenschaft abzuschätzen. Sie kam auf eine Zeitspanne zwischen zwölf und dreißig Stunden. Viel zu ungenau, aber der Versuch einer Einordnung bannte das Gefühl des absoluten Ausgeliefertseins.

Es gab keine Möglichkeit, zu erkennen, ob es Tag oder Nacht war. Hunger verspürte sie, jedoch nicht überwältigend. Der Durst war wesentlich mächtiger, er fühlte sich an wie ein pochender Zahnschmerz.

Durst hatte Agnes auch vor ihrer Entführung verspürt. Vor ihrem inneren Auge formte sich das Bild einer Limonadenflasche, ein Geschmack von Süße auf ihren Lippen. Sie dachte angestrengt nach, aber nichts weiter kam hoch. Die Abläufe davor waren zerhackt. Heiß war es gewesen, das wusste sie noch. Und sie war jemandem begegnet, der ihr etwas zu trinken angeboten hatte. Jemand, der sie wiedererkannt hatte. Nein, umgekehrt. Oder?

Dann der Sturz in die Schwärze. Sosehr sie auch grübelte und grub, mehr konnte Agnes nicht ausbuddeln. Dass sie mit K.-o.-Tropfen betäubt worden war, stand für sie fest. Durchaus möglich, dass sie sich nie mehr an den Ablauf der Begegnung mit dem Entführer erinnern würde.

Er hatte sie überrascht. Er oder sie. Agnes schüttelte sachte den Kopf. Eine Frau war es nicht gewesen. Nicht einmal das konnte sie mit Sicherheit sagen. Nur, dass es etwas mit ihren Ermittlungen zu tun haben musste. Mit den Fällen, den ermordeten Mädchen.

Sie fasste sich an die Stirn. Jetzt konnte Agnes eine ziemliche Beule ertasten, die Berührung war schmerzhaft. Doch wenn es ihr gelang, sich aufzurichten, würde sie ihr Gefängnis vorsichtiger als vorhin erkunden und nach einer Fluchtmöglichkeit suchen können.

»Komm schon, Agnes, hoch mit dir.« Diesmal feuerte sie sich selbst an.

Sich auf die Seite zu rollen gelang ihr tatsächlich ohne Probleme. Sich vom Boden hochzudrücken in eine kauernde Position verlangte ihr weniger Kraft ab als beim ersten Mal. Der Schwindel und das Drehen wurden intensiver. Agnes musste sich übergeben. Spucke kam aus ihrem Magen hoch, mehr nicht.

Wenn ich das Arschloch erwische, dachte sie, vergesse ich alle Vorschriften und hau ihm eine rein.

Dieser einzelne wütende Gedanke ließ sie mutiger werden. Aus dem Kauern kam sie auf die Knie, vom Knien zum Stehen. Agnes schwankte wie eine Fahne in einem stürmischen Wind, aber sie blieb aufrecht. Sie stand und atmete gegen den Schwindel und die Übelkeit an.

Nach einer gefühlten Ewigkeit wagte sie zaghafte Schritte.

Mit ihrer Beobachtung hatte sie recht gehabt, es war nicht vollkommen dunkel in ihrem Gefängnis. Vorsichtig wich sie einem schwarzen Hügel oder Berg aus, der sich ihr in den Weg stellte. Sie streckte die Hände in diese Richtung aus und fühlte eine Holzfläche. Ein Stück weiter luftleerer Raum. Ein Regal. Ihre Finger stießen gegen Glas, und etwas fiel zu Boden. Es gab einen dumpfen Laut.

Agnes tastete sich an dem Möbelstück entlang. Ihr fiel der erdige Geruch auf. Es roch nach Moos und Pilzen. Wenige Meter weiter war sie am Ende des Regals angelangt, ohne einen weiteren Gegenstand zu berühren. Quälend langsam, die Arme von sich gestreckt, schlurfte sie voran.

»Au!«, stieß sie aus, als ihre Hände auf Widerstand trafen.

Wieder Holz, doch stabiler. Ohne Lücke. Sie drückte dagegen, kein Nachgeben. Dann schob sie ihre Handflächen so weit nach oben, wie sie konnte. Sie meinte, mit den Fingerspitzen einen Abschluss zu ertasten, war sich aber nicht sicher. Schließlich ließ sie die Finger zurück nach unten gleiten. Mitten in der Bewegung hielt sie an. Ein Loch, genauer noch: ein Schlüsselloch.

Eine Tür. Hier war eine Tür.

»Oh ja«, Agnes lehnte den Kopf dagegen, »da geht's raus. Fragt sich nur, wie.«

Ein minimaler Hauch an Zuversicht, eine Hoffnung, ein Schimmer Glück tauchten am Horizont von Agnes' Herz und Hirn auf.

Gefolgt von einem unerwarteten Schmerz, der alles zunichtemachte. Ein Stechen in ihrem Unterleib, das sich in den Bauch hochzog. Erneut konnte Agnes fühlen, wie der Schritt ihrer Jeans nass und nässer wurde.

Dazu erreichte eine neue Geruchsempfindung ihre Nase: metallisch, eindeutig. Der Geruch von Blut.

»Oh Gott.« Sie heulte auf. »Oh du lieber, lieber Gott.« Sie rutschte an der Holztür nach unten. »Bitte nicht.« Sie umschlang ihren Leib. »Mitzi, Mitzi, hilf mir.«

5

»Also sind Sie es wirklich«, stellt Mitzi fest.

Warum nur, warum? Fügt sie unausgesprochen hinzu.

Es donnert einmal. Das erwartete Gewitter kündigt sich auf allen Ebenen an.

Der böse Kerl leckt sich die Lippen. »Schön, dass wir uns wiedersehen, Mitzi. Lieb von Ihnen, dass Sie allein gekommen sind. Dieses Platzerl find ich perfekt. Übersichtlich und passend für uns.«

Auf dem Trampelpfad, der durch die Landschaft führt, sind sie an diesem Abend aufeinandergetroffen. Mitzi und er. Ganz so, wie es der böse Kerl in der Nachricht gewünscht hat.

Mitzi hat die Ortsangabe überrascht, aber nicht überrumpelt. Er hat einen Sinn für Dramatik, hat sie sich gedacht. Zwischen dem Maisfeld, das Mitzi-Land ist, und der Wiese mit dem elektrischen Weidezaun, der Tiere drinnen oder auch draußen halten soll. Jetzt sind ohnehin keine da. Die Ladung knistert leise. Mitzi meint einen Funken in der aufgeladenen Atmosphäre zu sehen.

Sie dreht den Kopf von einer Seite zur anderen. Die Maisstauden rechts, die Grasfläche links. Weiter entfernt am Wäldchen parkt ein roter Kombi. Auf der Wiese, oder besser: in der Wiese, fällt ihr wieder der aufgeschüttete Hügel auf, unter dem sich ein Erdkeller befindet.

Unreifer Kukuruz auf der einen und eine Hobbithöhle auf der anderen Seite. Und Mitzi mit dem bösen Kerl in der Mitte. Allein mit ihm. Denn unter den bedrohlichen Wolkenmassen sind nicht einmal Fabelwesen unterwegs. Möglich, dass sich noch jemand im Mais versteckt, denn von dorther kommt ein Säuseln. Aber das Geräusch wird wohl vom aufkommenden Wind erzeugt.

Überhaupt liegt an diesem Abend ein stechender Geruch in der Luft. Das Wetter hat sich weiter verschlechtert. Die

Zeitspanne, die ihr bis zur Stunde der Wahrheit geblieben ist, war kurz und voller düsterer Vorahnungen.

Der reale Alp geht jetzt erst los.

Die Böen nehmen im Sekundentakt an Stärke zu und bauschen Mitzis Haare auf, ein Gefühl von fremden Händen, die ihr über den Kopf streichen. Die Umgebung ist in ein fiebriges Grau-Blau-Violett getaucht. Mitzi vernimmt noch ein Donnern, Wetterleuchten am Horizont. Sie wirft einen Blick in den Himmel über ihr, noch blitzt es an Ort und Stelle nicht.

Die Blätter der Maisstauden rascheln lauter. Ein Geräusch, als würde ein imaginäres Publikum ungeduldig applaudieren, weil die Vorstellung endlich beginnen soll. Gern würde Mitzi Schutz suchen – wenn das Gewitter näher kommt und sich entlädt, könnte es gefährlich werden.

Fast bricht sie in Gelächter aus, denn die Überlegung ist komisch, hat sich Mitzi doch mit voller Absicht einer viel größeren Gefahr ausgesetzt als einem Blitz.

»Was hat mich denn verraten, Mitzi?«, fragt der böse Kerl, der als Einziger weiß, wo Agnes ist. »Ach was, behalt's für dich, es is mir wurscht.«

»Is Agnes tot? Das is nicht egal.«

Am liebsten würde sich Mitzi die Ohren zuhalten, um einer möglichen katastrophalen Antwort zu entkommen. Doch dann müsste sie den Ast loslassen, den sie mit den Fingern ihrer rechten Hand umklammert hält. Sie hat ihn auf dem Weg hierher aufgehoben, weil sie sich nicht vollkommen schutzlos fühlen wollte. Er ist trocken und wird höchstwahrscheinlich zerbrechen, wenn Mitzi ihn zur Verteidigung einsetzen müsste. Besser als nichts, aber keine effektive Waffe.

Hilfe ist auf dem Weg, hofft Mitzi. Leider nicht exakt zu dieser Stelle. Hier im Gelände ist sie auf sich allein gestellt. Im aufkommenden Sturm der Ereignisse wird sie ihren Mut beweisen müssen. Für Agnes nimmt sie das Risiko auf sich. Alles für Agnes.

Der böse Kerl spuckt aus. »Warum hat diese Frau Inspektor

hierherfahren müssen? Ich hab gedacht, ich seh nicht recht, als ich sie auf der Straße erkannt hab. Es is eine Schand.«

»Meine Schuld, nicht ihre. Ich wollte, dass sie kommt.«

»Um was zu tun?«

»Sich mein Grundstück anzuschauen, sonst nix.«

Plötzlich zeigt sich ein heftiger Blitz, beängstigend nah schon. Faszinierend und gespenstisch, wie der den Himmel überzieht und sich spaltet in einzelne Zweige.

»Was für ein Scheißdreck!«, brüllt der böse Kerl. Erstaunlich energiegeladen ist seine Stimme. Auffallend kraftvoll wie nun alles an ihm.

Mitzi beginnt leise zu zählen. »Einundzwanzig, zweiundzwanzig, dreiundzwanzig –«

»Was redest du denn schon wieder?«, unterbricht er sie rüde. »Für dich wär es besser, einmal den Mund zu halten!« Er duzt und tadelt Mitzi, als ob sie ein Kind wäre.

Obwohl es nicht abgekühlt hat, ist Mitzi kalt. Doch schweigen kann sie nicht. »Der Schall hat eine Geschwindigkeit von dreihundertvierzig Metern pro Sekunde. Wenn es geblitzt hat, dann soll man die Sekunden zählen, bis der Donner folgt. Die nimmt man dann mal dreihundertvierzig und –«

»Halt dein Maul« Er schlägt mit irgendetwas, das Mitzi nicht sehen kann, gegen eine der Maisstauden. Das Geräusch erinnert sie an einen Fensterladen, der gegen eine Hauswand knallt.

»Bitte tun Sie Agnes nichts. Bitte.« Mitzi lässt den Ast fallen und geht selbst in die Knie, senkt den Kopf. »Ich bleib bei Ihnen, wenn es darum geht, eine Geisel zu nehmen. Lassen Sie sie frei. Und bitte sagen Sie mir, wie es ihr geht? Bitte, bitte.«

Ein Donnern antwortet ihr. Noch ist das Gewitter nicht über ihnen.

»Steh auf, du saudummes Stück.« Sein Ton ist schärfer, beleidigender geworden.

Mitzi bleibt trotzdem unten. »Ich werde keiner Menschenseele sagen, dass ich Sie entlarvt hab. Ich schwöre es.«

»Entlarvt? Ha! Weißt du, nach dem ersten Mal bin ich jedes

Mal zusammengezuckt, wenn ein Polizeiauto an mir vorbeigefahren is. Es gab sogar eine Zeit, da hätte ich mich gefreut, wenn ich verhaftet worden wäre. Damit es ein End hat. Dann war's mir irgendwann scheißegal, weil mir mein Leben und meine Freiheit wichtiger waren.« Er redet, hält inne, redet wieder. »Und dann kommen du und diese Frau Inspektor daher. Wie zwei Hexen. Solche, die auf den Scheiterhaufen gehören.«

Der nächste Blitz unterbricht ihn. Mitzi zählt, es dauert neun Sekunden bis zum Donner. Sie muss einfach rechnen: Drei Kilometer ist das Gewitter noch entfernt. Der Kukuruz raschelt, der Elektrozaun knackt. Mitzi krümmt sich tiefer, holt sich im Bücken den Ast zurück.

Erste Tropfen landen auf ihrem Kopf. »Is Agnes tot wie Nelly und Lara?«

»Dass die eine Lara heißt, hab ich erst erfahren, nachdem man sie gefunden hat.« Er schnaubt. »Eine schwierige Zeit war das. Dauernd auf der Hut sein und nie wissen, ob sie dich erwischen. Scheißpolizei!«

Wieder schlägt er mit etwas gegen den Mais.

»Was is mit Nelly?«

»Welche Nelly?«

»Das Mädchen, wegen dem Agnes ermittelt.«

»Im Fernsehen hat's geheißen, dass niemand weiß, wer die andere is.«

»Ich hab ihr diesen Namen gegeben. Wieder nur ich. Is Agnes tot?«

Es blitzt. Sieben Sekunden vergehen. Es donnert. Näher kommt das Gewitter, stetig näher.

»Warum sollt ich die Frau Inspektor umbringen? Und mit ihr das unschuldige Wesen in ihrem Bauch? Bin ich ein Monster?«

»Das heißt, sie lebt.« Mitzi springt auf und will fast dem bösen Kerl um den Hals fallen. In letzter Sekunde bleibt sie stehen.

Im Licht zweier neuer Blitze, die ineinandergreifen, erscheint alles um Mitzi wie von einem Strahlen umgeben. Sie zählt. Vier Sekunden, dann folgen die Donnerschläge. Die Regentropfen vermehren sich, ein Trommeln um sie beide herum setzt ein. Der böse Kerl macht einen Schritt nach vorne. Zwei Armlängen trennen sie noch.

»Ich bin kein schlechter Mensch, auch wenn mich alle dafür halten werden, sollt die Sache ans Licht kommen.« Ein larmoyanter Ton schleicht sich bei ihm ein. »Ich hab mein Leben lang geschuftet, gehackelt, hab mich abgemüht. Ich war freundlich zu den Mitmenschen und hab den Nachbarn geholfen. Eine treue Seele bin ich, ich hab nie jemanden übers Ohr g'hauen, nie zu viel g'soffen und immer meine Steuern bezahlt.«

Seine inzwischen durchnässten Haare und Kleidung lassen ihn zerknirscht aussehen. Mitzi ist klar, dass seine Rechtfertigungen grotesk sind. Nichts davon würde seine Taten jemals aufwiegen können.

»Ja, Sie haben recht, absolut recht. Sie sind wirklich kein Monster.« Im Moment zählt nur Agnes. »Sagen Sie mir, wo meine Freundin is. Ich geb Ihnen einen Vorsprung, ein paar Stunden oder Tage, auch Monate, wenn Sie wollen.«

»Wohin soll ich denn, was meinst?« Er brüllt wieder, diesmal gegen das Sauwetter an. »Wohin, wenn nicht in die Hölle?«

Ohne Vorwarnung macht er einen Satz auf Mitzi zu, hebt dabei seinen Arm. Mitzi will sich vor einem Schlag wegducken, doch der böse Kerl ist schneller, als es Mitzi je für möglich gehalten hätte. Er packt sie mit der freien Hand bei den Haaren, reißt ihren Kopf zur Seite. Mitzi jault auf, geht zurück in die Knie.

Was dann geschieht, lässt Mitzi für eine Zehntelsekunde an ihrem eigenen Verstand und der Realität der Situation zweifeln. Der böse Kerl fasst ihr linkes Ohr. Quetscht es zwischen seine Finger und zieht daran.

»Du schlimmes Blag, du!«

Es ist ein Schmerz, der außerhalb von Mitzis bisher Erlebtem liegt. Als ob ein Messer eindringt und ihren Kopf spaltet. Ein glühendes Eisen, das sie brandmarkt. Mitzi will den

Arm mit dem Ast heben, aber sie schafft es nicht. Ihr linkes Ohr dehnt sich aus. Ihr gesamter Körper besteht nur noch aus diesem einen Sinnesorgan, das kreischt. Regen, Sturm und Schmerzen mischen sich.

»Du Fratz, du.« Der böse Kerl ist jetzt direkt vor ihr, faucht. »Ich werd dir zeigen, was der Vater alles mit dir machen kann, du böser, sauböser Bub, du.«

Was? Was? Was? Zwischen dem Irrsinn rattern Fragezeichen.

So schnell, wie er zugegriffen hat, lässt der böse Kerl sie los. Er keucht und hustet, muss einen Schritt zurück machen und sich vornüberbeugen.

Mitzi ist frei. Sie dreht sich weg, rutscht aus und fällt rücklings in den elektrischen Zaun. Funken sprühen.

Auf den nächsten Blitz folgt direkt der Donner. Sie sind nun mitten im Weltuntergang.

6

Um sich während der rasanten Fahrt nicht von seinen Ängsten überrollen zu lassen, ließ Axel die Ereignisse vor seinem überstürzten Aufbruch Revue passieren.

Begonnen hatte es mit Patrick, der bei seinem Videoanruf versuchte, zuversichtlich zu klingen und seinen Vater aufzumuntern. »Papa, es wird alles gut.«

In diesen schweren Tagen war der Zusammenhalt zwischen Axel und seinem erwachsenen Sohn stärker geworden.

»Ja, das hoffen wir hier alle.«

Axel fragte sich, wen er eigentlich mit alle meinte. Er saß allein auf der Couch in Agnes' Appartement in Kufstein und stierte hinaus in den Sommerregen. Das angekündigte Gewitter war ausgeblieben, doch seit einer Stunde nieselte es ohne Unterbrechung. Durch die warmen Temperaturen hatte sich Nebel gebildet, und mit ihm schien die Welt draußen mehr und mehr in einer grauen Suppe zu versinken. Die Balkontür stand offen, und die schwüle Feuchtigkeit ließ Axel schwitzen. Eine nächste Tropennacht stand bevor.

»Wie lange wirst du in Tirol bleiben?« Patricks Gesicht verschwand vom Display, und für einen Moment war der Fitnessraum im Hintergrund zu sehen. Wie sonst einige Male in der Woche trainierte der junge Mann in seinem Sportclub in Köln. Dort schien die Sonne durch ein Fenster, und im Hintergrund strampelten zwei junge Frauen auf Bikes.

Wenigstens ein Stück Normalität, dachte Axel mit Wehmut. »Bis Agnes gesund und heil in meinen Armen liegt.«

Es klang pathetisch, war aber absolut wahr. Kein aktueller Auftrag seiner Detektei war zurzeit wichtig, seine Kunden mussten warten oder eben mit einem seiner angestellten Detektive vorliebnehmen, zu denen auch sein Sohn aus einer früheren Beziehung gehörte. Axel hätte sich ohnehin nicht konzentrieren können, während der langen Wartezeiten bei einer Observation wären ihm die Gedanken samt Nerven durchgegangen.

Besser war es, vor Ort zu sein. Zwar konnte er im Moment ebenfalls nur herumsitzen und ausharren, aber im Falle einer neuen Entwicklung wäre er direkt einsatzbereit. Wenn es bloß eine geben würde. Das Nichtstunkönnen war unerträglich.

»Papa, soll ich kommen und dich unterstützen?« Patrick keuchte beim Sprechen, er strapazierte das Laufband und hielt sich dabei sein iPhone vor die Nase.

Axel verneinte. »Bleib du in Köln. Du leitest ab sofort den Laden und sicherst den Dom.«

Vater und Sohn tauschten ein Lächeln aus. Der Satz war ein Spruch aus ihrer Vergangenheit, als Patrick elf war und darauf brannte, wie sein Vater das Detektivhandwerk zu erlernen. Axel hatte seinem Sohn mit diesem Spruch stets eine Riesenfreude bereitet, wenn der das Wochenende bei ihm verbrachte. Inzwischen war Patrick einundzwanzig, und der Satz war durch die tragischen Umstände der letzten Tage, zumindest was die erste Hälfte betraf, Realität geworden.

»Hast du alle Namen noch einmal durchgecheckt, Patrick?« Axel merkte, dass er auf seinem Daumennagel kaute. Eine Angewohnheit, die sich bei allerhöchstem Stresspegel einschlich.

»Mehrfach, Papa.« Patrick stoppte seinen Lauf, und das Bild stabilisierte sich. »Konrad Eichwaller hat drei Pleiten hinter sich, und einmal wurde gegen ihn wegen Bestechlichkeit und Schwarzarbeit ermittelt. Allerdings kam es zu keiner Anklage. Sein Kompagnon, Beat Vadura, Schweizer Staatsbürger, inzwischen mit Zweitwohnsitz in Salzburg, ist Künstler, Architekt und Immobilienbesitzer wie Vermittler in einer Person. Er ist vor drei Jahren bei Eichwaller eingestiegen und gilt als Planungskopf hinter einigen neuen Großprojekten. Viel mehr konnte ich nicht in Erfahrung bringen.«

»Was ist mit diesem Therapeuten, den Mitzi aufgeschrieben hat?«

»Er hat eine Praxis in Wien und hat früher die Polizei beraten. Keine weiteren dunklen Flecken.« Patrick kratzte sich am Kinn. »Papa, ich glaube, Agnes' Freundin hat einfach jeden aufgeschrieben, der ihr eingefallen ist.«

»Sie ist wie ich in größter Sorge.«

»Allerdings führen uns die Namen nicht weiter.«

»Könntest du dich noch einmal an den Computer klemmen, Patrick?«

»Ich fahre von hier aus nach Hause und stehe dir zur Verfügung, Papa.«

»Überprüfe zur Sicherheit Agnes' Kollegen bei der Polizei in Kufstein und die in Salzburg gleich mit. Ich kenne, glaube ich, die meisten Namen und schicke sie dir gleich.«

»Polizei?«

»Tu es einfach, zu meiner Beruhigung. Es gibt noch einen Rechtsmediziner in Innsbruck, bei dem Agnes vorstellig wurde wegen der Kufsteiner Leiche. Dr. Christian Krempl. Check ihn ebenso durch. Damit wir wirklich nichts übersehen.«

»Das könntest du ebenfalls tun.«

»Du bist das Computergenie. Ich würde nur googeln.«

»Quatsch.«

»Nein, im Ernst. Ich bin zu aufgerieben. Meine Nerven vibrieren. Es ist zum Kotzen.«

»Papa, Agnes ist zäh. Genauso wie mein baldiger neuer Babybruder.«

Axel nickte stumm und beendete das Gespräch. Er legte das iPhone auf dem Couchtisch ab, stand auf und trat ins Freie. Der Nieselregen bildete einen Vorhang aus Millionen von Tropfen. Der Blick zur Festung hoch war verschwommen. Oder es waren seine Tränen.

Agnes, wo bist du, Liebling?

Die Angst war doppelt so gewaltig, weil sie ein Kind erwartete. Axel hatte das starke Gefühl, versagt zu haben. Schon viel früher, als Agnes ihm offenbart hatte, schwanger zu sein, hätte er handeln sollen. Sie mit nach Köln nehmen, in seine Wohnung, die war groß genug für zwei. Oder er hätte ohne Zögern an Ort und Stelle bleiben müssen, in Tirol eine Zweigstelle seiner Detektei eröffnen und sich einen Tirolerhut kaufen. Ein

Haus in Kufstein mit Kinderzimmer und Garten und Blick auf die Berge. Einen Antrag hätte er Agnes machen sollen, sich bei der ersten Gelegenheit vor sie hinknien und sie bitten, seine Frau zu werden. Die Dinge wären anders gelaufen, er hätte sie schützen können.

Du glaubst doch nicht, dass ich mich darauf eingelassen hätte, Schatz.

Ein Kitzeln in seinem Nacken, eine Stimme in seinem Kopf. Er lachte gequält. Diesen Plänen hätte Agnes nie zugestimmt. Es genügte, an ihr Gesicht zu denken, als er ihr seinen Vorschlag präsentiert hatte, das erste Jahr nach der Geburt die Arbeit ruhen zu lassen. Geplant war jetzt, dass er zuerst eine Elternzeit nehmen würde.

Agnes war viel zu selbstständig, ihr Dickkopf zu stark, um sich behüten und betütteln zu lassen. Das liebte er an ihr. Auch mit Kind würde sie unabhängig bleiben und er sie dafür bewundern.

Mein baldiger neuer Babybruder, hatte Patrick gesagt. Warum nur redeten alle von einem Jungen? Axel hätte sich ein Mädchen gewünscht. Doch ausgehend von Mitzi, die sich auf einen Patensohn versteift hatte, hatte das gesamte Umfeld diese Vorhersage übernommen. Er hätte sich beim letzten Ultraschalltermin heimlich beim Arzt nach dem Geschlecht erkundigen sollen.

Axel kehrte ins Wohnzimmer zurück und schüttelte sich die Tropfen aus den Haaren. Danach füllte er die Futter- und Wassernäpfe von Hamster Jo auf. Das Tier war für seine Verhältnisse früh erwacht und rannte wild und ungestüm auf seinem Hamsterrad. Als Axel zu hantieren begann, raste Jo zurück in sein Häuschen.

»Ich bin es, der Axel.«

Jo spähte aus der Eingangsöffnung und wagte sich wieder hervor. Ein paar Sekunden später war er am Fressen. Mit seinen Knopfaugen ließ er Axel nicht aus dem Blick. Mitzi hatte recht, Jo wirkte ebenfalls traurig. Zumindest konnte man diese Emotion in das Tier hineininterpretieren.

»Schmeckt dir denn dein Chappi, Hamster?«

Jo ist doch kein Hund, Schatz.

Wieder ihre Stimme.

Axel hätte sein Leben gegeben, um Agnes zurückbringen zu können. Dasselbe dachte auch Mitzi, dessen war er sich sicher.

Er kannte sie nicht gut und noch nicht lange, aber die Frauen hatten eine enge freundschaftliche Verbindung. Agnes hatte Mitzi in der Vergangenheit oft beigestanden, weshalb umgekehrt Mitzi Agnes unbedingt helfen wollte.

Dass er mit Mitzi das letzte Mal so streng gewesen war, tat ihm leid. Sie hatte es gut gemeint, und ihre kurze Liste war eine Überprüfung wert gewesen. Er würde ihr gestehen, dass er ihre Namen doch ernst genommen hatte, und Mitzi würde sich freuen. Aber Patrick hatte es vorhin angesprochen, sie hatte wohl jeden aus ihrem Umfeld daraufgesetzt. Zumindest die paar Leute, mit denen sie in der Zeit vor Agnes' Verschwinden zu tun gehabt hatte. Gemäß ihrer Theorie, dass der Entführer von Agnes zugleich der Mann war, der die Mädchen ermordet hatte.

Dass der Täter aufgeschreckt worden war durch die aufgenommenen Ermittlungen, lag richtigerweise auf der Hand. Dass Mitzi ihm ebenfalls begegnet war, daran glaubte Axel nicht. Bastian Klawinder genauso wenig.

Täter oder Täterin. Wobei Serienmörder meist männlich waren. Es gab in der Geschichte wenige Frauen, die mehrfach getötet hatten.

Axel legte seine Hände an das Gitter von Jos Gehege. »Frauchen kommt zurück. Es wird alles gut.«

Hoffen und glauben. Nicht aufgeben. Weitermachen. Tiefer schürfen. Er oder sie. Mörder oder Mörderin. Auf Mitzis Liste war keine Frau angeführt gewesen. Was, wenn darin der Knackpunkt lag?

Das iPhone auf dem Couchtisch meldete sich mit einer Nachricht. Axel sprang hoch. Hamster Jo flüchtete wieder in sein Häuschen.

Und jetzt? Der Regen nahm zu. Axel trat auf das Gaspedal, ignorierte die Geschwindigkeitsbegrenzung. Er konzentrierte sich auf die Strecke und rief sich erneut den Ablauf ins Gedächtnis.

Begonnen hatte es mit Patrick, der bei seinem Videoanruf versuchte, zuversichtlich zu klingen und seinen Vater aufzumuntern. »Papa, es wird alles gut.«

7

Der elektrische Schlag war bei Weitem nicht lebensbedrohlich, obwohl er Mitzi einen gehörigen Schrecken versetzte. Etwas Gutes hatte ihr Sturz trotz allem. Die Finger des bösen Kerls bekamen ihr Ohr nicht ein zweites Mal zu fassen, und der rasende Schmerz verwandelte sich in ein spechtartiges Klopfen.

Auch das nächste Blitzen am Himmel kam ihr weniger intensiv vor, das darauffolgende Donnern ertönte erst in einem Abstand von mehreren Sekunden. So schnell, wie das Gewitter sich genähert hatte, so schnell schien es sich auch wieder zu verziehen. Aber der Starkregen hatte voll eingesetzt, es schüttete wie aus Eimern.

Mitzi wollte die Hand ans Ohr legen und laut jammern, doch ihr blieben weder die Luft noch die Zeit dafür. Wie einen schwarzen Klumpen in einer Regenwand sah sie den bösen Kerl vor sich aufragen.

Sie begann wild mit den Füßen zu strampeln und merkte, dass einige ihrer Tritte auf Widerstand stießen. Zusätzlich ertönte ein wütender Schrei, ein Zeichen, dass sie Treffer landete. Der Schattenklumpen wich nach hinten aus, Mitzi hatte dadurch mehr Spielraum.

Ihr Körpergewicht drückte den Weidezaun unter ihr auf die Erde. Durch ihre Bewegung trafen sie weitere minimale Stromschläge, die immer unangenehmer wurden. In der Not spannte Mitzi ihren Po an, nahm Schwung und rollte nach hinten. Die stürmisch-nasse Welt drehte sich einmal um ihre Achse, oben wurde zu unten und umgekehrt. Mitzi machte einen Purzelbaum. Mit einem lauten Platschen kam sie auf der Wiese zum Liegen. Unter ihr hatte sich die Erde in Schlamm verwandelt.

»Himmel, Arsch und Zwirn, bist du völlig narrisch?« Der böse Kerl machte einen weiten Ausfallschritt. Er schwang das

Etwas von vorhin in der Luft, warf es nach ihr, verfehlte sie knapp. Es klatschte einen Meter hinter Mitzis Schädel auf.

Wie agil er war, wie unverwüstlich. Lügen, immer neue Lügen hatte er ihr aufgetischt. Sein wahres Gesicht hinter der Maske zu erkennen war für Mitzi, als hätte sie einer der Blitze tatsächlich getroffen.

Sie versuchte, im nassen Schlamm von ihm wegzurobben, berührte das Etwas mit dem Ellbogen. Es war hart und stabiler als der Ast, der irgendwo außer Reichweite lag und ohnehin nutzlos gewesen wäre. Plötzlich wusste sie, was dieses Etwas war, und wollte danach greifen.

Zu spät, Mitzi war zu langsam. Der böse Kerl hob ein Bein an, schwang es über Mitzis Bauch und ließ sich mit seinem ganzen Gewicht auf ihr nieder. Ihr blieb kurz die Luft weg. Bauch, Magen und Brust wurden gequetscht. Wieder strampelte sie mit den Beinen, diesmal jedoch hatte es keine Wirkung. Sie schlug mit den Fäusten nach ihm, doch er bekam ihre Handgelenke zu fassen und drückte sie links und rechts neben ihrem Kopf auf das vollkommen durchnässte Gras.

Schlamm drang unter ihre Kleidung. Regentropfen machten sie fast blind. Ein spitzer Stein drückte gegen ihre rechte Schulter. Einzig, dass der böse Kerl seine beiden Hände brauchte, um Mitzi festzuhalten, empfand sie als eine minimale Genugtuung in dem Chaos. So war es ihm tatsächlich mit absoluter Sicherheit nicht mehr möglich, ihr noch einmal das Ohr lang zu ziehen.

»Du willst doch nicht wirklich, dass ich dich totmachen muss, Mitzi?« Auch auf ihn prasselte der Regen, kleine Rinnsale flossen um seine Augenbrauen und Ohren.

»Ich will«, sie japste und spuckte das Regenwasser aus, »ich will Agnes wiederhaben. Was immer Sie vorhaben, wo immer Sie hingehen, es is mir egal. Ich will nur meine Freundin zurück.«

Entsetzen über ihre Worte erfasste Mitzi. Niemals hätte Agnes diesen Verbrecher entkommen lassen. Nicht einmal, um sich zu retten. Niemals.

»Ich lass euch beide gehen, Mitzi.«

»Lügner!«

»Vielleicht überlebt die Frau Inspektor. Vielleicht aber auch nicht. Hängt von dir ab.«

»Mörder!«

Sie stemmte sich gegen den Körper über ihr und versuchte zugleich, ihre Hände freizubekommen. Seine Finger um ihre Handgelenke und seine Schenkel an ihrer Hüfte zitterten. Seine Kraft ließ endlich ein wenig nach.

»Wo is Agnes?«

»Gib eine Ruh, dann sag ich es dir.« Sein Gesicht näherte sich ihrem. So nah kam er ihr, dass Mitzi einen Knoblauchdunst aus seinem Mund riechen konnte, trotz der Nässe. »Ich bring dich zu ihr, Mitzi. Is nicht weit.«

»Was?« Sie musste sich verhört haben.

»Aber nicht, wenn du dich wehrst.« Sein Atem ging stoßweise. Knoblauchwolken im Regenvorhang.

»Ich geb Ruhe, versprochen.« Die Hoffnung ließ Mitzi innehalten. »Dann lassen Sie mich aufstehen.«

»Du bleibst liegen, und ich geb dir gleich was zum Trinken. Das schluckst du brav, und hernach schläfst du ein.«

Nein. Ein innerer Warnruf. Auf keinen Fall durfte sie sich betäuben lassen. Das hieße, vollkommen wehrlos zu sein.

»Wenn nicht«, er hatte ihren Gedanken erraten, »sag ich dir nie, wo deine Freundin is. Bleibt sie eben dort unten, bis nur mehr Knochen von ihr übrig sind. Und du bist schuld.«

Nein. Der nächste Alarm. Mitzi durfte sich nicht manipulieren lassen, nicht noch einmal.

»Unter deiner Erde wird deine Freundin verrotten. Dein Verdienst.« Seine Lippen berührten ihr Ohrläppchen, das linke, das immer noch schmerzte. »Ich weiß noch, wie sie dich genannt haben: MörderMitzi. Passt heut genauso zu dir, gell? Du trinkst, was anderes gilt nicht.«

Mitzis Gedanken begannen in einem wahnsinnigen Tempo zu springen.

Agnes war nach Lilienfeld gekommen. War dem bösen Kerl

begegnet, ohne zu ahnen, dass er der Gesuchte war. Er spricht sie an, erwähnt Mitzi, sie plaudern, harmlos. Er bietet Agnes ein Getränk an. Und dann?

Agnes verliert das Bewusstsein, und er bringt sie … wohin? Weit konnte er sie nicht transportiert haben. Mit einem Wagen? Ja. Musste so sein. Trotzdem war es nicht ganz einfach, das Gewicht einer durchtrainierten und obendrein noch schwangeren Frau zu stemmen.

»Is nicht weit«, »dort unten« und »unter deiner Erd«, hatte der böse Kerl eben gesagt.

Meiner Erd? Mitzi blieben Zehntelsekunden, um den richtigen Schluss zu ziehen. Das Kukuruzfeld? Nein. Das war nicht möglich. Also wieder eine Lüge?

Halt!

Was machte Mitzi, wenn sie ihre eigenen Schwindeleien erzählte? Sie nahm einen wahren Kern und wob darum ihre Geschichten.

Darin lag der Schlüssel. Mitzi glaubte zu wissen, wo Agnes war. Mit dieser Erkenntnis kam eine wilde Entschlossenheit zurück.

Sie hob ihren Kopf an, ihr Nacken knackte wie vorhin der Elektrozaun. Sie spürte seine nasse Wange an ihrer. Mitzi drehte sich ein Stückchen ein und öffnete ihren Mund. Der böse Kerl lauschte.

Jetzt war der Moment gekommen. Mitzi musste schließlich doch den Namen aussprechen, den wahren Namen des Sensenmannes, des Ohrabschneiders, des Serientäters. Ihn benennen, um den Mut zu finden, den nächsten Schritt zu tun.

»Herr Radl.« Es war ein klägliches Wimmern im rasenden Regen. »Bauer Radl. Warum grad Sie?«

Hernach biss sie zu.

8

Am Tisch neben dem Empfang saßen drei Gäste in Wanderklamotten und tranken Wein. Sie drehten synchron die Köpfe und schauten die Gestalt, die eben durch die Tür gewankt kam, verwundert an.

Mitzi schleppte sich durch die Lobby der Pension der Naturfreunde. Sie war völlig durchnässt. Ihr Mund war blutverschmiert, ihre Jeans zerrissen, ihr T-Shirt verdreckt. Ein Schuh fehlte an ihrem rechten Fuß, die Socke darunter war vor Schlamm nicht mehr zu erkennen.

Aber sie hatte ein Ziel vor Augen. Rudolfo gleich hinter dem Empfangstresen zu sehen würde wie eine Offenbarung sein. Den freundlichen König Drosselbart unter den Bartträgern. Ihn hatte Mitzi zum Retter in höchster Not auserkoren.

Doch hinter dem Tresen stand wieder nicht Rudolfo, sondern der junge, schlaksige Mann von gestern, der in sein Handy vertieft war.

»Wo is der Drosselbart?«, krächzte Mitzi. Ihre Zunge fühlte sich taub an, und der Geschmack von Blut im Mund ließ ihren Magen revoltieren.

Er blickte auf. »Na, servas G'schäft, Oida«, sagte er, und seine Augen wurden riesig.

Es war Mitzi unmöglich, eine lange Erklärung abzugeben, wo höchste Eile geboten war. Sie brauchte Hilfe, nicht für sich. Auch nicht für Severin Radl, der sich inzwischen vielleicht sogar aus dem Staub gemacht hatte, besser gesagt aus dem Regen. Oder – viel schlimmer – er würde Agnes doch noch ganz aus dem Weg schaffen wollen. Dass Mitzi mit ihrem Biss in seine Wange freigekommen war, bedeutete nur, dass alle jetzt rasend schnell handeln mussten.

Bei ihrem Lauf zurück war sie einmal der Länge nach hingeschlagen und hatte sich beide Knie ziemlich heftig aufgeschürft. Dabei war ihr Handy kaputtgegangen. Wobei es wegen des Regens ohnehin nicht mehr funktioniert hatte. Aber all das war nebensächlich.

»Polizei!« Mitzi hielt sich am Tresen fest. »Rufen Sie die Polizei und den Rudolfo. Meine Agnes braucht Hilfe, schnell. Verstehen Sie?«

Der Schlaksige schien nur Bahnhof zu verstehen, er stierte Mitzi weiter an, als wäre sie eben einem Ufo entstiegen. »Sie san ja voller Bluat«, stellte er fest, ohne einen Finger zu rühren.

Mitzis Nerven rissen endgültig. »Ruf sofort die Polizei an, oder ich schrei die Hütten zusammen. Gefahr im Verzug! Gefahr im Verzug!«

Tatsächlich hatte sie nicht mehr die Kraft, um zu brüllen. Es war mehr ein Winseln.

Die Frau aus der Runde der Weintrinker stand auf.

»Alles gut.« Der junge Mann wedelte mit den Armen. »Alles unter Kontrolle.«

Mitzi schlug mehrmals mit der Hand auf die Tischglocke vor ihr. »Nix is gut, gar nix.«

»Machen S' nicht so einen Bahö. Ich bitt Sie!« Er verzog sein Gesicht zu einer Grimasse. »Ich bin neu hier und will nix falsch machen. Sie schaun wirklich schrecklich aus, Sie Arme.«

»Dann holen Sie endlich Hilfe.«

Hinter dem Empfang öffnete sich die Tür zum Büro. Rudolfo steckte den Kopf heraus. Mitzi hätte zu ihm hinlaufen und ihn umarmen können, doch dafür waren ihre Knie zu weich.

»Frau Schlager, um Gottes willen.« Er stockte ebenfalls kurz, umrundete dann aber rasch den Tresen.

»Rudolfo, die Agnes, ich weiß, wo die Agnes is. Schnell.« Sie japste. »Wir brauchen was zum Verteidigen, der Mörder is noch da draußen. Und was, womit wir ein Schloss einschlagen können. Dazu die Polizei, die brauchen wir. Rudolfo, es geht um Leben und Tod.«

»Sie sind verletzt. Sie bluten.« Er packte Mitzi an den Oberarmen. »Vorhin is einer angekommen, der –«

Sie ließ ihn nicht ausreden, boxte gegen seine Brust. »Ich hab den Mörder gebissen. In die Wange. Deshalb das Blut. Er hat gejault und is von mir runter, und ich bin losgerannt. Aber die Agnes, Rudolfo.«

»Wollen S' ein Taschentuch?«, fragte der junge Mann etwas unpassend dazwischen.

Mitzi schüttelte energisch den Kopf. »Nichts will ich, außer dass wir losgehen.« Sie wischte sich mit dem Unterarm über die Lippen. Das Blut verteilte sich auf ihrer Haut.

»Mitzi!«

Eine zweite Männerstimme. Ein zweiter Mann, der aus dem Büro auftauchte.

»Axel.«

Am liebsten hätte Mitzi beide umarmt, Rudolfo und Axel. Axel noch fester und inniger. Er war gekommen, hatte ihrer Nachricht Glauben geschenkt.

»Axel, ich weiß, wo die Agnes is.«

Im Gegensatz zu Rudolfo stellte Axel keine einzige Frage. »Dann los, Mitzi.«

»Wart, Axel. Wir müssen uns zur Wehr setzen. Der Täter is alt, aber immer noch ziemlich fit und stark. Er is da draußen im Regen, und er hat seinen Wanderstock mit dabei.«

»Wer ist es?«

»Severin Radl. Den kennst du nicht. Aber ich. Der war nie auf meiner Liste.«

»Der hat Agnes?«

»Ich bin mir nicht hundertprozentig sicher, weil er mich in allem belogen hat. Doch darin liegt auch die Lösung, Axel. Ich glaub, die Wiese neben dem Kukuruz is meine. Nicht das Maisfeld. Bauer Radl hat dort einen Erdkeller gebaut, einen elektrischen Weidezaun drum aufgestellt. Ich glaub, Agnes kann nur dort unten sein. Unter meiner Erd. Und ich bete, dass ich recht hab.«

»In Ordnung, Mitzi.«

»Wir brauchen was, womit wir dort hineinkommen. Wegen dem Vorhängeschloss.«

»Ich hole einen Spaten und einen Hammer aus dem Geräteschuppen.« Endlich kam auch Rudolfo in die Gänge.

»Ja, tun Sie das.« Axel klopfte ihm auf die Schulter. »Wissen Sie, wo das Grundstück liegt, Rudolfo?«

»Jetzt, wo Mitzi es beschrieben hat, weiß ich, welches gemeint is. Den Zaun um die Wiese gibt es dort schon seit Ewigkeiten. Darüber macht sich doch keiner Gedanken. Ehrlich gesagt is in der Gegend auch ein Erdkeller nichts Auffälliges. Viele bauen sich einen und lagern dort Lebensmittel oder Geräte.«

»Wir brechen sofort auf.« Axel hatte nun eindeutig das Kommando übernommen. »Sollen wir meinen Wagen nehmen, Mitzi?«

»Für das erste Stück auf der Straße, ja. Aber ich befürchte, der starke Regen hat die Feldwege überschwemmt. Nicht dass wir hängen bleiben. Zu Fuß kommen wir auf jeden Fall hin.«

Mitzi hatte keine Ahnung, wie sie bei ihrer Erschöpfung die Wegstrecke zurück schaffen sollte. Doch es musste gehen, um Agnes willen.

Axel nickte. »Ich nehme meine Waffe mit.«

»Sie haben eine Waffe?« Der Schlaksige hatte bis jetzt zugehört. Die Faszination war ihm deutlich anzusehen. »Oida, an echten Revolver?«

»Und Sie –« Axel stoppte kurz. »Sie rufen endlich die Polizei und einen Rettungswagen. Dalli, dalli.«

Ohne weiteren Kommentar nahm der junge Mann den Hörer der Telefonanlage in die Hand.

Die Frau am Dreiertisch erhob sich erneut. »Hören Sie! Ich kann helfen, ich bin Ärztin.«

Die beiden Wanderer neben ihr schienen dagegen zu Salzsäulen erstarrt und beobachteten mit großen Augen das Geschehen.

»Okay, begleiten Sie uns, bitte.« Axel war bereits an der Tür. »Folgt mir zum Parkplatz.«

Die Ärztin kam zu Mitzi. »Sie brauchen sofort Hilfe.«

»Später dann.« Mitzi zog ihren verbliebenen Schuh aus. Beide Füße in Socken war besser, als zu humpeln. »Los jetzt.« Nach einem tiefen Luftholen kniff sich Mitzi fest in den Oberarm. Das half für den Moment. Umfallen konnte sie immer noch, wenn Agnes in Sicherheit war.

»Die Polizei is unterwegs«, rief ihnen der Schlaksige hinterher. »Ich hab's geregelt.«

Mitzi hob im Abgang ihren Daumen. »Super, Oida.«

9

Am 1. September war Agnes wieder einsatzfähig.

Ihr und ihrem Ungeborenen ging es zur absoluten Freude aller gut. Die Blutung, die sie in dem Erdkeller erlitten hatte, war durch die Anspannung in ihrer Blase ausgelöst worden, hatten die Untersuchungen ergeben. Keine ganze Woche mehr, und sie würde sich ohne Murren in den Mutterschaftsurlaub verabschieden.

Petra hatte ihr berichtet, dass Severin Radl bei einer ersten Vernehmung neun Tage zuvor gestanden hatte. Die Verbrechen an Lara und Nelly sowie fünf weitere Tötungsdelikte im Laufe der vielen Jahre, seit er das erste Mal gemordet hatte. Er konnte keine Namen nennen, kannte keine Identität der Mädchen, die er betäubt, erschlagen und nach dem Tod verstümmelt hatte. Die Begegnungen bezeichnete er als schicksalhaft. Erschreckend zynisch, wie Agnes fand.

In der Zwischenzeit führten die weiteren Ermittlungen das Team um Hauptmann Hammerl, dem nun ebenfalls Inspektor Bastian Klawinder von der Kufsteiner Polizei angehörte, tiefer in die Abgründe vergangener Verbrechen des Serientäters Severin Radl.

Der Erdkeller war eingerissen worden, und der gesamte Boden innen und im Umfeld wurde umgegraben. Die Gebeine von drei weiteren Opfern waren bereits entdeckt worden. Dazu das Fahrrad von Lara und Habseligkeiten aller Art. Agnes' Sachen plus ihr zerstörtes Handy hatte die Polizei im Kofferraum eines roten Kombis gefunden, der immer noch auf Ingrid Radl zugelassen war. Mitzi hatte Agnes erzählt, dass sie sich mit Radl stets an einem Bahnhof getroffen hatte, im Glauben, er wäre mit dem Zug unterwegs.

Überhaupt hatte er ihr eine überzeugende Rolle vorgespielt, den lieben, leicht senilen alten Bauern. Der geplante Verkauf seines Hofes entsprach der Wahrheit, der Tod seiner

Frau ebenfalls, der Rest war eine Mischung aus Betrug und Geschichten, um das Stück Land in Lilienfeld von Mitzi zurückzuerlangen.

Die Arbeiten der Spurensicherung würden andauern. Mitzi, immer noch die Eigentümerin des Grundstücks, hatte sich geweigert, auch nur einen Fuß daraufzusetzen, was Agnes nachvollziehen konnte. Die Beamten steckten mitten in den Herausforderungen, die ein solcher Fall mit sich brachte. Die Enttarnung und Ergreifung eines mehrfachen Mörders blieb eine große Sache für die Medien in Österreich und darüber hinaus. Die jahrzehntelang unentdeckte Tötungsreihe füllte immer noch die Schlagzeilen.

Nach kurzer Überlegung hatte sich Agnes an diesem Tag entschieden, nach Krems zu fahren. Auf ihren Wunsch würde sie allein mit Severin Radl sprechen. Obwohl Petra nicht erfreut über die Vorgehensweise war, hatte sie sich überreden lassen.

Der Pflichtverteidiger von Radl hatte Beschwerde einlegen wollen, doch sein Mandant erklärte sich zu dem Zusammentreffen bereit. Petra, als Leiterin der SOKO Lara, hatte sich mit zwei Beamten in den Überwachungsraum zurückgezogen, ein Polizist Posten an der Tür bezogen, jederzeit bereit, einzugreifen.

Severin Radl wiederzusehen fiel Agnes leichter als gedacht. Sie verspürte keine Angst, eher eine professionelle Neugierde, ob sie dem Täter vielleicht neue Geheimnisse entlocken würde.

Der alte Mann stützte sich mit einer Hand an der Tischplatte ab.

»Sie können sich setzen, Herr Radl.«

Sein Kopf hob sich, und er sah Agnes direkt in die Augen. Nicht ein Zucken, kein schuldbewusster Blick. Wieder erstaunte Agnes die Harmlosigkeit, die er ausstrahlte. Von Mitzi hatte sie sich die Nacht auf der Wiese schildern lassen und wusste, wie gefährlich der Mann in Wahrheit war. Jetzt schien er einfach ein erschöpfter Greis zu sein.

»Grüß Sie Gott, Inspektorin Kirschnagel.« Er umrundete

langsam einmal den Tisch, als würde er sich nicht entscheiden können, auf welcher Seite er Platz nehmen sollte. Schließlich setzte er sich auf die linke Seite. »Wie gut Sie ausschauen. Schwangere Frauen sind ein Labsal.«

»Wenn es nach Ihnen gegangen wäre, Herr Radl, würde ich weder hier sein noch gut aussehen. Im Gegenteil. Ich und mein Kind wären jetzt vermutlich bereits tot.« Agnes blieb stehen.

Der alte Bauer schüttelte vehement den Kopf. »Aber nein. Ich hätt einen Weg gefunden, Sie aus Ihrer misslichen Lage zu befreien.«

»Mich befreien? Dass ich nicht lache. Wie denn?«

Er überlegte. »Vielleicht hätte ich mich abgesetzt und dann einen anonymen Hinweis an die Polizei gegeben. Bis dahin hätten S' halt warten müssen.«

Agnes musste sich beherrschen, um Severin Radl nicht eine Ohrfeige zu geben. Sie erinnerte sich nur zu gut an die Schmerzen und die Panik um ihr Baby. Bei einer Frühgeburt in dem Erdkeller hätten sie und ihr Kind wenig Chancen gehabt. Gott sei Dank war es anders gekommen.

Radl redete bereits weiter. Seine Mitteilsamkeit fand Agnes ebenso abstoßend wie den gesamten Menschen, der sich eine Entschuldigung nach der anderen einfallen ließ.

»Ich hab viel mitgemacht. Glauben Sie mir.«

»Herr Radl, viele erleben Schlimmes und töten niemanden.«

»Es tut mir leid.«

»Das sagten Sie bereits. Davon wird nichts ungeschehen gemacht.«

»Trotzdem, nehmen wenigstens Sie meine Entschuldigung an, bitte. Ich hab die Nerven verloren, als ich Sie in Lilienfeld auf der Straße gesehen hab. Und als Sie mich erkannt haben, war es aus bei mir. Ich dachte, jetzt is mein Leben vorbei.«

»Ich habe Sie erkannt, Herr Radl, weil meine Freundin mir Fotos von Ihnen geschickt hatte.«

»Ach, die Mitzi.« Er lächelte gequält. »Wenn mir Mitzi nicht in die Quere gekommen wäre. Wie hat sie es herausgefunden?«

»Es war meine Schwangerschaft.« Agnes erwiderte das Lächeln mit Süffisanz. »Sie haben behauptet, dass Sie mich weder im Fernsehen noch sonst wo gesehen haben, aber Sie wussten, dass ich schwanger bin. Und Mitzi hat es Ihnen nie erzählt. Eines der wenigen Dinge, die sie für sich behalten hat.«

»Aber geh! Da passt man auf wie ein Haftelmacher und stolpert über ein Butzerl.« Seine Mundwinkel sackten nach unten. »Echt schlimm, dass ich ihr Kummer bereitet hab, wo sie so viel mitgemacht hat. So ein süßer Fratz war sie als Kind. Die ganze Familie war nett. Besonders meine Frau hat die Schlagers sehr gern g'habt.«

»Um Frau Schlager geht es nicht.« Agnes wollte auf keinen Fall, dass Mitzi länger Thema blieb. »Lassen Sie uns unser Gespräch dort weiterführen, wo wir aufgehört haben, als Sie mir Ihr wunderbares Getränk kredenzt haben.«

»Humor is was Schönes, Frau Inspektor. Meine Ingrid hatte auch einen guten Schmäh.« Severin Radl wischte sich mit dem Handrücken über Augen und Lippen. »Überhaupt mag ich hübsche Weiberln.«

»Und deshalb haben Sie – lassen Sie es mich auf den Punkt bringen – Frauen getötet und verstümmelt.«

Wieder ein Kopfschütteln des Greises. »Mädeln waren das, Frau Inspektor, verlorene Mädeln. Unreife Geschöpfe, die die Welt nicht besser gemacht hätten.«

»Sie meinen, sie hatten den Tod verdient?«

»Es is ja alles schon lang her.«

»Das ist keine Antwort, Herr Radl. Zwölf und sechs Jahre sind für Eltern, die ihr Kind vermissen, eine Ewigkeit. Andere Ihrer Gräueltaten liegen noch viel tiefer in der Vergangenheit. Mord verjährt übrigens nie.«

»Gräueltaten, was für ein schlimmes Wort.« Severin Radl seufzte übertrieben laut. »Ich war irgendwie besessen.«

»Besessen?«

Zum ersten Mal ließ er Agnes aus den Augen und sah sich im Vernehmungsraum um. Sein Blick wanderte zu dem Beamten an der Tür und endete am Einwegspiegel. »Sitzen dort Ihre Kollegen?«

Agnes legte die Mappe auf den Tisch, die sie unter der Achsel eingeklemmt mitgebracht hatte. Darin waren die Tatortfotos von Kufstein und Krems, von der mumifizierten Leiche von Nelly, von Laras Schädel sowie Fotos von den Ausgrabungen in Lilienfeld. Ein Bild von Lara Fürtl, das sie fröhlich mit einem Partyhut zeigte, stand im krassen Gegensatz zu den anderen.

Agnes tippte erst auf die lebende Lara, dann auf den Totenschädel. »Schauen Sie sich diese Fotos an. Besessenheit ist eine dumme Ausrede.«

»Wie heißt das Zauberwort?« Seine Aufmerksamkeit kehrte zu Agnes zurück.

Agnes kam kurz aus dem Tritt. »Bitte?«

»Genau.« Er lächelte, und die ohnehin vielen Falten um seine Augen wurden mehr. »Kaum einer sagt heut noch ›bitte‹, das sollt sich wieder ändern.«

»Sie lächeln, Herr Radl? Ich dachte, es tut Ihnen so furchtbar leid. Augenscheinlich amüsiert Sie aber der Tod der Mädchen.«

Sofort wurde er wieder ernst. »Ganz und gar nicht. Ich schätze das Leben, von Menschen wie auch von Tieren. In meiner ganzen Zeit am Hof habe ich darauf geachtet, dass es allen gut geht.«

»Ihren Opfern ist es aber alles andere als gut ergangen.« Agnes breitete jetzt alle Fotos fächerartig vor Severin Radl aus. »Lara Fürtl wäre heute eine junge Frau, die selbst Mutter sein könnte. Von den anderen Toten wissen wir immer noch keine Namen. Wenn das nicht lebensverachtend ist, Herr Radl?«

Er überflog die Fotos wie Bilder aus einem Katalog. An Laras Partyhutaufnahme blieb er hängen. »Wissen Sie, was verachtenswert is, Frau Inspektorin? Ein Vater, der seinen Buben tagaus, tagein quält, der gnadenlos ein mutterloses Geschöpf bestraft. Eine Kindheit und Jugend ohne Freude. Feiern oder auch nur einmal einen lustigen Tag, das gab's bei mir als Kind nicht. Bei uns, dem Vati und mir, herrschte ein strenges Regiment.«

»Ihr Vater hat Sie also misshandelt.«

»Eine andere Zeit. Vergangenheit. Darüber red ich nicht gern.«

»Aber es tut heute noch weh.«

»Und wie. Im Hirn, im Herz und unter der Haut. Jede Nacht kommt's zurück.«

»Ein Schmerz, der einen selbst im Traum verfolgt.«

Der alte Mann nickte und fasste sich ans linke Ohr. »Sie sagen es, Frau Inspektor. Es brennt, doch das Feuer kann man nicht löschen. Es juckt, aber keine Stelle zum Kratzen is da. Ich würd gern schreien, halt doch lieber den Mund. Verstehen Sie das?«

»Ein wenig, Herr Radl.«

»Ich glaub Ihnen, Frau Kirschnagel.«

Agnes konnte spüren, dass sich ein Zugang zu dem Täter auftat. »Warum die Mädchen, Herr Radl?«

»Himmel und Hölle, Frau Inspektor. Hölle und Himmel. Kein Fegefeuer, nichts dazwischen.«

»Sie haben sie betäubt, so wie mich.« Ein kurzer Schauer rieselte Agnes über den Rücken. »K.-o.-Tropfen selbst gemischt, nicht wahr?«

Im Erdkeller in Lilienfeld hatten die Polizeibeamten noch nichts an Betäubungsmitteln entdeckt, Haus und Hof des Täters in der Steiermark wurden zur Stunde zum zweiten Mal durchforstet. Die Analyse von Agnes' Blut hatte eine starke Mischung aus mehreren Mitteln ergeben, einige davon wurden überhaupt nicht mehr verschrieben. An die Begegnung mit Severin Radl erinnerte sich Agnes bis heute nicht. Die Lücke in ihrem Gedächtnis würde bleiben.

»Das klingt so modern, das gefällt mir nicht.« Radl zögerte. »Ich nenn es eine Schlafmedizin, und davon eben die zehnfach höhere Dosis. Mit der geht es schnell und schmerzlos. Meinem Vati hab ich sie am Ende verabreicht. Is ewig her.«

»Sie haben Ihren Vater getötet? War das der Beginn?«

Eine Pause folgte. Dann ein gequältes Ächzen von Radl. »Ja. Vielleicht. Zuerst wollt ich nur, dass er Ruhe gibt. Er war zum Schluss sehr krank und hat gelitten. Zwar hat er's verdient, aber es war trotzdem schiach anzuschauen, wenn er sich gekrümmt und geschrien hat. Er wollte nie ins Spital, in ein Heim schon gar nicht. Stur wie ein Bock war der. So hab ich mir Schmerz-mittel und Schlaftabletten und alles Mögliche verschreiben lassen, bei verschiedenen Ärzten. Ich hätt mich doch nicht um ihn kümmern können auf Dauer. Weder ich noch meine Ingrid. Für eine Betreuerin war das Geld zu knapp. Ich hab ja sogar immer wieder nebenbei am Bau gearbeitet, damit meine Frau und ich den Hof erhalten konnten.« Er stockte, hüstelte, rieb sich die Schläfen. »Vaters Tod war irgendwie der Anfang vom Ende meiner eigenen Seele, das stimmt. Kurz danach is es zum ersten Mal passiert.«

»Weiter.«

»Ich erinnere mich nur verschwommen, Frau Inspektor. Das Mädchen is aufgetaucht. Sie war so traurig und allein. Eine Ausreißerin. Hat gebettelt, ob ich ihr Geld geben könnt, weil sie sonst nicht weiterkommt. Ich hab ihr extra was zum Essen gebracht. Eine Limonade ausgeschenkt. Dann hab ich es getan. Damals noch ohne Betäubung, einfach zugeschlagen. Es war schrecklich, ehrlich. Danach wollt ich mich erst auch umbringen. Bis ich gespürt hab, dass es mir eine Erleichterung gebracht hat. Plötzlich war etwas tief in mir drinnen friedlich. Also hab ich stattdessen die Leich entsorgt. Das Geschehene verdrängt, so gut es eben ging.«

»Bis zum nächsten Mord.«

»Ewig war eine Ruh, glauben Sie mir, Frau Inspektor. Ich hab nie danach gesucht, alle haben mich gefunden.«

»Aber Sie waren vorbereitet, Herr Radl.«

»Schon. Ich hab die Schlafmedizin in meinem Flachmann an meinem Herzen getragen. Ich wollte danach nie mehr Schmer-zen zufügen. So bin ich nicht.«

Es konnte gut sein, dass Severin Radl nach dem Prozess in eine geschlossene Psychiatrie eingewiesen würde, überlegte

Agnes. Seine Rechtfertigungen waren die einer psychotischen Persönlichkeit.

»Kommen wir zu dem Ohr, Herr Radl.«

»Ein scharfes Messer hat's gebraucht. Auch das hatt ich immer dabei.«

»Würden Sie diese Sammlung Trophäen nennen?«

Erneut fasste Severin Radl sich an seines und rieb daran. »Keinesfalls. Eher Geschenke für mich.«

»Geschenke?«

»Bitte nicht falsch verstehen. Keines der Mäderln hat das mehr gespürt. Ich bin ja kein Unmensch.«

»Darüber gehen die Meinungen ziemlich auseinander, Herr Radl.« Agnes unterdrückte ein Schütteln. »Flachmann und Messer, wo sind die geblieben?«

»Weggeworfen. Als ich gewusst hab, es gibt kein Entkommen mehr. Ich werd Ihnen aber noch zeigen, wo. Weil Sie den Mut hatten, heut herzukommen. Das beeindruckt mich.« Er fuhr sich durch die weißen Haare. Eine Strähne blieb nach oben gerichtet stehen. »Wissen Sie, was merkwürdig war, Frau Inspektor?«

»Nein.«

»Ich hab's gerochen.«

»Wie meinen?«

»Also gespürt. Geahnt. Schon beim Aufstehen am Morgen wusst ich immer, heut treff ich wieder eine. Manchmal sind über zehn Jahre vergangen, und nix is geschehen. Dann plötzlich wieder war eine da.«

»Nur sieben, Herr Radl? Oder mehr?«

»Nein, Frau Inspektor. Ich schwör es.« Er hob theatralisch seine Hand.

Agnes dachte an das Schauspiel, mit dem er Mitzi umgarnt hatte. »Wir werden sehen, Herr Radl. Vielleicht finden wir weitere Opfer, noch woanders eingemauert oder im Unterholz versteckt.«

»Die zwei waren ja nur Notlösungen. Wenn ich gekonnt hätt, hätt ich sie auch ordentlich begraben. So wie die anderen.

Lilienfeld is ein schöner Ort.« Er sah erneut zum Einwegspiegel. »Ich hab es nicht gewusst.«

»Was?«

»Dass meine Ingrid den Grund und Boden an Therese
Schlager verkauft hat. Ich versteh nicht, wie mir das entgangen
sein kann. Nach ihrem Versterben war ich außer mir, musst ich
doch das Stückerl Land zurückhaben. Mitzi hat mir ihr Wort
gegeben. Dass ich sie mit meinen erfundenen G'schichterln
getäuscht hab, hat sie nicht verdient.« Er stöhnte. »Ich bin so
müd, Frau Inspektor. Einsam und müde. Auf mich warten nur
mehr der Tod und das Jüngste Gericht.«

»Zuerst einmal Gefängnis, Herr Radl.«

Agnes hob die Hand als Zeichen für Petra und die Kollegen
im Überwachungsraum. Es war genug. »Fürs Erste werden Sie
zurück in die Haftanstalt Stein gebracht, Sie bleiben natürlich
in Untersuchungshaft. Ihre heutige Aussage ist ebenfalls auf-
gezeichnet und wird protokolliert. Weitere Vernehmungen
folgen. Haben Sie alles verstanden, Herr Radl?«

»Hab ich. Ich bin sogar froh, dass es vorbei is. Danke, Frau
Inspektorin Kirschnagel, danke schön.«

Er verstummte und vergrub sein Gesicht in seinen Händen. Auch Agnes fehlten weitere Worte. In dem Schweigen
zwischen ihnen hätte man eine Stecknadel fallen hören.

Als sich die Tür zum Vernehmungsraum schließlich öffnete
und Petra eintrat, war es Agnes, als könnte sie die Stille in
Scherben zerbrechen hören.

Der Fall Nelly war abgeschlossen.

10

Mitzi näherte sich von der anderen Seite ihrem Grund und Boden. Schon von Weitem konnte sie die polizeilichen Absperrbänder sehen, leicht flatternd im Wind. Sie entdeckte mehrere Leute, zwei in Uniform, einen in einem Ganzkörperanzug wie ein Astronaut und noch eine Frau, die ein Klemmbrett in der Hand hatte. Stimmen wehten zu ihr hin, doch verstehen konnte Mitzi nichts von dem Gesprochenen.

Spontan bog sie vom Weg ab und betrat das Maisfeld, von dem sie geglaubt hatte, dass es ihr gehören würde.

Noch war der Mais nicht zur Ernte bereit, aber die gelben Kolben in den Hüllblättern bereits deutlicher sichtbar als das letzte Mal. Mitzi ging ein paar Schritte tiefer hinein. Die Stauden überragten sie um mindestens zwei Köpfe, standen aufrecht wie eine Schar von gelb bemützten Leuten in grünen Anzügen. Als würde eine Menge auf den Beginn eines Konzerts warten oder selbst eine Gesangsgruppe bilden. Ein Rauschen war zu hören, der Wind erschuf eine Welle, die durch den Kukuruz fuhr. Es war ein anderes Geräusch als an dem Abend, an dem das Gewitter über Severin Radl und sie hereingebrochen war. Seltsam tröstlich diesmal.

Die schmalen Pfade zwischen den Stauden in der Erde waren dunkler, das Sonnenlicht schaffte es nicht, das Blätterdach zu durchdringen. Etwas huschte am Boden an Mitzi vorbei. Ihr Blick konzentrierte sich, und sie sah eine Maus, die geschäftig über Erde und Wurzeln hastete.

»Wohin so eilig, Mausi?«, fragte sie das Tier, das genauso schnell verschwand, wie es erschienen war.

Mitzi zwängte sich weiter durch den Mais. Die Blätter berührten ihr Gesicht und ihre Arme, streiften über ihr Haar. Das Vorankommen war mühsamer als gedacht, doch sie gab nicht auf. Nach einigen Minuten blieb sie stehen.

Mit einem Griff riss sie einen der unteren Kolben vom Stängel und befreite ihn von Blattwerk und weißen Härchen. Die Körner waren ebenfalls eher weißlich als gelb. Sie biss probeweise hinein und war überrascht, dass sie der Geschmack an Erbsen erinnerte.

Das Nächste, was ihr auffiel, war, wie die Sicht auf die Umwelt sich verändert hatte. Es gab nur den Himmel über ihr und die hohen Pflanzen um sie herum. Sie könnte jetzt überall sein, in Salzburg, in Tirol, in Niederösterreich.

Kukuruz is eben einfach nur Kukuruz, dachte sie.

Sie stellte sich vor, lange genug mitten im Feld zu verharren, bis sie selbst zu einer Staude geworden wäre. Die Vorstellung bereitete ihr etwas Unbehagen, obwohl ihr der Gedanke gleichermaßen gefiel. Das Verstreichen der Zeit wäre lediglich durch das Säuseln des Windes und die Reifung vom Mais wahrzunehmen, außer Stehen gab es nichts zu tun. Sie schloss die Augen und vertiefte ihre Atemzüge.

Das Innehalten nach all der Zeit der Aufregung tat Mitzi gut. Nach den Ereignissen der letzten Wochen hatte sie das Gefühl gehabt, nie mehr zur Ruhe kommen zu können. Immer noch quälten sie Alpträume, in denen Agnes verschwunden und unauffindbar war und Mitzi allein zurückblieb mit einem Loch im Herzen und verlorener als je zuvor.

Die Verhaftung von Severin Radl hatte ihre Welt auf den Kopf gestellt. Für sie war er immer der gute Bauer Radl gewesen. Wer hätte ahnen können, dass sich hinter der Fassade ein Monster versteckte. Der Gedanke führte sie zu ihren unvollständigen Erinnerungen an das Jahr 1997 zurück, die sie weiter quälten. Auch hier hatte sie sich bereitwillig in die Irre führen lassen, freilich aus dem Wunsch heraus, die eigene Schuld an dem Unglück ihrer Familie loslassen zu können. Im Nachhinein schienen ihr die Rückblenden zu jenem Tag wie Fieberträume.

Schein und Wirklichkeit, Täuschung und Wahrheit. Lügen und Ehrlichkeit. Kein leicht zu durchschauendes Wechselspiel, das Miteinander der Menschen war Mitzi meist ein Rätsel.

Das Klingeln ihres Handys riss sie aus ihrem kurzen Frieden. Ihr Herz klopfte. Auf dem Bildschirm erschien Agnes.

»Servus.«

»Mitzi, wo bist du?«

»Unterwegs. Zum Einkaufen.« Mitzi legte ihre Hand auf ihren Mund. Ohne es zu wollen, hatte auch sie eine nächste Flunkerei ausgesprochen. »Nein, ich bin in Lilienfeld, aber bleibe nicht.«

»Wo genau?«

»In der Nähe vom … na, du weißt schon.«

»Alles okay?«

»Ich wollte mich wieder hierhertrauen. Traumabewältigung durch Konfrontation, wie Dr. Rannacher sagen würd. Apropos: Die sind hier immer noch am Machen, Agnes.«

»Sind sie, Mitzi. Die Ermittlungen zu den Fällen sind längst nicht abgeschlossen.«

»Schon klar.«

»Was hast du danach vor, Mitzi?«

»Von hier aus könnte ich zu dir fahren.«

»Wird dir das Zugfahren nicht manchmal langweilig?«

»Nie.«

»Ich wollte dir eben vorschlagen, ob wir beide uns nicht zu einem Einkauf verabreden wollen. Die ersten Babysachen besorgen.«

»Willst du das nicht mit Axel zusammen machen?«

»Der ist wieder Richtung Köln unterwegs. Ich fühle mich topfit. Also, was meinst du?«

»Ich würd dich sehr gerne begleiten.«

»Allerdings müssen wir mit der Farbe vorsichtig sein. Selbst wenn du dir sicher bist, dass es ein Bub wird, Mitzi, will ich nicht alles in Blau kaufen.«

»Maisgelb. Blättergrün.«

»Was, Mitzi?«

»Ach nix. Wir sehen uns. Ich geb dir noch Bescheid, wann.«

»Geht es dir wirklich gut, Mitzi?«

»Ja. Das tut es.«

Nach dem Gespräch horchte Mitzi in sich nach. Es ging ihr zumindest besser. Definitiv. Neben ihr raschelte es wieder.

Mitzi sah nach unten, die Maus lief hektisch an ihren Schuhen vorbei. Oder es war eine ganz andere Maus, was aber keinen Unterschied machte.

Auf jeden Fall war es Zeit, das Maisfeld zu verlassen und in die Welt zurückzukehren. Mitzi eignete sich doch nicht zum Gemüse. Jetzt musste sie nur wieder einen Ausgang finden.

Mitzi setzte sich in Bewegung. Zurück blieb ein wogendes grün-gelbes Meer aus Kukuruz.

FINE

Und dann

Die Frau, die Agnes am Empfang des Polizeireviers Kufstein erwartet, sieht derart traurig aus, dass sich Agnes' Herz allein bei dem Anblick zusammenzieht.

»Sie haben nach mir gefragt?«

Es ist Agnes' letzter Tag, bevor sie sich in den Mutterschaftsurlaub verabschiedet. Genauer gesagt ihre letzten zehn Minuten im Revier. Ihre Kollegen haben sie vorhin mit einer Torte und einem Babymobile aus Sternen als Geschenk verabschiedet, Bastian hat sogar ein Tränchen verdrückt. Zu Hause wartet Jo auf sie, morgen hat sich Mitzi angekündigt, für das Wochenende Axel wie auch Agnes' Eltern und ihre Schwester.

Zuerst sieht die Frau Agnes nicht an, fixiert einen Punkt am Boden. Ihr rötliches Haar ist am Ansatz ergraut und zu einem lockeren Knoten hochgesteckt. Sie trägt Sandalen, ihre Zehennägel sind dunkelrot lackiert. Dazu Jeans und ein T-Shirt mit der Aufschrift »Happiness«. Ein krasser Gegensatz zur Ausstrahlung der Frau. Aus jeder ihrer Poren verströmt sie Tristesse.

»Ich hab Sie im Fernsehen gesehen.« Die Frau seufzt, als wäre dabei etwas Schlimmes geschehen. »Und ich hab gehört, dass Sie in Gefahr waren.«

»Alles wieder gut.« Agnes kommt einen Schritt näher, die Frau weicht zurück. »Möchten Sie mir nicht sagen, weswegen Sie mich sprechen wollen?«

Die Frau schweigt.

»Keine Angst«, ermutigt Agnes sie.

Binnen einer Sekunde ist es Agnes plötzlich klar. Eine Erleichterung erfasst sie, ein Stein fällt von ihrem Herzen, und am liebsten will sie der Fremden auf der Stelle ihr tiefstes Mitgefühl ausdrücken. Zugleich ist sie immer noch fassungslos, dass es so lange gedauert hat.

»Sie kommen wegen Ihrer Tochter, nicht?«

Nelly. Nellys Mama ist endlich da, um das Mädchen nach Hause zu holen.

Und heute

»Es geht ein Bi-Ba-Butzemann …«

Das Gute und das Böse, das Wunderbare und das Unheimliche sind nur einen Wimpernschlag voneinander entfernt, denkt Mitzi. Einmal Blinzeln, und die helle Seite verdunkelt sich.

Sie wiegt das Kind in ihren Armen. Es hat die Augen geschlossen, die Bäckchen sind rosig, unter dem Häubchen lugen helle Locken hervor. So niedlich.

»Weißt du, wie viel Sternlein stehen …«, singt Mitzi ganz leise, um den seligen Schlaf nicht zu stören. Bei jedem Ausatmen stößt das Baby fast unhörbare Laute aus, die sich nach Schnarchen anhören.

Mitzi sitzt auf einer Bank unter einem eben erblühten Apfelbaum. Der Frühling ist gerade dabei, zu explodieren, und die schönste Zeit des Jahres beginnt. Trotzdem ist Mitzi angespannt. Das hat nichts mit ihrem Patenkind zu tun und auch nichts mit der Jahreszeit. Sondern mit ihrer Beobachtung vorgestern und dem daraus resultierenden Verdacht. Mitzi ist sich absolut sicher, dass die Person, die weiter entfernt am Springbrunnen steht und telefoniert, ein Verbrechen begangen hat.

Das Baby gluckst.

Mitzis Singen geht in ein Flüstern über. Sie senkt den Kopf und berührt mit ihren Lippen die zarte Wange des Säuglings. »Mach dir keine Sorgen. Denn ich beschütze dich mit meinem Leben. Versprochen.«

Für eine Sekunde halten beide – Mitzi und das Baby – gleichzeitig den Atem an. Dann gähnt es und öffnet die Augen.

Mitzi lacht. »Da is ja wer zurück aus der Traumwelt. Hallo, mein Spatz.«

Vorsichtig legt Mitzi den Säugling zurück in den Kinderwagen.

Die Person hat ihr Telefonat beendet und umrundet den Springbrunnen. Gern würde Mitzi ihr folgen, aber zuerst wird sie ihr Patenkind zurück zu seiner Mutter bringen. Ob sie Agnes von ihrer Beobachtung erzählen wird, weiß Mitzi noch nicht.

Das Baby verzieht das Gesicht.

»Jetzt nicht weinen, lieber lustig sein, ja?« Mitzi hebt das Kind wieder hoch. Noch scheint es zu überlegen, ob es nicht doch zu schreien beginnen soll.

»Wer is das süßeste Mäderl auf der Welt?« Mitzi beginnt erneut mit Wiegen. »Genau: das Stanzerl.«

Stanzerl nennt Mitzi die kleine Tochter von Agnes. Konstanze ist ihr richtiger Name. Sie ist nach Mitzis zweitem Vornamen benannt. Diese Liebenswürdigkeit der Eltern Agnes und Axel hat Mitzi sofort über die Tatsache hinweggetröstet, dass ihre beste Freundin keinen Buben geboren hat.

Jetzt gluckst die Kleine zufrieden. Mitzi drückt sie an sich.

Die Person ist verschwunden.

Konstanze spuckt auf Mitzis Bluse.

Lachen und Spucke halten wohl die Welt zusammen, auch wenn in den Ritzen das Böse lauert, denkt Mitzi.

Glossar

ab in die Heija – ab ins Bett

abpaschen – abhauen

anlassig – aufdringlich

aufpassen wie ein Haftelmacher – sehr vorsichtig sein

aufpudeln – angeben, sich aufplustern

baba – tschüss

bacherlwarm – ziemlich warm

Bahö – Tumult, Lärm, Aufregung

Beistrich – Komma

Blag – schlimmes Kind

blümerant – schwindlig, übel

Buchteln – Süßspeise aus Germteig mit Füllung

Butzerl – Baby

einen Schmäh haben – humorvoll sein

Funzn – blöde Person

Gatsch – Mischmasch; Schlamm

Gelse – Stechmücke

grantig – schlecht gelaunt

Gspusi – Flirt, Affäre

hackeln – schwer arbeiten

Hallodri – unbeständiger / untreuer Mann

Hascherl – armes Ding

hudeln – sich beeilen

im Hefn – im Gefängnis

Kramuri – Krimskrams

Kredenz – Kommode, Buffetschrank

Kukuruz – Mais

Larifari – Unfug, Gewäsch

leiwand – toll, schön

na, servas G'schäft – Ausruf des Erstaunens

Natzerl – Mittagsschläfchen

Nussbeugerl – Nusshörnchen

Ohrwaschel – Ohr

Oida – Alter

Pantscherl – Verhältnis

Paradeiser – Tomaten

patschert – ungeschickt

platzen – kräftig weinen

Popscherl – Verniedlichung von Popo

pudern – Sex haben

rean – weinen

schiach – hässlich

Schlag, Schlagobers – Schlagsahne

Schmankerl – Delikatesse

Schnackerlstoßen – Schluckauf

Schnürlregen – Nieselregen

so ein Schmarrn – Blödsinn

speiben – erbrechen

Steinhof – bekanntes psychiatrisches Krankenhaus in Wien

strawanzen – herumlaufen, ausbüxen

Watschn – Ohrfeige

Zwitscherer – Vögel

Zwutschgerl – Kleines

Grundrezept Gugelhupf

Zutaten
1 EL Öl für die Form
250 g Butter (weich)
320 g Zucker
1 Päckchen Vanillezucker
5 Eier
500 g Mehl
1 Päckchen Backpulver
100 ml Milch

Zeit: 75 Minuten (15 Minuten Zubereitungszeit, 60 Minuten
Back- und Ruhezeit)

Zubereitung
1. Für das Gugelhupf-Grundrezept wird die Form mit etwas
Öl ausgestrichen. Das Backrohr auf 180 Grad vorheizen.
2. Butter, Zucker und Vanillezucker in einer Schüssel schaumig
schlagen. Die Eier einrühren. Mehl mit Backpulver mischen
und abwechselnd mit der Milch unterrühren.
3. Teig in die Form füllen und etwa 60 Minuten backen.

Tipps zum Rezept
Das Backrohr während der Backzeit nicht öffnen, damit der
Kuchen nicht zusammenfällt und speckig wird.
Den fertigen und ausgekühlten Gugelhupf mit Staubzucker
bestreuen.

www.gutekueche.at/gugelhupf-grundrezept-rezept-21835

Schauplätze

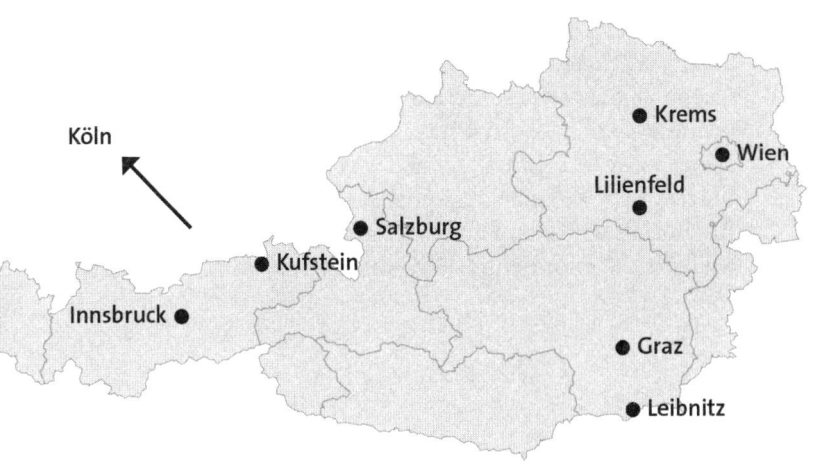

Köln

Krems
Wien
Lilienfeld
Salzburg
Kufstein
Innsbruck
Graz
Leibnitz

Danksagung

Ein riesiges Dankeschön an die üblichen Verdächtigen:
Chris, Katharina, Dustin, Diego, Carlito, Sandra, Michael,
Cornelia, Brigitte, Herbert, Tiger, Beate, Stephan, Pila, Chipie,
Claudia, Alma, Rocka, Setay, Susanne, Birgit, Frank, Lennart,
Laurens, Kathi, Julian, Irene, Astrid, Mike, Carl, Christina,
Dorrit, Seppi, Antonia, Andrea, Martin, Uschi, Else, Leslie,
Regina, Peter, Ulla, Patricia, Tanja, Philipp, Charlotte, Jule,
Melanie, Nonni, Fengur & Gabriela und Hilla Czinczoll.

Isabella Archan
DIE ALPEN SEHEN UND STERBEN
Broschur, 352 Seiten
ISBN 978-3-7408-0541-8

»*Großartig erzählt, todtraurig, gleichzeitig vor Leben sprühend und spannend bis zum Schluss.*« SR 3 Krimitipp

Isabella Archan
WENN DIE ALPEN TRAUER TRAGEN
Broschur, 320 Seiten
ISBN 978-3-7408-0761-0

»*Die Handlung ist nicht nur äußerst spannend, sondern, wie von Archan gewohnt, auch sehr amüsant. Liebevoll stattet sie ihre Figuren mit kleinen Macken oder Besonderheiten aus. Gratis dazu gibt es einen Schnellkurs in österreichischen Schimpfworten.*«
Kölnische Rundschau

www.emons-verlag.de

Isabella Archan
DREI MORDE FÜR DIE MÖRDERMITZI
Broschur, 336 Seiten
ISBN 978-3-7408-1109-9

»Eine spannende Urlaubslektüre, die Vorfreude auf den Besuch in den Alpen macht.« Westdeutsche Zeitung

www.emons-verlag.de